Copyright © Caitlín R. Kiernan, 2012
All rights reserved. Todos os direitos reservados.
Título original: The Drowning Girl: a memoir

Proibida a venda em Portugal, Angola e Moçambique

Tradução para a língua portuguesa
© Ana Resende, 2014
© Carolina Caires Coelho, 2014

Os personagens e as situações desta obra são reais
apenas no universo da ficção; não se referem a pessoas
e fatos concretos, e não emitem opinão sobre eles.

Diretor Editorial
Christiano Menezes

Diretor Comercial
Chico de Assis

Diretor de Novos Negócios
Marcel Souto Maior

Diretora de Estratégia Editorial
Raquel Moritz

Gerente Comercial
Fernando Madeira

Gerente de Marca
Arthur Moraes

Gerente Editorial
Bruno Dorigatti

Capa e Projeto Gráfico
Retina 78

Coordenador de Diagramação
Sergio Chaves

Revisão
Marcela Filizola
Marlon Magno
Nova Leitura
Retina Conteúdo

Finalização
Sandro Tagliamento

Marketing Estratégico
Ag. Mandíbula

Impressão e Acabamento
Gráfica Geográfica

DADOS INTERNACIONAIS DE CATALOGAÇÃO NA PUBLICAÇÃO (CIP)
Angélica Ilacqua CRB-8/7057

Kiernan, Caitlín R.
 A menina submersa : memórias / Caitlín R. Kiernan; tradução de
Ana Resende, Carolina Caires Coelho. – São Paulo: Darkside Books,
2014.
 320 p. ; 14x21cm

ISBN 978-85-66636-25-3 (brochura)
ISBN 978-85-66636-53-6 (capa dura)
Título original: The Drowning Girl

1. Literatura americana 2. Ficção 3. Fantasia
I. Título II. Resende, Ana III. Coelho, Carolina Caires

14-0126   CDD 813

Índice para catálogo sistemático:
 1. Literatura americana

[2014, 2024]
Todos os direitos desta edição reservados à
DarkSide® *Entretenimento* LTDA.
Rua General Roca, 935/504 – Tijuca
20521-071 – Rio de Janeiro – RJ – Brasil
www.darksidebooks.com

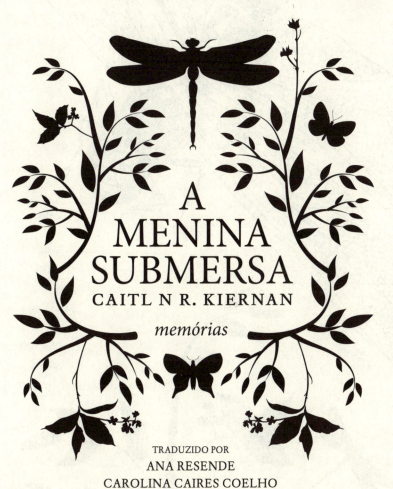

A MENINA SUBMERSA
CAITL N R. KIERNAN

memórias

TRADUZIDO POR
ANA RESENDE
CAROLINA CAIRES COELHO

DARKSIDE

Para Peter Straub, mestre das histórias de fantasmas. E para Imp.

Em memória de Elizabeth Tillman Aldridge
1970-1995

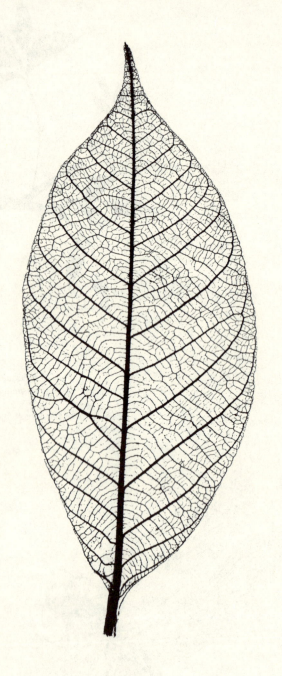

*Este livro é o que é,
o que significa que ele pode não ser
o livro que você espera que seja.*

CRK

Na floresta há um monstro.
E coisas terríveis ele fez.
Na floresta ele se esconde,
E canta esta canção.

WHO WILL LOVE ME NOW?
PHILIP RIDLEY

As histórias mudam
a sua própria forma.

PRETTY MONSTERS
KELLY LINK

Sempre há um canto de sereia
que te seduz para o naufrágio.

THERE THERE (THE BONEY KING OF NOWHERE)
RADIOHEAD

Phillip George Saltonstall
American, 1868-1907
The Drowning Girl
1898
Oil on canvas

A MENINA SUBMERSA

CAITLÍN R. KIERNAN

I

"Vou escrever uma história de fantasmas agora", ela datilografou.

"Uma história de fantasmas com uma sereia e um lobo", datilografou mais uma vez.

Eu também datilografei.

Meu nome é India Morgan Phelps, embora quase todo mundo que conheço me chame de Imp. Moro em Providence, Rhode Island, e quando tinha 17 anos minha mãe morreu no Hospital Butler, que fica na Blackstone Boulevard, 345, bem ao lado do Cemitério Swan Point, onde muitas pessoas famosas estão enterradas. O lugar costumava ser chamado de Hospital Butler para Lunáticos, mas, em algum momento, o "para Lunáticos" foi abandonado. Talvez fosse ruim para os negócios. Talvez os médicos, os administradores, a diretoria ou quem quer que seja que decida sobre essas coisas tenham achado que era melhor não botar gente doida em um manicômio que ousa admitir que é um manicômio, pois a verdade na propaganda traz prejuízo. Não sei, mas a minha mãe, Rosemary Anne, foi mandada para o Hospital Butler *porque* era maluca. Ela morreu lá, aos 56 anos, em vez de morrer em outro lugar, porque era maluca. Não que ela não soubesse que era maluca, e não que eu não soubesse também, e, se alguém me perguntasse, tirar o "para Lunáticos" é como tirar o "Burger" do Burger King porque os hambúrgueres não são tão saudáveis quanto as saladas. Ou tirar o "Donuts" do Dunkin' Donuts porque donuts dão cárie e engordam.

Minha avó, Caroline – a mãe da minha mãe, que nasceu em 1914 e perdeu o marido na Segunda Guerra Mundial –, também era maluca, mas morreu na própria cama, na casa em Wakefield. Ninguém a mandou para um hospital nem tentou fingir que ela não era louca. Talvez as pessoas não percebam tanto quando você envelhece ou apenas fica mais velha. Caroline abriu o gás, fechou todas as janelas e foi dormir. No bilhete de suicídio, agradeceu minha mãe e minhas tias por não a mandarem para um hospital de doentes mentais, onde ela teria sido obrigada a viver, mesmo sem poder suportar mais. Estar viva, quero dizer. Ou enlouquecer. Um dos dois, ou ambos.

Chega a ser irônico o fato de que foram minhas tias que mandaram minha mãe para lá. Acho que meu pai teria feito o mesmo, mas ele foi embora quando eu tinha 10 anos e ninguém sabe ao certo para onde foi. Ele abandonou minha mãe porque ela era maluca, por isso eu gosto de pensar que ele não viveu muito tempo depois que nos deixou. Quando eu era uma garotinha, costumava ficar deitada na cama, acordada, imaginando maneiras horríveis pelas quais meu pai poderia ter encontrado a própria morte, todo tipo de castigo justo por ter nos abandonado e ido embora, porque era covarde demais para ficar comigo e com a minha mãe. A certa altura, até escrevi uma lista com vários finais desagradáveis que poderiam ter acontecido a ele. Eu tinha um bloco de estenografia e o guardava dentro de uma mala velha debaixo da cama, porque não queria que minha mãe o visse. "Espero que meu pai morra com uma doença venérea, depois de o pinto dele apodrecer" estava no topo da lista e era seguido por um monte de coisas óbvias – acidentes de carro, envenenamento por comida, câncer –, mas eu ficava mais imaginativa conforme o tempo passava e a última coisa que escrevi na lista (nº 316) foi: "Espero que meu pai perca o juízo e morra sozinho e com medo". Ainda tenho esse bloco, mas agora ele fica numa prateleira e não em uma mala velha.

Então, sim. Minha mãe, Rosemary Anne, morreu no Hospital Butler. Ela cometeu suicídio lá, embora estivesse sendo vigiada na época. Estava amarrada à cama e havia uma câmera de vídeo no quarto dela. Mas, ainda assim, ela deu um jeito. Conseguiu engolir a própria língua e morreu sufocada antes que algum dos enfermeiros ou funcionários percebesse o que estava acontecendo. O atestado de óbito diz que ela morreu devido a uma convulsão, mas eu sei que não foi isso que aconteceu. Não foram poucas as vezes em que a visitei e ela me disse que queria morrer, e eu costumava dizer que preferia que ela vivesse e melhorasse e que voltasse para casa, mas que não ficaria aborrecida se ela realmente tivesse de fazer isso – se tivesse de morrer, se chegasse o dia ou a noite em que ela simplesmente não pudesse mais suportar. Ela disse que sentia muito, mas que ficava feliz pelo fato de eu entender e que sentia gratidão por isso. Eu levava doces, cigarros e livros e nós conversávamos sobre Anne Sexton, Diane Arbus e sobre Virginia Woolf, que encheu os bolsos com pedras e entrou no rio Ouse. Nunca contei nenhuma dessas conversas para os médicos de Rosemary. Também não falei sobre o dia, um mês antes de ela se sufocar com a própria língua, em que minha mãe me entregou uma carta que citava o bilhete de suicídio de Virginia Woolf: "O que eu quero dizer é que devo a você toda a felicidade da minha vida. Você foi paciente e incrivelmente boa comigo. Quero dizer que... todos sabem disso. Se alguém pudesse me salvar, teria sido você. Todas as coisas me deixaram, menos a certeza de sua bondade". Isso fica pregado na parede do quarto onde pinto, que é meio que meu estúdio, embora costume pensar nele apenas como o quarto onde eu pinto.

Não tinha percebido que também sou louca – e que provavelmente sempre havia sido – até alguns anos depois da morte de Rosemary. É um mito que pessoas loucas não saibam que são loucas. Sem dúvida, muitos de nós são capazes de epifanias e introspecção como qualquer outra pessoa, talvez até mais. Suspeito que passamos muito mais tempo pensando sobre nossos pensamentos do que as pessoas sãs. Ainda assim, simplesmente não tinha me ocorrido que o modo como eu via o mundo significava que eu tinha herdado a "Maldição da Família Phelps" (para citar minha tia Elaine, que tem uma queda por tiradas dramáticas). De qualquer forma, quando finalmente me ocorreu que eu não era sã, fui a uma terapeuta no Hospital Rhode Island. Paguei muito caro, conversamos (na maior parte do tempo, eu falei enquanto ela ouvia) e o hospital fez alguns testes. Quando tudo foi dito e feito, a psiquiatra me disse que eu sofria de esquizofrenia desorganizada, que também é chamada de hebefrenia, por causa de Hebe, a deusa grega da juventude. Ela (a psiquiatra) não me contou sobre a última parte. Eu descobri sozinha. A hebefrenia recebeu o nome da deusa grega da juventude porque tende a se manifestar na puberdade. Não me preocupei em comentar que, se o modo como eu pensava e via o mundo significava que eu era esquizofrênica, a loucura tinha começado bem antes da puberdade. De qualquer forma, mais tarde, depois de mais alguns testes, o diagnóstico mudou para esquizofrenia paranoica, que não recebeu seu nome de nenhum deus grego, nem de nenhum deus que eu conheça.

A psiquiatra, uma mulher de Boston chamada Magdalene Ogilvy – um nome que sempre me traz à mente Edward Gorey ou um romance de P.G. Wodehouse – considerou a Maldição da Família Phelps muito interessante porque, disse ela, havia evidências que sugeriam que a esquizofrenia poderia ser hereditária, ao menos em alguns casos. Então é isso aí. Eu sou doida porque Rosemary era doida e teve uma filha, e Rosemary era doida porque minha avó era doida e teve uma filha (bem, teve alguns filhos, mas somente Rosemary deu azar e pegou a maldição). Contei à dra. Ogilvy as histórias que a minha avó costumava contar sobre a irmã de sua mãe, que também se chamava Caroline. Segundo a minha avó, Caroline guardava aves e ratos mortos em potes de vidro com tampa, alinhados em todos os peitoris. Ela rotulava cada pote com uma passagem da Bíblia. Contei à psiquiatra que eu suspeitava que minha tia-bisavó Caroline poderia apenas ter sofrido de um interesse apurado por história natural ou, talvez, pela coisa com os versos bíblicos. E então, falei, podia ser que ela estivesse tentando criar um tipo de concordância, correlacionando espécies particulares com as escrituras, mas a dra. Ogilvy disse que não, que provavelmente ela também era esquizofrênica. Não discuti. Raramente eu tinha vontade de discutir com alguém.

Então eu tinha meus frascos âmbar de comprimidos, meu estoque mais confiável de antipsicóticos e sedativos, que não são nem de longe tão interessantes quanto os vidros de ratos e pardais da minha tia-bisavó. Tenho Risperdal, Depakene e Valium; até agora fiquei longe do Hospital Butler e só *tentei* me matar. E foi só uma vez. Ou duas. Talvez eu tenha de agradecer aos medicamentos por isso, ou eu tenha de agradecer à minha pintura, ou talvez sejam os quadros e o fato de que a minha namorada aceita toda a minha merda estranha e presta atenção se eu tomo os remédios, além de ser ótima de cama. Talvez minha mãe tivesse ficado um pouco mais por aqui se transasse de vez em quando. Até onde sei, ninguém nunca propôs terapia sexual como tratamento para esquizofrenia. Mas, pelo menos, trepar não me deixa constipada nem faz minhas mãos tremerem (obrigada, sr. Risperdal), nem causam aumento de peso, cansaço e acne (muito obrigada, sr. Depakene). Penso em todos os meus remédios como homens, um fato que ainda não contei para a psiquiatra. Tenho a sensação de que talvez ela se sinta obrigada a se preocupar com isso, em particular porque já sabe sobre a lista de "como papai deveria morrer".

A loucura da minha família se alinha de modo ordenado, feito vagões: avó, filha, filha da filha, além da minha tia-bisavó. Talvez a Maldição vá ainda mais além, mas não sou muito fã de genealogia. Fossem quais fossem os segredos que minhas bisavós e trisavós pudessem esconder e levar para o túmulo, vou deixá-los em paz. Já me sinto um pouco culpada por não ter feito a mesma coisa com Rosemary Anne e Caroline. Mas elas são uma parte da *minha* história e tenho de voltar a elas para contá-la. Provavelmente eu poderia escrever versões inventadas, avatares ficcionais para substituir as mulheres que elas realmente foram, mas eu conhecia as duas bem o suficiente para saber que nenhuma ia querer isso. Não posso contar a minha história, nem as partes da história que vou tentar contar, sem também contar partes da história delas. Há muitas sobreposições, eventos demais que uma ou outra iniciou, de propósito ou não, e não faz sentido fazer isso se tudo com que eu posso lidar é uma mentira.

O que não significa dizer que cada palavra será factual. Apenas que cada palavra será verdadeira. Ou tão verdadeira quanto eu consiga.

Aqui tem uma coisa que anotei nos dois lados de um guardanapo de uma cafeteria há alguns dias: "Nenhuma história tem começo e nenhuma história tem fim. Começos e fins podem ser entendidos como algo que serve a um propósito, a uma intenção momentânea e provisória, mas são, em sua natureza fundamental, arbitrários e existem apenas como uma ideia conveniente na mente humana. As vidas são confusas e, quando começamos a relacioná-las, ou relacionar partes delas, não podemos mais discernir os momentos precisos e objetivos de quando certo evento começou. Todos os começos são arbitrários".

Antes de escrever isto e decidir que era verdade, eu vim até este quarto (que não é o quarto em que pinto, mas é o quarto com diversas prateleiras) e me sentei diante da máquina de escrever manual que costumava pertencer à minha avó Caroline. As paredes deste quarto têm um tom de azul tão claro que, algumas vezes, em plena luz do sol, parecem quase brancas. Eu me sento aqui e fico olhando para as paredes azul-esbranquiçadas ou olho pela janela para as outras casas antigas alinhadas ordenadamente ao longo da Willow Street, para as casas vitorianas, as árvores do outono, as calçadas cinzentas e os automóveis ocasionais que passam. Fico sentada aqui e tento decidir um lugar para começar esta história. Fico sentada aqui nesta cadeira, durante horas, e nunca escrevo uma única palavra. Mas agora criei meu começo, por mais arbitrário que seja, e sinto que é tão certo quanto qualquer começo jamais será. Pareceu justo explicar logo de cara a parte sobre ser louca, como um aviso; portanto, se alguém chegar a ler isto, saberá que não deve acreditar levar tudo ao pé da letra.

Agora, também de modo arbitrário, vou escrever sobre a primeira vez que vi *A Menina Submersa*.

No meu décimo primeiro aniversário, minha mãe me levou ao museu na Escola de Design Rhode Island (EDRI). Eu havia dito a ela que queria ser pintora, então, naquele ano, ela comprou um conjunto de tinta acrílica, pincéis, uma paleta de madeira e algumas telas e me levou ao Museu EDRI no meu aniversário. E, como eu disse, aquele dia foi a primeira vez que vi o quadro. Hoje *A Menina Submersa* fica pendurado bem mais perto da entrada da Benefit Street do que ficava quando eu era criança. A tela tem uma moldura dourada, com decoração entalhada – a mesma de todos os outros quadros naquela parte do museu, uma pequena galeria dedicada aos pintores americanos do século XIX. *A Menina Submersa* mede cinquenta por sessenta centímetros. Ele está pendurado entre *Pôr do Sol Ártico* (1874), de William Bradford, e *Na Costa de Sotavento* (1900), de Winslow Homer. As paredes da galeria têm uma cor verde-musgo uniforme que, acho, faz as molduras douradas antigas parecerem um pouco menos chamativas do que poderiam parecer de outra forma.

    A Menina Submersa foi pintado em 1898 por um artista de Boston chamado Phillip George Saltonstall. Quase ninguém escreveu sobre Saltonstall. Ele tende a ser agrupado aos simbolistas, embora um artigo o chamasse de um "discípulo americano tardio da irmandade pré-rafaelita". Ele raramente vendia, nem sequer mostrava suas pinturas e, no último ano de vida, chegou a queimar cinquenta quadros numa única noite. Grande parte dos poucos que restaram pode ser encontrada espalhada pela Nova Inglaterra, em coleções privadas e museus de arte. Além disso, tem um pendurado no Museu de Arte do Condado de Los Angeles e outro no Alto Museu de Atlanta. Saltonstall tinha convulsões, insônia e depressão crônica e morreu em 1907, aos 39 anos, depois de cair de um cavalo. Ninguém que eu já tenha lido diz se a queda foi um acidente, mas provavelmente foi. Eu poderia dizer que foi suicídio, mas sou suspeita e seria apenas especulação.

    Quanto ao quadro propriamente dito, *A Menina Submersa* foi pintado em grande parte com tons escuros de verde e cinza (e, por isso, parece estar no lugar certo pendurado na parede verde), mas com alguns poucos contrapontos: amarelos pastéis, brilhos esbranquiçados, áreas nas quais o verde e o cinza mergulham na cor preta. Ele representa uma jovem totalmente nua, com vinte e poucos anos ou talvez até mais nova. Ela está de pé, com água até os tornozelos em um lago na mata, quase tão liso quanto vidro. As árvores se fecham atrás dela e sua cabeça se desvia de nós enquanto ela fita a mata por cima do ombro direito, na direção das sombras que se acumulam mais abaixo e entre as árvores. O cabelo comprido tem quase o mesmo tom de verde da água e sua pele foi pintada de tal forma que parece paradoxalmente amarelada e com um pouco de luz interior. Ela está muito próxima da praia e há ondulações na água a seus pés, o que acho que significa que ela havia acabado de entrar no lago.

    Eu datilografo *lago*, mas, no fim das contas, o quadro é inspirado por uma visita que Saltonstall fez ao rio Blackstone, no sul de Massachusetts, durante o fim do verão de 1894. Sua família morava perto de Uxbridge, incluindo uma prima em primeiro grau, pelo lado paterno, Mary Farnum, por quem aparentemente ele estava apaixonado (não há prova de que os sentimentos eram recíprocos). Tem havido algumas conjecturas sobre se a garota no quadro era Mary, mas, se for esse o caso, o artista nunca disse isso – ou, se disse, não temos registro. Mas ele afirmou que a pintura começou como uma série de estudos de paisagem que ele fez na represa Rolling (também conhecida como Barragem Barulhenta, construída em 1886). Acima da represa, o rio forma um reservatório que antigamente abastecia os moinhos da fábrica Blackstone. A água é calma e profunda, em grande contraste com as corredeiras abaixo da represa, e flui entre as paredes íngremes de granito do desfiladeiro de Blackstone, que têm mais de vinte e quatro metros de altura em alguns lugares.

O título do quadro sempre me pareceu estranho. Afinal de contas, a garota não está se afogando, mas apenas caminhando na água. Ainda assim, Saltonstall investiu o quadro com uma inegável sensação de ameaça ou medo. Ela pode surgir da mata sombria que se agiganta atrás da garota e/ou da sugestão de que algo ali chamou sua atenção para as árvores. Um galho que estalou, talvez, ou passos esmagando as folhas caídas. Ou uma voz. Ou praticamente qualquer coisa.

Cada vez mais começo a entender como as histórias de Saltonstall e de *A Menina Submersa* são parte integrante da minha história – do mesmo modo que Rosemary Anne e Caroline são partes integrantes da minha história – mesmo que eu não afirme que seja verdadeiramente o início das coisas que aconteceram. Não em sentido objetivo. Se eu fizesse isso, estaria fugindo da questão. Será que o início foi a primeira vez que vi o quadro, no meu décimo primeiro aniversário, ou a criação de Saltonstall, em 1898? Ou seria melhor começar com a construção da represa, em 1886? Instintivamente continuo procurando esse tipo de começo, mesmo sabendo que eu não deveria. Mesmo sabendo muito bem que apenas posso chegar a regressões inúteis e em essência infinitas.

Naquele dia de agosto, todos esses anos atrás, *A Menina Submersa* estava pendurado em outra galeria, uma sala dedicada aos pintores e escultores locais, a maioria (mas não apenas) artistas de Rhode Island. Os pés de minha mãe estavam doloridos e nós estávamos sentadas em um banco no centro da sala quando notei o quadro. Eu me lembro disso com muita clareza, embora a maior parte daquele dia tenha se apagado aos poucos. Enquanto Rosemary ficava sentada no banco, descansando os pés doloridos, fiquei de pé para contemplar a tela de Saltonstall. Mas era como se eu olhasse *para dentro* da tela, quase como se ela fosse uma minúscula janela voltada para o mundo verde, cinzento e embaçado. Tenho quase certeza de que foi a primeira vez que uma pintura (ou qualquer outro tipo de imagem bidimensional) me afetou daquele jeito. A ilusão de profundidade era tão forte que ergui a mão direita e encostei os dedos na tela. Acredito que eu esperava, sinceramente, que eles passassem por ela, até o dia e o local da pintura. Então Rosemary me viu tocar a pintura e me disse para parar, porque o que eu estava fazendo era contra as regras do museu; por isso, afastei a mão.

— Por quê? – perguntei, e ela disse que havia nas mãos humanas óleos e ácidos corrosivos que poderiam danificar uma pintura antiga. Contou que sempre que as pessoas que trabalhavam no museu precisavam segurá-las usavam luvas brancas de algodão para proteger as telas. Olhei para os meus dedos, me perguntando o que mais eu poderia machucar apenas com meu toque, imaginando se os ácidos e óleos pingando da minha pele haviam causado todo tipo de dano a todo tipo de coisa sem o meu conhecimento.

— De qualquer forma, Imp, o que você estava fazendo, tocando o quadro desse jeito?

Disse que ele parecia uma janela, e ela riu e quis saber o nome do quadro, o nome do artista e o ano em que foi pintado. Todas essas coisas estavam impressas em uma placa na parede, ao lado da moldura, e eu li em voz alta para ela. Minha mãe tomou notas em um envelope que tirou da bolsa. Rosemary sempre trazia sacolas de pano imensas e disformes que costurava para si mesma, e elas ficavam lotadas com tudo, de livros e cosméticos até contas dos serviços públicos e notas do mercado (que ela nunca jogava fora). Quando morreu, guardei algumas dessas sacolas e ainda as uso, embora não ache que tenha guardado a que ela trazia naquele dia em particular. Era feita de jeans e eu nunca gostei muito de jeans. Nem uso calça jeans.

— Por que você está anotando essas coisas?
— Talvez você queira se lembrar, um dia – respondeu ela. – Quando alguma coisa deixa uma forte impressão em nós, deveríamos fazer o nosso melhor para não esquecer. Por isso, anotar é uma boa ideia.
— Mas como saber o que eu poderia querer lembrar e o que não vou querer lembrar?
— Ah, agora essa é que é a parte difícil – explicou Rosemary, e roeu a unha do polegar por um momento. — Essa é a parte mais difícil de todas. Porque, óbvio, não podemos perder todo nosso tempo tomando notas de tudo, podemos?
— Claro que não – falei, dando um passo para trás, me afastando um pouco do quadro, mas sem tirar os olhos dele. Não era menos bonito ou impressionante por não ser uma janela, no fim das contas. — Isso seria ridículo, não é?
— Isso seria muito ridículo, Imp. Perderíamos tanto tempo tentando não nos esquecer de nada que coisa nenhuma digna de ser lembrada aconteceria a nós.
— Então a gente tem de tomar cuidado – falei.
— Exato – concordou ela.
Não me lembro de muito mais sobre aquele aniversário. Apenas dos presentes, da ida ao EDRI e de Rosemary dizendo que eu deveria escrever o que poderia se mostrar importante para mim um dia. Depois do museu, acho que voltamos para casa. Deve ter tido bolo com sorvete, porque sempre tinha, até o ano em que ela foi internada. Não houve festa, porque eu nunca tive uma festa de aniversário. Nunca quis ter uma. Saímos do museu e o dia seguiu, veio a meia-noite e não era mais meu aniversário até completar 12 anos. Ontem, dei uma olhada no calendário on-line e ele me informou que o dia *seguinte*, 3 de agosto, seria um domingo, mas isso não me diz muita coisa. Nunca vou à igreja, porque minha mãe era uma católica não praticante e sempre dizia que era melhor ficar longe do catolicismo, porque pelo menos assim eu nunca teria de passar pelo drama de, no fim, não praticar.
— Nós não acreditamos em Deus? – Talvez eu tenha perguntado a ela em algum momento.

— *Eu* não acredito em Deus, Imp. Em que *você* vai acreditar cabe a você. Tem de prestar atenção e resolver essas coisas sozinha. Eu não vou fazer isso por você.

Quer dizer, se é que essa conversa realmente aconteceu. Quase parece que sim, quase, mas um monte de lembranças minhas são falsas, por isso nunca posso ter certeza, de um jeito ou de outro. Muitas das minhas lembranças mais interessantes parecem nunca ter acontecido. Comecei a escrever diários depois que trancaram Rosemary no Butler e fui morar com a tia Elaine, em Cranston, até os 18 anos, mas mesmo assim não dá para confiar nos diários. Por exemplo, tem uma série de entradas que descrevem uma viagem a New Brunswick que tenho quase certeza de que nunca fiz. Isso costumava me apavorar, essas lembranças de coisas que nunca aconteceram, mas me acostumei. E hoje não acontece tanto quanto antigamente.

"Vou escrever uma história de fantasmas agora", ela datilografou, e é isto que estou escrevendo. Já escrevi sobre os livros da minha avó, da minha mãe e da irmã da minha bisavó, a que guardava animais mortos em vidros rotulados com as escrituras. Essas mulheres todas são apenas fantasmas agora e elas me assombram, assim como os outros fantasmas sobre os quais vou escrever. Da mesma forma como sou assombrada pelo espectro do Hospital Butler, bem ao lado do Cemitério Swan Point. Do mesmo jeito que meu pai desaparecido me assombra. Mas, mais do que qualquer uma dessas coisas, sou assombrada por *A Menina Submersa*, de Phillip George Saltonstall, do qual eu teria me lembrado mesmo que minha mãe não tivesse passado um tempo naquele dia fazendo anotações em um envelope.

Fantasmas são essas lembranças fortes demais para serem esquecidas, ecoando ao longo dos anos e se recusando a serem apagadas pelo tempo. Não imagino que, quando Saltonstall pintou *A Menina Submersa*, quase cem anos antes de eu vê-lo pela primeira vez, tenha feito uma pausa para considerar todas as pessoas que poderia assombrar. Essa é mais uma característica dos fantasmas, uma característica muito importante: você tem de tomar cuidado porque assombrações são contagiosas. Assombrações são *memes*, em particular, transmissões de ideias perniciosas, doenças contagiosas *sociais* que não precisam de hospedeiro viral nem bacteriano e são transmitidas de milhares de modos diferentes. Um livro, um poema, uma canção, uma história de ninar, o suicídio da avó, a coreografia de uma dança, alguns quadros de filme, um diagnóstico de esquizofrenia, o tombo fatal de cima de um cavalo, uma fotografia desbotada ou uma história que você conta para sua filha.

Ou um quadro pendurado na parede.

Tenho certeza de que Saltonstall, na verdade, estava apenas tentando exorcizar os próprios fantasmas ao pintar a mulher nua, de pé na água, com a floresta às costas. Com muita frequência, as pessoas cometem o erro de tentar usar sua arte para capturar um fantasma, mas somente terminam espalhando sua assombração para inúmeras outras pessoas. Por isso, Saltonstall foi até o rio Blackstone e viu alguma coisa ali, alguma coisa que aconteceu ali, e isso o assombrou. Então, mais tarde, ele tentou fazer isso ir embora do único modo que conhecia: pintando. A propagação do meme não foi um ato malicioso. Foi um ato de desespero. Algumas vezes, pessoas assombradas chegam a um ponto no qual conseguem afastar os fantasmas ou os fantasmas as destroem. O que piora tudo isso é que tentar arrastar os fantasmas para longe e fechá-los com força onde eles não podem mais nos machucar não costuma funcionar. Acho que nós apenas os espalhamos quando tentamos fazer isso. Você faz uma cópia ou transmite uma parte infinitesimal do fantasma, mas a maior parte fica entrincheirada de modo tão profundo em sua mente que nunca vai a parte alguma.

Rosemary nunca tentou me ensinar a acreditar em um deus ou no pecado, no Paraíso ou no Inferno, e minhas próprias experiências nunca me levaram até lá. Não creio que chegue a acreditar em almas. Mas isso não importa. *Acredito* em fantasmas. Acredito, acredito, acredito; eu *acredito* em fantasmas, como dizia o Leão Covarde. Sem dúvida, sou louca e tenho de tomar comprimidos pelos quais nem mesmo posso pagar para ficar fora de hospitais, mas ainda vejo fantasmas em todo lugar que olho, porque, quando você começa a vê-los, não consegue mais *parar*. Mas a pior parte é que você começa a vê-los por acidente ou de propósito, e faz aquela mudança de perspectiva que permite reconhecê-los como são, e eles também começam a vê-la. Você olha para um quadro pendurado em uma parede e, de repente, ele parece uma janela. Parece tanto uma janela que uma garota de 11 anos tenta esticar a mão até o outro lado. Mas a parte triste das janelas é que a maioria delas abre para os dois lados. Elas permitem que você olhe para *fora*, mas também deixam que qualquer coisa que acontece do outro lado olhe para *dentro*.

Estou me antecipando, o que significa que eu tenho de parar, voltar e acabar com toda essa bobagem sobre memes, fantasmas e janelas, ao menos por enquanto. Tenho de voltar àquela noite de julho, quando eu dirigia ao longo do rio Blackstone, não muito longe do local que inspirou Saltonstall a pintar *A Menina Submersa*. Naquela noite, conheci a sereia chamada Eva Canning. E também teve a *outra* noite, a noite de neve em novembro, em Connecticut, quando eu estava dirigindo pela mata em uma estrada estreita e asfaltada e cruzei com uma garota que, na verdade, era um lobo e que pode ter sido o mesmo fantasma de Eva Canning, que inspirou outro artista, outro morto, um morto cujo nome era Albert Perrault, a tentar capturar a aparência dela em seu trabalho.

E o que eu disse antes sobre a namorada que aguenta todas as minhas merdas... foi meio que uma mentira, porque ela me largou não muito depois que Eva Canning apareceu. Porque finalmente a esquisitice ficou esquisita demais. Não a culpo por me largar, embora sinta sua falta e ainda a deseje aqui. De qualquer forma, a questão é que fingir que ela ainda está comigo era uma mentira. Eu disse que não havia razão para fazer isso se acabasse só mentindo.

Por isso eu tenho de ficar atenta.

E tenho de escolher minhas palavras com cuidado.

Na verdade, acho que, de modo rápido e inesperado, começo a entender que estou tentando contar uma história para mim em uma linguagem que tenho de inventar enquanto vou em frente. Se for preguiçosa, se me basear muito no modo como as outras pessoas, qualquer pessoa, contariam esta história, vai parecer ridículo. Vou ficar horrorizada ou constrangida ao ver ou ouvir isso. Ou vou ficar horrorizada *e* constrangida, e vou desistir. Vou guardar numa mala abandonada debaixo da minha cama e nunca vou chegar ao local que, sem querer, no fim das contas, é o fim. Não, nem mesmo o fim, mas apenas a última página que vou escrever antes de poder parar de contar esta história.

Tenho de tomar cuidado, como Rosemary falou. Tenho de parar e dar um passo para trás.

Não estava chovendo no dia em que conheci Abalyn, mas o céu estava nublado com aquele tipo de nuvem violeta e ilusória que se agita, se precipita e faz você pensar que *poderia* chover. Estava ventando e, sem dúvida, havia *cheiro* de chuva. Por isso, eu estava usando as galochas, a capa de chuva e carregava o guarda-chuva naquela tarde, há dois anos e quatro meses. Estava voltando para casa do ponto de ônibus, depois do trabalho. Era um daqueles últimos dias frescos em junho, antes de o tempo ficar quente e desagradável. Abaixo das nuvens, o ar era doce e as árvores pareciam quase verdes demais para serem reais. Não verdes demais de um jeito berrante, sabe, como se fossem artificiais, mas como se elas tivessem chegado a uma cor verde que era tão verde, tão exuberante, que não poderia existir na natureza. Ou, se existisse, provavelmente não deveria ser vista por olhos humanos. Desci do ônibus na Westminster e segui a Parade Street, que tinha dos dois lados esses grandes carvalhos e castanheiras verdes e sussurrantes. À minha esquerda, ficava o espaço aberto da Área de Treinamento Dexter, que agora é só um parque, apesar do nome. À minha frente, no limite sul da Área de Treinamento, a Armaria da Cranston Street erguia-se como um castelo de contos de fadas, com torres altas, ameias e tijolos amarelos envernizados que se delineavam nitidamente contra as nuvens. A Armaria, da qual o bairro recebeu o nome, na verdade não é mais uma armaria. Me ocorre que um monte de coisas em Providence já não é mais o que costumava ser, mas ninguém nunca se importou em lhe dar novos nomes, e os nomes podem enganar e confundir.

Passei pela minha rua, porque eu estava mais a fim de caminhar que de ir direto para casa. Andei mais dois quarteirões, depois virei à direita na Wood Street. Deixei para trás a maior parte das grandes árvores, trocando-as por casas altas e estreitas com mansardas e janelas salientes, ornamentos de madeira recortada e terrenos maltratados e cheios de ervas daninhas. Eu não havia caminhado muito quando me deparei com um monte desordenado de caixas de papelão empilhadas perto do meio-fio. Eram DVDs, livros, uns poucos discos e alguns utensílios domésticos. Havia roupas (basicamente camisetas, jeans, calcinhas e sutiãs) enfiadas ao acaso em mais caixas ainda. Havia duas cadeiras de cozinha de madeira, uma cafeteira, uma mesinha de cabeceira gasta, um abajur sem a cúpula e, bem, outras coisas. Imaginei que alguém tinha sido despejado e os pertences foram jogados na rua. Isso acontece, embora não tanto neste lado da cidade quanto em College Hill. Eu estava surpresa por não haver um colchão, porque quase sempre tem um colchão e um estrado com molas. Apoiei o guarda-chuva em um poste telefônico e comecei a remexer nas caixas. Que bom que *não tinha* chovido porque, nesse caso, todas as coisas teriam ficado arruinadas.

Eu tinha aprendido havia muito tempo que vale a pena remexer os pertences abandonados de pessoas que não pagaram o aluguel, que haviam deixado tudo para trás e seguido em frente. Metade do meu apartamento é mobiliado com restos e uma vez encontrei uma primeira edição de *O Grande Gatsby* e uma pilha de revistinhas do Super-Homem dos anos 1940 enfiadas em uma gaveta de um antigo guarda-roupa. Um sebo no centro da cidade me pagou pelo lote quase que o suficiente para cobrir um mês de aluguel. De qualquer forma, eu tinha acabado de começar a revirar os livros – em sua maioria ficção científica e fantasia – quando ouvi passos e ergui os olhos. Uma garota alta estava atravessando a Wood Street e as botas pretas dela faziam barulho contra o asfalto. A primeira coisa que percebi é que era bonita, de um modo andrógino, como a Tilda Swinton. A segunda coisa que notei é que ela parecia muito, muito aborrecida.

— Ei! – gritou ela, quando ainda estava na metade da rua. — Que merda que você acha que está fazendo?

Ela foi crescendo à minha frente antes que eu conseguisse pensar em uma resposta. Abalyn tem quase 1,83 m, o que significa que ela tem uns treze centímetros a mais do que eu.

— Essas coisas são suas? – perguntei, imaginando se o cabelo curto era realmente tão preto assim ou se ela pintava.

— São, sim, porra – disse ela, e tirou um livro das minhas mãos. Eu diria que ela rosnou, mas isso poderia ser equivocado, como a Área de Treinamento Dexter e a Armaria. — De onde você tirou que pode vir e começar a remexer nas merdas de outra pessoa?
— Pensei que tivessem sido abandonadas – respondi.
— Bem, não foram.
— Pensei que fosse apenas lixo – completei.
— Se fosse apenas lixo, por que diabos você ia querer? – ela quis saber, e eu percebi que seus olhos eram verdes. Não eram verdes como as árvores ao longo da Parade Street, mas eram verdes como as águas rasas do mar precipitando-se sobre as pedras de granito, como ondas nos mares flutuantes e sem forma, ou verdes como os fragmentos polidos de vidro na praia, que costumavam ser garrafas de Coca-Cola ou 7Up. Um verde que era quase (mas não muito) azul.
— Bem, se não é lixo, então por que está empilhado aqui no meio-fio como se *fosse*?
— Ai, caralho – disse ela e revirou os olhos. — Desde quando isso é problema seu?

Ela olhou de cara feia para mim e, por um segundo ou dois, pensei que ia me dar um soco ou dar meia-volta e ir embora. Em vez disso, ela simplesmente largou o livro em uma caixa diferente da que eu o tirara e passou os dedos pelos cabelos pretos, pretos, que eu havia chegado à conclusão de que tinham de ser pintados. Além disso, eu tinha decidido que talvez ela fosse alguns anos mais velha que eu.

— Sinceramente, não sabia que as coisas eram suas. Não sabia que ainda eram de alguém. Não sou uma ladra. – Depois apontei para o céu nublado. — Sabe, poderia começar a chover a qualquer minuto, então você deveria levar tudo para dentro de algum lugar antes que fique molhado e estrague.

Ela fez a mesma expressão de antes, como se talvez, no fim das contas, fosse me socar.

— Estou esperando uma pessoa – disse ela. — Um amigo meu que tem um caminhão e prometeu que estaria aqui duas horas e meia atrás. – Ela fez uma careta e olhou para a Wood Street, na direção do parque. — Vou guardar tudo na garagem dele.

— Então, onde você acha que ele está? - perguntei, embora ela tivesse razão e nada disso fosse problema meu. Acho que eram os cabelos que me faziam falar. Os cabelos e os olhos também.

— Porra, se eu soubesse... Ele não atende o telefone e já mandei dezenas de mensagens de texto pra ele. Provavelmente perdeu o celular de novo. Vive perdendo os telefones ou eles são roubados.

— Se chover... - falei de novo, pensando que talvez tivesse falado baixo demais da primeira vez e ela não tivesse ouvido, mas ela me ignorou. Então perguntei o que todas aquelas coisas estavam fazendo empilhadas perto do meio-fio em um dia nublado, se ela ainda as queria. Ela apontou para o outro lado da rua, para uma das casas mais acabadas, uma daquelas que ninguém se incomoda mais em consertar nem em fazer melhorias e aluga a pessoas que não gostariam de morar na Armaria dez anos atrás. A pintura lembrava queijo cottage, menos os ornamentos, que me faziam pensar em repolho cozido.

— Você morava ali? - perguntei. — Foi despejada?

— É, de certo modo - ela disse (mais uma vez, eu diria que ela rosnou, mas...) e suspirou e olhou para os livros, CDs e todo o resto. — A vagabunda da minha namorada me deu o pé na bunda, o que eu acho que, no fundo, é a mesma coisa que um despejo. O aluguel está no nome dela, porque o meu crédito é ruim, já que deixei de pagar o crédito estudantil.

— Eu não fui à faculdade - falei. — Meu apartamento fica a alguns quarteirões. - Apontei na direção da Willow Street.

— Ah. E...?

— Bem, o meu apartamento não é muito grande. Mas *está* praticamente vazio porque eu não tenho muitos móveis e não o divido com ninguém. Mas tenho carro. É um Honda minúsculo, então pode ser que leve duas ou três viagens, mas a gente podia tirar as suas coisas da rua. Bem, pode ser que as cadeiras não caibam.

— Danem-se as cadeiras - disse ela, sorrindo pela primeira vez. — Elas são um lixo. A mesinha de cabeceira e o abajur também são lixo. Você está falando sério? Quer dizer, se eu ficar aqui mais algumas horas pode ser que ele realmente apareça. Não quero me aproveitar de você nem ser um incômodo.

— Não seria um incômodo – falei como se não ligasse se ela aceitaria ou não a oferta. Eu queria tanto que ela dissesse sim que provavelmente meus dedos estavam cruzados. — De qualquer forma, não tenho planos para hoje à noite e seria horrível se chovesse e todas as suas coisas ficassem molhadas.

— Isso nem é tudo – disse ela. — A tv, o computador e as minhas coisas de jogos ainda estão no corredor do andar de baixo – e ela apontou mais uma vez para a casa cor de queijo cottage e repolho. — Eu não queria arrastar as coisas para a rua, não importa o quanto ela gritar.

— Vou pegar o carro – falei. — Você fica aqui, para o caso de alguém vir e achar que é apenas lixo. – E lhe dei o meu guarda-chuva. Ela o fitou por um momento, como se nunca tivesse visto um guarda-chuva antes e não tivesse ideia de para que servia.

— Apenas para o caso de começar a chover – falei. — Poderia, ao menos, ajudar a manter os livros secos.

Ela concordou com a cabeça, embora ainda parecesse meio confusa.

— Você tem mesmo certeza? – perguntou ela. — Eu nem sei o seu nome.

— Eu sou India – respondi. — Como o país ou a tinta India, mas a maioria das pessoas me chama de Imp. Portanto, você pode me chamar de Imp ou de India. Qualquer um está bom.

— Ok, Imp. Bem, é muita bondade sua. Prometo que vou tirar tudo do seu caminho no máximo amanhã à noite. E meu nome é Abalyn, que é como todo mundo me chama. Só não me chame de Abby. Odeio.

— Ok, Abalyn. Espere aqui. Volto daqui a pouco.

Ela olhou inquieta para o céu nublado e preocupante e abriu o guarda-chuva. Corri para casa e peguei o carro. No fim, fomos obrigadas a fazer quatro viagens, por causa do computador, da televisão e de todas as coisas de jogos, mas eu não liguei. Ela disse que gostou das minhas galochas, que eram azuis com patinhos amarelos, e se os cabelos pretos e os olhos verdes já não tivessem me conquistado, isso teria.

E foi nesse dia que conheci Abalyn Armitage.

"Acho que andei contando mentiras", datilografa Imp.

Não que eu não tivesse conhecido minha ex-namorada em um dia não tão chuvoso de junho, quando as árvores estavam muito verdes. Toda essa parte é verdade, assim como a parte sobre as coisas dela amontoadas no meio-fio. E eu roubando quase sem querer os livros. Mas não tenho ideia do que dissemos uma à outra. Não acho que alguém pudesse escrever essa cena e *não* mentir, recordações de uma conversa que aconteceu há dois anos e meio. Ainda assim, eu não pretendia mentir, tentando descrever como Abalyn e eu nos conhecemos. E também não pretendia *não* mentir. A linha sobre a qual caminho é um tipo de linha tênue, não é? Talvez eu devesse me dar um desconto. O modo como escrevi sobre Abalyn é verdadeiro, só que não particularmente factual, como um filme "baseado em" ou "inspirado por" eventos reais. Tenho de preencher as lacunas, por isso esta é uma história e não um monte de fotografias apresentadas com palavras em vez de imagens. Minha memória não é muito boa, por isso nunca consegui aprender a tabuada de multiplicação e a tabela periódica, nem as capitais estaduais, nem a tocar saxofone alto. E foi por isso que decidi não ir para a faculdade. Era como se eu tivesse tido sorte por ter me formado no ensino médio com essa porcaria de memória. Além disso, eu realmente não podia bancar a faculdade e, pelo menos, não estou devendo nada agora, como a Abalyn. Sim, essa parte é verdadeira *e* factual. E nenhum dos nomes foi modificado para proteger pessoas inocentes.

Claro que eu nunca conheci uma pessoa inocente. No fim das contas, todo mundo machuca alguém, por mais que tente não machucar. Minha mãe me magoou ao ficar grávida do babaca do meu pai (que nem teve a decência de se casar com ela, embora eles tenham ficado juntos por dez anos), mas tenho certeza de que ela não tinha intenção, na época, de magoar uma filha que ainda nem existia. Acho que o que ela cometeu foi crime passional ou apenas falta de planejamento. Tenho certeza de que a minha avó Caroline não tinha ideia, quando engravidou, de que a filha herdaria a loucura dela e depois a passaria para a neta bastarda. Quando eu quase roubei os livros de Abalyn naquele dia, livros que eu não estava *tentando* roubar, não tinha intenção de machucá-la só por falar com ela, mas do modo como as coisas saíram, do modo como aquela conversa levou ao nosso relacionamento, eu a machuquei. Eu fiz mal a ela. Não acredito em pecado, nem no original nem em outro, mas acredito que as pessoas fazem mal a outras e que imaginar que isso pode ser diferente é apenas pedir para se decepcionar. Acredito que isso seja verdade, assim como o relato impreciso da primeira conversa com Abalyn, embora não seja fácil sugerir qualquer tipo de fundamento factual ou agente causal de *por que* é verdadeiro.

Dito isso, é como se eu devesse escrever algo factual agora. Ao contar esta história de fantasmas, começo a pensar nos fatos e na verdade como se fossem tijolos e cimento, mas eu não tenho certeza de qual é qual. É provável que os fatos sejam os tijolos e que a verdade seja o cimento que mantém tudo junto. Gosto de como isso soa, portanto vou considerar uma verdade provisória. Por sinal, não posso levar o crédito por todo esse negócio de verdade e fato. Ele vem de um ensaio em defesa dos contos de fadas, escrito por Ursula K. Le Guin e intitulado "Por que os americanos têm medo de dragões?". Ela poderia muito bem ter perguntado "Por que os americanos têm medo de fantasmas, lobisomens e sereias?". De qualquer forma, a autora escreve: "A fantasia é verdadeira, é claro. Não é factual, mas é verdadeira. E é justamente por isso que muitos [americanos] têm medo de fantasia". Essa é outra citação que eu deixo pregada na parede do quarto onde pinto, bem ao lado do bilhete suicida de Virginia Woolf.

Imp olhou por um instante para o que havia escrito e então acrescentou: "Pare de protelar, India Morgan Phelps. É irritante".

Meu conto de fadas favorito quando eu era criança era "A Pequena Sereia" e eu gostava, em particular, de quando minha avó Caroline o lia. Ela guardava um velho exemplar gasto de *Histórias de Hans Christian Andersen*, que foi impresso em 1911, três anos antes de ela nascer. Dizia que a mãe o havia comprado na Brattle Book Shop, em Boston, quando ela ainda estava grávida de Caroline. O livro de contos de fadas da minha avó é ilustrado com vinte e oito aquarelas lindas de um artista francês chamado Edmund Dulac, que nasceu em 1882 e morreu em 1953. Quando Caroline se matou, o livro foi uma das poucas coisas que ela deixou para mim, e é outra coisa que guardo no quarto onde pinto. As páginas se tornaram amarelas e quebradiças, e as ilustrações estão começando a desbotar. Imagino que eram muito mais vívidas há noventa e sete anos, quando minha bisavó comprou o livro para que ela tivesse contos de fadas para ler para a filha. Claro, eu também gostava de algumas das outras histórias, em especial "A Rainha da Neve" e "O Conto do Vento", mas de nenhuma delas eu gostava tanto quanto de "A Pequena Sereia". Tenho certeza de que Caroline deve ter sabido a história de cor, de tanto que eu pedia para ouvir. Mas ela sempre fingia que estava lendo de verdade e fazia uma pausa para mostrar as ilustrações de Edmund Dulac. Assisti a duas adaptações da história para o cinema: *Splash: Uma Sereia em Minha Vida*, que saiu dois anos antes de eu nascer, e o desenho animado da Disney, que foi lançado quando eu tinha três anos, por isso assisti aos dois em VHS. O modo como a Disney mudou o final me deixou com raiva. Claro, *Splash* também mudou o final, mas não era cheio de música insípida e, pelo menos, a Daryl Hannah não tinha de deixar de ser uma sereia.

Para mim, o final do filme da Disney pegou uma história verdadeira (embora não factual) e a transformou numa mentira.

O conto de fadas do qual eu menos gostava quando era criança era "Chapeuzinho Vermelho". Ele não estava no livro que minha bisavó comprou em Boston, claro, porque não foi escrito por Hans Christian Andersen, mas por Charles Perrault (não confundir com Albert Perrault). E não foi publicado em 1911, mas em 1697. Foi a primeira vez que foi publicado, mas a história já existia de muitas formas, muito antes de Perrault colocá-la no papel. Tenho um arquivo chamado "Chapeuzinho Vermelho" com versões que datam do século XI. A maioria das pessoas conhece a história do jeito que os irmãos Grimm a escreveram, e a maioria das crianças ouve a variante domesticada e amenizada, na qual um caçador salva a garota do lobo. Mas Caroline me contou a história do modo como foi publicada em *Histórias ou Contos de Tempos Passados com a Moral da História: Contos da Mamãe Gansa*, em 1697. Chapeuzinho Vermelho e a vovó são comidas pelo lobo, ninguém aparece para salvá-las nem tem final feliz. Essa é, acho, a encarnação mais verdadeira da história; no entanto, mesmo adulta, eu realmente não me importava com ela.

De qualquer forma, mesmo com final feliz, a história me assustava. Primeiro porque eu nunca imaginava o lobo como um lobo de verdade, mas como uma criatura que caminhava ereta nas duas patas e parecia muito mais com um homem que com um lobo. Portanto, eu o considerava um lobisomem. Quando já era mais velha, li um livro sobre lobos e assisti a um documentário do National Geographic e percebi que o modo como eu havia visto o lobo, em minha imaginação, tornava a história mais verdadeira, porque os homens são mais perigosos que os lobos. Em especial se você é um lobo ou uma garotinha.

Minha mãe nunca lia contos de fadas para mim e nunca os contava puxando pela memória. Rosemary Anne não era uma mãe ruim, ela simplesmente não curtia contos de fadas.

Imp datilografou: "Acho que isso é o que chamam de prolegômenos, o que escrevi até aqui, que é uma palavra que não tive razão para usar antes". E então ela se levantou e foi até o banheiro porque precisava fazer xixi desde a parte sobre a Daryl Hannah. Ela também pegou um punhado de biscoitos Lorna Doone e uma maçã, porque tinha pulado o jantar de novo. Então voltou a se sentar diante da máquina de escrever e datilografou: "A importância dos contos de fadas e seu amor por 'A Pequena Sereia', bem como sua aversão por 'Chapeuzinho Vermelho' são justamente o coração da história de fantasmas que ela está escrevendo".

O que significa que não era uma digressão.

Alguns meses depois de Abalyn ter vindo morar comigo, fomos a uma exposição na Bell Gallery, em Brown. A ida foi ideia dela, não minha. A exposição, que se chamava *O Voyeur da Destruição Absoluta (em Retrospecto)*, era uma retrospectiva da obra de um artista que havia morrido num acidente de motocicleta fazia alguns anos, um homem que chamava a si mesmo de Albert Perrault (embora esse não fosse o nome que ele havia recebido ao nascer). Eu tinha ouvido falar dele, mas não muito. Abalyn havia lido um artigo sobre Perrault em algum lugar on-line e eu fui porque ela queria ir. A exposição incluía uma variedade de pinturas a óleo, esculturas e peças com técnicas diversas, quase todas inspiradas, em parte, por contos de fadas, e a maioria por "Chapeuzinho Vermelho". Se soubesse disso antes, teria deixado Abalyn ir sozinha. É provável que eu tivesse insistido. No fim das contas, fiquei de mãos dadas com ela durante todo o tempo em que estivemos na galeria.

Assinamos o livro de visitas sobre uma mesa perto da porta e Abalyn pegou uma cópia de uma brochura brilhosa sobre a exposição. A primeira pintura tinha um título em latim: *Fecunda Ratis*. A tela havia sido executada, sobretudo, em tons de cinza, embora houvesse alguns reflexos em verde e branco e uma única mancha vermelha chamativa flutuando perto do centro. Uma placa na parede ao lado da pintura explicava que Perrault havia tomado o título emprestado de um livro de um pedagogo do século xi, chamado Egbert de Liège, que incluía "De puella a lupellis seruata", a história de uma garota que se perdeu e foi encontrada morando com um bando de lobos. Na história, ela estava vestindo uma túnica de lã vermelha, que o avô tinha lhe dado no dia do batizado. Alguém vê a túnica e ela é resgatada, e isso, suponho, é a moral da história: batizem seus filhos ou eles vão viver com os lobos.

Eu não gostei da pintura. Ela me deixou desconfortável. E não apenas porque remetia diretamente ao meu antigo problema com "Chapeuzinho Vermelho". Havia algo de terrível nela, alguma coisa que tornava difícil olhá-la diretamente por mais que alguns segundos de cada vez. Suponho que o fato de o artista ter conseguido inspirar de modo tão efetivo em seu trabalho uma sensação de terror deveria ter me impressionado. A minha impressão dele se formou pouco a pouco. Olhei para o quadro, depois desviei o rosto mais uma vez. Não acho que Abalyn tivesse percebido que eu estava fazendo isso; não tenho nem certeza de que ela fizesse ideia de como a exposição estava me afetando até eu perguntar se nós podíamos sair, cerca de vinte minutos e alguns quadros e esculturas depois.

Antes de eu me sentar para escrever isso, dei uma googlada em *Fecunda Ratis* e olhei para as imagens na internet, porque não queria confiar nas minhas lembranças pouco confiáveis. O quadro não me incomodou do modo como fez naquele dia de agosto na Bell Gallery. Muita coisa aconteceu, e as esculturas e os quadros de Albert Perrault, com todo o seu horror, eram pálidos em comparação. Mas, como eu disse, praticamente tudo era cinza e então havia a mancha vermelha perto do centro. A mancha formava um tipo de ponto imóvel, um nexo ou um alicerce. É a túnica batismal de lã da criança, a única coisa que ela está vestindo. A menina está apoiada nas mãos e nos pés, e a cabeça está tão inclinada que seu rosto se esconde da vista. Não há nada além de uma confusão selvagem de cabelos emaranhados e a túnica vermelha que, quando o quadro não é considerado como um todo, parece cruel e incongruente. A garota está cercada por vultos escuros, pesados (os lobos), e os lobos, por sua vez, encontram-se em um círculo de pedras erguidas, um anel megalítico que se agiganta.

Os lobos se tornaram tão indistintos que eu poderia confundi-los com outra coisa, se não tivesse lido a placa na parede. Eu poderia ter olhado para aquelas criaturas enormes e peludas, agachadas ali sobre as ancas, observando de modo lascivo e faminto a garota. E poderia tê-las confundido com ursos. Ursos ou até, não sei, touros. Não dá pra dizer, pela pintura, se os lobos estão prestes a comer a garota ou se a estão mantendo segura. Não dá pra saber se estão admirados com o lobo estranho que ela é ou se pensam por que nunca fizeram amor com uma mulher e que talvez fosse uma mudança interessante.

Mas a pior parte do quadro era uma tira de papel de arroz colada no canto esquerdo inferior da tela. Impressas no papel estavam as palavras "Ninguém nunca virá buscar você".

Quando me sentei com a maçã e os biscoitos Lorna Doone, eu tinha em mente que conseguiria escrever em detalhes sobre todas as peças que faziam parte de *O Voyeur da Destruição Absoluta (em Retrospecto)* ou, pelo menos, aquelas que eu vi antes de começar a me sentir enjoada e termos de sair da galeria. *A Noite na Floresta*, que era muito parecida com *Fecunda Ratis*, só que mais assustadora. E *1893* e o *Medo Súbito em Espaços Lotados*. Uma série de gaiolas de metal enferrujadas, coletivamente chamadas de *Migalhas de Pão*, na qual cada uma das gaiolas tinha uma única pedra de calçamento dentro e cada pedra era entalhada com uma única palavra. E o cata-vento grotesco espalhado no centro de tudo, *Fases 1-5*, uma série de esculturas retratando a transformação de uma mulher num lobo. Não uma mulher qualquer, mas o corpo de Elizabeth Short, assassinada e desmembrada, conhecida por grande parte do mundo como "a Dália Negra". Tive pesadelos com essas esculturas durante semanas. Às vezes, ainda tenho. Eu ia descrever tudo isso da melhor maneira possível. Mas agora acho melhor não fazer isso. Talvez depois, na história, eu faça, quando isso for inevitável, mas não agora.

"Então", Imp datilografou, "já fiz o meu começo, por mais arbitrário e desarticulado que ele possa ser. Comecei minha história de fantasmas e vou fingir que não há meio de voltar agora."

É uma mentira, mas vou fingir, de qualquer jeito.

No fim, pode ou não formar alguma coisa coerente. Não vou saber até *chegar* ao fim.

Eu. Rosemary Anne. Caroline. Três mulheres loucas, em sequência. O suicídio da minha mãe e o suicídio da minha avó. Levando embora as palavras para que as coisas assustadoras sejam menos assustadoras e deixando para trás palavras que não mais significam o que já significaram. "A Pequena Sereia". O dia nublado em que conheci Abalyn. Pardais mortos e ratos presos dentro de vidros tampados. *A Menina Submersa*, pintado por um homem que caiu de um cavalo e morreu. *Fecunda Ratis*, pintado por um homem que caiu de uma motocicleta e morreu. Um homem que adotou o sobrenome do francês que costumam dizer ter sido o primeiro a escrever a história da "Chapeuzinho Vermelho", e então passou a criar obras de arte horrorosas baseadas no mesmo conto de fadas. Que é o que menos gosto. Jacova Angevine e a Porta Aberta da Noite, das quais vou falar depois. Assombrações contagiantes e memes perniciosos. O mal que fazemos sem querer fazer mal algum.

Uma estrada escura do interior na parte leste de Connecticut. Outra estrada escura ao lado de um rio em Massachusetts. Uma mulher que se chamava Eva Canning, que poderia ter sido um fantasma, um lobo, uma sereia ou, talvez, muito provavelmente, nada que jamais tenha um nome.

Isso é o resumo das anotações que minha mãe disse que eu deveria fazer, por isso não vou me esquecer do que deixou uma forte impressão em mim. Este é meu pedido de desculpas para Abalyn, embora eu saiba que ela nunca vai ler.

Talvez esse seja o meu bolso cheio de pedras.

"Já chega por enquanto", datilografou Imp. "Descanse um pouco. Ainda vai estar por aqui quando você voltar."

A MENINA SUBMERSA

CAITLÍN R. KIERNAN

II

"E que história é essa de capítulos?", datilografou Imp. "Se eu não estou escrevendo isto pra ser lido (o que enfaticamente não estou) e se não é um livro, por assim dizer, então por que estou preocupada com capítulos? Por que alguém se preocupa com capítulos? Seria apenas para o leitor saber em que parte parar e fazer xixi ou fazer um lanche ou apagar a luz e ir dormir? Capítulos não são meio parecidos com começos e fins? Com ideias arbitrárias e convenientes?" Apesar disso, ela datilografou o algarismo arábico "dois" precisamente dezessete linhas abaixo, em espaços simples, numa folha de papel em branco.

Outubro está passando, furtivo, à minha volta. Já perdi alguns dias, dias cheios de trabalho e não muito mais, tentando decidir quando e como continuar a história de fantasmas. Ou *se* eu deveria continuar a história de fantasmas. Obviamente, decidi que continuaria. Essa é outra forma de ser assombrada: começar algo e nunca terminar. Não deixo pinturas inacabadas. Se começo a ler um livro, tenho de terminar, mesmo que eu o odeie. Não desperdiço comida. Quando decido dar uma volta e planejo que caminho seguir, insisto em caminhar até o fim, mesmo se começar a nevar ou chover. Caso contrário, tendo a brigar com a coisa inacabada que fica me assombrando.

Antes de conhecer Abalyn Armitage, nunca havia jogado videogame. Nem tinha um computador. Eu também não sabia muita coisa sobre transexuais. Mas vou voltar a isso depois. Vou escrever sobre os videogames agora, porque foi um dos primeiros assuntos sobre os quais conversamos naquela noite. Conseguimos pegar todas as coisas da casa na Wood Street, onde ela não morava mais, porque a ex-namorada a tinha expulsado quando elas terminaram, e levar até a minha casa, na Willow Street, antes de começar a chover. E realmente começou a chover, o que demonstrou que eu fui lógica, afinal de contas, mesmo que um pouco prematura, em levar o guarda-chuva e calçar as galochas. Levamos as coisas até o edifício e subimos as escadas até o meu apartamento. Empilhamos a maior parte das coisas na saleta principal, que, de qualquer forma, estava bem vazia.

— Você é a primeira pessoa que ouço descrever uma sala na própria casa como saleta – disse Abalyn. Ela estava sentada no chão, separando os CDs, como se quisesse ter certeza de que nada ficara pra trás no antigo apartamento.

— Sou?

Ela me observou por um momento, depois disse:

— Se não fosse, eu nunca teria dito que era.

— Entendi – respondi, e então perguntei se ela gostaria de uma xícara de chá.

— Na verdade, preferiria café – retrucou, e eu falei que não tomava café, por isso não podia preparar para ela. Abalyn suspirou e deu de ombros. — Deixa pra lá – respondeu. Depois acrescentou: — Vou ter de resolver isso *tout de suite*. Não sei viver sem café. Mas obrigada assim mesmo.

Eu estava na cozinha havia, talvez, uns dez minutos, mas quando voltei ela já tinha ligado as coisas na televisão e estava ocupada instalando um dos consoles do jogo. Sentei no sofá e fiquei observando e tomando meu chá. Estava doce, mas não havia limão porque eu não tinha pensado em comprar um da última vez que fui ao mercado.

— Você amava sua ex? – perguntei, e Abalyn olhou por cima do ombro e franziu a testa para mim.

— Que diabo de coisa é essa pra se perguntar? – falou.

— Ok. Mas... você amava?

Ela voltou a se virar para os fios e as caixas de plástico pretas e pensei por um momento que ia me ignorar, de tal modo que eu teria de pensar em outra pergunta.

— Eu queria – respondeu Abalyn. — Talvez eu pensasse que amava, no início. Eu queria pensar que sim.
— Ela te amava?
— Ela amava a pessoa que achava que eu era, ou a pessoa que ela achava que eu era quando nos conhecemos. Mas não, não acho que já tenha me amado. Nem tenho certeza de que ela me conhecia. Não acho que eu conhecia ela também.
— Você sente falta dela?
— Só faz algumas horas. – Abalyn começou a parecer aborrecida e então mudei de assunto. Em vez disso, perguntei sobre as caixas pretas e a televisão. Ela explicou que um era um Xbox 360 e o outro era um PS3, depois explicou que PS era abreviação de PlayStation. Ela também tinha um Nintendo Wii, que ela pronunciava "uí". Fiquei sentada e ouvia com atenção, embora não estivesse particularmente interessada. Eu tinha começado a me sentir mal por ter perguntado o que perguntei sobre a namorada e só percebi tarde demais que era uma pergunta pessoal, por isso ouvir era o mínimo que eu podia fazer. Imaginei que falar desviaria a mente dela da ex e do fato de subitamente não ter um lugar para morar etc.
— Eu sou paga para escrever resenhas de jogos – disse ela, quando perguntei por que passava tanto tempo jogando videogames. — Escrevo, na maior parte, para sites. Algumas revistas impressas, de vez em quando, mas quase sempre para sites.
— As pessoas leem resenhas de videogames?
— Você acha que me pagariam para escrever se não lessem?
— Ok. Mas... eu nunca pensei sobre isso, acho. – E contei para ela que nunca havia jogado videogame. Ela quis saber se eu estava brincando e eu disse que não estava.
— Eu não gosto de jogos – falei. — Nunca vi muita razão. Sou muito boa em damas, buraco, e gamão não é tão ruim. Mas faz anos... – Eu me calei e ela voltou a olhar por cima do ombro para mim.
— Você sempre morou sozinha?
— Desde que tinha 19 anos – falei, e suspeitava que ela estava pensando alguma coisa do tipo: "Então é por isso que você é tão estranha". — Mas me viro bem – completei.
— Não é solitário?
— Não exatamente – respondi, o que era uma mentira, mas eu não queria dar a impressão de ser ridícula, sentimental ou coisa

que o valha. — Tenho minha pintura e trabalho. Leio muito e, algumas vezes, escrevo histórias.
— Você é pintora e escritora? – A essa altura, ela estava desembaraçando uma confusão de cabos pretos de uma das caixas.
— Não. Só pintora, mas algumas vezes escrevo histórias.
— Já foram publicadas?
— Já vendi algumas, mas isso não me transforma numa escritora de verdade. Numa autora, quero dizer.
Ela fez uma careta para a confusão de cabos pretos e, por um momento, era como se fosse colocá-los de volta na caixa ou jogá-los do outro lado da saleta.
— Você já vendeu um quadro? – perguntou ela.
— Não – respondi. — Não exatamente. Não meus quadros de verdade. Apenas meus retratos de pessoas no verão.
Abalyn não me perguntou o que eu queria dizer. Com "retratos de pessoas no verão", quero dizer.
— Mas você se considera pintora e não escritora. Sabe que isso não faz muito sentido, né?
— Eu também trabalho numa loja de material de pintura, e sou paga para isso. Mesmo assim, não me vejo como uma funcionária nem como caixa. A questão é: eu me vejo como pintora porque a pintura é o que eu amo fazer, aquilo por que eu sou apaixonada. Por isso sou uma pintora.
— Imp, você não se importa se eu ligar essa coisa toda, se importa? Deveria ter perguntado antes de começar. Eu só quero ter certeza de que nada está quebrado. – Finalmente ela conseguiu desenrolar os cabos, ligou os consoles na televisão e, então, retirou uma tomada elétrica da caixa de papelão.
— Não me importo – falei, e tomei meu chá. — Na verdade, é meio interessante.
— Eu sei que deveria ter perguntado antes de começar.
Fitei a grande televisão de tela plana por um momento. Ela a tinha apoiado contra a parede. Eu já havia visto em vitrines de lojas e no shopping, mas nunca havia tido nenhum tipo de TV.
— Não tenho TV a cabo – falei.
— Ah, eu já tinha imaginado isso.
Então choveu, e nós conversamos, e Abalyn ficou aliviada porque nada tinha quebrado. Ela me contou que a namorada, que se

chamava Jodie, por sinal (acho que ainda se chama), tinha colocado boa parte das coisas no corredor com um pouco de brutalidade, enquanto elas discutiam. Abalyn não havia tentado impedir. De qualquer forma, ela me mostrou como jogar alguns jogos. Em um deles, você era um soldado alienígena combatendo uma invasão alienígena, e tinha uma garota azul holográfica. Em outro, você era um soldado que tentava impedir os terroristas de usarem armas nucleares.

— Todos eles são violentos? – perguntei. — Todos os personagens principais são do sexo masculino? Todos os jogos são sobre guerra?

— Não... e não e não. Talvez eu te mostre um pouco de *Final Fantasy* amanhã e talvez *Kingdom Hearts*. Essas coisas podem ser mais a sua cara. No entanto, tem meio que um combate. Só que a violência não é tão explícita, se você entende o que quero dizer. É violência de desenho.

Não sabia do que ela estava falando, mas não disse isso a ela. No fim das contas, parou de chover. Pedimos comida chinesa e meu biscoito da sorte dizia "Não pare agora". Dizia mesmo. Não estou inventando.

Abalyn comentou:

— Essa é uma coisa estranha de se colocar num biscoito da sorte.

— Eu gostei – retruquei, e ainda tenho aquela sorte pregada na parede com as citações de Virginia Woolf e Ursula K. Le Guin. Eu sempre guardo a frase dos biscoitos da sorte, embora normalmente ponha na lata antiga de doces, na cozinha. É provável que eu tenha, no mínimo, umas cem.

"Onde isso vai dar?", datilografou Imp, porque estava começando a parecer um pouco errático. Depois, ela respondeu a si mesma ao datilografar: "Isso aconteceu realmente. É uma das coisas que eu tenho certeza de que realmente aconteceu".

"Como você pode ter tanta certeza?"

E Imp datilografou:

"Porque ainda tenho a frase daquele biscoito", embora esta dificilmente fosse uma resposta satisfatória. "Muito bem", disse em voz alta. "Desde que você não perca de vista o motivo de estar fazendo isso, não esqueça."

Não esqueci, em absoluto.

Não é por essa razão que eu estava escrevendo isso, porque eu não havia esquecido, porque eu não havia descoberto como esquecer? Abalyn é um dos fantasmas, assim como minha mãe e minha avó, e Phillip George Saltonstall e Albert Perrault, assim como Eva Canning. Ninguém nunca disse que você tinha de estar morto e enterrado para ser um fantasma. Ou, se alguém disse, estava errado. As pessoas que acreditavam nisso provavelmente nunca foram assombradas. Ou somente tiveram uma experiência muito limitada com fantasmas, por isso simplesmente não sabem de nada.

Abalyn dormiu no sofá aquela noite, e eu, na cama. Fiquei acordada um bom tempo, pensando nela.

Se eu a deixasse ler isto, a dra. Ogilvy provavelmente me diria que estou apresentando "comportamento esquivo", do modo como estou escrevendo esta história de fantasmas.

Mas a história é minha, não é? Sim, então é minha para contar como eu quiser. É minha para demorar, procrastinar e chegar a qualquer ponto em particular no meu próprio tempo. Não há um Leitor Fiel para apaziguar, somente eu e apenas eu. Dito isso, quero tentar escrever sobre a estrada. E sobre a noite em que conheci Eva Canning. No entanto, no momento, não faz diferença se é a Rodovia 122 contorcendo-se ao longo do rio Blackstone, pouco depois de Millville, Massachusetts, ou se é a Estrada do Covil do Lobo a nordeste de Connecticut. O que significa que também não importa se essa noite nessa estrada ocorre durante o verão ou o outono, respectivamente. Por enquanto, a estrada é arquetípica, abstrata. Poderia ser qualquer estrada ou qualquer noite. A especificidade não vai torná-la mais verdadeira, somente mais factual.

Tenho de escrever isso. Tudo isso. Tenho de ser verdadeira *e* factual, mas também devo começar olhando para aquela noite (ou aquelas noites) indiretamente. Pelo canto do olho. Ou o canto da minha memória, por assim dizer. Pelo canto da minha *imaginação*. Fazer de outra maneira é correr o risco de sair do rumo. De cegar a mim mesma, me desviar dessas páginas e nunca mais voltar. Não tenho de olhar *para* o sol para ver a luz que ele irradia. Isso seria terrivelmente tolo, não seria? Olhar para o sol. Claro que seria.

Por isso, estou dirigindo meu Honda ao longo de uma estrada, e poderia ser Massachusetts ou Connecticut, e poderia ser verão ou novembro. Esse é o mês depois de conhecer Abalyn, ou quase quatro meses dali em diante. De uma forma ou de outra, estou sozinha e é uma noite muito escura. A lua é nova, e a única iluminação vem dos faróis e das estrelas, que, a essa distância, você pode ver muito melhor que na cidade e nos arredores, onde há muita poluição luminosa. Também tem a luz do painel do Honda, uma luz verde suave, mas doentia, que lembra um filme de ficção científica, ou absinto, que nunca experimentei.

Isso é uma coisa que faço algumas vezes, quando não consigo dormir. Quando minha cabeça está cheia demais de pensamentos, de vozes, do passado. Entro no Honda e dirijo para nenhum lugar em particular. Apenas dirijo para estar dirigindo. Eu costumo ir para o oeste ou para o norte, longe de Providence, longe dos locais onde há tantas pessoas. Vou a locais onde posso ficar sozinha com meus pensamentos e resolvê-los bem o suficiente para que, quando finalmente voltar para casa, eu possa descansar (e, algumas vezes, isso é depois do amanhecer, então fico sonolenta durante todo o dia no trabalho ou, nos dias de folga, durmo até o fim da tarde). Tento me perder ali no escuro, mas nunca me perco tanto que não possa encontrar meu caminho de volta.

"As jornadas terminam no encontro dos amantes." Eu costumava pensar que era Shirley Jackson, porque isso passa diversas vezes pela cabeça de Eleanor em *The Haunting of Hill House*, mas, no fim das contas, vem de Shakespeare em *Sonho de uma Noite de Verão*.

As jornadas terminam no encontro dos amantes,
Todo filho de sábio deveria saber.

Filhos e filhas.
Como a morte não poderia parar para mim, gentilmente parei para ela.

Onde estávamos, Imp? Ah, estávamos bem aqui, na estrada, em uma noite de lua nova, em novembro, a menos que seja em julho. Tem neve amontoada na lateral da estrada, ou está quente o bastante para eu ter de baixar a janela, e o ar frio está soprando na porcaria do meu carrinho. Estou correndo pela escuridão (admito, costumo dirigir rápido demais nessas expedições noturnas, porque há uma necessidade de tentar me ultrapassar). E em um momento ela não está lá, mas no momento seguinte lá está ela. É simples assim. Não é que eu tenha ido para cima dela. É como se ela simplesmente tivesse aparecido. Deixa pra lá. Sei exatamente o que quero dizer. Se for em novembro, em Connecticut, ela está de costas para mim, afastando-se, e a floresta fica à direita. Se for em julho, ela está de pé, imóvel no acostamento, fitando o sul no local escuro onde o rio se esconde. De um jeito ou de outro, ela está nua. Há muita precisão aqui, apesar da minha necessidade de ser indireta. Isso deveria, no mínimo, merecer uma estrela de prata ao lado do meu nome.

Estou dirigindo rápido e, pelo modo como ela apareceu tão repentinamente, de uma vez, passo por ela antes mesmo de ter certeza do que vi. Mas então diminuo a velocidade. Diminuo e paro no acostamento, se for julho. Se for novembro, simplesmente paro, pois não há acostamento, e não há tráfego na estrada asfaltada do Covil do Lobo. Além disso, a neve se acumulava tão alto que é provável que eu ficasse presa se tentasse estacionar.

Olho no retrovisor e as luzes de freio transformaram tudo atrás de mim em vermelho. No entanto, posso vê-la, só que mal. De pé, nua, na lateral da estrada, embora ela não pareça ter me visto. O que faria uma mulher lúcida numa situação como essa? Será que ela continuaria dirigindo, achando que era melhor não se envolver? Será que ia pedir ajuda? Sairia do carro, como eu fiz? Apenas posso saber o que eu decidi fazer, embora não me lembre, na verdade, de ter decidido nada. Em vez disso, eu deveria dizer que apenas sei o que fiz. Botei o Honda em ponto morto, puxei o freio de mão e abri a porta do carro.

Ela não se vira para mim, se é que me viu. Ela não me nota. Está caminhando na minha direção ou está parada perfeitamente imóvel.

— Você está bem? – eu grito. Ela está tão longe que grito, mas, se for novembro, a noite está calma. Se for julho, há grilos, gafanhotos e talvez cigarras.

— Você precisa de ajuda? De carona?

Ela se vira para mim, olhando por cima do ombro direito, ou para de andar e olha para mim.

— Você está bem? – pergunto novamente.

Vai parecer ridículo se eu disser que a aparência dela era sobrenatural, mas ela era sobrenatural. Pior, é presunçoso, certo? Pressupõe que conheço tudo que *é* terreno e que por isso eu reconheceria qualquer coisa que *não fosse*. Não conheço, claro. Mas esse é o modo como ela me atingiu, de pé ali em uma estrada qualquer, em uma noite qualquer, com o meu hálito enevoando-se ou o ar cheirando a alcatrão e videiras selvagens. Essa foi a palavra que primeiro surgiu em minha mente: *sobrenatural*.

Ela apertou os olhos, como se a luz vinda do carro fosse brilhante demais. Acho que teria sido, depois de toda aquela escuridão. As pupilas dela subitamente teriam se contraído e os olhos ficariam doendo. Ela teria piscado e, talvez, coberto os olhos com uma das mãos. Mais tarde, verei que seus olhos são azuis, um tom de azul que Rosemary Anne costumava chamar de "azul-garrafa". A menos que fosse novembro, aí verei que os olhos dela têm um estranho tom marrom, um marrom que quase parece dourado. De qualquer forma, ela apertou os olhos, e eles brilham com uma luz iridescente, e ela pisca para mim. Eu penso *ferina*, que é muito mais apropriado e menos presunçoso que *sobrenatural*. Ela esboça um sorriso muito, muito tênue, tão tênue, na verdade, que posso ter imaginado. Dá um passo na minha direção e pergunto, pela terceira vez, se ela está bem.

— Você deve estar congelando aqui fora. Vai pegar pneumonia.

Ou:

— Os mosquitos devem estar te devorando.

Ela dá um passo e para. Se estava sorrindo, agora não está mais.

"Você não pode continuar a manter os dois modos, Imp. Tem de ficar com um ou com outro, não com os dois." A voz dela não é extraordinária. Não do modo como os olhos são. Poderia ser a voz de qualquer mulher. "Nunca quis falar dos dois modos."

"Mas é como me lembro disso", protesto. "Foi assim que aconteceu, duas vezes, dos dois modos."

"Você costuma desconfiar das suas lembranças. Aquela viagem a New Brunswick, por exemplo. Ou encontrar uma nota de 75 dólares na Thayer Street."

"Não existem notas de 75 dólares."

"Essa é justamente a minha questão. Mas, apesar disso, você se lembra de encontrar uma, não lembra?"

"Se você apenas queria que eu me lembrasse de um modo, não deveria ter deixado acontecer duas vezes."

"Não te ocorreu que você deveria fazer uma escolha? Não pode ter dos dois modos. Você cria um paradoxo, se tentar."

"Como a dualidade partícula-onda", respondo, e penso comigo mesma "Xeque-mate!". "A matéria apresenta as propriedades de ondas e as propriedades de partículas, dependendo de como são examinadas. Há um Paradoxo EPR. Tenho um livro de física quântica e entendo mais disso do que pensei que entenderia quando eu o comprei na venda de garagem na Chapin Avenue."

Eva Canning franze a testa e diz: "Imp, você está pondo palavras na minha boca. Está falando com você mesma. Isso é você e você, não você e eu."

Certo.

Além disso, eu não comprei o livro na venda de garagem. Apenas parei ali para ler, até que a senhora que estava vendendo as coisas me perguntou se eu *queria* comprar. Fiquei constrangida e respondi que não, que apenas estava folheando, e devolvi o livro. Fiz o maior esforço para sorrir. Ainda assim, é disso que lembro, que encontrei Eva Canning duas vezes, uma em julho e de novo em novembro, e que as duas vezes foram a *primeira* vez que nos encontramos. Vou agir como se não fossem lembranças falsas, embora com certeza isso vá tornar muito, muito mais difícil contar a minha história de fantasmas. Isso cria um paradoxo e, de imediato, eu não vejo como resolvê-lo nem como criar uma narrativa única a partir dessas recordações em conflito. Eva não poderia ter vindo para ficar comigo em julho e em novembro – não pela primeira vez –, poderia? Porque apenas me lembro de Abalyn saindo uma vez, e isso definitivamente foi em agosto e, sem dúvida, *por causa* de Eva. Tenho múltiplas linhas de evidência física para corroborar isso.

A balança parecia pender a favor de julho, da Rodovia 122 e de sereias. Distante de Albert Perrault e na direção de Phillip George Saltonstall. Mas... tenho essa sensação nauseante de que, na próxima vez que me sentar para escrever mais disso, a balança vai, por algum meio, inclinar-se para o outro modo, em favor de novembro, de Connecticut e dos lobos. Não é apenas outro modo de dizer – essa sensação nauseante. Saber que isso pode acontecer me deixa enjoada. Não totalmente nauseada, mas, sem dúvida, enjoada.

Vou pôr a chaleira no fogo para preparar um bule de chá e, talvez, comer uma torrada ou um bolinho com geleia de mirtilo. E tenho de me vestir, porque tenho de estar no trabalho em uma hora. Não dá tempo para tomar uma ducha, embora eu precise de uma, porque fiquei sentada aqui desde que acordei de um sonho com Abalyn e Eva. Com sorte, se eu passar desodorante e vestir calcinha e sutiã limpos, ninguém vai perceber que preciso de um banho.

Minha cozinha é a razão principal para eu alugar o apartamento no extremo leste da Willow Street. Ela pega a luz da manhã. As paredes foram pintadas com um tom alegre de amarelo e, de manhã, o cômodo fica claro, e no outono, no inverno e no fim da primavera parece mais quente do que realmente é, o que é bom. A cozinha me faz relaxar depois de dormir. O sono normalmente me deixa desorientada, com os nervos à flor da pele; tenho sonhos que são claros, vívidos, como o sol das oito da manhã nas paredes da cozinha, mas raramente há algo de alegre nos sonhos. Eu não costumava ter tais pesadelos – os sonhos começaram depois de Eva. Vovó Caroline sempre disse que a cozinha é o cômodo mais importante de qualquer casa (ou apartamento) e seus conselhos dificilmente me desorientavam.

Na manhã depois da primeira noite em que Abalyn veio ficar comigo, nós nos sentamos juntas à mesa da cozinha. Eu estava tomando chá, comendo uma banana e um bolinho – o de sempre –, e ela estava comendo biscoitos Nilla Wafers com manteiga de amendoim. Meu chá estava claro por causa do leite, e o dela não. Ela estava vestindo uma camiseta preta e short preto. Eu usava a camisola de algodão xadrez em azul e branco. Havia parado de chover e o sol tinha saído, portanto a cozinha amarela estava muito, muito amarela. Esses detalhes são tão claros para mim, e isso me surpreende, pois tantos detalhes muito mais importantes estão confusos ou já se perderam.

Minha lembrança é quase como se Caroline e Rosemary nunca tivessem morrido. Isso as substitui e tenta me manter a salvo. Seleciona e omite, guarda, separa e limpa. Com frequência, acho que sufoca. Não de propósito, claro.

— Você sempre tem os sábados de folga? - perguntou Abalyn, e usou uma colher para espalhar uma massa densa de manteiga de amendoim sobre um biscoito.

— Quase sempre - retruquei, tomando meu chá. — Mas gostaria de poder ficar mais horas do que fico. Não me importaria muito de trabalhar nos fins de semana. Você tem um emprego?

— Eu já disse. Escrevo resenhas de videogames.

— Quero dizer, além disso.

Ela mastigou e me fitou por um ou dois segundos.

— Não, além disso, não.

— Paga o suficiente para você não precisar de outro emprego?

— Não exatamente - murmurou ela, mastigando os biscoitos Nilla Wafers e a manteiga de amendoim. — Essa foi uma das coisas que fez com que me separasse de Jodie. Ela me enchia para arrumar um trabalho *de verdade*. - Quando Abalyn falava "trabalho de verdade", ela costumava fazer aspas com ironia. — Você ganha o suficiente na loja de materiais de pintura para o aluguel deste apartamento?

— Quase sempre - disse mais uma vez. — E tenho algum dinheiro guardado, um pouco do que a minha avó deixou para mim. Por isso, vivo com pouco.

— Então você vive de renda - disse ela, e deu uma risada.

— Não - falei, e acho que meio zangada. — Tenho apenas um pouco de dinheiro que a minha avó Caroline deixou para mim e para a minha mãe. É uma herança, mas eu trabalho. Se não trabalhasse, não teria durado nem metade desse tempo.

— Sorte a sua. - Abalyn suspirou.

— Nunca pensei nisso desse jeito.

— Talvez você devesse começar.

Depois, nenhuma de nós disse nada por algum tempo. Abalyn não foi a primeira pessoa a fazer uma observação depreciativa sobre a minha herança (minha tia Elaine é a administradora). Acontece algumas vezes, e algumas vezes explico que não restou muita coisa. Que vai acabar em alguns anos e quem sabe como vou me virar então e como vai ser com o aluguel e com os meus remédios e tudo o mais? Mas eu não quis discutir isso com Abalyn, não naquela manhã. Conversamos sobre isso em algum momento posterior.

— Desculpe – disse ela. — Só estou um pouco irritada com a questão de dinheiro agora.

— Não. Está tudo bem.

Ela me contou sobre Jodie, que brigavam muito, normalmente sobre dinheiro. Jodie tinha um emprego tipo emprego-em-escritório-das-nove-às-cinco, e Abalyn disse que Jodie se ressentia pelo fato de a namorada passar o dia inteiro sentada, em casa, jogando videogames. Abalyn disse que elas brigavam porque Jodie via alguma coisa em um catálogo da Ikea, por exemplo, e observava que elas poderiam ter coisas mais bonitas se Abalyn ganhasse mais dinheiro. E também falou sobre como se conheceram, em Cape, num bar em Provincetown.

— Eu sei. É um clichê terrível. Ela estava meio bêbada, mas eu lhe paguei outra cerveja e começamos a conversar. Ela nem percebeu que eu era trans até sairmos para voltar ao meu quarto de hotel.

"Eu não falei nada sobre Abalyn ser transexual", Imp datilografou. "Ela não ia querer que eu fizesse uma cena por isso e nunca fez diferença para mim. Por isso não mencionei nada até agora."

"Era parte de quem ela era", datilografou Imp.

— Ela se aborreceu? Quando descobriu, quero dizer. – E eu estava pensando naquela cena de *Traídos pelo Desejo*, quando Stephen Rea vê Dil nu e depois vai até o banheiro e vomita. Não contei para Abalyn que era isso que estava passando pela minha cabeça.

— Para falar a verdade, ela se aborreceu. Por isso, no fim das contas, não voltamos para o meu quarto. Mas eu tinha dado a ela o meu cartão...

— Você tem cartões?

Abalyn sorriu.

— Começou meio que como uma piada. Mas eles acabaram sendo práticos. De qualquer forma, Jodie tinha o meu cartão, que tem meu e-mail e o Facebook e tudo o mais, e ela entrou em contato comigo uma semana depois. Queria se encontrar comigo de novo.

— E você foi? Mesmo depois do modo como ela agiu?

— Você vai descobrir que posso ser uma alma indulgente, em especial quando mulheres bonitas estão envolvidas.

Então conversamos um pouco mais sobre ela ser transexual. Não muito, mas um pouco. Não lhe contei como eu soube no mesmo instante que ela me pegou remexendo nas coisas dela na véspera. Achei que teria sido rude dizer isso. Ela me falou sobre a ida à clínica em Bangcoc para a cirurgia e o cara com quem ela morava na época.

— Ele pagou quase tudo, mas então terminamos logo depois. No fim das contas, ele não gostou de mim depois. Conheci um monte de caras assim. Eles ficam de pau duro para quem não se operou, mas são mesmo apenas gays com um fetiche, por isso os operados acabam sendo totalmente brochantes.

— Você amava ele? – perguntei, embora, retrospectivamente, eu ache que foi uma pergunta indelicada.

Abalyn comeu outro biscoito e franziu a testa levemente, como se fosse difícil pensar em uma resposta ou difícil de pôr a resposta em palavras.

— Eu acreditava que sim. Na época. Mas superei. Eu era grata pelo que ele havia feito por mim e foi uma separação amigável. Ainda nos falamos, de vez em quando. Ele me liga. Eu ligo para ele. E-mail. É um cara legal, mas realmente deveria ficar com o pau duro.

"Isso é mais importante do que pode parecer à primeira vista", datilografou Imp. As teclas emperraram, e ela teve de parar para soltá-las e manchou os dedos das duas mãos com tinta. "Dualidade. A mutabilidade da carne. Transição. Ter de esconder o seu eu verdadeiro. Máscaras. Segredos. Sereias, lobisomens, gênero. As reações que podemos ter diante da verdade das coisas, diante da expressão mais sincera de alguém, diante de fatos que ocorrem contra as nossas expectativas e os nossos preconceitos. Confissões. Metáforas. Transformação. Por isso, é muito relevante. Não apenas uma conversa casual na hora do café. Não deixe nada relevante de fora, por mais trivial que possa parecer."

Hemingway falou para escrever sobre o tempo.

Imp parou e olhou para o que havia escrito.

— Você é uma mulher bonita – eu disse para Abalyn. Depois falei rapidamente, porque no mesmo instante me ocorreu que isso poderia ser interpretado do modo errado:

— Não que a beleza importe. Não que tenha algo a ver se uma pessoa é bonita ou não...

— Está tudo bem. Sei o que você quer dizer – respondeu Abalyn e ergueu a mão esquerda, me interrompendo.

— Você sabe?

— Provavelmente. Quase isso.

— Você já se arrependeu? – perguntei, e sabia que não deveria, mas as palavras saíram antes que eu pudesse impedi-las.

Abalyn suspirou em voz alta e virou a cabeça, olhando para fora da janela em vez de olhar para mim.

— Só uma ou duas vezes – disse ela em voz baixa, quase sussurrando. — Não com frequência, nem por muito tempo. Duvido que já tenha tomado alguma decisão da qual não tenha me arrependido em algum momento, mas era a coisa certa a fazer. Era a única coisa a fazer.

Não quero escrever mais sobre isso. Pelo menos não agora. Provavelmente vou ter de voltar a isso mais tarde, embora eu preferisse não voltar. Não gosto de pensar em Abalyn desse jeito. Não gosto de lembrar como ela podia ficar constrangida e esquisita às vezes e a expressão que ela assumia sempre que saíamos e algum babaca dizia alguma coisa odiosa ou imprudente. Ou quando a chamavam de *senhor*. Eu não gosto de lembrar o modo como isso a magoava. Magoa. Tenho certeza de que ainda a magoa; só que não estou perto para ver e não gosto de insistir nisso. É só normal. Perder as pessoas que você ainda ama e não querer vê-las sentindo dor, zangadas e humilhadas.

Gostaria de poder sentir pena e deixar Abalyn completamente de fora da história de fantasmas.

Mas, assim como Rosemary e Caroline, Phillip George Saltonstall e Albert Perrault, ela é parte da tapeçaria, não posso contar minha história sem mencionar parte da dela. Ela é parte da minha. Se Abalyn escrever a própria história de fantasmas, terei de ser parte dela, e tenho certeza de que ela sabe disso. Eu não iria culpá-la por isso.

Tomamos nosso chá e comemos o café da manhã. A conversa se voltou para os videogames e para o fato de que eu nunca tinha tido um computador. Quando a cozinha começou a ficar muito quente (sem ar-condicionado), passamos para o sofá. Ela me falou sobre os MMORPGS, os prós e contras dos vários consoles e os méritos relativos de PCs e Macs. E pacientemente me explicou sobre as falhas imprevistas e gigabytes e como ela lamentava ser jovem demais nos anos 1980 para ter vivido a Era de Ouro dos fliperamas. Ficamos assim por horas. Eu acompanhei durante a maior parte. E comecei a entender por que Abalyn vivia do jeito que vivia, escrevendo resenhas de videogames e evitando um local de trabalho convencional. Ela se sentia segura e isolada na frente da tela do monitor ou da televisão, sem que olhos curiosos, indesejados a estudassem e tirassem conclusões desinformadas e desagradáveis. Eu jamais a invejaria por essa privacidade. Nunca.

De volta a Phillip George Saltonstall.
De volta ao quadro *A Menina Submersa*.
A minha história de fantasmas está cheia de momentos importantes dos quais eu apenas tomaria conhecimento se fossem momentos importantes ao olhar para trás. Talvez seja sempre dessa maneira. Não sei dizer, porque sempre vivi a minha única assombração. Tenho um único ponto de observação. Ainda assim, eu enfatizaria que a minha assombração não é simples, obviamente. De um tipo sobre o qual você normalmente lê ou ouve contar ao redor de uma fogueira. Eu não sentia simplesmente um calafrio súbito e inexplicável em um quarto escuro. Nem acordava ao som de correntes retinindo ou de lamentos. E não estava em choque por causa de uma mulher ectoplasmática deslizando pelo corredor. Essas coisas eram apenas desenhos, caricaturas de fantasmas inventadas por pessoas que nunca sofreram (ou foram agraciadas) com uma assombração real, verdadeira, factual. Disso eu tenho muita certeza.

Portanto, isso é um evento significativo e, com o tempo, sua importância ficou evidente para mim. Mas, primeiro, foi apenas uma anedota ou uma história interessante que minha avó me contou.

L'Inconnue de la Seine.
Eu não falo francês. Estudei durante um ano no ensino médio, mas não era muito boa (assim como em muitas outras matérias) e esqueci quase tudo que consegui aprender. Mas Caroline falava francês. Quando era jovem, foi a Paris e Mont Saint-Michel, a Orleans e Marselha. Ela guardava fotografias e postais de quadros.

E tinha uma caixa de lembranças. Algumas vezes, ela os pegava e mostrava para mim. Ela contava histórias da França. E me contou uma quando eu tinha nove anos.

Eu aprecio as histórias da França, pois duvido seriamente que consiga ir até lá um dia. Viajar não é barato nem fácil como era, e não gosto da ideia de ficar num avião (nunca viajei de avião).

Eu era escoteira e buscava minha primeira medalha de mérito nos primeiros-socorros. Um dia, uma mulher foi até a nossa tropa de escoteiras, vinda de um hospital em Providence, e nos ensinou RCP (Reanimação Cardiorrespiratória) com um boneco de borracha, que ela chamava Resusci Anne. Aprendemos como administrar corretamente a pressão no peito e como encostar nossos lábios nos do boneco e soprar nossa respiração nele. Como respiraríamos na boca de alguém que havia parado de respirar depois de um ataque do coração. Rosemary estava ocupada naquele dia (não me lembro do porquê) e vovó Caroline me pegou depois do encontro.

Caroline dirigia um carro imenso, um Pontiac Star Chief 1956, azul Dresden, e eu adorava andar no imenso banco de trás. Aquele carro era uma antítese ao lixo do meu Honda pequeno. O velocímetro se movia para alguma coisa perto dos 190 quilômetros por hora. Ele deslizava de modo tão suave pela estrada que mal dava para perceber um solavanco ou buraco. Rosemary vendeu-o a um coletor em Wakefield pouco depois de minha avó se suicidar e muitas vezes eu desejei que ela não tivesse feito isso, que o carro tivesse passado para mim. Claro, a gasolina é cara agora, e tenho certeza de que o Star Chief consumia muita gasolina, então provavelmente eu não poderia bancá-la. Não posso bancar uma ida a Paris nem dirigir o Star Chief de Caroline, que perdi.

Voltamos para a casa dela e, enquanto eu tentava entender o dever de casa de matemática, depois de lhe contar sobre a Resusci Anne, ela me falou sobre *l'Inconnue de la Seine*.

— O boneco tem um rosto bem marcante, não tem? - ela perguntou para mim, e tive de pensar sobre a pergunta durante um minuto. — Não é apenas um rosto genérico antigo - acrescentou Caroline. — Não é como o rosto de alguém que foi criado, mas é um rosto que deve ter sido de um ser humano real. - Quando olho para trás, percebo que ela estava certa, e eu lhe disse isso.

— Bem, é porque ele não é um rosto inventado – disse ela. E então me contou a história de uma garota que se afogou e foi encontrada flutuando no rio Sena nos anos 1880 ou 1890. O corpo foi descoberto perto do cais do Louvre e levado para o necrotério de Paris.

— A mulher era muito bonita – disse Caroline. — Ela era linda. Mesmo depois de todo aquele tempo no rio, ela ainda era linda. Um dos assistentes do necrotério ficou tão impressionado com ela que fez uma máscara mortuária. Cópias do rosto da garota bonita foram vendidas, centenas e centenas delas. Quase todo o mundo na Europa conhecia aquele rosto, mesmo que ninguém soubesse quem ela havia sido. Ela poderia ter sido qualquer pessoa. Talvez uma garota que vendesse flores, uma costureira ou uma pedinte, mas sua identidade ainda é um mistério. Ninguém apareceu para reclamar o corpo.

Nesse momento, eu tinha me esquecido por completo do tédio confuso do meu dever de casa e estava ouvindo minha vó com atenção arrebatada. Ela disse que tinha visto uma cópia da máscara quando estava em Paris nos anos 1930. Histórias, poemas e mesmo um romance foram escritos sobre *l'Inconnue de la Seine* (que ela traduziu como "a mulher desconhecida do Sena", embora o Babel Fish diga que deveria ser traduzido como "o fator desconhecido do Sena". Também me diz que "a mulher desconhecida do Sena", em francês, é *Le femme inconnu du Seine*. Talvez esteja certo, mas não confio em um programa de computador assim como não confio na minha avó morta). Ela disse que uma história havia sido escrita do ponto de vista da garota morta, enquanto ela flutuava rio abaixo. Na história, ela não lembra quem era quando estava viva. Ela nem pode se lembrar do próprio nome. Tornou-se um novo tipo de ser, um que sempre deve viver no fundo do rio ou do mar. Mas ela não quer viver assim, por isso deixa-se levar até a superfície, onde rapidamente se sufoca com o ar.

Vovó Caroline não me disse o título da história nem seu autor, ou se disse eu esqueci. Eu descobri muitos anos depois. A história foi escrita por um poeta francês chamado Jules Supervielle, que nasceu em 1884 e morreu em 1960. Foi publicada pela primeira vez com o mero título de "L'Inconnue de la Seine". Eu a encontrei numa biblioteca na Universidade Brown, em um coletânea da obra de Supervielle chamada *L'Enfant de la Haute Mer*. Eu trouxe o livro para casa, embora, como falei, não saiba ler em francês. Copiei a história à mão. Ainda a tenho em algum lugar. E encontrei outros poemas e histórias sobre a garota que se afogou. Vladimir Nabokov escreveu um poema sobre ela, um poema que também era sobre as *rusalki* eslavas.[1] Man Ray tirou fotografias do rosto.

Uma coisa que comecei a entender sobre as verdadeiras histórias de fantasmas é que raramente sabemos que elas estão acontecendo conosco até depois do fato, quando somos assombrados e os eventos da história propriamente dita já aconteceram e acabaram. Esse é um exemplo perfeito do que quero dizer. A primeira mulher que eu beijei foi *l'Inconnue de la Seine*, a imagem de uma suicida não identificada que nasceu cem anos antes de mim. Nesse dia, encostei meus lábios delicadamente nos dela, repetidas vezes, respirando levemente em sua boca sem vida. E senti um formigamento peculiar na barriga. Eu sei agora, olhando para trás, que essa foi uma das minhas primeiras experiências sexuais, embora levasse alguns anos até que eu confessasse totalmente para mim mesma que só ia querer fazer amor com mulheres. Meus lábios roçando os lábios de silicone, e havia um... um o quê? Um frisson, acho. Um estremecimento de prazer que veio e foi tão rápido que mal tomei consciência disso.

Sentei-me olhando para as fotografias da máscara mortuária. Tenho um livro sobre escultura com duas fotografias em preto e branco dela. Ela não parece morta. Nem parece estar dormindo. Há um tipo irônico de sorriso (por isso, algumas vezes, ela é chamada "a Mona Lisa submersa"). O cabelo está dividido no meio. Dá para ver nitidamente os cílios.

Olhando para trás, é tudo um círculo perfeito. Uma mandala de instantes possuídos por grande importância, retrospectivamente. Somente *digo* isso agora, afirmo como um fato, mas talvez isso fique mais claro durante a minha história de fantasmas. Ou talvez não, e eu fracassei.

Dois anos depois, no meu décimo primeiro aniversário, eu veria o quadro de Phillip George Saltonstall, *A Menina Submersa*,

---

[1] Nome dado às ninfas das águas, consideradas almas de moças virgens.
[Todas as notas são do Editor.]

pendurado no EDRI. Onze anos depois, eu sairia para dirigir em julho e encontraria Eva Canning esperando por mim, próximo à margem do rio Blackstone. A Eva linda, terrível, perdida. Meu fantasma que era uma sereia. A menos que não fosse. Ela me beijou, e seus lábios não eram diferentes dos lábios do boneco de RCP, ou dos lábios de *l'Inconnue de la Seine*. E logo eu me apaixonaria por ela, embora já estivesse muito apaixonada por Abalyn. Será que o funcionário do necrotério beijou aqueles lábios mortos antes ou depois de fazer a máscara?

Na minha mente, isso tudo forma um círculo perfeito, um circuito elegante e inescapável. Mas, ao ver no papel, parece meio confuso. Tenho medo de que não fique claro de modo algum o que eu quero dizer. O que eu quero tirar da minha mente e colocar em algum lugar fora de mim. Não sei as palavras exatas, talvez porque não há palavras certas para trazer uma assombração para a luz e prendê-la com tinta e papel.

No quadro, Saltonstall escondeu da vista a face de *A Menina Submersa*, ao fazê-la olhar por cima do ombro, na direção da floresta. Mas a pintura foi feita em 1898, certo? Então... ele poderia muito bem ter visto *l'Inconnue de la Seine*. Ele estava apaixonado pela prima em primeiro grau e se Mary Farnum é a garota que ele pintou poderia ser esse o motivo para ele esconder seu rosto. Mas, por outro lado, talvez não fosse. Eva Canning jamais usaria o rosto de *l'Inconnue de la Seine*, embora usasse, ao menos, dois outros, pelo que sei.

Eu nunca poderia ser uma escritora. Não uma escritora de verdade. É terrível demais ter pensamentos que se recusam a se transformar em frases.

A farmácia fecha em meia hora e eu tenho de pegar mais medicamento.

Eu estou me repetindo? Bah. Dah. Ba-ba.

Não quero dizer, quando pergunto isso, me repetindo num sentido útil que enfatiza e faz com que se manifestem os meios pelos quais todos esses acontecimentos e vidas estão indissoluvelmente ligados para criar a história de fantasmas que vivi e que agora estou tentando escrever. Quero dizer, eu estou *me repetindo* (Bah. Dah. Ba-ba.) e também quero perguntar: estou fazendo isso para evitar avançar na direção da verdade triste e terrível de tudo isso? Será que estou arrastando os pés porque sou uma louca que sabe muito bem que é louca, mas que não quer que a lembrem apenas de *que* é louca por ter de contar duas histórias que são verdadeiras quando apenas uma pode ser *factual*? Sinto, porém, como se estivesse fazendo exatamente isso. Que estou representando a velha piada de Rosemary sobre um homem num barco a remo com um remo apenas, que remava em círculos infinitos e nunca, nunca chegava à praia. Mas como posso fazer de outra maneira quando a história é uma espiral ou espirais dentro de espirais? Estou em pânico porque acredito que preciso ou desejo forçar uma linha reta, lúcida, uma narrativa que começa *aqui* e segue para *lá* por meio de uma rota convencional e coerente? Será que estou muito ocupada tentando me antecipar e puxar as inseguranças sobre a minha cabeça (como os cobertores, quando eu tinha 5 anos e tinha medo do escuro, medo do que poderia haver no escuro, *medo de lobos*) e parar com a procrastinação e contar esses eventos sem rodeios?

Será que sou uma louca que apenas transfere seus delírios e consciência perturbada para a palavra escrita?

A dra. Ogilvy não gosta da palavra "maluca" e também não gosta de "lunática". Provavelmente ela aprova o modo como o Hospital Butler mudou o nome. Mas digo a ela que são palavras sinceras. Fodam-se as conotações políticas e negativas, são palavras *sinceras* e eu preciso delas. Talvez tenha medo da ideia de estar internada, da esterilidade asséptica dos hospitais e do modo como eles roubam a dignidade das pessoas, mas não tenho medo dessas palavras. Nem tenho vergonha delas. Mas eu *tenho* medo de pensar que estou presa em um círculo e sou incapaz (ou com tanta relutância posso muito bem ser incapaz) de me comunicar de um modo objetivo. E eu sentiria vergonha se não pudesse demonstrar a coragem para dizer a verdade.

"Nada é sempre objetivo", Imp datilografou, "embora a gente perca grande parte da verdade fingindo que é."

Pare com as perguntas. Apenas pare. Fico com raiva quando tenho medo. Fico quase que indescritivelmente aborrecida. Não consigo terminar isto se tentar me aborrecer, e a única coisa que me deixa mais zangada que meus medos são os meus fracassos. Portanto, tenho de fazer isso e não vou me impedir.

Abalyn e eu nunca discutimos realmente a mudança dela. Ela simplesmente se mudou. Eu tinha o espaço e ela precisava de um lugar para morar. Praticamente desde o início eu queria que ela ficasse perto de mim. Queria me apaixonar por ela ou que fosse o início do amor. Nunca achei que fosse atração. Eu não era virgem e tinha tido muitos casos, mas eu não me sentia assim. Não era isso... o quê? Insistente? Mas eu queria que ela ficasse, e ela ficou, e eu estava feliz por isso. Eu me *lembro* dela dormindo no sofá nas primeiras noites, com todas as coisas dos videogames, antes de finalmente convencê-la de que era uma tolice, já que havia tanto espaço na cama. Eu a queria na minha cama. Eu a queria perto de mim e foi um alívio quando ela aceitou o convite. A primeira vez que fizemos amor, que foi a primeira noite que ela dormiu na minha cama, foi um alívio magnífico.

Na quinta-feira depois que nos conhecemos, saí cedo para o trabalho e caminhamos juntas pela Willow Street até o parque, até a Área de Treinamento Dexter, que, como eu disse, não é mais uma área de treinamento militar, embora ainda seja chamada assim. Nas quintas-feiras, todas as semanas de início de junho a outubro, tem uma feira de agricultores. Mesmo que não compre nada, gosto de ir e ver toda a produção amontoada em pilhas frescas e coloridas, arrumada em cestos trançados de madeira e em pequenas caixas de papelão, esperando para ser comprada. No início do verão, tem ervilhas, vagens, pepinos, muitas variedades de pimenta (ardida, suave, doce; pimentão vermelho, amarelo e verde), maçãs, morangos, couve, nabos, alface-crespa, rabanetes, tomates-grandes e grandes jarros de cidra. Em junho, é cedo demais para o milho bom e os mirtilos ainda não amadureceram. Mas tem pão das padarias da região. Algumas vezes, tem linguiça fresca e bacon vendidos em caixas de isopor pelos mesmos homens que criaram e mataram os porcos. Tudo isso é arrumado em compridas mesas dobráveis debaixo de castanheiras.

Naquele dia, comprei maçãs e tomates, e quando os pegamos Abalyn e eu nos sentamos em um banco debaixo das árvores e comemos uma das maçãs, a mistura certa de ácido e doce. No dia seguinte, usei o restante das maçãs para assar uma torta.

— Quer ouvir uma coisa assustadora? – perguntei quando acabei a minha maçã e joguei o miolo para os esquilos e pássaros.

— Depende – disse ela. — É nessa hora que você me diz que é uma assassina do machado ou uma *furry*[2] ou esse tipo de coisa assustadora?

Eu tive de perguntar o que eram *furries*.

— Não. Foi uma coisa que vi há mais ou menos um ano, uma coisa que vi aqui no parque.

— Então claro – disse ela. — Me conte uma coisa assustadora. – Ela estava comendo a maçã muito mais devagar que eu (eu costumo comer muito rápido) e deu outra mordida.

— Eu estava dirigindo para casa uma noite. Normalmente pego o ônibus, certo? Mas, naquela ocasião, dirigi porque... bem, não sei, só tive vontade de dirigir. A caminho de casa naquela noite, passei pelo parque e vi quatro pessoas caminhando juntas. Elas estavam distantes dos postes de luz e debaixo das árvores, onde estava escuro, mas eu ainda as via com bastante nitidez. Quando as avistei pela primeira vez, pensei que fossem freiras, o que era bastante estranho. Você nunca vê freiras andando por aí. Mas, depois, elas não pareciam mais freiras.

— Freiras já são bastante assustadoras – resmungou enquanto dava uma mordida na maçã. — Freiras me deixam apavorada.

— Eu vi que não estavam vestindo o hábito, mas capas pretas compridas, com capuzes que cobriam a cabeça. Subitamente, eu nem tinha certeza de que eram mulheres. Podiam simplesmente ser homens, pelo que pude distinguir delas. E então – sim, eu sei o que isso parece –, e então concebi que nem eram pessoas.

— Você *concebeu*? Ninguém mais diz *conceber*.

— A linguagem é um meio de comunicação pobre do jeito que está – falei para ela. — Por isso deveríamos usar todas as palavras que temos. Não era um pensamento original; eu estava parafraseando Spencer Tracy em *O Vento Será Tua Herança*.

---

2 *Furry fandom*, pessoas que participam de uma cultura focada na natureza e são amantes de personagens imaginários onde seres das mais variadas raças, mitológicas ou não, tomam vida e agem em uma sociedade paralela à humana.

Ela deu de ombros e falou:
— Então as freiras que não eram freiras poderiam nem ser pessoas. Continue – e deu outra mordida na maçã.
— Eu não disse com certeza que não eram pessoas. Mas por um momento elas pareceram mais corvos fazendo um esforço muito grande para *parecerem* pessoas. Talvez fizessem um esforço grande demais e como estavam tão constrangidas dava para ver que, na verdade, eram corvos.

Abalyn mastigou a maçã e me observou. Na época, ela já sabia por que eu tomava os comprimidos que tomava. Ela tinha visto todos os frascos de prescrição na mesinha de cabeceira e eu havia contado umas coisas para ela. Não tudo. Nada sobre Caroline ou minha mãe, mas havia dito o suficiente para que ela entendesse o estado da minha saúde mental (uma expressão que a dra. Ogilvy aprova). Ainda assim, naquele dia, ela não disse que achava que eu era louca. Eu esperava que fizesse isso, mas ela não fez. Ela simplesmente comeu a maçã e me fitou com aqueles olhos azuis-esverdeados de vidro da praia.

— Claro, sei que não eram corvos. Eu não sei por que se pareciam com isso. Achei que poderiam ter sido wiccanas. Desconfio que temos algumas feiticeiras por aqui. Talvez elas estejam a caminho de um ritual, sabá, banquete ou qualquer coisa que as wiccanas façam quando se juntam.

— Sinceramente, é muito mais interessante imaginar que eram corvos fazendo um esforço para se passarem por seres humanos – disse Abalyn. — É muito mais assustador do que serem simplesmente wiccanas. Já encontrei feiticeiras e, ao contrário das freiras, elas nunca são assustadoras. Na verdade, tendem a ser muito entediantes. – Ela terminou de comer a maçã e jogou o miolo para que pousasse na grama perto de mim.

— Não importa o que eram, elas me davam calafrios.
— Davam *calafrios* em você? – repetiu ela, sorrindo. — Você sabe que ninguém, na verdade, diz isso.
— Eu sei – retruquei, e dei um tapa de leve no ombro esquerdo dela, de brincadeira, enquanto sentava à sua esquerda. Ela fingiu que tinha doído e começou a fazer caretas. Eu continuei: — Elas me davam calafrios. Eu voltei para casa, tranquei as portas e dormi com as luzes acesas naquela noite. Mas não tive pesadelos.

Olhei para elas de novo na noite seguinte e na noite depois dessa, mas nunca mais voltei a vê-las.

— Você foi educada em casa? – perguntou ela, o que me aborreceu, pois não tinha nada a ver com o que eu tinha visto naquela noite no parque.

— Por quê?

— Se tiver sido, isso poderia explicar por que você usa termos antiquados como *concebeu* e *calafrios*.

— Não fui – respondi. — Frequentei a escola pública, aqui em Providence e em Cranston. Geralmente odiava, e não era boa aluna. Mal consegui passar no último ano, é um milagre que tenha me formado.

Abalyn disse:

— Odiei o ensino médio por razões óbvias, mas era ótima aluna. Se não fosse por grande parte dos outros alunos, eu poderia ter adorado. Mas me saí bem. Gabaritei os SATs e até consegui uma bolsa de estudos parcial pro MIT.[3]

— Você estudou no MIT?

— Não. Estudei da Universidade de Rhode Island em Kingston...

— Eu sei onde fica a URI.

— ...porque a bolsa era só uma bolsa de estudos parcial e meus velhos não tinham o restante do dinheiro.

Ela voltou a dar de ombros. O modo como Abalyn dava de ombros sempre costumava me irritar. Como se ela fosse indiferente ou as coisas não a afetassem, quando eu sabia muito bem que afetavam. Ela queria entrar no MIT e estudar ciências da computação e inteligência artificial, mas em vez disso tinha frequentado a URI e estudado bioinformática, que ela explicou ser um novo ramo da tecnologia da informação (chamada por ela de TI), que tenta analisar visualmente conjuntos muito grandes de dados biológicos: ela deu como exemplos sequências e microarranjos de DNA. Eu nunca fui boa em biologia, mas pesquisei essas coisas. Bioinformática, quero dizer.

Encarei meus pés no chão por um momento.

---

[3] SATs, exame similar ao ENEM aplicado aos estudantes de nível médio para o ingresso nas universidades norte-americanas. MIT, Instituto de Tecnologia de Massachusetts.

— Isso deve dar um bom dinheiro – falei. — Mas, em vez disso, você escreve resenhas de videogames por muito pouco.

— Eu faço uma coisa pela qual sou apaixonada, como você com a pintura. Nunca fui apaixonada por bioinformática. Era apenas uma coisa para fazer, para poder dizer que fui à faculdade. Isso significava muito para mim e mais ainda para os meus pais, porque nenhum deles tinha ido.

Katherine Hepburn disse alguma coisa como "Faça o que te interessa e pelo menos uma pessoa vai ficar feliz".

Então soprou uma brisa, uma brisa quente que tinha cheiro de gramado recém-aparado e asfalto quente, e sugeri que deveríamos voltar. Abalyn me flagrou olhando para o local debaixo das castanheiras e dos carvalhos, onde eu havia visto as pessoas que não eram freiras nem corvos, e ela se inclinou e me beijou na têmpora direita. Eu estava confusa, porque o beijo fez com que me sentisse segura, mas deixou meus olhos hesitarem no local abaixo das árvores, o que me provocou um arrepio.

— Ei, Imp – disse ela. — Agora eu te devo uma.

— O que você quer dizer? – falei, e fiquei de pé, ajeitando a camiseta e desamassando as rugas. — O que você me deve?

— Olho por olho. Você me contou uma história assustadora, agora te devo uma. Não neste instante, mas depois. Vou te contar da vez que eu e alguns amigos ficamos doidões e invadimos o antigo túnel da estrada de ferro debaixo de College Hill.

— Você não tem de fazer isso. Não me deve nada. Foi apenas uma história que eu nunca contei para mais ninguém.

— Tanto faz — respondeu ela, e então subimos a Willow Street até o apartamento. Há pouco quase datilografei "*meu* apartamento", mas rapidamente estava se tornando o *nosso* apartamento. Enquanto eu fazia o jantar no conforto da nossa cozinha amarelo-manteiga, ela jogava alguma coisa barulhenta com um monte de tiros e batidas de carro.

Se vai haver capítulos, este termina aqui. Andei negligenciando a pintura e tenho horas extras no trabalho esta semana, por isso pode ser que não volte durante algum tempo a isto – à história de fantasmas – e a ideia de deixar um capítulo inacabado me faz ficar pouco à vontade.

A MENINA SUBMERSA
CAITLÍN R. KIERNAN

III

Retorno brevemente ao tema de Phillip George Saltonstall e de *A Menina Submersa*, antes de retornar a Eva Canning e àquela talvez-noite de julho. Escrevi que vi o quadro pela primeira vez por ocasião do meu décimo primeiro aniversário, o que é, ao mesmo tempo, verdadeiro e factual. Nasci em 1986 e agora tenho 24 anos, então o ano era 1997. E naquele mês de agosto o quadro tinha 99 anos. O que faz com que tenha 112 atualmente e isso significa que tinha 110 anos no verão em que conheci Eva Canning. É curioso como os números sempre me confortaram, apesar de ser horrível em matemática. Eu já enchi essas páginas com um monte de números (sobretudo datas): 1914, 1898, nº 316, 1874, 1900, 1907, 1894, 1886 etc. Talvez, inconscientemente, eu tenha escondido algum segredo em todos esses números, mas, se for isso, perdi ou nunca tive o códex para decifrá-lo.

A dra. Ogilvy desconfia que minha predileção por datas pode ser uma expressão de *aritmomania*. E, para ser justa com ela, eu deveria acrescentar que durante a adolescência e os 20 anos, quando minha insanidade incluiu uma grande quantidade de sintomas atribuíveis ao transtorno obsessivo-compulsivo, eu tinha dezenas e dezenas de elaborados rituais de contagem. Eu não podia passar um dia sem manter um relato cuidadoso de todos os meus passos ou o número de vezes que mastiguei e engoli.

Frequentemente, eu tinha de me vestir e despir um número exato de vezes (o número costumava ser 30, mas nem sempre era) antes de sair de casa. Para tomar banho, eu tinha de abrir e fechar a torneira 17 vezes, entrar e sair da banheira ou do chuveiro 17 vezes, pegar e guardar o sabonete de novo 17 vezes. E assim por diante. Eu fiz de tudo para manter esses rituais em segredo, e estava profunda e particularmente envergonhada por causa deles. Não sei dizer o porquê, por que estava envergonhada, mas eu tinha medo e vivia em constante temor de que tia Elaine ou outra pessoa descobrisse. Por isso, se tivessem me pedido na época para explicar por que eu os considerava necessários, eu passaria por maus bocados para dar uma resposta. Eu apenas teria dito que estava convencida de que, a menos que eu fizesse essas coisas, algo de verdadeiramente horrível aconteceria.

Sempre parecera que a aritmomania é simplesmente (não, não simplesmente, mas ainda assim) a tendência humana normal para a superstição correr solta na mente. Um fenômeno que poderia parecer somente o inverso ou ridículo quando expressado em nível social se torna loucura em nível individual. O temor dos japoneses pelo número 4, por exemplo. Ou a crença disseminada de que 13 dá azar, é ruim. Os cristãos que atribuíam particular importância ao número 12 porque havia 12 apóstolos. E assim por diante.

No meu décimo primeiro aniversário, o quadro tinha 99 anos e eu não ia começar nenhuma pesquisa séria até fazer 16 anos, momento que ele já tinha 104 anos (11. 99. 16. 104). Eu mal havia pensado sobre *A Menina Submersa* nos anos seguintes à primeira vez que havia posto meus olhos nele. Dificilmente. E quando ele voltou a entrar na minha vida, ele o fez (aparentemente) por mera casualidade. Pareceu assim na hora. Não tenho certeza de se ainda parece. A chegada de Eva pode ter transformado a coincidência em outra coisa. Começo a imaginar a orquestração onde antes eu ouvia apenas uma cacofonia de coisas aleatórias. Gente louca faz isso o tempo todo, a menos que você caia nessa ideia de que todos temos a capacidade de perceber a ordem e a conotação de modos bloqueados para as mentes das pessoas "lúcidas". Eu não. Não aceito essa ideia, quero dizer. Não somos abençoados. Não somos mágicos. Somos superficial ou profundamente quebrados. Claro, não foi isso que Eva disse.

Durante toda a minha vida, amei visitar o Ateneu na Benefit Street. Rosemary e Caroline me levavam lá com mais frequência que na seção central da Biblioteca Pública de Providence, no centro da cidade (Empire Street, 150). O Ateneu, como grande parte de Providence, existe fora do tempo, os preservacionistas viram que ele escapou pelas rachaduras enquanto o progresso esmagou grande parte da cidade numa modernidade elegante. Hoje, o Ateneu não é muito diferente de quando Edgar Allan Poe cortejava Sarah Helen Whitman entre as estantes de livros. Construído à maneira neoclássica, o atual edifício da biblioteca foi finalizado em 1838 (sessenta anos antes de Saltonstall pintar *A Menina Submersa*), embora o Ateneu tenha sido fundado em 1753. (Notem a repetição do *oito* – em dez*oito* ou vinte e dois, eu teria ficado impotente para fazer outra coisa – 1 + 7 igual a 8; 5 + 3 igual a 8; 8 + 8 igual a 16, que dividido por 2 é igual a 8; fechou o círculo.) Eu não poderia começar a imaginar quantas horas passei perambulando entre as prateleiras altas e as seções estreitas, ou perdida em um ou outro exemplar na sala de leitura no primeiro andar. Abrigada ali, no interior da concha protetora de pedra clara, a biblioteca parece tão preciosa e frágil quanto alguém de 90 anos. Seu cheiro é a mistura de fragrância de mofo de páginas amareladas, poeira e madeira velha. Para mim, são os cheiros de conforto e segurança. Cheiro de coisa sagrada.

Em um dia de chuva no oitavo mês de 2002, no vigésimo oitavo dia de agosto, peguei das prateleiras do Ateneu um livro publicado em 1958, escrito por uma historiadora de arte chamada Dolores Evelyn Smithfield, *A Concise History of New England Painters and Illustrators* (1958 + um nome com oito sílabas + eu tinha 16 anos = 2 x 8). Por alguma razão, nunca notei antes o livro. Eu o levei para uma das mesas compridas e fui apenas folheando casualmente as páginas quando me deparei com oito parágrafos sobre Saltonstall e uma reprodução em preto e branco de *A Menina Submersa*. Sentei e observei a pintura por um longo tempo, escutando a chuva contra o telhado e as janelas, a trovejar distante, os passos por cima. Notei que a pintura apareceu na página 88.

Costumava carregar cadernos de folhas soltas comigo a todo lugar que ia, e um monte de canetas e lápis em uma estojo de plástico rosa, e naquela tarde copiei tudo que Smithfield tinha escrito sobre *A Menina Submersa*. Não é muita coisa. Aqui está a parte mais interessante:

> Embora seja mais lembrado, quando é lembrado, por suas paisagens, uma das obras mais conhecidas de Saltonstall é *A Menina Submersa* (1898), que pode ter inspirado certa história de folclore encontrada no noroeste de Rhode Island e no sul de Massachusetts, ao longo de uma trecho curto do rio Black Stone [sic]. Uma história comum na região envolve o assassinato da filha do proprietário de um moinho pelas mãos de um noivo ciumento, que tentou se livrar do cadáver amarrando pedras ao redor do corpo e afundando-o no estreito canal de granito da antiga comporta de Millville. Alguns relatos dizem que o assassino largou a garota morta da ponte Triad, onde o rio fica especialmente profundo e largo. Diz a lenda que o fantasma da garota assombra o rio de Millville até Uxbridge, e provavelmente mais ao sul, em Woonsocket, Rhode Island. Contam que a ouvem cantando para si mesma ao longo das margens e na mata próxima, e alguns afirmam que ela é responsável por alguns afogamentos.
> Podemos ter certeza de que o artista conhecia muito bem a lenda, como ele observa numa carta a Mary Farnum: "Talvez eu mesmo a veja numa noite, enquanto fico sentado e desenho meus estudos. Infelizmente não encontrei nada mais emocionante que um alce ou uma cobra preta". Embora isso mal seja evidência irrefutável de que ele nomeou o quadro por causa da terrível história, parece um exagero descartar a coincidência. Poderia ser que Saltonstall se referia a capturar uma nadadora descuidada momentos antes de um encontro inevitável com o fantasma da "menina submersa"? Parece uma conclusão suficientemente razoável, que encerra a questão para esta autora.

No mesmo dia... ou melhor, naquela noite, eu consegui (para minha grande surpresa!) encontrar o envelope em que Rosemary Anne fizera as anotações muitos anos antes, no meu décimo primeiro aniversário, diante da pintura que, para mim, era como uma janela. No dia seguinte, voltei para o Ateneu e folheei exemplar após exemplar sobre o folclore de Massachusetts e de Rhode Island, torcendo para me deparar com alguma coisa a mais sobre a história da "menina submersa". Durante horas não encontrei nada, e estava prestes a desistir quando finalmente descobri um relato da lenda em *A Treasury of New England Folklore*, de Benjamin A. Botkin (Nova York: Bonanza Books, 1965). Aqui tem um trecho, e um trecho que encontrei depois, em outro livro:

> Dizem que um espírito muito mais cruel assombra o rio Blackstone, próximo à aldeia de Millville. Pergunte a qualquer um na região e você poderá ser presenteado com a trágica história de uma jovem selada com o belo nome puritano de Perishable Shippen. Assassinada pelo pai e jogada dentro do rio, conta-se que o fantasma incansável e vingativo de Perishable perambula pelo leito do rio e com frequência prende os pés e as pernas de banhistas descuidados e os puxa para sua maldição nas águas verdes e turvas. Outros afirmam que se pode ouvir o fantasma cantando para si mesmo nas noites de verão e que sua voz é bela, mas sabe-se que convence almas melancólicas a cometer suicídio pulando da linha do trem e de pontes de rodovias, ou mesmo lançando-se das paredes íngremes da garganta perto da foz em Millville. A história parece referir-se, no mínimo, aos anos 1830, uma época "protoindustrial" próspera, quando Millville era o local dos grãos, do pisoamento, do milho, das serrarias, além da fabricação de foices. Até hoje, os garotos que querem assustar as namoradas costumam visitar a antiga ponte da ferrovia sobre o rio nas noites de lua cheia na esperança de ver a "Sereia de Millville".

Além disso, encontrei:

Há uma tradição folclórica entre os moradores das cidades ao longo do Blackstone de que, há muito tempo, uma criatura vinda do mar foi aprisionada no rio. A história costuma envolver um furacão e/ou uma enchente, embora os detalhes com frequência variem muito de um narrador para outro. Poucos parecem concordar sobre qual desastre foi o responsável ou há quanto tempo o evento ocorreu. Alternadamente, a história invoca o Grande Furacão, em 1938; a Tempestade de Saxby, em 1869; o Furacão de Norfolk e Long Island, em 1821; e as enchentes de fevereiro de 1886 e, mais uma vez, em 1955. Mas a maior parte seguiu as convenções mais conhecidas das lendas populares e somente concordaria que isso aconteceu há muitas décadas, quando eram jovens, antes que tivessem nascido ou quando seus bisavós eram jovens.

Quanto ao que entrou no rio e permanece lá até hoje, as histórias podem ser divididas em prosaicas e fantásticas. A primeira categoria inclui um ou vários tubarões, uma tartaruga marinha, uma foca, uma lula gigante, uma enguia imensa e um golfinho. A última inclui uma sereia, o fantasma de uma mulher (em geral, uma suicida) que se afogou na baía de Narragansett, uma serpente marinha e, em uma das versões, uma *selkie*[1] caprichosa cuja pele de foca foi roubada por um baleeiro. Ainda assim, todas as versões concordam em dois pontos: a criatura ou o ser causou ferimentos, desgraça e morte e teve origem no mar. O homem que insistiu que a criatura presa era uma enguia-do-mar afirmou que ela fora capturada e morta quando ele era pequeno. E ele costumava confundir enguia (*conger*) com encantar (*conjure*).

Weird Massachusetts, de William Linblad
[Worcester: Grey Gull Press, 1986]

Assim como minha pasta sobre "Chapeuzinho Vermelho", tenho outra pasta, sobre a assombração do rio Blackstone, que contém

---

[1] Criaturas mitológicas, semelhantes a focas, que mudam de pele e se tornam humanos na terra. Encontradas no folclore da Islândia, Irlanda, Escócia e das Ilhas Faroe.

quase tudo que consegui saber sobre isso nos últimos oito anos. Antes *e* depois de conhecer Eva Canning – nas duas vezes, se é que, de fato, foram dois encontros. A aba original da pasta tinha a etiqueta "Perishable Shippen", embora o único relato que dê esse nome à mulher seja o de Botkin. Nunca mostrei a pasta à Abalyn, ainda que agora eu ache que deveria ter feito isso. Esse foi mais um dos erros que cometi, guardando essa história para mim mesma (embora, claro, Abalyn acreditasse ter descoberto a própria "história" de Eva). Eu poderia fazer uma lista imensa desses erros, de coisas que fiz que apenas nos afastaram. E vou dizer: "Se tivesse feito *isso* ou *aquilo* de modo diferente, talvez ainda estivéssemos juntas". Esse é outro tipo, mais insidioso, de conto de fadas. Esse é outro aspecto da minha assombração (tê-la afastado), outra ruga cruel no meme.

Vou voltar à minha pasta e ao conteúdo dela, depois de me obrigar a soltar uma versão da verdade.

"Uma mulher num campo — alguma coisa a agarrou."

Uma linha de *Lo!* (1931), de Charles Fort, que andou na minha cabeça há dias. Ela foi incorporada em um dos quadros de Albert Perrault. Eu queria anotar isso aqui para não esquecer. De qualquer modo, ela não faz parte disso, não na primeira versão da chegada de Eva Canning, mas na segunda. Agora, porém, eu não vou esquecer.

Julho, há dois anos e três meses e mais uns dias (de um jeito ou de outro). Sozinha, naquela noite, na rodovia em Massachusetts, passando pelo rio. Naquela noite, eu tinha saído de Providence sozinha, mas não voltei sozinha. Acho que talvez agora eu esteja pronta para tentar escrever, de modo que pareça uma *história*, o que me lembro da primeira versão do meu encontro com Eva. Uma história é, por sua natureza, um tipo de ficção necessária, certo? Se é para ser uma história verdadeira, então torna-se uma história sinóptica. Li essa frase em algum lugar, mas não faço ideia por nada no mundo de quando ou onde. Mas, quero dizer, uma história "verdadeira", ou o que chamamos de História, somente pode produzir uma semelhança passageira com os fatos enquanto a história é complexa demais para ser reduzida a algo tão distinto quanto uma narrativa convencional. A minha

história, a história de uma cidade ou nação, a história de um planeta ou do universo. Apenas podemos nos aproximar. Portanto, farei isso agora. Vou escrever uma apreciação daquela noite, 8 de julho, do modo mais objetivo que eu conseguir.
Mas também terei em mente que a História é escrava do reducionismo.
Ao contar esta história, eu a diminuo. Reduzo. Transformo em história *sinódica*.
Eu a *crio*. Aquela noite. Esta noite.
Começa aqui:
Trabalho até as dez da noite, por isso vou de Honda, porque não gosto de andar do ponto de ônibus até em casa depois de escurecer. A Armaria é uma vizinhança muito mais dócil do que costumava ser, mas é melhor prevenir que remediar etc. Dirijo para casa pela Willow Street e Abalyn está sentada no sofá com o laptop escrevendo. Vou até a cozinha, sirvo-me de um copo de leite e um sanduíche de marshmallow com manteiga de amendoim, um jantar mais que suficiente. É raro eu comer muito de uma vez. Acho que faço um lanche. Trago o leite e o pires com o sanduíche de volta para a saleta e me sento no sofá com Abalyn.
— Está fazendo uma bela noite - digo. — Deveríamos dar uma volta de carro. Está fazendo uma bela noite para dar uma volta de carro.
— Está? - pergunta Abalyn, e por alguns instantes ela tira os olhos da tela do laptop. — Não fiquei muito fora de casa hoje.
— Você não devia fazer isso - retruco. — Não devia ficar fechada aqui durante todo o dia. - Dou outra mordida e a observo enquanto mastigo. Depois de engolir e de tomar um gole de leite, pergunto o que ela está escrevendo.
— Uma resenha. - Foi o que imaginei, por isso não se parecia muito com uma resposta.
Por alguns momentos, por uns minutos talvez, como meu sanduíche grudento e ela digita. Eu quase não pergunto sobre a volta de carro de novo, porque há alguma coisa de muito pacífica no ritmo da noite, conforme ela passava. Mas então pergunto e a partir *disso* todo o restante se segue.
— Não, Imp - diz ela, e olha de novo para mim. — Desculpe, tenho prazo para entregar. Tenho de terminar este artigo nas

próximas horas. Eu devia ter terminado ontem. – Ela me diz o nome do jogo, é um dos que eu a vi jogar e me esqueci completamente do que era. — Desculpe – diz ela mais uma vez.
— Não. Está tudo bem. Sem problema. – Tento não parecer decepcionada, mas nunca fui muito boa em disfarçar a decepção. Quase sempre eu demonstro, por isso imagino que ela ouviu meu tom naquela noite.
— Quer saber de uma coisa? – pergunta ela. — Por que você não vai mesmo assim? Não há razão para você não ir, simplesmente porque tenho de trabalhar. Talvez até fosse melhor sem mim. Mais tranquilo e tal.
— Não vai ser melhor sem você.
Termino meu sanduíche e o leite e ponho o pires e o copo vazio no chão, ao lado do sofá.
— Eu ainda acho que você não deveria me deixar te impedir de ir. Deve chover no restante da semana.
— Tem certeza? Que não tem problema se eu sair sem você, quero dizer.
— Positivo. Provavelmente ainda vou estar acordada quando você voltar, este artigo aqui está virando um parto da porra.
Digo a ela que não vou me ausentar por mais de algumas horas e ela diz:
— Bem, então definitivamente eu vou estar acordada quando você voltar.
Apesar disso, quase não vou. Tem uma onda de apreensão ou terror. Um tipo de temor. Não é muito diferente do que eu sentia quando a aritmomania estava muito ruim ou na noite em que vi as freiras-corvos no parque, ou ainda em numerosas outras ocasiões, quando a loucura pisa no acelerador. A dra. Ogilvy tem repetido que sempre que isso acontecer eu devo fazer um esforço concentrado para seguir em frente e fazer o que eu queria fazer, porém subitamente temia fazer. Com razão, ela havia dito que eu não deveria deixar os delírios, o pensamento mágico e as neuroses impedirem que eu tenha uma vida normal. O que significa não ficar trancada.
A normalidade é um comprimido amargo do qual reclamamos.
Imp não tem certeza do que isso significa. Só lhe ocorreu, e ela não queria perder a ideia.

Não gosto dessa linguagem, do jargão frio psiquiátrico e psicológico. Palavras como *codependente* e *normal*, expressões como *pensamento mágico*. Elas me perturbam mais que *maluca* e *insana*. Basta dizer: *Tem uma onda de apreensão ou terror*.

Mesmo assim, quase decidi não ir sozinha. Quase pego o livro que estava lendo ou vou ao meu estúdio para trabalhar na pintura que andava tentando terminar.

— Acho que seria bom para você – diz Abalyn, sem desviar os olhos da tela e com seus dedos ainda digitando no teclado. — Não quero me tornar um fardo.

E isso me traz à mente outra advertência da dra. Ogilvy, que se eu estivesse em um relacionamento não deveria deixar minha doença transformá-lo em codependência. Não me arriscar a perder minha autossuficiência.

— Se você tem certeza...
— Tenho certeza absoluta, Imp. Vá. Saia. É uma ordem. – E ela ri. — Se não for tarde demais quando você voltar para casa, vemos um filme.

— Tenho trabalho amanhã – digo. — Não posso ficar acordada até tarde.

— Vá – diz ela mais uma vez, e para de digitar tempo suficiente para fazer um gesto com a mão esquerda. — Estarei aqui quando você voltar.

Então eu peguei as chaves e um agasalho fino, caso a noite estivesse mais fria que o que havia parecido quando eu voltava para casa do trabalho. Eu a beijo e digo que não vou demorar.

— Tome cuidado – disse ela. — Não dirija tão rápido. Uma noite dessas você vai levar uma multa. Ou bater num alce. – Respondo que sempre tomo cuidado. Pareço mais defensiva do que o que pretendia, mas Abalyn parece não ter percebido.

— Você está com o telefone? – pergunta ela.

São quase 23h30 quando saio de casa, mas não tenho de estar no trabalho até as 11 horas da manhã seguinte. Eu saio da Willow, viro na Parade Street, depois, à direita, na Westminster. Mal penso sobre aonde poderei estar indo. Dificilmente faço isso nessas voltas de carro. Qualquer premeditação ou planejamento parece derrotar o objetivo. Seu valor terapêutico parece residir em sua espontaneidade, nas rotas e nos destinos particulares sempre acidentais. Da Westminster, cruzo a interestadual e dirijo pelo centro da cidade, com todas as suas luzes brilhantes e seus becos mal iluminados. Viro à esquerda, para o norte, na direção da North Main Street, e passo pelo Antigo Cemitério do Norte.

Não ligo o rádio. Nunca ligo o rádio nas minhas voltas noturnas.

Por isso, passo pelo Cemitério do Norte e continuo através de Pawtucket, a North Main se transforma na Rodovia 122. Há mais trânsito do que eu gostaria, mas, então, sempre há quase mais trânsito do que eu gostaria. Passa muito da meia-noite quando chego a Woonsocket, com seus moinhos desertos e decadentes e a cacofonia retumbante das Cataratas Thunder Mist, lá onde o rio Blackstone desliza sobre as barragens da Represa das Cataratas Woonsocket. Paro no estacionamento no lado direito da represa. Quando saio do carro, ergo os olhos e vejo que há um anel ao redor da lua, o que me lembra do aviso de Abalyn de que a chuva estava a caminho. Mas chuva amanhã, não hoje. Hoje o céu está claro e salpicado de estrelas. Tranco as portas do Honda, cruzo o estacionamento vazio e paro na grade; faço um esforço para não me concentrar em nada além do barulho violento da água batendo na ilha de granito íngreme abaixo da represa.

"Não seria interessante", Imp datilografou, "se houvesse uma terceira versão da verdade, uma na qual você encontrasse Eva nesta represa? Seria poético. Não seria?"

Não. As coisas já estão complicadas o suficiente, muito obrigada. Não vamos torná-las piores com mentiras óbvias, por mais belas que elas possam ser.

Estou parada ali, querendo apenas ouvir a torrente furiosa contra aquelas rochas devonianas desgastadas pelas águas e pelo tempo. Mas, em vez disso, minha cabeça está se enchendo com trivialidades que distraem sobre a história da represa, pedaços minúsculos de fato que se intrometem e abrem caminho de modo espontâneo até a minha consciência. A atual represa foi terminada em 1960, após as terríveis inundações de 1955. Mas havia represas antes *desta* e desde 1660 (antes que houvesse alguma represa e somente o curso natural das cataratas) um moinho se erguia neste local. A atmosfera é interrompida, eu me afasto da represa, das cataratas e do rugido e cruzo a rua de volta para o estacionamento e o carro.

Continuo até o norte, deixo Rhode Island para trás na direção de Massachusetts. Cruzo o rio pela Bridge Street, bem à direita da ponte ferroviária enferrujada da qual poderia ter sido jogado o corpo sem vida de Perishable Shippen, se as histórias forem verdadeiras. Diminuo a velocidade em Millville, recordando o que Abalyn disse sobre multas por excesso de velocidade. Nunca levei uma multa por excesso de velocidade. Nunca levei sequer multa por estacionamento proibido. Millville é pequena e penso nela como uma vila ou vilarejo, não como uma cidade. Mas ainda há tantos postes com arco de sódio ou vapor de mercúrio que eles encobrem as estrelas. Quem precisa de toda essa luz? Do que eles têm medo? Não há razão para ficar fora de casa à noite, sob o céu noturno, se eu não puder ver as estrelas. Mas Millville é pequena e logo estou no lado mais distante, na direção noroeste da 122. Logo, posso voltar a distinguir algumas estrelas que piscam.

Imp, a pequena Imp nervosa, irritadiça, agitada, datilografou: "Você tem certeza de que quer fazer isso? Não é tarde demais para parar, sabia? Você pode parar bem aqui ou dizer que deu meia-volta e dirigiu para casa até a Willow Street. Ou, se insistir, que você dirigiu até a Uxbridge ou onde for mais conveniente para você, mas que nada fora do comum aconteceu naquela noite ou em outra qualquer. Nem em julho nem certamente em novembro".

E eu nunca poderia voltar a usar a palavra *insana*, e também fingiria que Rosemary Anne morreu de convulsão, que não cometeu suicídio. Eu poderia passar o resto da vida negando, sempre evitando o que me deixa pouco à vontade por medo de despertar pensamentos incômodos, perturbadores, assustadores. Eu poderia fazer isso, certo? Eu sempre poderia chamar algo de uma coisa quando, na verdade, ela é seu exato oposto. Muita gente faz isso e parece funcionar para elas, então por que diabos não funcionaria para mim?

Hesitante, Imp datilografou: "Mas nós duas sabemos, não é?" O ruído insistente das teclas contra o papel no rolo da máquina de escrever era prenhe de resignação.

Mas concordo.

Eu sei.

Paro.

Ontem realmente tentei botar tudo aquilo para fora de uma vez. Queria falar tudo e acabar logo com aquilo, deixar para trás aquela primeira versão da noite na estrada. Queria seguir o conselho da dra. Ogilvy e ir em frente apesar da minha ansiedade. Mas então eu estava falando para mim mesma, conversando comigo, me questionando, fazendo acusações em relação à minha resolução e lançando essas calúnias na fonte Courier padrão, preto no branco, fria e rígida, desta máquina de escrever. E, embora eu tenha chamado a minha atenção, era isso. Eu tinha de me afastar. Hoje vejo que ainda não estou pronta pra voltar aos eventos daquela noite, o que aconteceu depois que deixei o estacionamento em Woonsocket, depois que passei de carro por Millville. Mas eu também preciso escrever, portanto vou escrever *isto*. Antes de dormir, na noite passada, estava pensando novamente sobre a noite em que vi as freiras-corvos e sobre a relação dessa história com Abalyn e me lembrei de que Caroline uma vez me contou o significado dos corvos e das aves intimamente relacionadas aos corvos.

Talvez eu tivesse 6 ou 7 anos. Não tenho certeza. Rosemary havia me deixado com minha avó enquanto saía para fazer compras (ela fazia isso com frequência, pois eu tinha uma aversão peculiar a mercados e coisas assim). Caroline estava costurando e eu a observava costurar. Ela usava uma máquina de costura Singer antiga, do tipo que você aciona com um pedal. Eu adorava o ritmo dela. O som da minha avó costurando me acalmava; era um som tranquilizador. Estávamos no quarto, que era onde ela guardava a máquina de costura, e ela estava fazendo uma blusa de algodão com estampa de flores em cores fortes.

O que aconteceu pode parecer estranho se você não for eu, Caroline ou Rosemary. Se você não for alguém ou alguma criatura como foi Eva Canning, nesse sentido. Nunca me pareceu estranho, porém, então estou bem consciente de como minhas percepções costumam ser o oposto das percepções da maioria das pessoas que conheci durante a minha vida. Talvez não parecesse estranho, mas apenas incomum ou tolo. Não quero dizer esquisito de uma forma charmosa quando digo incomum. Quero dizer estranho.

Eu estava sentada na cama de Caroline, que tinha cheiro de roupa recém-lavada e perfume de rosa chá, além de um leve odor de pomada Bengay, tudo isso em perfeita harmonia com o *chuga-chuga-chuga* da velha Singer. Eu estava contando a ela sobre quando Rosemary me levou até a Scarborough Beach havia uma semana. Era outono, por isso não havia muita gente na praia, não havia turistas nem pessoas de verão, e nós caminhamos de um lado para outro durante algumas horas, enchendo um balde de plástico com conchas e alguns seixos de formato raro. E, sentada na cama, contando para a minha avó sobre o dia na baía, eu falei:

— E então Rosemary olhou para a água e falou: "Oh, querida, olhe. Está vendo?" Ela estava muito agitada e apontava para a água. Fiz um esforço para ver o que ela estava vendo, mas não vi, não no início.

— Você não pode ver porque o sol está refletindo na água. - E ela me disse para cobrir os olhos com a mão e tentar de novo.

— Funcionou? - perguntou Caroline, parando de se ocupar com a bobina da máquina. — Você conseguiu ver para o que ela estava apontando?

— Sim - respondi.

— E o que você viu?

E, pensando que eu havia contado a história sem nem sequer vestígio de malícia e que ela havia acreditado em cada uma das palavras, eu disse: "Vi uma grande serpente marinha deslizando pelas ondas. Era da cor das algas marinhas. Parecia lisa e flexível como as algas marinhas. Pensei que, se conseguisse tocar nela, seria a mesma sensação de tocar nas algas marinhas".

— Tem certeza de que não eram algas marinhas? - perguntou Caroline. — Algumas vezes, há emaranhados muito grandes de algas marinhas na baía. Eu mesma já vi. Ao longe, podem parecer todo tipo de coisa, além de algas marinhas.

— Ah, tenho certeza absoluta - falei para ela. — Algas marinhas não têm cabeça de serpente, nem olhos vermelhos, nem uma língua que se move do mesmo modo que se move a língua de uma serpente. As algas marinhas não se viram, nem encaram você, nem abrem a boca para mostrar quantos dentes têm, para que você saiba que elas poderiam te comer se quisessem, se decidissem nadar até você e você não fosse rápido o bastante para sair do caminho. As algas marinhas não batem na água com a cauda feito baleias, não é?

— Não que eu saiba — disse ela, e voltou a acionar o pedal da Singer e passar o algodão de cores fortes debaixo da agulha. — Não parece muito com algas marinhas.

— Deve ter sido, pelo menos, do tamanho de um ônibus escolar, não importa quantos metros tenha. Minha mãe ficou com medo, mas eu disse que ela não ia machucar a gente. E contei que tinha lido sobre uma serpente marinha que havia no porto de Gloucester, em 1817...

— Você se lembra da data? – Caroline quis saber.

— Com certeza, eu me lembro, e é falta de educação interromper. – Ela pediu desculpas e eu continuei. — Contei para Rosemary que muita gente viu aquela serpente marinha em 1917, e ela não atacou ninguém.

— Você disse antes que foi em *1817*, não?

— Isso faz alguma diferença? De qualquer maneira, ela não atacou ninguém e foi isso que eu disse à mamãe. Ficamos lá e observamos a serpente marinha nadando, e ela nos observou de volta e até vimos quando esticou o pescoço comprido e tentou apanhar uma gaivota no ar.

Nem bem eu havia mencionado a gaivota, um grande corvo apareceu na janela do quarto e se empoleirou ali, olhando para nós com os olhos pretos de contas. Caroline parou de costurar e eu parei de contar a minha história sobre a serpente marinha em Scarborough Beach. O corvo bicou uma vez a tela da janela, grasnou uma vez, depois voou novamente. Minha avó fitou a janela por um instante, depois virou-se e olhou para mim.

— Imp, agora eu *sei* que você inventou a história sobre a serpente marinha.

— Como? — perguntei, ainda observando a janela, como se esperasse que o corvo voltasse.

— É uma coisa que os corvos podem fazer – disse ela. — Dizem sempre que alguém está mentindo. Se você ouve uma história e um corvo aparece desse jeito, pode apostar que quem conta está inventando a coisa toda.

— Nunca ouvi isso antes – protestei, mas acho que, àquela altura, eu tinha decidido que não era prudente insistir na questão da minha fabulosa serpente marinha.

— Imp, tem muita coisa que você nunca ouviu. Você é apenas uma criança e tem muito que aprender. De qualquer forma, não são apenas os corvos. Vale também para gralhas, corvos de riacho e qualquer espécie de corvídeo, incluindo os gaios-azuis e os quebra-nozes. São animais extremamente inteligentes e sua habilidade especial é identificar uma mentira quando ouvem uma. E por causa dessa disposição importuna têm uma tendência irritante a aparecer e lembrar uma pessoa de que ela se desviou dos fatos.

— A senhora não está só inventando isso?

Caroline apontou com a cabeça na direção da janela.

— Você viu um corvo? – perguntou ela.

— E, por falar nisso, o que é um corvídeo? – Eu queria saber, pois era uma palavra que nunca tinha ouvido antes.

— A família dos corvídeos, na qual os ornitólogos incluem corvos, além de todos os parentes próximos.

— Você leu isso num livro?

— Certamente li – respondeu ela, e voltou a costurar.

— E também leu que pássaros pretos aparecem quando as pessoas estão inventando essas coisas?

— Em sentido estrito, Imp, pássaros pretos não são corvídeos, embora a maioria dos corvídeos sejam aves de cor preta.

Nesse momento, tenho certeza de que devo ter ficado totalmente confusa. Caroline tinha o hábito de falar em círculos, então talvez tenha sido de onde eu tirei isso. Os círculos quase sempre faziam sentido, por isso eram tão frustrantes, especialmente para uma menina de 6 ou 7 anos que ainda não tinha aprendido sozinha o truque de falar em círculos que fizessem sentido, mandalas de conversa que resistem a exames e refutações.

— Você não respondeu à minha pergunta, Caroline. Leu num livro a parte sobre os corvídeos aparecerem sempre que as pessoas contam mentiras?

— Não lembro, Imp, mas não faz diferença. Um monte de coisas é verdade, mas ninguém se importa em escrever nos livros. As vidas são preenchidas com coisas verdadeiras, coisas que realmente aconteceram e praticamente nenhuma aparece nos livros. Ou nos jornais. Ou no que quer que seja. Talvez minha mãe tenha me contado sobre corvos. Mas posso ter lido isso em algum lugar.

— Eu realmente li sobre a serpente marinha de Gloucester – disse a ela, um pouco constrangida, imagino.

— Não acho que era a isso que o corvo objetava, India Morgan. – Minha avó raramente me chamava pelo meu nome e pelo nome do meio assim; mas quando fazia tinha minha atenção. E então ela disse:

— *Voei na forma de um corvo da palavra profética*. Foi uma coisa que li. É de um poeta galês que se chama Taliesin. Você devia procurar por ele da próxima vez que estiver na biblioteca.

E, então, ela recitou, de modo meio dramático:

Corvo, corvo, Deus corvo!
Transmutai-me!
Há pouco, era corvo,
Agora, mulher serei
Corvo, corvo, Deus corvo!
Transmutai-me!

Então ela riu e moveu a bobina mais uma vez.

— Mais Taliesin? – perguntei.

— Não. *Isso* foi uma coisa que li em um livro, uma invocação que as freiras escocesas usavam quando queriam voltar a ser mulheres, depois de terem se transformado em corvos.

Perguntei o que significava "transmutai-me", porque nunca tinha ouvido aquela palavra antes.

— Transformar – retrucou ela. — Mudar, transfigurar, transverter e assim por diante. – Eu ainda não entendia direito o que queria dizer no contexto do encantamento, mas não disse nada. Eu já me sentia boba o suficiente por causa da serpente marinha.

— Oh – disse ela. — Tem mais um, do *Cimbelino*, de Shakespeare.

— Pelo menos dele eu ouvi falar.

— Espero mesmo que sim. – Ela olhou de cara feia, e então recitou:

*Rápido, rápido, vós, dragões da noite, aquele amanhecer
Pode revelar o olho do corvo! Pernoito no medo;
Embora seja um anjo celeste, o inferno está aqui.*

— Outro poema? – E ela disse: — Não. Uma peça teatral.

Então, vovó Caroline, na noite em que eu estava voltando de carro do trabalho e vi as quatro freiras-corvos caminhando debaixo das árvores, que mentira eu havia contado naquele dia? De que verdade elas tentavam me lembrar naquela noite?

Não havia corvos, nem mesmo (do melhor modo que consigo lembrar) gaios-azuis na véspera da noite em que encontrei Eva. Nem no dia seguinte. E eu nunca havia visto um corvo à noite, então não preciso repetir. Havia uma coruja, e noitibós, mas dificilmente isso era algo incomum.

Ontem, quando estava datilografando a história daquela noite de julho, nenhum corvo apareceu na minha janela. Se tivesse aparecido, eu ficaria aliviada e talvez conseguisse terminar.

Eu tinha hora marcada hoje com a dra. Ogilvy. Não contei a ela que estou escrevendo todas essas coisas, embora tenhamos conversado algumas vezes sobre Eva Canning: a Eva de julho e a Eva de novembro, assim como falamos sobre Phillip George Saltonstall e *A Menina Submersa* (a pintura e o folclore) e "A Pequena Sereia". Assim como conversamos sobre Albert Perrault e *O Voyeur da Destruição Absoluta (em Retrospecto)* e "Chapeuzinho Vermelho". Não tenho ideia ainda se vou contar a ela que estou escrevendo esta história de fantasmas. Talvez ela pedisse para ler e eu teria de dizer não. Talvez ela perguntasse se estou sendo literal quando digo "história de fantasmas" ou se estou sendo metafórica e eu teria de dizer que estou sendo muito literal. Essas coisas a deixariam preocupada. Acho que a conheço muito bem para saber que deixariam. Preocupada, quero dizer. Para alguém que não gosta de causar alarme em outras pessoas, com certeza já fiz mais que a parte que me cabe.

Não há razão para ficar fora de casa à noite, sob o céu noturno, se eu não puder ver as estrelas. Mas Millville é pequena, como disse, e logo estou no lado mais distante, na direção noroeste, na Rodovia 122. Não demora muito para que eu possa distinguir algumas estrelas piscando pelo para-brisa. A janela do lado do motorista está abaixada, e o ar é fresco e tem aroma de plantas. Tem o odor almiscarado, enlameado do rio, que não está a mais de quinze metros à minha esquerda (ou a sudoeste, ao longo deste pequeno trecho da estrada). Pensei muitas vezes que rios, lagos e oceanos meio que têm cheiro de sexo. Portanto, a noite de verão tinha a seu redor o não desagradável buquê de sexo. Acabo de checar o velocímetro e ver que estou a apenas sessenta ou setenta quilômetros por hora, o que eu não acho que Abalyn consideraria ultrapassar a velocidade. No entanto, não sei qual é o limite de velocidade; há placas, sem dúvida, mas eu nunca as percebi. Se as percebi, esqueci.

Não há sensação alguma de maus presságios, nada da apreensão que senti antes de sair de Providence. Tudo isso passou. A volta de carro está me relaxando. Fico feliz por não ter ficado em casa.

Acho que irei ainda mais longe que Worcester antes de voltar. E então... já escrevi essa parte antes. Simplesmente parei, voltei algumas páginas, e encontrei:

Em um momento ela não está lá, mas, no momento seguinte, lá está ela. Simplesmente assim. Não é que eu tenha ido para cima dela. É como se ela simplesmente tivesse aparecido.

Sim. Exatamente assim. Ou eu apenas pisquei num momento inoportuno e *pareceu* assim. Importa qual dos dois? Não. De jeito nenhum.

Uma mulher nua, parada, no acostamento, fitando a escuridão na direção do rio Blackstone, capturada no feixe baixo dos faróis do Honda. Mais tarde, Abalyn vai querer saber por que eu parei. Eva também vai me perguntar. E eu vou dizer: "O que mais eu teria feito? O que você teria feito?" E eu vou responder: "Não sei por que parei".

Porque ela não podia parar para mim, gentilmente parei para a morte.

Não "piso fundo no freio", mas reduzo a velocidade bem rápido. Com certeza não avancei mais de noventa metros antes de parar. Fico sentada ali, com o motor do Honda em ponto morto e os olhos fixos no retrovisor. Me demoro ali no carro no máximo por alguns minutos, talvez. Quando desligo o motor, a noite torna-se, ao mesmo tempo, imensa, profunda e opressivamente silenciosa – mas apenas pela duração de alguns batimentos cardíacos, um bocado de respirações – e, então, há os trinados de insetos e cliques e canções guturais de sapos. Deixo as luzes acesas e saio do Honda. Tem uma parede alta de granito no lado direito da via para o norte, uma ferida rochosa aberta na terra por mais tempo, porém, que a estrada tenha sido feita. Era uma vez, uma encosta coberta por florestas, levemente inclinada para o rio, mas os homens e seus explosivos encurtaram isso e todas as pedras e solo e todas aquelas árvores foram transportadas dali, e agora há apenas essa parede de granito.

Eu me afasto dela e olho para os dois lados antes de atravessar a estrada. Meus sapatos esmagam os cascalhos enquanto ando com cuidado na direção da mulher. Não posso vê-la imediatamente, claro. Já me afastei muito e as lanternas traseiras não alcançam tão longe assim. Até considero que poderia ter imaginado tudo isso. Ao longo dos anos, já imaginei um monte de coisas e considero que a mulher poderia ser uma alucinação. Ou, em vez de apelar para a minha insanidade, poderia ter sido apenas uma ilusão óptica inquietante que qualquer motorista poderia ter experimentado. Não estou correndo, nem mesmo caminho com passo rápido. Desejei que a lua fosse cheia ou, ao menos, crescente, porque então haveria muito mais luz. Mas, depois, meus olhos começaram a se ajustar e pude vê-la (na verdade, há um pequeno pedaço de brilho avermelhado que se reflete das lanternas e que ajuda). Se ela me notou, não age dessa forma.

— Você está bem? – grito. Ela não responde nem me dá sinal de que ouviu. Paro de andar e chamo por ela uma segunda vez.

— Você precisa de ajuda? Aconteceu alguma coisa? Sofreu um acidente? Seu carro quebrou? – Em retrospecto, as duas últimas perguntas me parecem muito absurdas, mas é isso aí. Qual parte dessa história não parece absurda?

Agora posso ver suficientemente bem para perceber que o cabelo dela está molhado. Olho na direção do rio, oculto na escuridão, mas com um cheiro muito mais forte que o cheiro de quando eu estava apenas passando por ele de carro. Olho novamente

para a mulher e noto que ela está de pé perto do início de uma trilha de terra batida que conduz até a água. "Os pescadores abriram a trilha", penso. "Pescadores e pessoas com canoas e caiaques."
— Você estava nadando? – pergunto, e finalmente ela vira a cabeça na minha direção.
O que aconteceu em seguida, eu já escrevi na página 66. E qual é o sentido de tentar reescrever, recompensar ou retornar a isso? Foi isso que escrevi há muitos e muitos dias, mais ou menos:
— Você está bem? – pergunto de novo.
Vai parecer ridículo se eu disser que ela é sobrenatural, mas ela *é* sobrenatural. Pior é presunçoso, certo? Pressupõe que conheço tudo que *é* terreno, e que por isso eu reconheceria qualquer coisa que *não fosse*. Não conheço, claro. Conheço o sobrenatural a partir do terreno, ou vice-versa. Mas é assim que ela me parece, parada na Rodovia 122. Essa é a palavra que primeiro surge na minha mente: *sobrenatural*.
Ela estreita os olhos, como se a fraca luz vermelha do carro fosse muito forte para ela. Acho que teria sido, depois de toda aquela escuridão. As pupilas teriam se contraído subitamente, e seus olhos teriam doído. Mais tarde, verei que os olhos dela são azuis, um tom de azul que Rosemary Anne costumava chamar de "azul garrafa". (Se fosse em novembro, não em julho, eu veria que os olhos dela tinham um tom incomum de marrom, um marrom que parecia quase dourado.) Sem levar em consideração, ela estreita os olhos, que brilham com luz iridescente, e pisca para mim. Penso em *ferina*, que é muito mais apropriado e menos presunçoso que *sobrenatural*. Ela dá um sorriso, muito, muito discreto, tão discreto, na verdade, que eu posso estar enganada. Ela poderia *não* estar sorrindo. Dá um passo na minha direção, e eu pergunto, pela terceira vez, se ela está bem.
(Reescrevi mais disso do que eu pensei que faria.)
Acrescento:
— Você precisa que eu chame ajuda?
O cabelo liso e úmido cai sobre os ombros, grudando na pele como gavinhas escuras. Ela passa a língua pelos lábios finos e a pele cintila. De passagem, lembra a pele de um anfíbio, um sapo ou uma salamandra, pelo modo como brilha. E, de passagem,

tenho a impressão de que quando a tocar (e agora eu sei que *vou* tocá-la) a pele será viscosa.
 Ela dá outro passo na minha direção e agora não podem restar mais de três metros entre nós.
 — Imp? - Ela chama, e isso deveria me assustar, mas não assusta. De jeito nenhum.
 — Eu te conheço? - pergunto a ela, e ela franze a testa e parece confusa.
 — Não - responde ela, quase sussurrando. — Não ainda.
 Uma picape passa correndo por nós, *ruge* por nós, e vai numa velocidade muito maior que os setenta quilômetros por hora. Está indo pra Millville e passa tão perto de nós que se eu esticasse o braço esquerdo talvez o veículo me atingisse. Poderia muito bem ter arrancado minha mão, quebrado meu braço, qualquer coisa. Somos banhadas pelo brilho dos faróis. O motorista nem mesmo diminui a velocidade e sempre vou me perguntar se ela ou ele teria percebido alguma coisa.
 Os faróis me deixam meio cega por alguns segundos e eu fico parada lá xingando e piscando para as imagens residuais.
 — Simplesmente ficar parada aqui não é seguro - digo, parecendo irritada. — Incrível que aquele caminhão não tenha batido em nós duas. Você sabe disso, né? Onde estão as suas roupas? Você as deixou perto da água? - E aponto para a escuridão que encobre o rio Blackstone.
 Na quietude além do carro, na quietude que é pontuada somente por gafanhotos, grilos, sapos e uma coruja, ela diz: "Tenho sonhado com isso de novo". Não tenho dúvida de que foi isso que ela disse, além de: "Até os seus olhos e os dedos que cantam".[2]
 — Não é seguro aqui - digo mais uma vez para ela. — E os mosquitos devem estar te comendo viva.
 E ela pergunta:

---

2 "Till your singing eyes and fingers", verso de "Song to the Siren", canção do álbum *Starsailor* (1970) do cantor norte-americano Tim Buckley. Tornou-se popular mais tarde com a banda Cocteau Twins, cuja versão foi usada em diversos filmes, como *A Estrada Perdida* (1997), de David Lynch. A canção baseia-se na figura mitológica das sereias, presentes na *Odisseia*, de Homero.

— Quem, morrendo no mar, pode ser levado num carro fúnebre? – pergunta ela, como se eu não tivesse falado, como se fosse perfeitamente seguro ficar de pé, nua, na lateral da Rodovia 122, no meio da noite, com caminhões passando correndo.

Tenho tanta certeza de que ela disse isso quanto de que ela não estava vestindo nenhuma roupa. É de "A Vigília da Baleia", capítulo 117 de *Moby Dick*. Não sei disso ainda, claro. Nunca nem li *Moby Dick*, não até esta noite de verão.

Fiquei parada ali, fazendo as perguntas por tempo suficiente, e vou até ela e digo "Vem", e estendo a minha mão. Ela segura. Fico aliviada porque sua pele não é nem um pouco pegajosa, só fria por estar úmida. "Se não posso fazer você ter juízo, posso ao menos arrumar um lugar seguro para você", e ela não oferece resistência nem diz algo mais enquanto eu a levo até o outro lado da estrada, até o Honda.

Eu lhe dou o agasalho de algodão leve que trouxe comigo, mas ela apenas fica parada, segurando-o, até eu mesma vesti-lo nela. Abotoo, cubro os pequenos seios e a barriga lisa. Tem um cobertor de flanela no banco de trás, de uma ida à praia, e eu o enrolo na cintura dela.

— Não é muito – digo –, mas está melhor que antes.

Quando sugiro que ela entre no Honda, ela apenas hesita um momento. No trajeto de volta para Providence e para Willow Street, ela não diz sequer uma palavra. Repito as perguntas que ela já não se importou em responder. Faço perguntas novas, como "Onde você mora?", "Você precisa ir a um hospital?" e "Tem alguém para quem você gostaria que eu ligasse?". Ela não responde nenhuma delas também e começo a me perguntar se ela é surda. Ela liga o rádio, mas não parece satisfeita com as estações, girando, inquieta, de um lado para outro do mostrador. Não digo a ela para parar. Imagino que seja algo para mantê-la ocupada enquanto tento pensar o que deveria fazer com ela. E então estou em casa, entrando com o carro, e me pergunto por que não posso me lembrar da maior parte do trajeto de volta de Massachusetts; e me pergunto também por que trouxe a mulher comigo para casa; e, finalmente, imagino o que Abalyn vai dizer.

E então esta é a noite em que conheço Eva Canning. A primeira noite que a encontro pela primeira vez, quero dizer.

Isso é o mais verdadeiro que consigo. É quase factual.

Eu estava na cozinha comendo um sanduíche de pepino com cream cheese e pimenta preta e subitamente me ocorreu que se eu *fosse* escrever um romance, ou mesmo um conto, ou novela, ou noveleta – se eu estivesse escrevendo alguma dessas coisas, teria deixado de dizer muita coisa sobre Abalyn. Ou sobre nosso relacionamento durante o fim de junho e julho, o breve período em que estivemos juntas, antes de ela ir embora. Um crítico talvez dissesse com justiça que deixei de incluir caraterização suficiente. Se isso fosse uma história de Beatrix Potter ou A.A. Milne ou ainda de Lewis Carroll, eu poderia parar aqui e dizer alguma coisa como "Ai, meu Deus!" e então me desculpar e imediatamente corrigir a omissão.

Mas não importa o que estou escrevendo, não é nenhuma dessas coisas, e *eu* sei quem Abalyn Armitage era e quem é, assim como sei que eu sempre a conhecerei. Também me ocorreu que talvez eu não tenha, até agora, contado mais sobre ela ou sobre nós porque, nesta primeira versão da minha história de fantasmas, não estávamos juntas muito antes de Eva chegar e Abalyn ir embora. Então, *nesta* versão, eu realmente não tive a chance de conhecê-la muito bem e não há muito o que contar sobre nós. Talvez na outra versão, em novembro e com o lobo, quando parece que nós estávamos juntas há mais tempo que umas poucas semanas. Posso estar apenas esperando até contar a história dessa maneira para escrever sobre Abalyn com mais detalhe. A partir daqui, porém, é tudo suposição e não muito mais do que isso, esses pensamentos de por que eu poderia ter agido desse modo e como eu poderia agir de outro modo por mais tempo.

Lamento que você tenha cometido um erro tolo e terrível, India Morgan Phelps, decidindo contar esta história de fantasmas tal como você lembra, como duas narrativas separadas, como uma partícula e uma onda, o diabo e o mar azul mais profundo, em vez de limitar-se a uma única narrativa isenta de paradoxo e contradição. Tenho muito medo de que a frustração prevaleça em breve e você desista e nunca termine isto. Já é bastante complicado manter as duas versões em minha mente, embora as duas me pareçam igualmente verdadeiras (no entanto, como disse, a primeira tem mais evidência para suportar sua factualidade), quanto mais transpor essas histórias paralelas e conflitivas para prosa.

Vivendo e aprendendo, ou pelo menos é isso que eu fico ouvindo as pessoas dizerem. Eu as ouvi dizerem isso toda a minha vida. Até Caroline e Rosemary diziam: "Vivendo e aprendendo". Por que eu consigo captar somente a metade desse truque?

Quando voltei para a Willow Street, um pouco mais de duas horas depois que saí, Abalyn ainda estava acordada. Ela havia dito que ficaria, por isso eu não deveria ter me surpreendido, mas me surpreendi. Tinha terminado o artigo e estava assistindo a um filme na televisão. Abalyn assistia a muitos filmes quando estava aqui, mas eu mal os via com ela. Não gosto de filmes muito mais do que gosto de jogos.

Subi a escada com a mulher até a porta da frente. Eu ainda não sabia que o nome dela era Eva Canning, pois ela não tinha falado mais comigo desde que perguntou "Quem, morrendo no mar, pode ser levado num carro fúnebre?". Abri a porta e pedi que entrasse. Ela hesitou, sem aceitar imediatamente o convite. Ficou parada no corredor e seus cabelos estavam quase secos agora. Ela apertou os olhos de centáurea-azul para mim, depois olhou para trás, por cima do ombro, para a escada que conduzia de volta ao saguão.

— O que foi? – eu quis saber.

Ela começou a dar um passo adiante, depois hesitou e me perguntou:

— Você tem certeza?

— Sim, tenho certeza. Vamos. Você não pode simplesmente ficar parada aí fora no corredor durante toda a noite.

Ela passou pela soleira da porta e, atrás de mim, Abalyn perguntou: "Quem é ela, Imp?" Abalyn não tinha conhecido muitos dos meus amigos, em parte porque eu não tinha muitos. Ela havia se encontrado com Jonathan, que costumava trabalhar como barista no Café White Electric, em Westminster, e tenho certeza de que ela havia conhecido Ellen, que trabalhava no centro da cidade, na Cellar Stories, mas que desde então se mudou para ficar com o namorado.

— Temos uma visita – respondi, tentando parecer casual, só que, lentamente, comecei a me dar conta de que havia feito uma coisa estranha ao trazer Eva para casa. Ou poderia parecer assim para Abalyn, que é uma pessoa supreendentemente prática para alguém que ganha a vida escrevendo resenhas de videogames.

Fechei a porta e Abalyn se levantou do sofá. Ela segurava o controle remoto na mão e pausou o DVD. Então ficou parada ali e sorria incerta para Eva Canning, e Eva Canning falou:

— Olá, Abalyn.

Eu não havia dito a ela o nome da minha namorada (nem que eu tinha namorada, por falar nisso). Mas, para mim, parecia perfeitamente natural que ela soubesse o nome de Abalyn; afinal, ela não sabia o meu antes de eu dizer?

— Oi – retrucou Abalyn, e olhou em dúvida para mim.

— Abalyn, esta é... – mas minha voz sumiu ao perceber que eu não sabia o nome da mulher, embora ela soubesse os nossos.

— Meu nome é Eva – disse ela. E falou tão baixo que mal dava para ouvir suas palavras. — Eva Canning.

— Imp, por que ela está vestida assim? – Abalyn quis saber. Achei indelicado ela mencionar o fato de que Eva estava vestindo somente o meu agasalho e um cobertor enrolado na cintura, mas não disse nada. Estava começando a me sentir confusa e inquieta. Tentei lembrar se havia esquecido os remédios das 20 horas.

— Imp, você se importa se eu tomar um banho quente? – perguntou Eva Canning. — Se não for incômodo.

Não era, e eu lhe disse isso, pois parecia um pedido razoável. Avisei para tomar cuidado, pois a banheira de aço era um pouco escorregadia e o chuveiro, baixo demais, por isso era necessário se abaixar um pouco se você tivesse a altura de Eva ou de Abalyn. Ela disse que tinha certeza de que tudo ficaria bem e eu retruquei que encontraria algo melhor para ela vestir. Ela me agradeceu e eu a levei até a porta do banheiro. E então ela se foi, e Abalyn e eu ficamos sozinhas na saleta.

— Quem *é* ela? – perguntou Abalyn. Não, seria mais preciso dizer que ela *exigiu* saber.

— Não tão alto! – falei. — Ela pode escutar.

Abalyn franziu as sobrancelhas e repetiu a pergunta em voz baixa.

— Eu não sei – confessei, e lhe contei como estivera dirigindo ao longo da Rodovia 122 e havia encontrado Eva Canning de pé, nua, ao lado do rio. Falei que ela parecia desorientada e que eu não sabia o que fazer, que Eva não tinha pedido para ir ao hospital, nem à polícia, nem havia me falado um endereço. A expressão de Abalyn, que antes era de desconfiança, transformou-se em incredulidade.

— Aí você a trouxe *para casa* com você?

— Eu não sabia mais o que fazer – falei.

— Imp... – disse Abalyn, girando a cabeça na direção da porta do banheiro, até Eva Canning, do outro lado da porta, que tinha sido aberta e agora estava novamente fechada. Abalyn passou os longos dedos através dos cabelos pretos e mordeu o lábio inferior. — Você tem o hábito de trazer pessoas estranhas que encontra na beira da estrada para casa?

— Não foi assim que eu te encontrei? – retruquei, ficando cada vez mais indignada. — Não foi?

Abalyn devolveu o olhar, com a expressão de incredulidade cada vez maior. Acho que ela estava quase sem fala, mas só quase, porque, depois, ela disse:

— Você acha mesmo que dá pra comparar?

— Não – admiti. — Não exatamente. Mas eu não sabia mais o que fazer. Não podia deixá-la parada lá.

— Parada, nua, na beira da estrada – disse Abalyn, como se checasse para ter certeza de que me ouvira corretamente. — Jesus Cristo, Imp. Ela deve ter tomado alguma coisa. É impossível dizer o que tem de errado com ela.

— Você poderia ser uma assassina em série – falei, meio inútil, e percebi que estava piorando a situação, mas era incapaz de manter a boca fechada. — Eu não sabia que você não era, sabia? Eu não sabia que você não era viciada em crack. Eu não sabia nada sobre você, mas eu a trouxe para casa comigo.

Abalyn balançou a cabeça e riu – um tipo de riso seco, oco, exasperado. Ela falou:

— Preciso fumar. Vou dar uma volta. - Quando nos conhecemos, Abalyn quase havia parado de fumar e quando ela queria um cigarro sempre saía de casa. Nunca pedi a ela que fizesse isso;

Caroline, Rosemary Anne e até minha tia Elaine foram fumantes e isso não me incomodava muito.
— Você vai demorar muito? - perguntei.
— Não sei - retrucou ela, depois bateu com um dos polegares na porta do banheiro. Dava para ouvir o barulho do chuveiro. — Ela vai ficar?
— Sinceramente, não havia pensado nisso. Não sei se ela tem para onde ir.
— Puta que o pariu, Imp. Ela não te disse alguma coisa? Deve ter dito algo.
— Não muito. Ela disse "Quem, morrendo no mar, pode ser levado num carro fúnebre?" - falei para Abalyn. — É de "A Balada do Velho Marinheiro", certo?
Abalyn foi até o cabideiro e enfiou a mão no bolso para pegar os cigarros e o isqueiro.
— Não, Imp. Não é. É de *Moby Dick*.
— É?
— Vou dar uma volta - disse ela mais uma vez. — A menos que você prefira que eu não vá - e, nesse momento, ela voltou a olhar para a porta do banheiro.
— Não. Estou bem. Só queria que você não ficasse zangada. Não sei mais o que eu deveria fazer.
— Não estou zangada - disse Abalyn, mas dava para ver que ela estava mentindo. Sempre que mentia, os cantos de sua boca repuxavam. — Preciso de um cigarro, é isso.
— Tome cuidado - falei para ela, e ela riu mais uma vez, o mesmo riso desprovido de qualquer traço de humor. Ela não bateu a porta, mas os passos ao descer a escada soaram mais pesados que o normal. E eu fiquei sozinha no meu apartamento com a mulher misteriosa que disse que seu nome era Eva Canning e, mais tarde, eu estava começando a assimilar a esquisitice de tudo aquilo. Sentei-me no sofá e olhei para a imagem na tela da televisão. Era um tipo de grande monstro japonês no ato de pisotear um exército de brinquedo. Tentei encontrar o controle remoto, mas não consegui, e fiquei me perguntando se, talvez, Abalyn o tivesse levado com ela, e, nesse caso, se havia feito isso de propósito ou não. Quando escutei Eva fechar o chuveiro, me levantei

de novo e desliguei a televisão. Fui até o meu quarto e peguei uma camiseta para ela, roupa íntima e uma calça que estava um pouco grande demais para mim. E algumas meias. Eva era mais alta que eu. Não tão alta quanto Abalyn, porém mais alta que eu. Imaginei que as roupas fossem caber nela.

Eu não sabia o que fazer em relação a sapatos.

Quando voltei do quarto, ela estava sentada, nua, no chão, perto de uma janela, secando os longos cabelos com uma toalha. Eu não havia percebido, até aquele momento, como ela era pálida. A pele era quase como leite, de tão pálida. Isso provavelmente parece um exagero, e é possível que seja. Minha memória poderia facilmente estar exagerando sua palidez, como exagera com frequência tantas coisas. Provavelmente seria mais factual dizer que havia uma *palidez* peculiar e atraente ao redor de Eva Canning *inteira*. Eu poderia me referir à palidez da alma, se acreditasse em almas. De qualquer maneira, eu poderia, de fato, querer dizer isso, mas, como é mais fácil lembrar-se da pele de alguém que da tonalidade de sua alma, não posso descartar ter atribuído de maneira inconsciente e errônea a tonalidade leitosa à sua pele.

— Tenho algumas roupas que você pode usar — falei, e ela me agradeceu. Essa foi a primeira vez que percebi como sua voz era musical. Não quero dizer melodiosa ou rítmica ou... deixa para lá. Mais tarde, encontrarei a palavra certa. Espero encontrar, porque é importante. Além disso, pensando no rio, a voz de Eva estava sonolenta, quase indistinta - a voz dispersiva de uma sonâmbula que acabou de ser acordada rudemente -, e agora ela falava com uma confiança tranquila e alerta.

— Foi muita gentileza sua - ela falou. — Não quero atrapalhar.

— Você vai dormir aqui hoje, está bem? Amanhã daremos um jeito.

Em silêncio, ela me observou por alguns segundos, depois respondeu:

— Não. Tenho amigos aqui perto. Eles vão ficar contentes em me ver. Você já fez muito.

Dez minutos depois, ela se foi. Estava descalça, havia deixado as meias para trás. E eu estava parada, perto da janela, olhando para a Willow Street salpicada de poças rasas da pouca luz da rua. Mas não posso dizer que sentia como se nada daquilo tivesse acontecido, embora as pessoas dissessem que esse tipo de coisa acontece o tempo todo nas histórias de fantasmas, não é? Parecia muito mais que *tudo* tinha acontecido, cada pedaço daquela noite, mesmo que o longo trajeto e o encontro com Eva, além de trazê-la comigo para casa, fizessem cada vez menos sentido, quanto mais eu repassava os acontecimentos na minha cabeça.

Fiquei parada perto da janela, tentando resolver aquilo tudo, até ver Abalyn. As mãos dela estavam enfiadas nos bolsos do jeans e a cabeça estava baixa, como se a calçada fosse muito mais interessante do que tivesse o direito de ser. Fui até a cozinha, derramei leite numa panela, depois a levei até o fogão, torcendo para que Abalyn quisesse uma xícara de chocolate quente. Torcendo para que não estivesse zangada.

Foi nessa noite também que os sonhos começaram.

A MENINA SUBMERSA
CAITLÍN R. KIERNAN
IV

Suponho que, antes de Eva, *e* antes de Eva, eu nunca tivera mais que o número habitual de pesadelos. Não era frequente eu me lembrar dos meus sonhos, antes de Eva. Quando lembrava, pareciam, em sua maior parte, ridículos e inconsequentes. Algumas vezes, eu até sentia que estava decepcionando esse ou aquele terapeuta ou a dra. Ogilvy ao não lhes oferecer mais nesse departamento. Nenhuma janela pronta, complacente no meu subconsciente. Esse tipo de coisa. Algumas vezes, eles se voltaram para a minha arte, no lugar dos sonhos. Mas, sim, Eva Canning mudou tudo isso. Ela me trouxe pesadelos. E me apresentou a insônia. Ou talvez os dois sejam um tipo de doença intangível, desprovida de vetores convencionais. O que me traz de volta aos memes e às assombrações. Em um momento, mais algumas linhas, isso vai me trazer de volta a ambos.

Noite passada, fiquei deitada, acordada, pensando no que andei escrevendo, como há uma história aqui, mas como tomei muito pouco cuidado em criar uma narrativa coerente. Ou, se *há* uma narrativa coerente, como ela poderia se perder entre outras coisas: exposição, memórias, ruminação, digressões e o que mais você quiser. Não que todas essas coisas não sejam igualmente válidas, e não como se não fossem um componente essencial para o que eu estou tentando *tirar de mim*. Elas são. É como se, em dez ou vinte anos, eu pudesse olhar para estas páginas, cavá-las onde quer que eu as tivesse escondido e ficar decepcionada pelo fato de não tomar mais cuidado com a minha história, com a de Eva e a de Abalyn. Porque, nesse momento, quando estiver com 40 ou 50 anos, provavelmente vou me lembrar com muito menos detalhes. E verei que perdi uma oportunidade, sentirei como se o eu de agora trapaceasse com o eu de então.

Noite passada, não consegui afastar a sensação de que Abalyn estava parada aos pés da minha cama. Ela não estava, claro. Não era nem o que eu chamaria de uma alucinação de verdade. Acho que a maior parte das pessoas deixa de ver a pequena diferença entre *imaginação* e *alucinação*. Para mim, algumas vezes, as duas coisas parecem divididas apenas por um fio de cabelo. Mas ouvi com atenção e era mais fácil ouvir sabendo que Abalyn provavelmente estava dormindo profundamente em seu apartamento em Olneyville. Ou talvez ela estivesse sentada, jogando videogame ou escrevendo uma resenha. Independentemente disso, ela não estava parada aos pés da minha cama, conversando comigo.

Na maioria do tempo, ela fazia perguntas como: "Se você um dia mostrasse isto para alguém ou se morresse e encontrassem isto, você não seria simplesmente tão ruim quanto qualquer um que já criou uma assombração? Este manuscrito não é um documento infectado, apenas esperando para espalhar sua pestilência?"

Não respondi a ela, porque eu sabia que *não* era ela. Mas eu fiquei deitada ali, sem dormir, incapaz de pensar sobre as perguntas dela, e me lembrei de algo sobre o qual queria ter escrito no primeiro "capítulo", porque é um exemplo excelente do que eu quero dizer: assombrações são *memes*, em particular, transmissões de ideias perniciosas, doenças contagiosas *sociais* que não precisam de hospedeiro viral nem bacteriano e são transmitidas de milhares de modos diferentes. Um livro...

A Floresta do Suicídio. Tenho uma pasta aqui, sobre a mesa ao meu lado, com diversos artigos sobre a Floresta do Suicídio do Japão. No sopé do monte Fuji, às margens do lago Sai, há uma floresta de três mil hectares chamada Aokigahara Jukai, que também é conhecida como Mar de Árvores. A floresta é considerada tesouro nacional e é popular entre quem caminha e turistas; é o lar de duzentas espécies de pássaros e quarenta espécies de mamíferos. Em sua maioria, as árvores são pinheiros vermelhos japoneses, carvalhos japoneses, abetos rabo-de-tigre, buxos, faias, bambus e *himesharas* (*Stewartia monadelpha*: uma árvore decídua de porte médio com casca avermelhada brilhante, folhas amplas e belas flores brancas). A floresta é muito densa e escura. Na verdade, as árvores eram tão densas que bloqueavam os ventos que desciam os declives do vulcão e na ausência de vento dizia-se que a floresta era sinistramente silenciosa. Há mais de duzentas cavernas. Afirma-se que o solo e as pedras sob a Aokigahara são tão ricos em ferro que tornam bússolas inúteis, por isso é fácil perder-se no interior do labirinto de árvores. Essa parte poderia ser verdade, mas poderia não ser. Não sei, mas é provável que não seja importante aqui.

O que é importante é que o Mar de Árvores também é conhecido como a Floresta do Suicídio. As pessoas vão até lá para se matar. Muitas pessoas. Eu tenho um artigo de 7 de fevereiro de 2003, do *Japan Times* (um jornal japonês publicado em inglês). Ele informa que, em 2002 apenas, a polícia recuperou da Aokigahara os corpos de 78 suicídios "aparentes" e que eles impediram outras 83 pessoas com intenção de tirar a própria vida, que foram encontradas na floresta e colocadas sob "prisão preventiva". Em 1978, 73 homens e mulheres (sobretudo homens) cometeram suicídio na escuridão de Aokigahara. Em 2003, foi uma centena. Cada ano tem sua própria contagem medonha e somente a ponte Golden Gate é um destino mais popular para os suicidas. Foram colocadas placas na floresta, implorando que as pessoas que viajam até ali para se matar não o façam e reconsiderem a decisão. Os monges budistas contam histórias de que a floresta *atrai* os suicidas com seu crepúsculo eterno, que chama por eles. Dizem que as árvores são assombradas por fantasmas chamados *yurei*, espíritos dos suicidas, que são solitários e uivam à noite.

Dizem que as árvores são assombradas. Essa é a parte importante. Pelo menos para mim essa é a parte importante. A importância é sempre condicional, relativa, variável de pessoa para pessoa. Mas o que é mais importante (para mim) que as histórias do *yurei* é o fato de que toda essa encrenca no Mar das Árvores não começou até Seichō Matsumoto, um detetive e escritor de mistério japonês, publicar um romance, *Kuroi Jukai* (*A Floresta*

Negra, 1960). No livro de Matsumoto, dois amantes escolhem o Aokigahara como o local mais apropriado para cometer suicídio. E as pessoas leram o livro. E as pessoas começaram a ir até a floresta para se matar.

Eu não li *Kuroi Jukai*. Nem sei se foi traduzido para inglês.

Um livro. Um meme pernicioso que criou uma assombração, um tipo de ponto focal para pessoas que não querem mais viver. Da mesma forma que com Phillip George Saltonstall e *A Menina Submersa*, acho difícil acreditar que Matsumoto queria fazer mal a alguém. Duvido que ele tenha conscientemente despertado a assombração do Mar de Árvores. Mas as intenções entram nisso? A de Saltonstall ou de Albert Perrault? Eles são inocentes ou nós os consideramos responsáveis?

"O que torna você diferente?", imaginei Abalyn perguntando ao pé da minha cama na noite passada.

Se eu tivesse respondido, talvez tivesse dito: "Nada". Ou talvez: "Ainda estou tentando entender". Possivelmente eu teria observado que os três, o novelista e os dois pintores, criavam algo que *era para ser visto*, enquanto eu não estou fazendo isso de modo algum.

— Escreva sobre Eva – disse Abalyn. — Sobre o que você trouxe para casa naquela noite. Escreva sobre o que aconteceu a nós por causa do que você trouxe para casa naquela noite.

Eu queria dizer: "Eu ainda te amo, Abalyn. Nunca vou deixar de te amar". Eu não disse isso porque não disse coisa alguma, mas se eu tivesse respondido à minha imaginação acredito que Abalyn teria se afastado, aborrecida, amarga, solitária como qualquer *yurei*, mas sem uivar. Determinada a não me deixar *ver* sua solidão.

Andando em meio ao bosque, eu a encarei...

"Você tem de se vestir e ir para o trabalho", datilografou Imp.

Eu sei. Acabo de olhar para o relógio. Mas eu precisava anotar isso primeiro. Se não anotasse, poderia esquecer que eu queria, pois esqueço muita coisa.

Tenho de contar *a história*, pois esqueço muita coisa.

Na manhã seguinte, a manhã depois de encontrar Eva Canning perto do rio Blackstone, acordei e descobri que Abalyn já estava de pé, andando por ali. Isso era meio incomum. Ela costumava ficar acordada depois de mim e levantar mais tarde. Algumas vezes, dormia até duas ou três da tarde, depois de ficar acordada até o amanhecer. Mas não naquela manhã. Naquela manhã, vesti o robe, escovei os dentes, fui até a saleta e a encontrei remexendo nos meus discos.

— Bom dia – falei, e ela provavelmente disse "Bom dia" também. Ou algo assim. — Você acordou cedo – falei, e ela deu de ombros.

— Você não tem nenhum disco gravado *depois* de 1979? – perguntou Abalyn, e franziu a testa. — E você ouviu falar em CDs, não é?

— São os discos de Rosemary.

— Rosemary? Uma ex?

— Não, não. Rosemary, minha mãe.

— Então, onde fica a sua música? – ela queria saber. Durante todo esse tempo, ela não tinha olhado para mim, apenas continuava a remexer nos meus discos. Ela tirou *Rumours* e fitou Mick Fleetwood e Stevie Nicks na capa.

— Esses são os meus discos, Abalyn. São os únicos que tenho.

— Você tá me sacaneando – disse ela, e riu.

— Não, não estou. Não ouço muita música e quando ouço escuto os discos de Rosemary. Cresci ouvindo esses discos e eles me fazem sentir segura.

Então ela olhou para mim, por cima do ombro. Fez aquela expressão que costumava fazer quando estava tentando me entender. Ou quando tinha problema com um dos videogames dela. Era exatamente a mesma expressão nos dois casos.

— Está bem – disse ela. — Acho que isso faz sentido – depois, virou-se novamente para a estante (que é onde guardo todos os discos de Rosemary, agora meus discos). Ela deslizou *Rumours* de volta para a prateleira e tirou *Late for the Sky*, de Jackson Browne.

— Eu gosto desse em particular – falei.

— Você tem uma vitrola?

— Sim. Também era da minha mãe.

— Jodie tem uma vitrola. Ela coleciona essas coisas. Eu prefiro os CDs. Vinil arranha e dá trabalho demais para carregar por aí sempre que você muda.

Eu bocejei e pensei no chá quente com torradas e geleia de morango.

— Não sei muita coisa sobre música – digo. — Não sobre as coisas mais recentes, quero dizer. Só os discos de Rosemary.

— Temos de resolver isso, Imp. Você precisa de um intensivo.

Perguntei do que ela gostava e a resposta não fez muito sentido para mim. EBM, synthpop, trance, shoegaze, japanoise, acid house.

— Nunca ouvi falar de nenhuma dessas bandas – falei, e ela deu uma risada. Não era uma risada maldosa. Não me lembro de Abalyn ter feito graça de mim ou rido de mim do jeito que se ri de alguém quando se faz graça da pessoa.

— Não são bandas, Imp. São gêneros musicais.

— Ah – falei. — Não sabia disso.

— Sério, temos de começar a educação musical de India Phelps o mais rápido possível. – Mais tarde, ela tocou um monte de músicas dela para mim e eu ouvi, tentando escutar com a mente aberta, mas realmente não gostei de nenhuma. Bem, a não ser por algumas canções de uma banda britânica chamada Radiohead. Uma das canções deles tinha algo sobre uma sereia e naufrágios. Mas, na maior parte do que ela tocou para mim, a letra, quando *havia* letra, não parecia muito importante.

Ela estava olhando para a parte de trás da capa de *Late for the Sky* e eu perguntei se ela tinha tomado o café da manhã. Ela disse que tinha, e que havia feito um bule de café. Eu a lembrei de que não tomava café. E, na verdade, sei que estou tentando voltar à história, e talvez isso não *pareça* parte da história de Eva Canning, mas é. De qualquer forma, não estou com tanta vontade assim de escrever sobre Abalyn. Sinto mais falta dela que o normal hoje à noite. Até pensei em telefonar para ela, mas desisti. Na verdade, sou uma invertebrada. Sem coluna vertebral.

Apontei para a capa do álbum que ela estava segurando e falei:

— Eu amo essa capa. Sempre achei Jackson Browne tão legal.

— Imp, Jackson Browne não tem um osso legal no corpo. Do mesmo jeito que não tem uma maldita mitocôndria legal. É que Jackson Browne não é nada legal.

Soou como um insulto – como se ela estivesse me insultando, quero dizer –, mas eu sabia que ela não tinha *essa* intenção. Obviamente ela insultava Jackson Browne.

— Você já ouviu o disco? – perguntei.

— Não – respondeu ela. — E pretendo continuar assim.
— Então como você pode saber?
Ela não respondeu à pergunta. Em vez disso, fez outra.
— Hoje você trabalha no turno da noite, não é? – E eu respondi que sim, que eu só ia às 16 horas.
— Então vista-se. Vou levar você para almoçar.
— Eu nem tomei o café da manhã.
— Ótimo. Vou levar você para tomar o café da manhã, o brunch ou coisa que o valha. Mas você vai ter de dirigir.

Então eu me vesti e fomos até a Wayland Square, em uma cafeteria que ela gostava, mas à qual eu nunca tinha ido, um lugar chamado The Edge. Havia grandes mesas e cadeiras que não combinavam e muita gente lendo jornais e trabalhando em seus laptops. Muitos alunos da Brown, suponho. Pensei em pedir um sanduíche, mas, em vez disso, preferi uma coisa chamada Cowboy Cookie e uma xícara de Darjeeling escaldante. Abalyn pediu um sanduíche de queijo e ovo e um latte imenso. O chá e o café foram servidos em grandes xícaras de cerâmica, xícaras verdes com sementes vermelhas de café nelas. Falei para Abalyn que achava que as sementes de café pareciam mais joaninhas.

Sentamos em uma mesa nos fundos, uma mesa de canto, e nenhuma de nós disse nada por alguns minutos. Comemos e tomamos as bebidas. Observamos as pessoas com os laptops e os iPhones. Não vi muita gente conversando nem mesmo lendo livros ou jornais. Quase todos estavam absorvidos demais por seus dispositivos para falar com outra pessoa. Fiquei me perguntando se eles chegavam a perceber alguma coisa que acontecia em volta deles. Pensei que deve ser muito estranho viver assim. Talvez não seja diferente de ter o nariz sempre metido num livro, mas para mim parece diferente. Por alguma razão, parece mais frio, mais distante. Não. Eu não sei por que isso me afeta dessa maneira.

Finalmente, Abalyn pousou o sanduíche, mastigou, engoliu e disse para mim:

— Não quero que você pense que estou aborrecida ou coisa assim. Não estou. Mas talvez a gente devesse conversar sobre o que aconteceu na noite passada, Imp.

— Noite passada você parecia zangada – falei, sem olhar nos olhos dela, e mexi o chá com uma colher.

— Noite passada, bem... - Ela se interrompeu por um momento, olhou por cima do ombro e pensei que ela estava vendo se alguém estava escutando. Não estavam. Todos estavam muito ocupados com seus dispositivos. — Noite passada eu meio que surtei, admito. Você trouxe uma estranha para casa, uma mulher que você encontrou parada, nua e encharcada na beira da estrada no meio do nada.

— Ela foi embora - falei, torcendo para não soar tão defensiva. — Provavelmente eu nunca a verei de novo.

— Essa não é a questão. Foi perigoso.

— Ela não me machucou, Abalyn. Apenas mexeu no rádio.

Abalyn franziu as sobrancelhas e pegou o sanduíche.

— Eu gosto de você - falou. — Acho que gosto muito de você.

Eu retruquei:

— Eu gosto muito de você também.

— Você não pode fazer uma coisa assim, Imp. Mais cedo ou mais tarde, se você continuar pegando pessoas, fazendo coisas como essa, alguma coisa vai acontecer. Alguém não vai ser inofensivo. Alguém vai machucar você, mais cedo ou mais tarde.

— Eu nunca havia feito isso antes. Não é um hábito ou coisa assim.

— Você confia demais - suspirou Abalyn. — Você nunca sabe sobre as pessoas, o que vão fazer.

Tomei meu chá e dei uma mordida no biscoito. No fim das contas, um Cowboy Cookie era um biscoito de aveia e gotas de chocolate com canela e noz pecã. Algumas vezes ainda volto e como. Sempre espero ver Abalyn, mas nunca vi, então talvez ela não frequente mais o Edge.

— Ela estava indefesa - falei para Abalyn.

— Você não sabe disso. Não deveria supor sempre coisas assim.

— Não quero discutir sobre ela.

— Não estamos discutindo, Imp. Só estamos conversando. É isso. - Mas ela falava do modo como as pessoas falam quando estão discutindo. Mas eu não lhe disse isso. Naquele momento, queria voltar para casa, para a minha cozinha, e comer um café da manhã preparado por mim.

— Ela poderia ter se machucado - falei.

— Então você deveria ter chamado a polícia e contado sobre ela. É para isso que serve a polícia.

— Por favor, não fale assim comigo. É condescendente. Não fale comigo como se eu fosse criança. Não sou uma criança.

Abalyn olhou de novo por cima do ombro, depois voltou a olhar para mim. Parte de mim sabia que ela estava certa, mas eu não queria admitir.

— Não, você não é uma criança. Isso simplesmente me deixou louca, é isso, ok? Foi esquisito de verdade. Imp, *ela* era esquisita de verdade.

— Muita gente diz isso sobre mim – falei para Abalyn. — Muita gente poderia dizer isso sobre você.

Acho que só a estava provocando e sei que não deveria. Meu rosto parecia corado. Mas ela ficou calma e não mordeu.

— Só me prometa que não fará mais nada assim de novo, por favor.

— Ela poderia ter se machucado – falei pela segunda vez. — Podia estar em alguma confusão.

— Ora, India. Por favor.

Mordi um canto do meu Cowboy Cookie. Depois prometi a ela que tudo bem, que eu nunca faria nada assim de novo. E estava sendo sincera. Mas eu faria. Em novembro, na segunda vez que encontrei Eva Canning, fiz exatamente a mesma coisa.

Depois do café, caminhamos até um sebo próximo à esquina. Nenhuma de nós comprou nada.

"Só escreva o que viu", datilografou Imp. "Não interprete. Apenas descreva."

É isso que eu gostaria de fazer, mas já sei exatamente como vou fracassar. Já vejo que vou chamar atenção para paralelos que eu não perceberia que existiam até muito depois daquele dia de julho em que Abalyn e eu tomamos nosso pequeno brunch na Wayland Square. Sou impaciente demais para permitir que esses eventos se desenrolem de maneira verdadeiramente linear. O presente daquela tarde se tornou o *passado* do meu momento *presente*, o precipício a partir do qual eu examino a paisagem enroscada de todos os momentos que conduziram àquela época e até agora.

Saímos do sebo e pensamos, por um minuto, em descer para a pequena loja de quinquilharias no porão da casa seguinte. Chamava-se What Cheer, como em "What Cheer, Netop?" *Netop* supostamente é uma palavra indígena dos narragansett, que significa "amigo" e supostamente é o cumprimento que os indígenas gritaram para Roger Williams (que fundou Rhode Island) e seus companheiros quando ele cruzou o rio Seekonk em 1730 e qualquer coisa etc. etc. "What Cheer" são palavras mágicas em Rhode Island, o que é bastante irônico quando você para e considera como as coisas ficaram feias para os narragansetts não muito depois de eles receberem os homens brancos em suas terras. Não, eu não estava pensando em nada disso quando ficamos paradas ali, na calçada quente, tentando decidir se queríamos descer as escadas até a loja de quinquilharias. Eles tinham postais antigos, roupas vintage e imensos armários de farmacêuticos. As gavetas estavam cheias de um sem-número de tesouros aleatórios e inconsequentes, de maçanetas e peças de xadrez a bótons de campanhas políticas. A What Cheer também vende um monte de vinis, por sinal.

Eu ainda frequento a loja algumas vezes, embora nunca compre nenhum desses discos. Ou muita coisa do restante. Em geral, apenas gosto de dar uma olhada nos discos e tentar entender por que Rosemary comprava os álbuns que comprava, em vez deste ou daquele. Nós nunca conversamos realmente sobre música, embora ela tocasse muito os discos. Adoro o cheiro da What Cheer, de poeira e do papel velho.

Mas não entramos naquele dia. Abalyn tinha de voltar para o apartamento porque naquela noite tinha um prazo para uma resenha que nem havia começado a escrever. E eu tinha me esquecido de trazer os remédios das 13 horas. Ainda faltavam algumas horas até eu ter de ir para o trabalho. Eu me lembro de como era um dia especialmente quente, quase 32 graus, e ficamos paradas juntas na sombra de um toldo de lona verde, protegidas, mas ainda assim suando. Abalyn voltou para o Honda e foi quando eu a vi nos observando do outro lado da Angell Street. Eva Canning, quero dizer. Levei alguns segundos para reconhecê-la e, primeiro, era apenas uma mulher loura. (Eu falei que Eva era loura da primeira vez que veio? Bem, era, mesmo que eu já tenha dito.) Ela não estava vestindo as roupas que eu lhe dera. Estava usando um longo vestido vermelho, de alcinha, e óculos escuros e um chapéu de palha que a mantinha protegida do sol do modo que um guarda-chuva protege você da chuva. Era um desses chapéus asiáticos em forma de cone, amarrado ao queixo dela com uma fita de seda azul. No Vietnã, os chapéus são chamados de *Nón lá* e, no Japão, de *sugegasa*. O Japão apareceu três vezes neste "capítulo" e talvez isso signifique alguma coisa ou talvez seja apenas minha aritmomania mostrando a sua verdadeira face. Minha avó chama esses chapéus de *coolie hats*, mas também me disse que eu não podia chamá-los assim, pois era preconceituoso.[1]

Então Eva, em um vestido vermelho, com óculos escuros, chapéu de palha com uma fita de seda azul. E estava descalça. Um, dois, três, quatro, cinco e, subitamente, eu sabia que era ela. Era ela e estava nos observando. Não sei quanto tempo ela estivera parada ali, mas, quando percebi quem era, no mesmo instante que a reconheci, sorri para ela. Estiquei a mão para pegar o braço de Abalyn, para contar. Também comecei a acenar para Eva Canning. Mas, na verdade, eu não fiz nenhuma dessas coisas. Abalyn já estava se afastando na direção do carro e Eva virara as costas para mim. Assim que eu a reconheci, pensei que talvez não fosse ela realmente. Não importa quem era, eu a perdi de vista e, depois, acompanhei Abalyn de volta ao Honda. Estava tão quente dentro do carro (estofado preto) que tivemos de ficar em pé com as portas abertas por um tempo antes de entrarmos.

Queria ser escritora, escritora de verdade, pois, se eu fosse, imagino que não estaria fazendo uma confusão tão feia com esta história. Me perdendo, tropeçando nos meus pés. Queria ser lúcida o suficiente para sempre distinguir fato de imaginação, mas, como Caroline costumava dizer, se desejos fossem como cavalos, os pedintes poderiam cavalgar. Rosemary costumava dizer à minha avó...

"Pare com a bobagem e conte a história, Imp", datilografou Imp. Eu datilografei. "Conte a história ou não, mas pare de enrolar. Pare de procrastinar. É irritante."

É. Eu sei que é.

Eu sei que é.

Eu sei.

---

[1] *Coolie*, trabalhador não qualificado nativo da Índia, China e outros países asiáticos.

Na tarde de julho, após a noite em que encontrei Eva Canning pela primeira vez e a trouxe para o meu apartamento, eu a vi nos observando em Wayland Square. Ela não acenou, nem gritou para mim, nem tentou chamar minha atenção de alguma forma. Ela me viu e, quando teve certeza de que eu sabia que era ela, deu meia-volta e foi embora. Nunca contei para Abalyn.

Em uma carta que Phillip George Saltonstall escreveu para Mary Farnum, em dezembro de 1896, ele menciona "um sonho muito curioso e absurdo". Descreve ter acordado tarde da noite, ou pensado que tinha acordado. No final das contas, ele decidiu que somente havia saído de um pesadelo para outro e a ilusão de ter acordado era um tipo de "transição de sonho". Ele cruzou o quarto e parou perto da janela, fitando a Prince Street. Era em Boston, claro, porque ele morava em Boston. Olhou pela janela e viu que nevava muito, e "na rua mais embaixo via-se uma mulher alta com um casaco vermelho e um gorro vermelho. Não calçava sapatos. Pensei que ela devia estar com muito frio e me perguntei com que propósito ela estava parada debaixo da minha janela, debaixo de uma tempestade dessas. Foi então que ela olhou para cima e fitei os olhos dela. Mesmo agora, querida Mary, ao escrever para você à luz alegre de um dia claro de inverno, estremeço com a lembrança de seu rosto. Não posso apontar de que modo aquele rosto se tornou demoníaco, pois era um belo rosto. Um belo rosto, mas um belo rosto que me encheu de um temor singular. Era um rosto quase tão descorado quanto a neve fresca e ela sorriu para mim antes de se virar e se afastar com passos lentos. Ela não deixou pegadas e eu pensei que devia, sem dúvida, ser um fantasma".

Meus contos de fadas estão começando a se confundir aqui. Dá para perceber isso. O vestido vermelho de Eva, uma mulher descalça com um casaco vermelho e um gorro vermelho, *Le Petit Chaperon Rouge*. Mas nunca disse que não havia sobreposições, mesmo se esqueci de dizer que havia. Havia. Há. Esse pode ser um dos locais onde eu deveria fazer a distinção entre a verdade da minha história e os fatos. Eu não sei. Eva que era uma sereia e Eva que era um lobo estão se confundindo, embora eu quisesse que fosse mais claro e inequívoco.

Não acho que as assombrações se importem com a minha necessidade de manter as coisas organizadas. Creio que elas sentem desprezo por caixas de sapato.

Em uma entrevista que tenho em um fichário sobre Albert Perrault, ele fala sobre um sonho que teve não muito antes de começar a pintar *Fecunda Ratis*, aquela imagem horrível da criança cercada de lobos, e dos lobos cercados por menires antigos. Eu destaquei o que ele falou com um marca-texto amarelo. "Ah, não, não. Nunca imagine que haja uma única fonte de inspiração. Eu poderia muito bem afirmar que tive mãe e não tive pai ou que tive pai sem ter uma mãe. É verdade, eu já havia concebido o quadro, é verdade, após visitar o Círculo de Pedras de Castlerigg nos arredores de Keswick. Mas um sonho desempenhou um papel importante. Eu estava com um amigo na Irlanda, em Shannon, e uma noite sonhei que tinha voltado à Califórnia. Estava na praia, em Santa Mônica, avistando o píer e, na areia, via-se uma jovem com uma capa escarlate e um chapéu cloche escarlate. Havia cães pretos andando em um círculo ao redor dela, um atrás do outro. Digo cães, mas talvez devesse dizer feras em vez disso. Pareciam cães na época. A mulher fitava o mar e parecia não se dar conta das feras, dos cães. Não sei o que ela viu na água ou o que estava tentando ver."

"Claro, claro. Você pode concluir que foi minha obsessão com o quadro que eu ainda não havia começado, mas o que estava se cristalizando na minha mente, foi isso que inspirou o sonho. Você pode concluir que não era o inverso. Mas não penso nisso assim."

Lobos ou feras caminhando um atrás do outro em um círculo. Mas a neve é água cristalizada, certo? E a mulher com o chapéu cloche estava observando o oceano.

Portanto, tudo se mistura. Se confunde.

Tento forçar as coisas a não fazerem isso, mas, mesmo assim, fica confuso. Tenho certeza de que as histórias não se importam com o que quero delas.

As histórias não me servem. Nem mesmo as minhas histórias.

Se eu tivesse um laptop, se pudesse pagar por um, eu pagaria. Então me sentaria num café ou numa biblioteca e escreveria minha história de fantasmas, em segurança e cercada de outras pessoas. É fácil demais me assustar neste cômodo com suas paredes branco-azuladas. Em especial, quando escrevo após escurecer, como estou fazendo agora. Se pudesse ligar para Abalyn e pedir emprestado um dos laptops dela, é isso que eu faria. Não acho que histórias de fantasmas deveriam ser escritas na solidão.

A casa está tão quieta hoje à noite.

Nunca gostei de casas quietas. Elas sempre parecem estar esperando alguma coisa.

A floresta se tornou uma sereia. Matsumoto escreveu seu livro e, ao fazer isso, Aokigahara, nas margens do lago Sai, transformou-se na Floresta do Suicídio. Matsumoto tocou a primeira nota de uma canção que ainda é cantada para as pessoas, ainda atrai pessoas magoadas e fragilizadas a tirar as próprias vidas no Mar das Árvores. E o mundo está cheio de sereias. Sempre há um canto de sereia que te seduz para o naufrágio. Alguns de nós podem ser mais suscetíveis que outros, mas sempre há uma sereia. Ela pode estar conosco durante toda a vida ou pode estar aí há muitos anos ou décadas antes de nós a encontrarmos ou de ela nos encontrar. Mas quando ela *encontra* você, se tivermos sorte seremos Odisseu amarrado ao mastro do navio, ouvindo a canção com perfeita clareza, mas transportado em segurança por uma tripulação cujos ouvidos foram preenchidos com cera de abelha. Se não tivermos sorte alguma, seremos outro tipo de marinheiro, que dá um passo para fora do convés para se afogar no mar. Ou uma garota caminhando com dificuldade no rio Blackstone.

A dra. Ogilvy e os comprimidos que ela prescreveu são a minha cera de abelha e as cordas que me prendem com força ao mastro principal, da mesma forma que minha insanidade sempre foi minha sereia. Como foi a sereia de Caroline e a de Rosemary, antes de mim. Caroline ouviu e preferiu se afogar. Rosemary se afogou, embora houvesse pessoas tentando encher os ouvidos dela e amarrá-la.

Não acho que importe muito qual a forma assumida pela sereia. Não. Acredito que isso não importe de forma alguma. Pode muito bem ser uma mulher com asas e garras de pássaro ou uma sereia, uma *rusalka* em seu rio ou uma *kelpie*[2] movendo-se numa

---

2 No folclore escocês, espírito malévolo das águas, que pode adotar a forma humana e seduz as pessoas à morte por afogamento.

piscina com mato. Todos aqueles pacientes, criaturas famintas. Uma sereia pode ser um lugar-comum como avareza, arrependimento, desejo ou paixão. Um quadro pendurado em uma parede. Uma mulher encontrada de pé, nua, na beira de uma estrada escura, que sabe o seu nome antes que você o diga a ela.

Na primeira vez que fui ver a dra. Ogilvy, ela me pediu para descrever o sintoma particular que me causava a maior dificuldade, que parecia estar na base de tudo que me impedia e dificultava a minha vida. Ela admitiu que não é simples assim, que poderia haver um monte de sintomas assim, mas é um lugar para começar, falou. Ela me pediu para contar-lhe o que era e depois descrever com a maior precisão que eu pudesse. Ela me disse para levar o tempo que eu precisasse. Então me sentei no sofá do consultório dela. Fechei os olhos e não voltei a abri-los novamente nem dizer coisa alguma durante mais ou menos dez minutos. Não porque eu não soubesse de imediato qual era a resposta, mas porque não sabia de imediato como descrevê-la para ela.

Quando abri meus olhos de novo, ela perguntou:

— Você pode me contar agora, India?

— Talvez – falei.

— Está tudo bem se você não conseguir da primeira vez. Eu só queria que você tentasse, ok?

Eu sempre fui muito boa com metáforas e símiles. Toda a minha vida, metáforas e símiles vieram até mim sem esforço. Eu usei um símile aquele dia para tentar explicar à dra. Ogilvy qual era a pior coisa na minha cabeça, ou uma das piores coisas. Eu estava tentando ser inteligente. Nunca pensei em mim mesma como especialmente inteligente.

Expliquei isso para ela:

— É como se eu pusesse os fones de ouvido e, no início, não houvesse qualquer som vindo deles. Sem música. Sem vozes. Nada.

(Eu *tenho* fones de ouvido. Eles vieram com o aparelho de som e os discos de Rosemary. São grandes, acolchoados e nada parecidos com os minúsculos fones de ouvido brancos que Abalyn usava com o iPod cor-de-rosa brilhante. Não os uso muito. Prefiro que a música encha o cômodo, em vez de ter o silêncio à minha volta e apenas a música nos meus ouvidos.)

— Mas então – falei –, bem no fundo, tão baixo que talvez você nem escute, tem estática. Ruído branco. Ou alguém que murmura. E lentamente o som fica cada vez mais alto. No início, é fácil ignorar. Praticamente nem está ali. Depois, porém, fica tão alto que não dá para ouvir mais nada. No fim, o som engole o mundo inteiro. Mesmo se você tirar os fones de ouvido, o barulho não vai parar.

Ela balançou a cabeça, sorriu e me contou que eu havia descrito com eloquência o que chamam de *pensamentos intrusos*. Pensamentos involuntários e inoportunos que não podem ser evitados por mais que alguém tente. Mais tarde, passaríamos muito tempo conversando sobre quais eram exatamente os tipos de pensamentos intrusos que tenho. Naquele dia, ela me disse que eu era inteligente para tê-los descrito do modo como fiz. Falou que minha descrição era adequada. Mas, como já disse, nunca me imaginei como uma mulher inteligente. Aceitei como um elogio, embora por acaso minha opinião é a de que era um elogio incorreto.

Sereias são pensamentos intrusos que até homens e mulheres lúcidos têm. Você pode chamá-los de sereias ou de assombrações. Não importa. Depois que Odisseu ouviu as sereias, duvido que ele tenha esquecido a canção. Ele teria sido assombrado por ela durante o resto da vida. Mesmo depois da terrível jornada de vinte anos, da competição de arco e flecha, mesmo depois de ter Penélope de volta e de a história ter um "final" feliz, ele ainda deve ter sido assombrado pela canção, nos sonhos e quando estava acordado. Ele sempre via o mar ou o céu.

Após aquela tarde na Wayland Square, Abalyn e eu fomos para casa. E tudo pareceu estar bem por alguns dias. Mas todo o tempo o ruído branco pelos fones de ouvido ficava cada vez mais alto e, no fim, era tudo que eu conseguia ouvir. No fim, tudo que eu conseguia ver era Eva, descalça, com o vestido vermelho e o chapéu de palha, observando-nos do outro lado da rua.

E não é como se eu pudesse ter contado a Abalyn. Eu estava impressionada demais com o fato de ela estar ali e com muito medo de que fosse embora. Eu tinha todos os motivos para supor que era apenas eu sendo a Imp maluquinha, filha de Rosemary Anne maluca e neta da louca Caroline. Imaginei que fosse exatamente isso e não arriscaria que Abalyn fosse embora e nunca voltasse durante um ataque de ruído branco que, cedo ou tarde, ficaria entediado de zumbir, estalar, chiar, ressoar nos meus ouvidos e pararia. Sempre para. A dra. Ogilvy havia me ensinado meios de abaixar o volume. E eu tinha meus comprimidos, a minha cera de abelha.

Não sou inteligente. Mulheres inteligentes não resgatam desconhecidas nuas tarde da noite. Mulheres inteligentes são sinceras consigo mesmas e com amantes e fazem alguma coisa antes que seja tarde demais para isso.

Eu não era virgem. Perdi a virgindade no ensino médio, antes de pensar melhor sobre transar com garotos. Antes de começar a ouvir a minha libido, pôr de lado meus temores e parar de dar ouvidos às expectativas dos meus colegas. De qualquer modo, embora não fosse virgem, sempre que eu fazia amor com Abalyn, ela me tratava como se eu *fosse* virgem. Como se eu fosse uma boneca de porcelana que poderia se quebrar e partir a menos que sempre, sempre tomasse cuidado com a fragilidade, uma fragilidade imaginária. Me parecia que ela pensava que se deve foder com mulheres loucas usando luvas de criança. Mas eu não tomava isso como um insulto. Acho que isso me divertia e adulava. Em nossa cama (pelo curto período em que foi *nossa* cama). Deitada nos braços dela, ou segurando a cabeceira enquanto os braços compridos dela davam a volta na minha cintura, e a língua delicadamente explorava os recessos mais íntimos do meu corpo, era difícil imaginar que essa bela mulher já havia sido um garoto. Quero dizer, que ela já estivera presa no corpo de um garoto, de um homem. Não estou sendo sexista. Claro, homens podem ser amantes fáceis e atenciosos. Pelo menos tenho certeza de que seria chauvinista se permitisse que minhas próprias e mais ou menos infelizes e rotineiras experiências com eles me levassem a concluir o contrário. O que estou tentando dizer é que, do modo como ela fazia amor comigo, era evidente que Abalyn compreendia o meu corpo, o que ele precisava. Ela compreendeu as nuances e levou em consideração meus desejos mais íntimos e minúsculos. Eu diria que ela me tocava como a um instrumento musical, mas é provável que me tocasse mais como a um videogame. Meu clitóris e meus lábios, minha boca e meus mamilos, minha mente e minha bunda, a parte de trás do meu pescoço, o espaço entre as omoplatas, todo o 1,5 metro quadrado da minha pele – talvez, se eu tivesse perguntado, ela teria dito que meu corpo era o controle com o qual ela manipulava o jogo da minha carne.

Espero não estar falando como aqueles personagens que você vê nas prateleiras da Shaw's ou da Stop & Shop. Se estou, não fiz justiça a Abalyn. Não é que eu nunca tenha escrito antes sobre sexo nesses fragmentos de ficção que às vezes me sinto forçada a escrever. Mas é diferente, mesmo que neste momento eu não me sinta disposta a tirar o tempo necessário para explicar *como* é diferente.

Numa manhã, quase uma semana depois de ter pensado ver Eva Canning me observando na Wayland Square, Abalyn e eu deitamos sobre os lençóis suados, lençóis que ficaram suados porque trepamos. O melhor sexo costumava ser de manhã, como se fosse uma ponte natural entre o sono e a vigília. Deitamos juntas, o sol através da janela do quarto se espalhava sobre nossos peitos e barrigas. Era um dos meus dias de folga e fingíamos que íamos ficar na cama durante o dia todo. Nós duas sabíamos que não íamos, que, no fim, íamos ficar entediadas e fazer outras coisas, mas era bom encenar, como Caroline costumava dizer quando se referia ao fingimento de alguém.

— Sou melhor do que ela? – perguntei, emaranhando meus dedos nos cabelos pretos, cor de carvão. As raízes louras já estavam começando a aparecer, mas fiz o meu melhor para não reparar, sem querer estragar o efeito.

— Melhor do que quem? – retrucou Abalyn.

— Você sabe. Melhor do que ela. Melhor do que a Jodie.

— É um concurso?

— Não, não é um concurso. Só estou curiosa sobre se estou à altura, só isso.

Ela virou a cabeça, olhou para mim, meio que fez uma careta e me fez querer não ter feito a pergunta. Era uma pergunta idiota e insegura, e eu queria tomá-la de volta. Apagá-la do espaço entre nós.

— A Jodie é a Jodie – respondeu Abalyn. — Você é você. Não tenho de gostar mais de laranjas do que de maçãs, tenho?

— Não – murmurei, e beijei a testa dela.
— A Jodie curte todo tipo de doideira, o que é legal. Mas, às vezes, fica meio cansativo.
— Tipo de tapas e de ser amarrada?
— Mais ou menos isso. – Abalyn suspirou. — Estou com fome. Vou fazer um sanduíche de pasta de amendoim com geleia. Quer um?
— Não – respondi. — Eu deveria tomar um banho. Quero passar o dia pintando. Ando negligente.
— Para que a pressa? – quis saber ela. — Você tem prazos?
— Mais ou menos. Quero dizer, tenho minhas pinturas, que são as que realmente amo e o que me importa, as que são só para mim. E com elas eu posso levar o tempo que precisar, certo. Mas também tenho as pinturas Mystic e Newport. – Ela me perguntou o que isso significava e então expliquei que eu fazia paisagens marinhas e vendia para os turistas de verão. Algumas vezes, eu me sento na calçada quente e eu mesma as vendo. Outras vezes, deixo a galeria vender, mas então eles levam uma comissão. Os quadros para os turistas de verão são meio bregas, e penso neles como minhas pinturas-por-dinheiro. Elas dão dinheiro suficiente para cobrir o custo das tintas, dos pincéis, das telas e coisas assim pelo resto do ano. Eu praticamente não vendia os quadros que eram para mim, o que significa que tenho um número absurdo deles pendurados e apoiados nas paredes.

Então Abalyn foi preparar o sanduíche. Tomei meu banho, depois uma xícara de chá e uma tigela de cereal Maypo com rodelas de banana. Abalyn se ajeitou no sofá, com o laptop já aberto, e entrou num dos MMORPGS (eu tinha dominado o jargão bem rápido), aqueles com orcs e dois tipos de elfo, além de bodes espaciais com sotaque russo.

Naquele dia, a tela no meu cavalete era uma em que eu andava trabalhando havia um mês ou mais. Os quadros que faço para mim sempre levam um longo tempo. Quase sempre, surgindo no seu próprio tempo, como Abalyn disse que eles precisavam surgir. Até agora, não passava de uma interação colorida de ébano e vermelhos tão profundos que eram quase a cor das correntes. Eu não sabia ao certo o que eu queria que fosse. Coloquei o avental, sentei-me e olhei para ele. Sentei-me e inspirei o aroma reconfortante de óleo de linhaça, tintas, solvente e gesso. Cheiros que sempre estão presentes no cômodo onde pinto e que, imagino, permanecerão muito depois que eu for para outro lugar (supondo que eu vá para outro lugar). Fiquei sentada, observei e ouvi os sons abafados da saleta: Abalyn matando monstros de pixel. Abalyn costuma xingar bastante quando joga. Por isso os sons abafados do jogo e os xingamentos.

A certa altura, peguei um bloco e comecei a rabiscar com carvão. No início, devo ter pensado nesses esboços como estudos para onde a tela deveria se dirigir. Tenho quase certeza de que era isso que eu queria fazer. No fim da rua, dava para ouvir o rádio de um carro, música pop mexicana retumbando. Você ouve muito essas coisas na Armaria. Não me irrita mais do modo que irritava quando me mudei para cá. Fico sentada e ouço Abalyn e a música, e encho página após página com meus esboços apressados. No fim da rua, homens gritam em espanhol. Passei a língua pelos lábios, senti o gosto de suor e pensei que eu deveria levantar, abrir uma janela e ligar o antigo ventilador que ficava no chão.

Desenhei até Abalyn bater na porta para dizer que ia sair e fumar.

— Sim - falei. — Ok - disse, e falei tão baixo que me surpreende que ela tenha ouvido. Talvez não tivesse.

— Não vou demorar muito - falou. — Talvez ande até a loja da esquina. Você precisa de alguma coisa?

— Não - respondi. — Obrigada, não preciso de nada.

Depois ela saiu e eu me sentei e fiquei olhando para o bloco de desenho aberto no meu colo. Arrancava cada página assim que acabava o desenho e o chão ao redor do banco estava cheio de papéis. Isso me fazia pensar em folhas caídas. Vi então o que eu estava desenhando, o que havia desenhado repetidas vezes durante quase duas horas. O rosto de Eva Canning. Não dava para confundir com o de outra pessoa. Fiquei sentada por um longo tempo, apenas fitando os desenhos. Era Eva, mas era também o rosto sorridente e irônico de *l'Inconnue de la Seine*. Em todos os desenhos, os olhos estavam fechados.

E cada um deles era tão parecido com os outros que quase poderiam ter sido fotocópias. Eu havia acertado seu rosto da primeira vez e então repetido vinte ou vinte e cinco vezes. "Foi isso que você viu naquelas folhas, Imp? Tem certeza absoluta de que foi isso que você viu?"

Tenho. Depois, Abalyn viu também.

Havia manchas de água em alguns dos desenhos, manchas feitas pelo suor que escorria do meu rosto para o papel. Havia borrões descuidados, que foram deixados pelos meus dedos e pela parte inferior da palma da minha mão direita.

"Você tentou escondê-los de Abalyn."

Não, não. Não tentei. Mas eu os recolhi antes de ela voltar. Enrolei-os num maço e coloquei um elástico em volta, antes de guardá-los em uma prateleira. Minha mente estava confusa e meu estômago irritado, mas isso podia ser pelo calor. Eu havia deixado o quarto ficar quente, havia deixado a luz do sol da tarde enchê-lo sem nem mesmo abrir uma janela.

Depois que guardei os desenhos, tirei o avental e fui para a pia da cozinha lavar o carvão das mãos. Eu não estava escondendo nada de ninguém, ou não sabia que estava. Mas me senti culpada da mesma forma, tanto quanto já me senti culpada antes, como quando tia Elaine entrou no banheiro e eu me masturbava com as imagens de uma revista *Penthouse*. Da mesma forma. Eu ainda estava lavando as mãos (embora elas estivessem limpas) quando Abalyn voltou da loja.

Trinta e quatro páginas atrás falei que os sonhos começaram na noite em que trouxe Eva Canning comigo para a Willow Street. Mas não disse nada sobre os sonhos. Não, espere, vejo agora que, na página 136, escrevi: "Suponho que antes de Eva, *e* antes de Eva, eu nunca tivera mais que o número habitual de pesadelos. Não era frequente eu me lembrar dos meus sonhos, antes de Eva". E também: "...Eva Canning mudou tudo isso. Ela me trouxe pesadelos. E me apresentou a insônia". Então aí está. Não negligenciei o tema tanto quanto temia. O tema dos meus sonhos, quero dizer. Falei sobre o sonho de Saltonstall e o de Albert Perrault, mas não dediquei tempo a nenhum dos meus. Eu sendo evasiva de novo, e estaria mentindo se dissesse que não foi, no mínimo, semiconsciente.

Nunca gostei de falar sobre os meus sonhos. Nunca pareceu diferente de falar para as pessoas sobre evacuação intestinal.

Ok, essa foi, admito, uma analogia estranha. Não posso evitar pensar no que a dra. Ogilvy acharia disso. Uma tempestade num copo d'água, suponho, especialmente pelo modo como depois vem a palavra "analogia", que eu posso prontamente dividir em [anal]ogia.

Naquela primeira noite, e em todas as noites entre a primeira noite e o dia que desenhei seu rosto repetidas vezes, os sonhos vieram. Vieram como flashes brilhantes de câmera no meu sono. Depois de acordar, todas as manhãs. Deixaram imagens fantasmas que passei dias tentando apagar. Não contei a pessoa alguma sobre elas, embora "pessoa alguma" se resumisse praticamente a Abalyn. Não vi muito mais gente naquela semana, nenhum dos meus pouquíssimos amigos. Nem Jonathan, no café em Westminster; nem Ellen, da Cellar Stories (embora eu tivesse falado com Johnny pelo telefone na quinta-feira). Nem contaria sobre eles à dra. Ogilvy também. Eles pareciam coisas tão pessoais, mensagens para ninguém mais além de mim e mensagens que seriam diminuídas se ousasse compartilhá-las com outras pessoas. Há também minha sucessiva – o quê? – minha sucessiva insistência de que alguém pode perpetuar uma assombração simplesmente dizendo certas palavras em voz alta, mesmo quando tudo que você quer é se livrar delas. Mas estou sozinha agora. Ninguém está ouvindo. Ninguém está lendo estas páginas por cima do meu ombro.

Os sonhos não eram os mesmos, por isso acho que não seria preciso chamá-los de sonhos recorrentes. Não do modo como as pessoas costumam se referir a *recorrente*. Mas havia uma semelhança neles. Os sonhos tinham as mesmas mães: Eva e eu. A união do toque dela com a minha insanidade. É como Poe disse. Bem, mais ou menos isso. *Paixões de uma fonte comum*, se os sonhos podem ser chamados paixões. Não vejo razão para não os chamar de paixões. Certamente os sonhos que Eva trouxe para mim eram ardentes como a paixão, e intensos. Acordei de cada um deles sem fôlego, algumas vezes suava, desorientada, sempre com medo de que eu também assustasse Abalyn e a acordasse (mas nunca acordei, pois ela dorme muito profundamente).

Na terça à noite e no início da manhã de quarta – depois de dirigir até o rio Blackstone – comecei a registrar por escrito esses sonhos, pela primeira vez na vida. Estava pensando no que

Rosemary havia dito no meu décimo primeiro aniversário: "Talvez você queira se lembrar um dia. Quando alguma coisa deixa uma forte impressão em nós, deveríamos nos esforçar para não esquecer. Por isso, anotar é uma boa ideia".

Isso é uma assombração dentro de uma assombração, o conselho da minha mãe suicida ainda chegando a mim depois de 13 anos.

Gente morta, ideias mortas e supostamente momentos mortos nunca estão mortos de verdade e eles moldam cada momento de nossas vidas. Nós os ignoramos e isso os torna poderosos.

Aqui estão os meus registros dos sonhos, que escrevi com uma caneta esferográfica em algumas guardas em branco no fim do romance que eu estava lendo: *Mansfield Park*, de Jane Austen (sempre tive uma queda por Jane Austen, li cada um de seus romances repetidas vezes). Esta é a primeira vez que copiei as notas e olhei para eles em quase dois anos:

Quarta-feira (9 de julho): Sonhei que eu e Abalyn discutíamos sobre *Moby Dick*. Ela me contava como Vishnu apareceu pela primeira vez para a humanidade disfarçado como um peixe gigantesco que salva toda a criação de uma enchente, como Noé e sua arca. Disse que era o Matsya Avatar. Ela disse isso. Lá fora estava chovendo muito, muito forte. Chovia canivetes. E ela continuava apotando [*sic*] para uma janela. Não era uma janela no meu apartamento. Não sei onde estávamos. E então me dei conta que não estava ouvindo barulho de chuva, era apenas Eva Canning tomando banho. Disse a Abalyn repetidas vezes que não queria falar sobre isso e que não tinha lido *Moby Dick*, mas ela não parava. Continuava me dizendo que eu era burra, recolhendo cães e gatos abandonados e mulheres na beira da estrada desse jeito. Tudo tão vívido, tudo isso. Tudo tão vívido que minha cabeça quase dói.

Nota: Eu não sei tanta coisa assim sobre o hinduísmo. Não sabia na época, e ainda não sei. Mas isso é uma citação da Wikipédia sobre Matsya: "...o rei dos Dravida pré-antigos e devoto de Vishnu, Satyavrata, que mais tarde ficou conhecido como Manu, lavava as mãos num rio quando um peixinho nadou para dentro delas e implorou que ele salvasse sua vida. Manu o colocou em uma botija, que, pouco depois, ficou pequena para ele. Então o transferiu para um tanque, um rio e finalmente o oceano, mas em vão". Mais adiante isso parecerá quase presciente. Não, eu não acredito em presciência, clarividência, PES (percepção extrassensorial), pessoas precognitivas ou coisa que o valha. Apenas *parecerá* presciente.

Quinta-feira (10 de julho): Outro sonho vívido. Eu quase tive de fechar os olhos ao pensar sobre isso. Não consigo me lembrar de tudo, mas lembro um pouco. Eu estava subindo os degraus na porta da frente até o meu apartamento. Até o patamar. Mas os degraus simplesmente continuavam a subir e, de vez em quando, eu precisava parar e descansar. Minhas pernas doíam. Joelhos, panturrilhas e coxas, como se eu tivesse caminhado um longo percurso em neve muito profunda. Subi os degraus, sentei, levantei, sentei, caminhei, levantei. Olhei atrás de mim e os degraus eram uma espiral da qual eu não conseguia ver a base. Olhei para cima e era a mesma coisa. Fiquei nauseada, como se fosse enjoo de mar, e ainda me sinto um pouco assim. Continuei andando, subindo, tentando chegar em casa. De vez em quando, a mais estranha sensação de que eu não estava sozinha, de que alguém estava andando comigo. Mas, quando olhei, ninguém estava ali. Uma vez, a água desceu pelos degraus, mas parou depois que meus pés ficaram úmidos. Não quero pensar nisso durante todo o dia.

Nota: Acabei contando à dra. Ogilvy sobre esse sonho. Foi uma das únicas coisas que já contei até agora sobre aqueles meses e o que aconteceu. Mas menti e disse que *apenas* tive o sonho uns dias antes. Ela disse que isso a recordava de alguma coisa, mas não conseguia se recordar do quê. Na consulta seguinte, ela leu para mim alguns versos de *The Waste Land*, de T.S. Eliot, uma passagem sobre um homem que caminhava ao longo de uma estrada branca e com neve, e a ilusão de que ele estava acompanhado de um misterioso terceiro acompanhante, embora nunca pudesse contar mais de dois. Ela disse que Eliot estava se referindo a uma experiência peculiar que Ernest Schackleton descreveu durante ou após uma de suas expedições à Antártica. Pedi que ela escrevesse para mim (Shackleton, não Eliot): "Sei que durante aquela longa e exaustiva marcha de 36 horas sobre as montanhas e geleiras da Geórgia do Sul parecia com frequência que éramos quatro, e não três". Ela leu isso para mim e então perguntou: "Você ainda se sente perdida, India? Ainda se sente como se ninguém andasse ao seu lado?" Não estou com ânimo de escrever a resposta. Talvez em outra hora eu faça isso.

Sexta (11 de julho): Tento não acordar Abalyn. Ela ficou acordada até mais tarde que o normal, acho. Será que três desses terríveis sonhos configuram um padrão? Três em três noites, como nunca sonhei antes. Pesadelos em flash. Eu e Caroline, e Rosemary, e Abalyn e algumas outras pessoas que conheci no sonho, mas não acho que as conheça na vida real. Dançando num círculo na Moonstone Beac, e Eva Canning estava de pé no centro do círculo, segurava um violino (não tocava, apenas segurava) e cantava "A Quadrilha da Lagosta", de Lewis Carroll. Havia caranguejos, lagostas, peixes mortos por toda parte, todos emaranhados e com odor de algas marinhas. E, Eva, você cantou "Sail to Me" para mim. Eu estava descalça e as coisas mortas debaixo dos meus pés, escorregadias, viscosas, com as espinhas furando as solas dos pés. Este foi o pior dos três, pior que o dos degraus.

Sábado (12 de julho): Não dormi muito. Não era insônia, apenas não queria ir dormir, mais por saber que os sonhos estariam ali. Relutância para dormir, não incapacidade. Será que estou piorando as coisas ao regitrá-las [sic]? Abalyn já está acordada e tem sol demais pela janela. Estou suando. E o pesadelo, praticamente o mesmo da noite passada. Dançando em um círculo na praia, como "um círculo ao redor de rosas". Havia até rosas-marinhas. Rosas-caninas. Caroline e Rosemary não estavam comigo dessa vez, eu segurava a mão direita de Abalyn e havia um homem à minha esquerda. Não sei quem ele era. Todos cantamos junto com Eva as palavras de "A Quadrilha da Lagosta". Dançando, penso, em sentido anti-horário, chutando a areia para o alto, peixes mortos debaixo dos meus pés. Fedor. O sol alto e branco, quente, talvez fosse porque o quarto está quente. Depois todos pararam de dançar, e Eva apontou o arco do violino para mim. Ela falou "Conheço uma velha que engoliu uma mosca", mas não terminou a rima. Só isso. Falei para Abalyn que queria ir para casa. Falei que havia deixado o forno ligado. Ela disse que iríamos para casa em breve, mas não fomos.

Nota: Cinzas na água, Cinzas no mar, Todos pulamos, Com um-dois-três. (ou) Ela está na água, ela está no mar. (ou) Corra,

corra, todos caímos. Ver Roud Folk Song Índex, #7925 (Roud ID#S263898), e ver o site da English Folk Dance and Song Society: *'Twas a dream : Father stay in room : Three beautiful angels : Around bed* (10 de julho, 1908; Roud ID #S135469). Sentidos ocultos: a Grande Peste de Londres (*Ring a-ring o' roses, A pocketful of posies, A-tishoo! A-tishoo!* We all fall down; Iona e Peter Opie, *The Singing Game*, Oxford, 1985, p. 220 – 227), mas essa interpretação é controversa e não tem sido amplamente aceita. Há problemas. E, além disso, o naufrágio do *Scandia* e do *North Cape* em Moonstone Beach, 1996.

    Domingo (13 de julho): Este não é melhor que um desenho animado de merda. É ridículo feito um desenho animado. Abalyn está preparando o café da manhã, e ela está cantando na cozinha (gosto de como ela canta; Abalyn, quero dizer), e vou anotar este sonho ridículo feito desenho animado que não me incomodou nem vai me incomodar mais que uma comédia pastelão. Não vai parecer como se estivesse preso a mim, de alguma maneira, durante todo o dia, ou como se tivesse me encharcado e eu precisasse de todo o dia para secar. De qualquer forma, dessa vez eu estava novamente na estrada, mas a estrada era o rio, a garganta do rio Blackstone erguendo-se de cada lado, com o granito íngreme mais preto que a noite. A estrada era a água selvagem e branca correndo através da garganta, e o carro girou, subiu e desceu e virou para esse caminho. Eu temia virar.

    Eva Canning estava no carro comigo, mexia no rádio e procurava por uma estação que eu acho que nem existia. Fiz perguntas que ela não respondia. Então a estrada é apenas uma estrada, e eu estou correndo de volta para a cidade. Há animais me observando nos limites da rodovia e seus olhos piscam em vermelho e em azul-esverdeado iridescente como os olhos de Eva poderiam ter piscado (mas não poderiam ter, não de verdade, era apenas eu surtando). Avistei coelhos, raposas, gambás, doninhas, cães, gatos, martas, ovelhas, coiotes, um urso. Outras coisas que não consigo lembrar. Quando olhei no espelho retrovisor, havia grandes pássaros pretos atrás de nós. Eles tinham olhos de lâmpadas de Natal. Depois parou e eu acordei. Meu peito doía, como se eu estivesse segurando a respiração durante o sono. Ainda dói um pouco. Merda de sonho idiota.

Segunda-feira (14 de julho): No banheiro, observando Eva Canning tomar um banho. O cômodo tem cheiro de água do rio, xampu, lama, tartarugas, sabonete. Ela é tão bonita. Ninguém deveria ser tão bonita assim. Ela fecha a torneira e sai, e se encolhe quando os pés tocam o piso. "Estou andando sobre agulhas", disse ela. "Estou andando sobre facas afiadas. A feiticeira, a bruxa do mar, me disse que aconteceria, não disse? Prestei atenção?"

Estendo a toalha e percebo que ela deixa pegadas ensanguentadas no piso branco. Ela para diante do espelho acima da pia e limpa a condensação do vidro. Eva não tem reflexo. "O que eu deveria fazer? Ele me afogou na água verde debaixo da ponte. Fizeram um violino do meu esterno. Fizeram cravelhas dos meus dedos. No inverno, eu me deito sob o gelo e o céu estava cinza e lembrava vidro." Estou tentando escrever exatamente o que ela disse. É próximo, mas não exato. Esse foi o pior até agora. Ligar para a dra. Ogilvy?

Notas: Ver *Hans Christian Andersen's Fairy Tales*. Tradutora: sra. Henry H.B. Paull. (Londres: Warne & Co., 1875). Ver também "The Twa Sisters", *The English and Scottish Popular Ballads*, Francis James Childs (ref#10; I 10A.7), cinco volumes, 1882-1898.

Terça-feira (15 de julho): De volta aos degraus, mas dessa vez eu estava descendo. Não subindo, e a água estava constantemente jorrando de cima. Algumas vezes quase me derrubava. Abalyn chamava o meu nome na base dos degraus, mas, adivinha, não havia uma base dos degraus. Era uma catarata em degraus. Era uma cachoeira. Isso tinha de parar. Quero contar a Abalyn sobre os sonhos, mas tenho certeza absoluta de que não vou. Não quero contar a ela; quero que eles parem.

Ali. O último deles. Os sonhos não terminam depois da terça-feira. Apenas não os descrevi mais. Não havia sobrado nenhum espaço em branco em *Mansfield Park* e, além disso, eu estava cansada de escrevê-los. Começou a parecer como se eu estivesse remexendo no meu próprio vômito para ver o que havia comido. Os sonhos estavam me deixando enjoada, mas sempre fui boa em disfarçar minha loucura. Na manhã de terça-feira, Abalyn e eu transamos como se não tivesse havido pesadelo e tentei trabalhar na minha pintura. E desenhar Eva Canning.

Imp datilografou: "Você é uma mentirosa. Você é uma mentirosa malvada e suja, e você sabe disso, não sabe?"

    Sim, sou uma mentirosa.
    Sou uma mentirosa malvada e suja.
    E eu sei, pode apostar.

Julho passou, como os meses passam e passarão para sempre, e em um dia em fins de julho, pouco antes do fim do mês e do início de agosto, Abalyn e eu quase brigamos. Quase, mas não aconteceu. Durante todo o tempo em que estivemos juntas, acho que nunca brigamos de verdade. Esse tipo de coisa não está na nossa natureza e, olhando para trás, sou grata por isso. Pelo menos não brigamos nem discutimos, nem ferimos uma à outra com palavras feias das quais nos arrependeríamos pelo resto de nossas vidas, mas seríamos incapazes de retirar.

Por isso, esta é uma tarde, um fim de tarde, quase noite, quase no fim de julho. O que significa que mais ou menos seis semanas se passaram desde que Abalyn tinha vindo morar comigo. O dia estava excepcionalmente quente. O tipo de dia em que eu realmente queria que meu apartamento tivesse ar-condicionado, mesmo sendo muito caro, mais do que posso pagar, e embora não precise de ar-condicionado pela maior parte do verão.

Mas eu precisava naquele dia. Quero dizer, preciso de ar-condicionado. As duas janelas estavam abertas no quarto em que eu pinto e o ventilador estava funcionando em uma das janelas, mas não melhorava nada. O ar era como sopa e o cheiro de terebintina, semente de linhaça e óleos — que eu normalmente considerava reconfortante — só contribuiu para a sensação sufocante do ar. Eu havia tirado o avental. Tinha um lenço na cabeça para que o suor não entrasse nos meus olhos, mas isso não impedia de pingar da ponta do nariz para a paleta. Meu suor se misturou com a tinta, o que me chamou atenção como alguma coisa malvada (de novo essa palavra) e, por alguma razão, perigosa. Pintar a mim mesma na tela, todos os mínimos minutos de mim presos naquela tensão superficial de esferas de suor. Trancar meu eu *físico* nas minhas pinturas. Fiquei sentada ali, suando, suando, tentando misturar um tom de amarelo muito particular, que eu podia ver claramente na minha cabeça, mas que continuava fugindo. Eu tentei trabalhar, tentei não pensar sobre o meu suor na tinta, tentei não pensar sobre vodu e magia e como uma artista poderia ficar ligada a algo que fez. Como poderia perder sua alma ali dentro.

Acho que deveria ter sido por volta das 19h30 quando Abalyn bateu muito levemente na porta. O sol estava baixando, mas o quarto não refrescava. Ela perguntou se podia entrar e conversar enquanto eu estava trabalhando. Eu queria dizer que não. Provavelmente deveria ter dito que não, mas não falei. Eu havia ficado sozinha naquele quarto durante horas, misturando amarelos e suando na tinta, mas sem realmente pôr algo novo na tela. Não podia parar de trabalhar, mas não queria mais ficar sozinha ali.

Ela entrou e fechou a porta atrás de si, com cuidado para não bater. Abalyn se sentou no chão, não muito longe do meu banco, com as costas na parede. Por um momento, ela fitou em silêncio a janela mais próxima, os telhados, as árvores e os pássaros.

— Você está com fome? - perguntou ela, depois de um ou dois minutos. — Eu estava pensando em fazer alguma coisa fria para o jantar. Talvez uma salada grande ou coisa assim.

— Não estou com fome - falei para ela, espremendo um pouco de escarlate naftol. Observei enquanto o amarelo errado se transformava em laranja errado. — Está quente demais. Não consigo comer quando está quente assim.

— Mais tarde, então - ela disse.

— Não está indo bem? - ela perguntou.

— Não está indo a parte alguma - respondi. — Não consigo encontrar a cor certa. Continuo estragando a porra toda e estou desperdiçando tinta.

— Então talvez você devesse parar por enquanto.

— Eu não *quero* parar por enquanto - respondi, e ouvi como a minha voz soou, quase batendo nela. Pedi desculpas e disse a ela que o calor estava me deixando irritada.

Abalyn tinha um cigarro enfiado atrás da orelha esquerda, como se fosse um engraxate ou mecânico de filme antigo. Achei sexy, mas não falei para ela. Simplesmente continuei mexendo na paleta, acrescentando mais tinta, deixando cada vez mais errado.

— Ei, Imp – ela falou. — Você está bem?
— Não – respondi sem erguer os olhos. — Estou com calor. Estou com calor e gastando a tinta.
— Não foi isso que eu quis dizer. Quis dizer mais de forma geral, você está bem?
Eu não respondi de imediato. Não consigo lembrar se não queria responder ou se era porque estava muito distraída, decidida a encontrar o amarelo certo e tudo mais.
— Não sei – falei, afinal. — Acho que sim. Acho que estou bem como sempre.
— Se não estivesse você me diria?
Olhei para ela então. Talvez tenha estreitado os olhos. Talvez tenha franzido a testa. A expressão dela mudou, como se o que ela tivesse visto em meu rosto a incomodasse ou fosse inesperado.
— Eu não mentiria para você, Abalyn. Eu não teria razão para mentir para você, certo?
Ela inspirou fundo e soltou o ar com respirações contidas. Isso me fez pensar na natação, o modo como ela soltou o ar. Eu costumava nadar muito, mas não nadava mais, não desde Eva. Abalyn inspirou e expirou, e depois olhou novamente pela janela aberta.
— Eu sei que você não mentiria, Imp. Não foi isso que eu quis dizer. Mas, algumas vezes, há algo errado e é fácil não falar sobre isso.
— Seria mentir por omissão – falei.
— Eu não estava te acusando de mentir – retrucou ela, e acho que depois ela prendeu a respiração por um momento. Pensei de novo na natação. — Talvez eu devesse te deixar em paz – e os olhos de Abalyn, cor das pedrinhas coloridas de praia se desviaram da janela até o piso do assoalho. Algumas vezes, minha mãe costumava chamar as pedrinhas coloridas de "lágrimas de sereia".
— Não – falei. Provavelmente disse isso rápido demais, com pressa demais. — Não, por favor. Fique. Está tudo bem. Só estou irritada por causa do calor. Não era minha intenção.
— Isso, está quente como o Hades aqui. E, por falar nisso, você está atrás de qual cor de amarelo? - Era óbvio que ela apenas estava fingindo estar interessada. As palavras soaram estranhas, mas provavelmente ela acreditava que o silêncio seria mais estranho. Era como se ela precisasse dizer alguma coisa para impedir que o silêncio voltasse, portanto, foi isso que ela disse.

— Você não quer dizer qual *tom* de amarelo? – sugeri. Eu estava ocupada tentando diluir as infelizes consequências do escarlate de naftol e não me ocorreu que isso poderia ser um tipo de pergunta minuciosa, e mesmo rude, até ela sair da minha boca.

— Claro. Acho que foi isso que quis dizer.

— Bem, forte – retruquei, mordendo o lábio inferior e misturando as cores na paleta. — Do mesmo jeito que um canário ou um solidago é amarelo. Mas não muito forte, sabe? Mais amarelo-titânio que amarelo-cobalto.

— Não sei quais são esses dois.

— Está tudo bem. Você não é pintora – falei. — Você não tem de saber. Eu tenho. Supostamente eu sou capaz de fazer isso, mas se não consigo, não posso pintar.

— Estou preocupada com você – ela disse. Quero dizer "ela desabafou", mas não vou.

Dei uma risada e falei para ela que isso era ridículo.

— Vou resolver isso mais cedo ou mais tarde. Quase sempre resolvo. Algumas vezes simplesmente leva um tempo e o calor não está ajudando.

— Imp, não estou falando sobre a pintura – retrucou ela.

Parei de misturar a gota de tinta a óleo e fitei a tela.

— Ok. Sobre o que você está falando, então?

— Você fala durante o sono – falou ela. Retrospectivamente, imagino que ela já tivesse decidido precisamente o que pretendia dizer e também imago que não era para ela começar naquele ponto. Mas estava quente e talvez nada disso estivesse vindo à tona direito. Olhei na direção dela, depois voltei rapidamente para a tela. Até agora, ainda estava manchada de vermelho e preto, sem nem uma partícula de amarelo. Abalyn estava olhando pela janela para a escuridão que engolia a Willow Street.

— Abalyn, um monte de gente fala durante o sono. Você provavelmente fala dormindo às vezes.

— É o que você anda dizendo durante o sono.

— Você fica acordada ouvindo o que eu falo dormindo?

— Não – protestou ela. — Normalmente isso me acorda.

— Desculpe – falei, sem um traço de sinceridade. Eu estava aborrecida demais para ser sincera. O calor havia me deixado irritada e agora Abalyn estava me fazendo ficar com raiva. — Desculpe por falar durante o sono e te acordar. Vou tentar não fazer mais isso.

— Você fala sobre ela – disse Abalyn. — Você sempre fala sobre ela.

— Ela quem? – perguntei, embora soubesse exatamente qual seria a resposta.

— Aquela tal de Eva – retrucou ela. — Você me acorda falando sobre Eva Canning. Falando *para* Eva Canning. Algumas vezes, você estava meio que cantando... – E ela se interrompeu.

— É quase certo que eu não canto no meu sono – dei uma risada. — Ninguém canta dormindo. – Eu não tinha ideia se as pessoas cantavam ou não durante o sono, mas quando ela falou isso tive uma sensação gélida, pesada, bem fundo na barriga.

Rosemary Anne, você cantava durante o sono? Quando eles a amarraram à cama no quarto do Hospital Butler, no Blackstone Boulevard 345, você cantou durante o sono?

Vovó Caroline, a senhora já sonhou com canções e cantou-as em quartos vazios, onde ninguém podia ouvir?

— Por que você atende ao telefone quando ele não tocava? – perguntou ela.

— Quando ele não *tocou* – corrigi.

— Por que você faz isso? Nunca te vi fazer isso antes de trazê-la para casa.

— Há quanto tempo você me conhece, Abalyn? Uma semana, talvez, e só. Provavelmente faço isso minha vida inteira. Você não saberia.

— Não. Provavelmente, não – ela suspirou, falando e suspirando em uma só respiração relutante. Dava para ver que ela queria parar, mas agora que tinha começado não ia. Parar, quero dizer.

Caroline, por acaso já aconteceu de você atender ao telefone quando ele não estava tocando?

Pensei comigo mesma: "Por favor, não me faça mais nenhuma pergunta, Abalyn. Não consigo misturar o amarelo certo, estou suando feito uma porca e, por favor, não continue a me fazer perguntas que eu não posso responder".

— Encontrei uma coisa – falou em voz muito baixa. Não me virei para ver se ela ainda estava olhando pela janela. — Foi um acidente. Não estava xeretando. Havia uma pasta sobre a mesa da cozinha e acidentalmente derrubei.

Claro, era a pasta parda que eu havia começado a guardar anos atrás, aquela que tinha a etiqueta "Perishable Shippen". O que eu havia aprendido sobre a "Sereia de Millville" e *A Menina Submersa*. Um dia ou dois antes, eu tinha acrescentado o nome de Eva Canning à aba. Havia sido escrito com tinta verde.

— Minha mão mal roçou nela.

Mantive os olhos na paleta; a tinta ali tinha se transformado num laranja muito claro e doentio.

— Tudo que estava dentro ficou espalhado pelo chão – continuou ela. — Eu estava catando tudo para devolver à pasta, Imp. Juro, foi tudo que fiz.

— Você leu? – perguntei e mordi o lábio com força suficiente para sentir um gosto fraco de sangue, como ferro na água.

Ela não respondeu.

Repousei a paleta entre os tubos de tinta espalhados e os pincéis.

— Isso era particular – falei, e minha voz não estava mais alta que a dela.

— Foi um acidente – repetiu ela. — Não queria derrubar a pasta da mesa. Estava tirando a mesa depois do almoço de ontem.

— Mas ler o que havia dentro não foi um acidente. Ninguém lê por acidente. – Eu não parecia mais zangada e percebi que não *estava*. A raiva veio e se foi rápido como um raio, e agora apenas me sentia um pouco cansada e entediada por causa da cor amarela.

— Estou preocupada com você, é só isso. Eu não ia mencionar nada disso, a não ser que estou preocupada com você. Você está obcecada com essa mulher.

Eu me virei para Abalyn e, quando me movi, o banco balançou e eu segurei no cavalete para me equilibrar. Ela não estava mais olhando pela janela; estava olhando para mim. Parecia preocupada. Quase apavorada. Tudo que eu queria dizer era que ela não devia se preocupar, que às vezes eu meto uma coisa na cabeça, mas que, no fim, ela passa. Assim como eu sempre encontro as cores de que preciso, as coisas que meto na cabeça sempre se esvaem, mais cedo ou mais tarde. Mas não falei nada dessas coisas. Em vez disso, falei apenas para que Abalyn se calasse e voltasse a me deixar em paz, não para a tranquilizar.

— Pago uma médica para se preocupar comigo – disse a ela. — Sinceramente, parece meio arrogante fazer esse interrogatório quando você me conhece tão pouco. Na verdade, não é problema seu. Você não é minha guardiã. É só minha namorada e olhe lá.

Ela ficou sentada ali por um momento, me observando, antes de concordar com a cabeça e se pôr de pé. Ela limpou a parte de trás do jeans azul.

— Não era para parecer rude assim. Não quero discutir isso com você.

Ela fez que sim com a cabeça e disse:

— Me diga quando ficar com fome e preparo alguma coisa para comermos. Ou peço alguma coisa. Tanto faz. — Ela saiu, fechou a porta com cuidado, do mesmo modo que tivera cuidado ao abrir quando entrou. Fui até a janela e fiquei ali até o anoitecer.

Quase acabei aqui. Com a pretensão de um quarto capítulo. Em breve, eu sei, vou desistir e quando (ou se) voltar a este manuscrito, vou datilografar "5" depois de dezessete linhas em uma nova folha de papel. Os eventos do verão são perfeitos em sua continuidade e uma mulher mais honesta não os dividiria em episódios. Não haveria interrupções de seções, sinais de libras, nem números para indicar os capítulos. Se eu contasse minhas histórias de fantasmas do modo que deveria, talvez não houvesse nem pontuação. Nem espaços entre uma palavra e a outra. Não ouço sinais de pontuação na minha cabeça. Todos os meus pensamentos correm juntos e eu os separo e prego no lugar. Eu poderia muito bem ser um lepidopterologista pregando com cuidado borboletas e mariposas mortas em placas de espuma. Todas essas palavras são cadáveres agora, cadáveres de mariposas e borboletas. Pardais em vidros com tampa.

Por acidente, tirando a mesa depois de comer, Abalyn derrubou a pasta da mesa da cozinha. Eu não devia ter deixado ali, mas não estava acostumada a ter alguém mais por perto. Não estava acostumada a disfarçar minhas fixações. Não era culpa dela. A gravidade assumiu o controle, as folhas se espalharam e ela leu o que estava nelas. O que estava ali pareceu estranho para ela e nós somos animais curiosos, as pessoas são, os seres humanos. A pasta continha uma variedade de fotocópias de jornais, revistas e livros de biblioteca, e alguns eram de cem anos atrás.

Se ela tivesse perguntado, eu poderia ter mostrado a ela.

Ou não. Ela não perguntou, então não posso saber.

Nunca soube quais páginas ela leu e quais não leu. Nunca perguntei e Abalyn nunca me deu essa informação. Ela pode ter lido todas ou apenas algumas. Essas folhas de papel são apenas borboletas presas em um pote. São somente as penas de pássaros decadentes e arruinados. Fiquei me perguntando, porém, o que ela leu. Sentada aqui, no quarto azul, ainda fico me perguntando. Mas é natural, certo? É natural ficar se perguntando, mesmo que saber não importe e nem mude nada.

À noite, durante o jantar, nenhuma de nós disse muita coisa. Depois ela foi até a saleta e o sofá, com o laptop e os mundos digitais, pixelados. Seu deslocamento temporal. Fui para o quarto, onde me sentei para reler os meus "recortes" (penso neles desse jeito, mesmo que não sejam isso). Examinei as manchetes e as anotações que escrevi nas margens. Tem dois artigos de jornal fotocopiados, em particular, que consigo me lembrar de ter lido naquela noite. Lido do início ao fim, quero dizer.

Um tinha a manchete "Suspensas as buscas pelo corpo da mulher misteriosa, suspeita-se de uma brincadeira", do *Evening Call* (Woonsocket, sexta-feira, 12 de julho de 1914). Ele descreve como dois adolescentes de 15 anos estavam remando em uma canoa ao longo do rio Blackstone, perto de Millville, Massachusetts, quando se depararam com o corpo de uma mulher que flutuava com o rosto para baixo nas águas turvas. Eles a cutucaram com um remo, para ter certeza de que estava morta, mas não tentaram tirá-la do rio. Foram imediatamente até um policial e, naquela mesma tarde, e novamente no dia seguinte, homens de Millville sondaram o rio com varas e usaram uma rede de pesca para dragar a área onde os garotos afirmaram ter visto o corpo. Mas nenhum corpo foi encontrado. Finalmente todos desistiram e decidiram que nunca tinha havido uma mulher morta, que os garotos ficaram entediados naquele dia de verão e inventaram a história para instigar a todos.

E o outro artigo que tenho quase certeza de ter relido naquela noite é o do *Worcester Telegram & Gazette* ("Banhista afirma ter sido atacado e ferido por animal invisível", terça-feira, 4 de setembro de 1951). Três garotas (com idades não mencionadas) estavam nadando acima da represa Rolling, em Blackstone, perto de Millville, quando alguém gritou e começou a bater e gritar pedindo ajuda. Seu nome era Millicent Hartnett (*Mill*icent de *Mill*ville); os nomes das amigas não foram mencionados. Quando as garotas chegaram à margem, ficaram horrorizadas ao ver um corte profundo na perna direita de Millicent, pouco acima do joelho. A ferida era grave o bastante para precisar de vinte pontos. As autoridades suspeitavam que a responsável havia sido uma tartaruga de água doce (*Chelydra serpentina*) ou que a garota tinha prendido a perna em um tronco submerso. Millicent dizia outra coisa. Disse que havia visto o que a tinha machucado e que não era uma tartaruga nem um tronco. Mas ela se recusou a contar o que *havia sido*. "Eu vi de perto, mas ninguém vai acreditar em mim", falou. "Não quero que as pessoas achem que sou maluca ou que estou mentindo." A mãe de Millicent disse aos repórteres que a filha era boa aluna, que era pragmática, confiável, e não o tipo de garota que costumava inventar histórias. Pessoas que nadavam eram aconselhadas a evitar a represa e dizia-se que as três garotas ficaram tão perturbadas que juraram nunca mais nadar no rio novamente.

Os dois garotos de 15 anos se tornaram soldados e morreram na França, quatro anos depois. Millicent Hartnett cresceu, casou-se e mora com o filho mais velho em Uxbridge. Não foi muito difícil descobrir essas coisas. Pensei com frequência em entrar em contato com Millicent, que estaria com 76 anos ou mais, e tentar fazer com que me contasse o que ela viu no rio naquele dia. Mas não acho que ela fosse falar comigo. Talvez nem lembre, embora ainda deva ter uma cicatriz no tornozelo.

Se Abalyn não leu nenhum desses artigos, há outros tão peculiares quanto esses que ela poderia ter lido. Por volta de 23 horas, fechei a pasta e escorreguei-a para debaixo da lateral da cama. Desliguei o abajur e deitei no escuro, escutando os ruídos que surgiam da rua e os sons dos apartamentos acima e abaixo do meu. Abalyn dormiu no sofá naquela noite e, de manhã, não conversamos sobre a pasta. Sobretudo, mais que qualquer coisa, eu estava constrangida e feliz por ter de trabalhar cedo. Ela não estava lá quando voltei para casa, mas havia deixado um bilhete que dizia que estava com amigos. No bilhete, ela prometia que não se atrasaria, e não se atrasou. Não disse a ela como isso me assustou: entrar e descobrir que ela não estava lá, como eu havia pensado que talvez tivesse ido embora de uma vez por todas. De como olhei para ter certeza de que todas as coisas dela ainda estavam ali. Quando voltou para casa, Abalyn estava um pouco bêbada. Cheirava à cerveja e loção pós-barba Old Spice e fumaça de cigarro. Ela me disse que me amava, transamos e depois fiquei deitada, acordada, por um longo, longo tempo, e a observei dormir.

"No dia seguinte", Imp datilografou, "pedi desculpas."

Não tenho certeza se realmente pedi. Desculpas, quero dizer. Mas gosto de acreditar que fiz isso. Independentemente disso, tenho certeza de que foi o dia que pedi a ela que lesse um conto que eu havia escrito e fora publicado alguns anos antes no *The Massachusetts Review*. Se não pedi desculpas de fato, deixar que lesse aquela história foi outro tipo de pedido de desculpa, mais pessoal. Não tenho mais um exemplar da revista, mas estou anexando o texto datilografado, porque sei que é parte da minha história de fantasmas. É uma parte que eu já havia escrito bem antes de encontrar Eva Canning da primeira e da segunda vez, em julho e novembro. A história não é factual, mas é verdadeira. Estou grampeando-a a esta página porque não encontro um clipe de papel.

A Sereia do Oceano de Concreto
de INDIA MORGAN PHELPS

O elevador do edifício está escangalhado e por isso tenho que me arrastar por doze lances de escada. O apartamento dela é menor e mais espalhafatoso do que eu imaginava, mas não estou inteiramente certo de poder dizer o que eu pensei que encontraria no alto de todas aquelas escadas. Não conheço esta parte de Manhattan muito bem, este conjunto feio de edifícios a um bloco da South Street e de Roosevelt Drive e do terminal da balsa. Ela continua a me lembrar de que, se eu olhar pela janela (só tem uma), posso ver a ponte do Brooklyn. O fato de ter uma vista da ponte e do rio East parece uma grande fonte de orgulho. O apartamento também está quente demais, cheio do calor úmido pingando dos radiadores, e há tantos odores desagradáveis competindo pela minha atenção que eu seria obrigado a atribuir a qualquer um a prioridade em relação ao restante. Mofo. Poeira. Fumaça velha de cigarro. Melhor dizer que o apartamento tinha cheiro de fechado e deixar as coisas assim. O lugar estava entulhado, de uma parede a outra, com antiguidades empoeiradas e desgastadas, a recusa dilapidada do passado vitoriano e eduardiano. Tenho dificuldade para imaginar como ela anda por aquela confusão na cadeira de rodas, que também é uma coisa antiga. Elogio os abajures Tiffany; nenhum deles parecia ser uma reprodução e estavam consideravelmente em melhor forma que a maioria dos outros objetos. Ela sorri e mostra a dentadura manchada pela nicotina e pela negligência. Pelo menos imagino que sejam dentaduras. Ela liga um dos abajures de mesa, sua cúpula é um pequeno círculo de libélulas de vidros coloridos, e conta que foi um presente de Natal de um autor de teatro. Agora ele está morto, fala. Ela me diz o nome dele, mas nunca ouvi falar, e admito isso para ela. O sorriso castanho-amarelado não diminui.

— Ninguém se lembra dele. Ele era *muito* vanguarda – diz ela. — Ninguém entende o que ele estava tentando dizer. Mas a obscuridade era preciosa para ele. O fato de que tão poucos entendiam isso sobre o seu trabalho o magoava terrivelmente.

Faço que sim com a cabeça, uma, duas ou três vezes, não sei, e isso pouco importa. Os dedos finos dela deslizam pela cúpula do abajur, deixando sulcos na poeira acumulada, e agora posso ver que as libélulas têm asas cor de âmbar, e o abdome e o tórax são de um azul-cobalto escuro. Todos eles têm olhos semelhantes a frutinhas escarlates venenosas. Ela me pede para sentar e se desculpa por não ter me oferecido isso antes. Ela se desloca até uma poltrona perto do abajur, e também até um divã a alguns centímetros de distância. Ambas são acolchoadas com o mesmo brocado floral desbotado. Escolho a poltrona e quase não me surpreendo descobrir que todas as molas estão quebradas. Afundo alguns centímetros na cadeira e meus joelhos se projetam para cima, na direção do teto de gesso manchado de água.

— A senhora se importa se eu gravar nossa conversa? – pergunto, abro minha pasta e ela olha para mim por um momento, como se não tivesse entendido a pergunta. À guisa de explicação, retiro o minúsculo gravador digital Olympus e seguro para que ela veja. — Bem, na verdade, ele não usa fita – acrescento.

— Não me importo — diz ela. — Deve ser muito mais fácil que ter de anotar tudo que você ouve, tudo que alguém diz.

— Muito – respondo, e ligo o gravador. — Nós podemos desligar quando a senhora quiser, claro. Basta falar. – Pouso o gravador sobre a mesa, perto da base do abajur de libélula.

— É muita consideração – diz ela. — É muito gentil de sua parte.

E me ocorre o quanto, como o apartamento, ela é diferente do que eu poderia esperar encontrar. Isso não é *Crepúsculo dos Deuses*, Norma Desmond e o conjunto de "figuras de cera" de conhecidos seus. Não há nada de grotesco nem de gótico — nem mesmo do gótico *de Hollywood* — a respeito dela. Apesar do avanço e da decadência dos 94 anos, seus olhos verdes são brilhantes e cristalinos. Nem a voz nem as mãos tremem, e somente a antiga cadeira de rodas ergue-se como uma indicação da enfermidade. Ela senta-se muito ereta e sempre que ela fala tende a mover as mãos, como se tivesse mais energia e agitação do que somente as palavras podem comunicar. Ela usa um pouco de maquiagem, um batom claro e um pouquinho de blush nas maçãs do rosto, e os cabelos grisalhos compridos estão puxados numa única trança. Há uma graciosidade fácil em torno dela. Ao observar pela luz do abajur de libélula, e a luz que entra pela única janela, me ocorre que ela está me mostrando *seu* rosto, e não uma máscara de juventude fingida. Apenas os dentes (ou dentaduras) manchados denunciam um pouco da decadência que eu antecipara e contra a qual me protegera. De fato, se não fosse pelo fedor do apartamento e o calor sufocante, não haveria nada de particularmente desagradável em estar aqui com ela.

Retiro um bloco de estenografia da pasta, depois a fecho e ajeito no assoalho perto dos meus pés. Digo a ela que não escrevi muitas perguntas, que prefiro que as entrevistas se desenrolem organicamente, como as conversas, e isso parece agradá-la.

— Não costumo usar a marca tradicional de interrogatório – explico. — Muito forçado. Muito influenciado pelo interesse do próprio jornalista.

— Então você não se considera jornalista? – ela pergunta, e respondo que sim, em geral.

— Bem, faz tanto tempo que não faço isso – retruca ela, esticando a saia. — Espero que entenda se eu estiver um pouco enferrujada. Não costumo falar sobre aqueles dias, ou sobre as fotos. Tudo aconteceu há tanto tempo.

— Ainda assim – falei –, a senhora deve ter lembranças carinhosas.

— Devo, agora? – ela pergunta, e antes que eu possa pensar em uma resposta, diz: — Há apenas lembranças, rapaz, e, sim, a maior parte delas não é tão ruim, e algumas são até muito agradáveis. Mas há muitas coisas que tentei esquecer. Toda vida deve ser assim, não diria?

— De certa maneira – retruquei.

Ela suspira, como se eu não tivesse entendido nada, e seus olhos vagam para um quadro na parede atrás de mim. Eu mal o percebi quando me sentei, mas agora viro a cabeça para ver melhor.

Quando pergunto "É um dos originais?", ela balança com a cabeça e o sorriso se amplia em alguns graus quase imperceptíveis, e ela aponta para o quadro de uma sereia.

— Sim – diz ela. — O único que tenho. Ah, tenho algumas litografias. Tenho gravuras ou fotografias de todos eles, mas este é o único quadro genuíno que tenho.

— É lindo – respondo, e não é mera bajulação. Os quadros da sereia são a razão para eu ter vindo para a cidade de Nova York e tê-la procurado no pequeno e velho apartamento arruinado perto do rio. Não é a primeira vez que vi um original tão de perto, mas é a primeira vez fora de uma galeria de museu. Um está pendurado em Newport, no Museu Nacional de Ilustração Americana. Eu o vi, e também o quadro no Instituto de Arte de Chicago, e um outro, a sereia na coleção permanente da Sociedade de Ilustradores aqui em Manhattan. Mas há mais de trinta documentados. A maioria deles eu vi apenas reproduzidos em livros e fólios. Sinceramente, fico me perguntando se a existência do quadro é amplamente conhecida e há quanto tempo alguém, além da modelo, sentada aqui na cadeira de rodas, o admirou. Li os diários e a correspondência (incluindo as cartas para a modelo) que restaram do artista e sei que há, pelo menos, dez quadros de sereias que continuam desaparecidos. Suponho que este deve ser um deles.

— Uau! – suspiro, sem conseguir desviar os olhos do quadro. — Quero dizer, é impressionante.

— Foi o último que ele pintou, sabe – comenta ela. — Queria que eu ficasse com ele. Se alguém me oferecesse um milhão de dólares, ainda assim não me separaria dele.

Olhei em volta dela, depois olhei de novo para a pintura.

— É mais provável que eles oferecessem dez milhões para a senhora – digo, e ela dá uma risada. Poderia muito bem ser confundida com a risada de uma mulher mais jovem.

— Não faria diferença se oferecessem – explica ela. — Ele o deu para mim e eu nunca vou me separar dele. Nunca. Ele chamou este de *Fitando a praia desde Whale Reef*, e foi minha ideia o título. Ele costumava me pedir para dar nomes aos quadros. Eu inventei, pelo menos, metade dos títulos para ele. — E eu já sei disso; está nas cartas dele.

O quadro ocupa uma tela grande e estreita, facilmente de 110 cm por 60 cm de comprimento (quase grande demais para a parede, na verdade) no interior de uma moldura entalhada. A moldura fora pintada como mogno, embora eu tenha certeza de que seja algo muito mais barato; aqui e ali, onde o verniz foi arranhado ou lascado, dava para ver a madeira clara aparecendo. Mas não duvido que a pintura seja autêntica, apesar das várias irregularidades da composição, que são todas aparentes de imediato para qualquer pessoa familiarizada com as séries das sereias. Por exemplo, ao contrário da abordagem tradicional, a sereia foi colocada no primeiro plano e também um pouco para a direita. E, mais importante, ela desvia os olhos do observador. Boiando nas ondas revoltas, mantendo os braços esticados para os lados, como se dissesse "Me deixa te abraçar", os longos cabelos flutuando em volta dela como um emaranhado denso de algas marinhas, a sereia olha para a terra firme e observa um farol caiado empoleirado num promontório de granito. O litoral rochoso é familiar, um lugar inóspito que ele havia encontrado em Massachusetts ou no Maine ou em Rhode Island. O observador poderia ser levado a pensar que esse é apenas o quadro de uma mulher que nada no mar, pois mostra pouca coisa dela acima da superfície da água. Pode ser que a confundam com uma suicida que lança um olhar final à faixa irregular da praia antes de mergulhar na superfície. Mas, se olharmos mais de perto, os trechos de escamas laranja-avermelhadas que cobrem seus braços são inconfundíveis e há criaturas vivas presas entre os nós dos cabelos pretos: minúsculos caranguejos e ofiuroides, as formas contorcidas de estranhos vermes oceânicos e um peixe de alguma espécie, com olhos arregalados, arfando e sufocando no ar.

— Foi o último que ele pintou – ela repetiu.

É difícil tirar meus olhos do quadro e já estou me perguntando se ela vai me deixar tirar algumas fotos dele antes de ir embora.

— Não está em nenhum catálogo – retruco. — Não foi mencionado em nenhum de seus documentos nem nos livros.

— Não. Não seria mencionado. Era o nosso segredo – responde ela. — Afinal, depois de todos esses anos de colaboração, ele queria me dar algo especial, por isso pintou o último e nunca o mostrou para mais ninguém. Eu o emoldurei quando voltei da Europa em 1946, depois da guerra. Durante anos ele ficou enrolado num canudo de papelão, enrolado e envolvido em musselina, e guardado na prateleira de cima do armário de um amigo. Um amigo mútuo, na verdade, que o admirava muito, embora eu nunca tenha mostrado a pintura para ele.

Enfim consigo desviar os olhos da tela e me voltar outra vez para a mulher sentada ereta na cadeira de rodas. Ela parece contente com a minha surpresa e faço a primeira pergunta que me vem à mente.

— *Mais alguém* o viu? Quer dizer, além de vocês dois e de mim?
— Sem dúvida – diz ela. — Ele esteve pendurado bem aqui pelos últimos vinte anos e eu *tenho* umas visitas de vez em quando. Não sou totalmente reclusa. Não ainda.
— Lamento. Não queria dizer que a senhora era.

Ela ainda está fitando o quadro e a impressão que tenho é de que há muito tempo ela não para e *olha* para ele com atenção. É como se, de repente, ela o *notasse* e provavelmente não conseguisse se lembrar da última vez que fez isso. Sem dúvida, é um fato da paisagem cotidiana, outro componente do relicário amontoado do apartamento dela. Mas, a exemplo do abajur Tiffany de libélulas que lhe fora dado pelo autor de teatro esquecido, suspeito que ela raras vezes pare para considerá-lo.

Ao observá-la enquanto ela examina com tanto cuidado o quadro que se agiganta atrás de mim e a cadeira de brocado surrada na qual estou sentado, fico impressionado mais uma vez com seus olhos verdes. São os mesmos olhos verdes que o artista deu a cada encarnação da sereia, e para mim eles pareciam mais brilhantes do que antes, nem um pouco obscurecidos pela idade. Eles são como um casamento súbito de esmeralda e jade e águas rasas do mar, que alquimias desconhecidas trouxeram à vida. Eles me dão uma apreciação maior do pintor, por ter transmitido os olhos dela de modo tão perfeito, e comunicado com habilidade as complexidades de íris e esclera, córnea, retina e pupila. Que alguém pudesse ter o talento necessário para transferir esses tons precisos e complexos em óleos e acrílicos.

— Como foi que isso começou? – pergunto, de forma bastante previsível. Claro, o artista escreveu repetidas vezes sobre a gênese da sereia. Eu até encontrei uma dissertação de 1967 sobre o tema escondida nas prateleiras de Harvard. Mas tenho quase certeza de que ninguém nunca se preocupou em perguntar para a modelo. Gradualmente e, creio, com relutância, seus olhos se desviaram da tela e voltaram para mim.

— Não é bem um segredo – diz ela. — Acredito que ele até contou para alguns repórteres de revista sobre os sonhos. Uma revista em Paris e talvez uma aqui em Nova York também. Ele costumava conversar comigo sobre os sonhos. Eram sempre tão vívidos, e ele os anotava. Pintava, sempre que podia. Como ele pintou as sereias.

Olho para o gravador que está sobre a mesa e desejo ter esperado até mais tarde para fazer aquela pergunta em particular. Deveria ter sido colocada em algum lugar mais para o final, não bem no início. Definitivamente não estou nos meus melhores dias e não é apenas o calor dos radiadores que está me fazendo suar. Fui desarmado, desequilibrado, primeiro por *Fitando a praia desde Whale Reef*, depois por ter olhado tão fundo nos olhos dela. Limpo a garganta e ela pergunta se eu gostaria de um copo de água ou talvez uma cream soda gelada. Agradeço, mas balanço a cabeça dizendo que não.

— Estou bem – digo. — Mas obrigado.

— Pode ficar terrivelmente abafado aqui – explica ela, e olha para o tapete persa sujo que cobre quase todo o assoalho. Foi a primeira vez, desde que abriu a porta para mim, que eu a vi franzir a testa.

— Para falar a verdade, não está tão ruim – insisto, e fracasso ao tentar soar com um mínimo de sinceridade.

— Ora, há dias em que é como estar numa sauna – diz ela.
— Ou numa maldita floresta tropical: no Taiti ou no Brasil, ou em algum lugar assim, e é de admirar que eu não comece a ouvir papagaios e macacos. Mas ajuda com a dor, normalmente mais que os comprimidos.

E essa é uma das coisas em que ela foi inflexível para que nós não discutíssemos: o ferimento na infância que a deixou paraplégica. Ela me contou que sempre detestou escritores e críticos que tentaram traçar um paralelo entre a sereia e sua paralisia. "Nem toque nesse assunto", advertiu a mulher ao telefone, há quase uma semana, e eu garanti que não faria isso. Mas agora foi *ela* quem trouxe à tona. Fico sentado imóvel na poltrona quebrada, ali, debaixo do último quadro, e aguardo para ver o que ela vai dizer em seguida. Faço um esforço para limpar a mente, me concentrar e decidir que pergunta na breve lista que anotei no meu bloco de estenografia poderia fazer para a entrevista voltar ao rumo.

— *Havia* mais que os sonhos dele – ela admite, quase um minuto depois. A frase tem um tom levemente constrangido de uma confissão. E não tenho ideia de como responder, por isso não respondo. Ela pisca e olha para mim de novo, e o fantasma do sorriso anterior volta a seus lábios. — Você se importa se eu fumar? – ela pergunta.

— Não – retruco. — De modo algum, por favor, fique à vontade.

— Atualmente, bem, incomoda tanta gente. Como se o papa tivesse acrescentado fumar na lista dos pecados veniais. Recebo os olhares mais terríveis às vezes, por isso achei que era melhor perguntar primeiro.

— A casa é sua – retruco, balança com a cabeça, enfia a mão no bolso da saia e retira um maço de Marlboro vermelho e um isqueiro descartável.

— Para algumas pessoas, isso não parece ter importância – diz ela. — Tem uma mulher que vem mais ou menos duas vezes por semana para espanar e jogar o lixo e não sei mais o quê, uma cubana, e, se eu fumo enquanto ela está aqui, ela sempre reclama e tenta abrir a janela, embora eu lhe diga, de vez em quando, que a janela foi lacrada há décadas. Não é como se eu não pagasse.

Considerando as camadas grossas e, sem dúvida, intocadas de poeira e o odor, fico me perguntando se ela está inventando isso ou se, talvez, a cubana possa ter parado de vir há muito tempo.

— Eu prometi, quando ele me contou, que nunca falaria sobre isso com mais ninguém – diz ela, e aqui ela faz uma pausa para acender o cigarro, depois devolve o maço e o isqueiro ao lugar no bolso da saia. Ela sopra uma nuvem cinza de fumaça longe de mim. — Nem mais uma alma viva. Era um tipo de pacto entre nós, sabe. Mas ultimamente anda sendo um fardo para mim. Acordo à noite às vezes e é como uma pedra amarrada no meu pescoço. Não acho que seja algo que eu queira levar comigo para o túmulo. Ele me contou no dia em que começamos a trabalhar no segundo quadro.

— Isso teria sido em maio de 1939, certo?

E aqui ela volta a dar risada e balança a cabeça.

— Diabos se eu sei. Talvez você tenha isso anotado em alguma parte desse seu bloco, mas não me lembro da data. Não mais. No entanto... eu *sei* que foi no mesmo ano da Feira Mundial que foi inaugurada aqui em Nova York, e eu sei que foi depois de Amelia Earhart desaparecer. Ele conhecia Amelia Earhart. Ele conheceu tantas pessoas interessantes. Mas estou divagando, não é?

— Não estou com pressa – respondo. — Leve o tempo que quiser. – Mas ela franze de novo a testa e olha para a ponta queimada do cigarro por um instante.

— Gosto de pensar, senhor, que sou uma mulher pragmática – diz ela, olhando diretamente para mim, erguendo o queixo uns dois centímetros. — Sempre quis ser capaz de me considerar uma mulher pragmática. E agora estou muito velha. Muito, *muito* velha, sim, e uma mulher pragmática deve reconhecer o fato de que as mulheres que *são* velhas desse jeito não vivem muito mais tempo. Eu sei que vou morrer logo e a verdade sobre as sereias não é algo que eu queria levar comigo para o túmulo. Por isso vou lhe contar e trair a confiança dele. Se você ouvir, claro.

— Certamente – digo a ela, e faço um esforço para não demonstrar a minha agitação, mas eu me senti como uma ave de rapina, de qualquer forma. — Se você preferir, posso desligar o gravador – ofereço.

— Não, não... Quero que você ponha isso no seu artigo. Quero que eles imprimam na revista para a qual você escreve, porque me parece que as pessoas deveriam saber. Se ainda estão apaixonadas pelas sereias depois de todo esse tempo, não parece adequado que *não* saibam. Parece quase indecente.

Não lhe recordo que sou freelancer e que o artigo está sendo feito dentro de especificações, portanto, não há garantia de que alguém vá comprar ou que ele seja impresso e lido. E que isso parece indecente também, mas fico de boca fechada e ouço com atenção enquanto ela fala. Sempre posso cuidar da minha consciência culpada depois.

— No verão, antes de conhecê-lo, começamos a trabalhar juntos – começa ela, e então faz uma pausa para outra tragada no cigarro. Seus olhos voltam para o quadro atrás de mim. — Suponho que teria sido no verão de 1937. A Depressão ainda estava em vigor, mas a família dele, em Long Island, passaria por isso melhor que a maioria. Ele tinha dinheiro. Algumas vezes, aceitava serviços de revistas se o pagamento fosse decente. A *New Yorker*, uma das revistas para as quais ele trabalhava, a *Harper's Bazaar* e a *Collier's*, mas eu acho que você sabe esse tipo de coisa, depois de pesquisar tanto a vida dele.

As cinzas do Marlboro aumentam perigosamente, embora ela pareça não ter percebido. Olho em volta e vejo um cinzeiro vazio de cristal de chumbo pesado apoiado na beirada de uma mesinha de café próxima. Parece que não é esvaziado há dias ou semanas, outro argumento contra a realidade da empregada cubana. A poltrona geme e faz barulhos raivosos quando me inclino para a frente para pegá-lo. Eu o ofereço a ela, e ela desvia os olhos do quadro por tempo suficiente para aceitá-lo e me agradecer.

— De qualquer forma – continua ela –, na maior parte das vezes ele foi capaz de pintar o que queria. Essa foi a liberdade que ele nunca aceitou como natural. Ele ficava em Atlantic City no verão, porque disse que gostava de observar as pessoas no calçadão. Algumas vezes, ele se sentava e as desenhava por horas, com carvão e pastéis. Ele mostrava um monte dos desenhos no calçadão para mim, e acho que sempre quis fazer quadros deles, mas, até onde sei, nunca conseguiu.

— Naquele verão, estava hospedado no Traymore, que nunca vi, mas ele disse que era maravilhoso. Muitos de seus amigos e conhecidos iam até Atlantic City no verão, por isso ele nunca deixava de ter companhia, se quisesse. Havia as festas mais maravilhosas, ele contava. Algumas vezes, à noite, ele descia até a praia sozinho, até a areia, quero dizer, porque afirmava que as ondas, as gaivotas e o cheiro do mar o confortavam. Em seu estúdio, o que ele mantinha no Upper West Side, havia um vidro de maionese de um quilo cheio de conchas, bolachas-da-praia e coisas do tipo. Ele havia catado tudo em Atlantic City ao longo dos anos. Usávamos alguns como objetos nos quadros e ele também tinha um armário com conchas da Flórida, de Nassau, do Cabo e de não sei mais de onde. Ele me mostrou conchas e estrelas-do--mar do Mediterrâneo e do Japão, lembro. Conchas do mar de todo o mundo, com certeza. Ele as amava, e troncos de madeira retorcidos também.

Ela bate o cigarro na borda do cinzeiro, observa o quadro da sereia e do farol, e tenho a nítida sensação de que ela está retirando algum tipo de coragem dele, a coragem necessária para quebrar a promessa que ela manteve por setenta anos. Uma promessa que ela fez três décadas antes do meu nascimento. E eu sei agora como resumir o cheiro do apartamento. É cheiro de tempo.

— Era o fim de julho e o sol estava se pondo – começa ela, falando muito lentamente agora, como se cada palavra fosse escolhida com grande e deliberado cuidado. — E ele me disse que estava num humor terrível naquela noite, depois de não conseguir muita coisa num jogo de pôquer da véspera. Ele jogava cartas. Dizia que era uma de suas únicas fraquezas.

— De qualquer forma, desceu até a areia e estava descalço, ele falou. Eu me lembro disso, de ele me dizer que não estava calçando sapatos.

E me ocorre então que possivelmente nada do que eu esteja ouvindo seja verdade, que ela está tecendo um fio de fantasia para que eu não fique decepcionado, que está mentindo por minha causa ou porque seus dias são tão cheios de monotonia que ela está determinada a entreter este convidado incomum. Afasto esses pensamentos. Não há evidência de logro na voz dela. O jornalismo de arte não me fez rico nem famoso, mas me fez ficar muito bom em identificar uma mentira quando ouço uma.

— Ele me disse: "A areia estava muito fria sob meus pés". Ele caminhou por algum tempo e depois, pouco antes do anoitecer, cruzou com um grupo de meninos, de 8 ou 9 anos, que estavam amontoados ao redor de alguma coisa que havia sido trazida para a praia. A maré estava baixando e o que os meninos encontraram havia ficado encalhado pela maré baixa. Ele se lembrava de pensar que era estranho que todos ficassem acordados até tarde, os garotos, que não estivessem jantando com suas famílias. As luzes estavam se acendendo ao longo do calçadão.

Agora ela subitamente desvia os olhos do quadro na parede de seu apartamento, *Fitando a praia desde Whale Reef*, como se tivesse extraído o que precisava e ele não tivesse mais nada a oferecer. Ela esmaga o cigarro no cinzeiro e não olha para mim. Morde o lábio inferior e retira um pouco do batom. A mulher idosa na cadeira de rodas não parece triste nem melancólica. Acho que é raiva aquela expressão, e quero perguntar *por que* ela está com raiva. Em vez disso, pergunto o que foi que os meninos encontraram na praia, o que o artista viu naquela noite. Ela não responde de imediato, mas fecha os olhos e inspira fundo, expirando lentamente, com dificuldade.

— Lamento – digo. — Não quero pressionar a senhora. Se quiser parar...

— *Não* quero parar – retruca ela e volta a abrir os olhos. — Não cheguei até aqui nem falei tudo isso apenas para *parar*. Era uma mulher, uma mulher muito *jovem*. Ele disse que ela não poderia ter muito mais de 19 ou 20 anos. Um dos garotos a estava cutucando com uma vareta, e ele *pegou* a vareta e mandou todos eles embora.

— Ela tinha se afogado? – pergunto.

— Talvez. Talvez tivesse se afogado primeiro. Mas metade dela estava comida. Não havia restado muita coisa abaixo das costelas. Apenas ossos e carne, e um local enorme escavado onde ficavam todos os órgãos: o estômago, os pulmões e todo o restante. Ainda assim, não havia sangue em parte alguma. Era como se nunca tivesse tido uma única gota de sangue nela. Ele me falou: "Nunca vi nada que se aproximasse do quão horrível isso era". E, sabe, isso não foi muito tempo depois de ele voltar para os Estados Unidos, vindo da guerra da Espanha e de lutar contra os fascistas, os franquistas. Ele estava no cerco a Madri e viu coisas horríveis, horríveis, por lá. Ele me disse: "Eu vi *atrocidades*, mas isso foi pior..."

E então ela se cala e faz uma careta para o cinzeiro no colo, numa espiral de fumaça que se ergue preguiçosamente da parte de trás do cigarro.

— Você não precisa continuar – digo, quase sussurrando. — Vou entender...

— Ah, droga – diz ela e encolhe os ombros frágeis. — Não há muito mais para dizer. Ele imaginou que um tubarão tivesse feito aquilo, talvez um tubarão grande ou alguns pequenos. Ele a segurou pelos braços e carregou o que restava dela até a areia seca, na direção do calçadão, para que ela não fosse levada novamente para o mar. Ele se sentou ao lado do corpo porque, no início, não sabia o que fazer, e disse que não queria deixá-la sozinha. Ela estava morta, mas ele não queria deixá-la sozinha. Não sei quanto tempo ele ficou sentado ali, mas disse que estava escuro quando finalmente foi atrás de um policial.

— O corpo ainda estava lá quando eles voltaram. Ninguém o havia perturbado. Os meninos não retornaram. Mas ele disse que a coisa toda foi feita em segredo, pois a câmara de comércio temia que um tubarão afastasse os turistas e estragasse o restante da temporada. Já tinha acontecido antes. Ele falou que foi direto para o Traymore, arrumou as sacolas e comprou uma passagem para o trem seguinte até Manhattan. E nunca mais voltou a visitar Atlantic City, mas começou a pintar as sereias no ano seguinte, imediatamente após ter me conhecido. Às vezes – diz ela — acho que talvez eu devesse ter considerado isso uma ofensa. Mas não considerei, e ainda não considero.

E então ela fica em silêncio, do modo como um contador de histórias fica em silêncio quando a história acaba. Ela respira fundo mais uma vez, gira a cadeira de rodas para trás por uns trinta centímetros até bater com força em um dos extremos do divã. Ela ri, nervosa, e acende outro cigarro. E eu faço outras perguntas, mas elas não têm nada a ver com Atlantic City nem com a mulher morta. Conversamos sobre outros pintores que ela havia conhecido, músicos de jazz, escritores, e ela fala muito sobre como Nova York mudou, como o mundo inteiro mudou em volta dela. Enquanto ela fala, tenho a peculiar e inquietante sensação de que, de alguma maneira, ela passou o fardo daquele segredo de setenta anos para mim e acredito que, se o artigo vender (e agora não tenho dúvida de que vai) e um milhão de pessoas, cem milhões de pessoas o lerem, o fardo não diminuirá.

É assim que se é assombrada, acho, e então tento afastar a ideia por ser melodramática, absurda ou infantil. Mas os olhos de verde-de-jade-e-de-ondas dela, os olhos de sereia, estão lá para me assegurar o contrário.

É quase noite quando terminamos. Ela me pede para ficar para o jantar, mas invento uma desculpa sobre precisar voltar para Boston. Prometo enviar pelo correio uma cópia do artigo quando tiver terminado e ela me diz que vai esperar chegar. Ela conta que não recebe mais muita correspondência, alguns comprimidos e propagandas, mas nada que queira ler.

— Fiquei tão contente por você ter entrado em contato – diz ela, quando enfio o gravador e meu bloco de estenografia na pasta e fecho a aba.

— Foi muita gentileza da sua parte conversar comigo com tanta sinceridade – retruco, e ela sorri.

Apenas olho para o quadro mais uma vez, pouco antes de sair. Mais cedo, pensei que poderia ligar para uma pessoa que conheço, uma ex, proprietária de uma galeria no East Village. Eu lhe devo um favor e a dica certamente nos deixaria quites. Mas, de pé aqui, fitando a forma pálida e manchada de escamas de uma mulher debatendo-se nas ondas espumantes, com os cabelos pretos e molhados emaranhados com caranguejos e peixes balançando, e nada além de um vislumbre de sombra visível sob a coroa de cabelos flutuantes, *vendo* como eu nunca havia visto antes nenhuma das sereias, sei que não vou ligar. Talvez cite o quadro no artigo que escreverei, talvez não.

Ela me acompanha até a porta e nós dizemos adeus. Beijo sua mão quando ela a oferece para mim. Não acredito que já tenha beijado a mão de uma mulher, não até este momento. Ela tranca a porta atrás de mim, com duas fechaduras e uma corrente, e então fico parado no corredor. Aqui está muito mais frio que no apartamento, aqui nas sombras que se acumulam apesar das janelas no fim do corredor. Há pessoas que discutem em alguma parte do edifício abaixo de mim, e um cão late. Quando desço as escadas e chego à calçada, os postes estão piscando.

FIM

A MENINA SUBMERSA
CAITLÍN R. KIERNAN
V

Saí para dar uma volta enquanto Abalyn lia "A Sereia do Oceano de Concreto". Embora provavelmente eu não possa explicar exatamente o porquê, parecia errado, por algum motivo, eu ficar no apartamento enquanto ela lia a história. Eu tinha medo de que isso pudesse deixá-la pouco à vontade. Não queria que ela sentisse que eu estava lendo por cima de seu ombro, aguardando, impaciente, uma reação. Mostrar o conto para Abalyn não era uma questão de ela gostar ou não, ou achar que estava bem-escrito. Não tenho certeza se era uma questão de ela entender ou não também. É possível que eu estivesse avançando e mostrando a ela meu ponto fraco, como um ato de reparação pelas coisas que disse na véspera, no cômodo em que eu pintava. Ela apenas tinha ficado preocupada comigo, eu só tinha conseguido evitar ser agressiva com ela por muito pouco. Nós não brigamos, mas havia uma sombra. Possivelmente eu esperava que, por deixar que ela lesse "A Sereia do Oceano de Concreto", qualquer dano feito à confiança entre nós seria restaurado. Sei o que disse antes, que Abalyn e eu não brigamos, nem batemos boca ou machucamos uma à outra com palavras feias, que quando nos separamos, não havíamos feito tanto mal uma à outra a ponto de passarmos nossas vidas lamentando.

Com frequência, digo coisas que apenas gostaria que fossem verdade, como se soltar as palavras no mundo pudesse fazer com que fosse assim. Pensamento positivo. Pensamento mágico, parte e parcela da minha mente doente. Digo coisas que não são verdade porque *preciso* que sejam verdade. É isso que os mentirosos e as pessoas tolas fazem. Como Anne Sexton quase disse: "Crer não é bem o mesmo que precisar".

Eu sei o que quero dizer.

De qualquer forma, caminhei da Willow Street até o parque, a Área de Treinamento Dexter, onde ninguém treina para mais nada. Perambulei sob as árvores, catando bolotas, castanhas e tampas de garrafa enferrujadas, guardando-as nos bolsos. Eu me flagro contando meus passos e tento lembrar se deixei de tomar meus remédios. Atravesso a Dexter Street e sigo tão longe para o leste quanto o cruzamento com Powhatan antes de voltar para casa. Contei as janelas de todas as casas pelas quais passei. Tomei cuidado para evitar os olhos das poucas pessoas que encontrei.

Ao voltar para casa, encontrei Abalyn na cozinha, fazendo café. Ela bebe café o dia inteiro. Nunca conheci ninguém que bebesse tanto café quanto ela. Mas isso não parece deixá-la acordada nem nervosa. Falei que estava em casa, embora, sem dúvida, ela tenha me ouvido entrar. Eu me sentei no sofá, onde ela havia deixado o número da *The Massachusetts Review* com a minha história.

Da cozinha, Abalyn falou:

— Você quer conversar sobre isso?

— Você está falando da história?

— É. Não somos obrigadas a conversar, se você não quiser.

Olhei para a capa da revista, que era uma fotografia tirada no interior de uma sala de aula abandonada e decadente. Havia cadeiras e mesas reviradas, e uma lousa na qual estava escrito: "Aqui estou. Aqui estou". Havia buracos nas paredes e no teto que deixavam o cimento e as ripas expostos.

— Não me importo – respondi. E então perguntei se ela gostaria, embora tivesse prometido a mim mesma que não faria isso.

Abalyn deu a volta no balcão que divide a cozinha da saleta, carregando a caneca imensa que ela trouxe quando se mudou. Ela veio e se sentou comigo no sofá, e o exemplar da *The Massachusetts Review* estava entre nós.

— Acho que é triste e tremendamente sombria – disse ela. — Não é o tipo de coisa que eu costume ler, no que depender de mim. Mas isso não tem importância. Sobretudo, ler me fez querer saber por que você não escreve mais. Se eu soubesse escrever bem desse jeito, Imp, eu escreveria.

— Você escreve. Você escreve suas resenhas.

— Você não acha que é a mesma coisa, não é? – perguntou ela, depois tomou um gole do café preto fumegante. Quando não respondi, ela falou: — Eu escrevo *conteúdo*. Sou paga, quando sou paga, para encher espaço, e é isso. Digo aos geeks e nerds o que acho dos videogames e, quase sempre, eles me ignoram ou coisa pior.

— Eu nem li esta história, desde que terminei. Na maior parte das vezes, preferia estar pintando. As histórias me ocorrem e, de vez em quando, eu me sento e me obrigo a escrevê-las. Sobretudo porque Rosemary gostava do meu texto. Mas recebi apenas 50 dólares por essa história. É mais fácil ganhar dinheiro com os quadros. Eles são vendidos por muito mais. Bem, eu me refiro às pinturas-por-dinheiro, aquelas que os veranistas compram.

— Esses quadros dos veranistas são como as minhas resenhas de jogos – disse Abalyn. — Apenas conteúdo que você revira de modo mecânico para receber um cheque. Você sabe que não há arte neles, nem finge que há. Você mesma me disse isso.

— É – falei. — Eu sei. - E subitamente me flagrei sem querer conversar sobre "A Sereia do Oceano de Concreto" e quase desejei não ter deixado Abalyn ler. Não ter chamado atenção dela para isso. De repente, foi como se o meu ato de reparação fosse inteiramente fora de proporção em relação a qualquer erro que eu imaginasse ter cometido na véspera.

Eu estava disposta a tentar mudar de assunto, talvez contar a ela sobre a caminhada, talvez mostrar as castanhas e tampas de garrafa, quando Abalyn falou:

— Me deixou com vontade de te fazer uma pergunta.

— O que foi?

— A sua história – murmurou ela, e praticamente revirou os olhos azuis-esverdeados antes de tomar outro gole de café.

— Não fica melhor com leite e açúcar? - apontei para a caneca.

— Isso é pra quando eu quero com leite e açúcar - retrucou ela. — Quando quero café preto, é melhor preto. - O tom da voz dela me fez ter medo de que ela voltasse a revirar os olhos. Odeio quando as pessoas reviram os olhos para mim. Mas ela não fez. Não revirou os olhos, quero dizer. Abalyn falou: — Não vou perguntar se você não quer. Não vou insistir.

— Se não perguntar, vou apenas ficar imaginando sempre qual era a sua pergunta. Quando alguém diz a outra pessoa que tem uma pergunta, ela meio que tem de ser feita. Caso contrário, seria indecente.

Ela achou que "indecente" foi uma estranha escolha de palavra, mas não se explicou. Mas acho que sei; era um eco da história. Abalyn fez a pergunta. Então permaneci sentada, olhando, distante, para a capa da *The Massachusetts Review* (volume 47, número 4, inverno de 2006), para o assoalho e para os meus sapatos. Da cozinha, dava para ouvir o tique-taque alto do relógio, como se fosse um tipo de game show, e a qualquer minuto soaria um alarme ou campainha e eu ouviria que meu tempo tinha acabado.

— Você não tem mesmo que responder – recordou ela.

Mas respondi. Da melhor maneira que consegui, eu respondi. Acho que seria melhor não escrever a pergunta. Nem a minha resposta. Não agora. Talvez mais tarde, mas não agora.

Não importa qual era o dia seguinte da semana, o dia seguinte do mês, telefonei para o trabalho e disse que estava doente. Não estava doente, mas telefonei assim mesmo. Abalyn e eu acordamos cedo e pegamos o trem para Boston, para Cambridge. Comemos macarrão e sopa missô e depois fomos a uma loja de gibis da qual ela gostava. Ela conhecia uma pessoa que trabalhava lá, um cara alto e magrelo chamado Jip. Não acho que Jip fosse o verdadeiro nome dele, não, mas nunca soube nenhum outro. Jip e Abalyn namoraram por um breve tempo e ele sempre deu o desconto dos funcionários para ela. Tomamos sorvete e observamos punks, góticos e garotos com skates. No meio da tarde, fiz uma extravagância e paguei 18 dólares para podermos entrar no Museu de História Natural de Harvard, na Oxford Street.

A primeira vez que fui ao museu foi com Rosemary e Caroline. Acho que devia ter uns dez anos. Na verdade, não mudou muito desde então. Não creio que tenha mudado muito desde que foi fundado, em 1859, por um zoólogo suíço chamado Louis Agassiz.

Lu-í Aga-cí. Em particular, o enorme Salão dos Mamíferos, com todas as suas caixas de vidro altas e balcões frágeis e estreitos (ou poderiam ser passarelas) e filigranas de ferro forjado. Tem cheiro de poeira e de tempo. Dá pra sentar num banco, cercada por girafas e zebras empalhados, um crânio de rinoceronte, espécimes de primatas organizados para ilustrar a evolução humana e esqueletos gigantes de baleia suspensos do teto bem acima de nossas cabeças. Dá pra simplesmente ficar sentado ali, admirando em paz. Pensei, em mais de uma ocasião, que minha tia-avó Caroline, a que guardava pardais mortos em vidros com tampa, talvez adorasse esse museu. Mas não acho que ela o tenha visitado. Tem um fóssil de bolacha-da-praia recolhido por Charles Darwin em 1834.

Abalyn queria ver os dinossauros primeiro, então nós fomos, mas depois passamos por passarelas estreitas cheias de centenas de pássaros comidos por larvas de mariposas, peixes e répteis montados em posições que aparentavam estar vivos. Abalyn disse que nunca havia ligado muito para museus, embora tivesse ido a dois ou três na cidade de Nova York e na Filadélfia quando era criança. Ela me contou sobre o Museu Mütter e disse que deve ser um dos lugares mais estranhos da Terra. Nunca estive lá, mas, pela descrição dela, parece que é assim. É um museu de medicina cheio de fatias de carne cancerosa de pessoas muito famosas, fetos deformados em vidros (ela me ensinou a palavra *teratologia*) e modelos anatômicos antigos de cera. Sentamos juntas embaixo dos ossos de uma baleia franca (*Balaena australis*) e Abalyn me contou que viu o crânio de uma mulher que tinha um chifre crescendo na testa.

Quando ninguém estava olhando, nós nos beijamos enquanto todos os olhos cegos de vidro observavam. Provei de sua boca naquele relicário silencioso.

Acho que foi um dos melhores dias que já passamos juntas. Eu o teria pressionado entre as folhas de papel-manteiga, como um botão de rosa ou um trevo-de-quatro-folhas, se soubesse como capturar e guardar as lembranças desse jeito. Mas não sei. Não sei como, quero dizer. E as lembranças desaparecem. Não tenho fotografias desse dia. Tenho o pequeno crachá de plástico esquisito que me deram para usar e mostrar que eu paguei para entrar. Tenho isso numa caixa em algum lugar. Pouco depois de Abalyn ir embora, e depois de Eva (da primeira e da segunda vez), às vezes eu usava aquele crachá.

No trajeto de volta para Providence, eu cochilei. Sempre gostei de dormir em trens. O ritmo de roda-de-aço-no-trilho dos trens me embala até eu dormir. Eu me inclinei sobre Abalyn e dormi, e ela me acordou quando estávamos parando na estação.

Eu apenas queria escrever alguma coisa sobre aquele dia, porque, não importa qual fosse o dia da semana, foi o último dia que todas as coisas estavam bem naquele verão. Foi o último dia, naquele verão, que eu achei que Abalyn e eu pudéssemos durar. A bonança antes da tempestade; algumas vezes, usamos clichês porque não há palavras melhores. Tanto faz. Se eu conseguir contar a história de Eva lobo de novembro, naquela versão nós tivemos muito mais dias bons que na primeira versão da minha história de fantasmas.

Abalyn preparou o espaguete com molho marinara para o jantar e assistimos a desenhos.

Em algum momento depois da meia-noite, eu estava ficando com sono e contava histórias da infância, histórias sobre minha mãe, avó e o babaca do meu pai. Prometi mostrar para ela minha lista de "como papai deveria morrer" (nunca fiz isso). Ela achou a ideia da lista muito engraçada. Perguntei o porquê disso, pois nunca havia pensado que era engraçado, e foi o que eu disse.

— Lamento – disse ela. — Tenho minhas próprias histórias de um Pai Pesadelo. Em algum momento, tive de tentar parar de deixá-las me consumir e tentar rir de como tudo era horrível e ridículo. Você sabe. Tipo, ele ainda está vivo.

— O meu talvez esteja – falei para ela. — Não tenho ideia. Não quero saber.

— Bom pra você – disse ela, e desligou a televisão no meio de um episódio de *Ren & Stimpy*. (Abalyn afirmava que, desde meados dos anos 1990, nenhum bom desenho havia sido criado, e nem comentava sobre Bob Esponja. Eu nunca havia assistido a muitos desenhos, portanto, não discuti.) Ela pousou o controle remoto e dobrou as pernas num tipo de posição de lótus negligente. Estávamos sentadas no chão, pois ela disse que se deveria sempre sentar no chão quando se assistia a desenhos animados. Estávamos comendo cereal Trix, seco, direto da caixa, que ela dizia que era outra parte importante do ritual de assistir a desenhos.

Abalyn contava sobre o pai, a quem ela chamava de Santo Graal dos Idiotas. Ela me contou que tinha dado um soco no rosto dela quando ela saiu do armário, e ela me mostrou uma cicatriz acima do olho esquerdo.

— Por causa do anel de formatura – disse ela. — Minha mãe disse que queria que eu estivesse morta ou que nunca tivesse nascido. Ou, pelo menos, que queria que eu fosse *apenas* gay. Eu tinha 16 anos e naquele dia fui embora de casa.

— Aonde você foi?

— Aqui e ali, dormindo em sofás. Fui sem-teto algumas vezes, o que não era tão ruim quanto imaginam. Era melhor que a vida com o Santo Graal dos Idiotas e com a minha mãe. Tem um antigo armazém na Federal Hill onde eu e uma galera íamos dormir. Pedíamos esmola, catávamos lixo, nos prostituímos, essas merdas todas. Fosse o que fosse para ir de um dia ao outro. As coisas ficaram um pouco melhores depois, quando fiquei com um cara e ele me pediu para ir morar com ele.

Perguntei se era o mesmo cara que pagara pela cirurgia de redesignação sexual.

— Não, não foi ele. Foi outro cara. Phil, de Pawtucket.

— Você morou em Pawtucket?

— Não, mas Phil morou, antes de nos conhecermos. Ele sempre costumava se apresentar às pessoas como "Phil, de Pawtucket." Ele é meio asqueroso, mas é melhor que morar nas ruas. E ele tem um aparelho de som maneiro.

— Lamento que tenha sido desse jeito.

— Ei, sei de um monte de gente que passou por coisa pior.

— Mas ver sua mãe desejar que você não tivesse nascido? – Isso, na verdade, me chocava mais que levar um soco do pai. — Como alguém simplesmente para de amar a filha?

— Não faço a menor ideia. Pra começo de conversa, talvez ela nunca tenha me amado. Sempre achei que isso fazia muito sentido. De qualquer jeito, faz muitos, muitos anos. Não perco tempo com isso. O passado é passado. É melhor deixar pra lá.

Pedi desculpas por ter trazido isso à tona, a história toda de ser transexual, a infância, os pais. Eu não tinha certeza se havia sido ela ou eu. Ela comeu um bocado de Trix e disse para não me preocupar com isso, depois acrescentou:

— Como falei, dou risada sempre que posso. Rio para manter os lobos a distância.

Rio para manter os lobos a distância.

O senhor riu, sr. Saltonstall? Sr. Perrault, o senhor manteve os lobos a distância? Os senhores riram e depois cada um esqueceu como, ou os lobos ficaram grandes demais? Grandes demais, maus demais, por isso eles sopraram e bufaram e, ora, que olhos grandes você tem, até você cair do cavalo e destruir aquela motocicleta. Mãe, você tinha lobos? Caroline, e você?

"Pare", datilografou Imp, tocando as teclas com apenas um pouco mais de força, de tal modo que a tecla "o" perfurou minúsculos orifícios no papel. "Esta não é a história de fantasmas *de lobos*. É a história de fantasmas *de sereias*. Não misture as histórias."

Não misture as histórias.

É como tentar manter o dia e a noite separados sem o crepúsculo ou o amanhecer entre eles. Eu poderia muito bem tentar. E teria o mesmo sucesso.

Agora estou bem consciente de que o que Abalyn disse no início sobre ter se formado no ensino médio e frequentado a URI para estudar bioinformática parece em conflito com a história sobre sair de casa aos 16 anos e morar na rua. Mas nunca pareceu importante para mim se, por alguma razão, as duas coisas eram verdade ou se uma era mentira e ela era apenas uma péssima mentirosa, misturando as histórias dela assim. Ou se ela não ligava para o que as pessoas pensavam e, talvez, alterava a biografia dela com tanta frequência quanto trocava de roupa. Não era da minha conta.

De qualquer forma. "Como falei, dou risada sempre que posso. Rio para manter os lobos a distância."

— Eu não devia ter trazido isso à tona. Podemos mudar de assunto, se você preferir não falar sobre isso. Não vou me importar.

Ela sorriu para mim, um tipo de sorriso muito tênue, e comemos outro bocado de Trix.

— É legal – disse ela. — Isso aconteceu. As coisas que acontecem a você te fazem ser quem você é, para o bem ou para o mal. Além disso, você me deixou ler sua história. Então é tipo uma reciprocidade.

— Não. Não é. Isso é muito mais pessoal que o meu conto.

— Sou trans, Imp. Em geral, não tento fingir que sou diferente. Se tento, quando já tentei, isso apenas tende a piorar os problemas. Esta sou eu. Eu vivo com isso.

— Bem, e eu espero que isso não soe muito estranho, mas acho legal. Quero dizer, quantas pessoas já experimentaram transformação física nesse nível que você experimentou? Começar sendo uma coisa e se tornar outra coisa. Fazer essa escolha. Você é corajosa.

Ela me fitou por um momento, depois falou:

— Sempre fui mulher, Imp. Os hormônios e a cirurgia não me modificaram de uma coisa para outra. Por isso odeio a expressão "troca de sexo". Ela é enganosa. Ninguém nunca trocou o meu sexo. Apenas aproximaram mais meu corpo da minha mente. Do meu gênero. Além disso, não tenho certeza de que realmente havia uma escolha. Não acho que sobreviveria se não tivesse feito. Se eu *não pudesse* fazer isso. – Ela não parecia zangada nem irritada comigo. Falava pacientemente, embora houvesse algo cansado no fundo de sua voz, e eu me perguntei quantas vezes Abalyn tinha explicado isso, e para quantas pessoas diferentes. — Não acho nem mesmo que isso signifique que sou corajosa – acrescentou ela.

Eu me senti tola e comecei a pedir desculpas, mas não fiz isso. Algumas vezes, pedir desculpa não ajuda em nada.

Quando Rosemary se matou, o hospital me pediu desculpas. Quando Caroline se matou, Rosemary não pediu desculpas, e foi melhor assim.

— Ainda acho legal – falei. Falei com menos entusiasmo. — Mesmo se você tivesse que fazer isso, mesmo que não fosse realmente sua escolha, e se eles não tiverem realmente mudado seu sexo. – Para falar a verdade, porém, eu não compreendia, mas compreenderia. Nas semanas e meses seguintes, sobrevivendo à Eva e sobrevivendo à Eva, eu aprenderia mais (muito mais) sobre ser um tipo de ser no interior e outro no exterior. Sobre ser mantido prisioneiro pela carne, e querer ser livre com tanta força que finalmente a morte se torna uma opção, assim como se tornou uma opção para minha mãe e minha avó. Aprisionada em um corpo, aprisionada em uma mente. Não creio que uma coisa seja tão diferente da outra. Não. Em absoluto, *não* estou sugerindo que o fato de Abalyn ser transgênero fosse a mesma coisa que Caroline e Rosemary e eu sermos loucas. Há armadilhas onde quer que eu olhe e li as histórias sobre coiotes que arrancam as próprias patas para sair das armadilhas. Coiotes e linces, guaxinins e lobos. E lobos. E lobos. As patas de aço agarram impiedosa e implacavelmente, e você sofre até fazer o que tem de ser feito, se quiser sobreviver. Ou ir embora do mundo. E por essa razão, mesmo agora, não posso odiar Eva Canning. Ou qualquer outro fantasma.

— Talvez – disse Abalyn. — Não estou aborrecida se é assim que lhe parece. Um dia as pessoas não vão estranhar tanto. Pelo menos gostaria de ter esperança que não. Gostaria de acreditar que um dia se compreenderá em geral que é apenas como algumas pessoas são. Gay. Hétero. Transgênero. Preta. Branca. Com olhos azuis. Com olhos cor de mel. Peixes. Aves. Que diabos for.

— Louca ou lúcida – falei.

— Claro, isso também – e ela sorriu de novo. Foi um sorriso menos reservado que o da primeira vez e fiquei contente ao vê-lo. Isso fazia com que eu me sentisse menos estranha.

— Come mais um pouco de Trix – disse ela, e estendeu a caixa para mim. — Você sabe, para as crianças.

— Coelho ridículo – falei, depois me sentei e peguei um bocado dos amarelos de limão.

Ela recomeçou a falar, e eu apenas mastiguei o bocado de cereal e prestei atenção. Ela odiava sua voz, mas sinto tanta falta dela que em alguns dias não quero ouvir a voz de mais ninguém.

— Quando eu era criança, costumava ter este sonho. Na época, nem tinha certeza do que estava acontecendo. Devo ter sonhado centenas de vezes antes de entender a mensagem. Vou te contar, se você quiser mesmo ouvir.

Fiz que sim com a cabeça, porque não gosto de falar de boca cheia.

— Ok. Isso, pelo menos, é tão pessoal quanto o seu conto, nem tente me dizer que não é.

Engoli e prometi que não diria.

— Ok, quando eu era criança, antes de descobrir que não era um menino, eu costumava ter esse sonho. Vou chamar de pesadelo. Era assustador, mas nunca me afetou como um pesadelo. – Abalyn esticou a mão para o pacote de cigarros e pegou um, mas não acendeu. Ela nunca fumava no apartamento. — Você conhece a história de Fílis e Demofoonte?

Eu conhecia porque sempre amei os mitos gregos e romanos, mas menti e disse a ela que não. Imaginei que, de alguma forma, poderia arruinar a história dela se ela soubesse que eu estava familiarizada com Fílis e Demofoonte.

— Demofoonte era um rei ateniense que se casou com Fílis, uma das filhas do rei da Trácia. Pouco depois de se casarem, ele teve de ir embora para lutar na guerra de Troia. Ela esperou e esperou que ele voltasse para casa. Ela ficava de pé na praia e aguardava, e os anos passaram e ele nunca voltou. Finalmente ela se enforcou, acreditando que ele tinha sido morto em batalha. Mas a deusa Atena teve pena dela e devolveu sua vida como uma amendoeira. Mas Demofoonte não havia sido morto e, quando voltou para casa, abraçou a amendoeira e ela floresceu.

— Não foi assim que ouvi a história – falei, e ela se interrompeu e me fitou com ar severo.

— Imp, você acabou de dizer que não conhecia.

Fiquei aborrecida comigo mesma pelo deslize de ter dito a verdade, mas disse a ela que havia esquecido que conhecia.

— Ao ouvir você contar, eu lembrei.

— Muito bem, de qualquer forma, acho que tínhamos estudado a história na escola. *A Mitologia de Bullfinch* ou coisa que o valha. Talvez começasse assim.

— Você sonhou com eles? – perguntei, querendo que eu parasse de me meter, mas interrompendo mesmo assim.

— Não. Não sonhei. E talvez este não seja o lugar certo para começar a contar sobre os sonhos. Foi apenas a primeira coisa que me veio à mente. Mas eu sonhei que eu era uma árvore. Eu estava andando por ruas urbanas estreitas e os prédios estavam tão juntos que eu mal podia ver o céu ao erguer o olhar. Era difícil até ter certeza se era dia ou noite. Acho que normalmente era dia. Era uma cidade feia, com lixo e ratos por toda parte. O ar era tão poluído que fazia meu nariz pinicar. As calçadas estavam cheias de centenas e centenas de pessoas, e todas iam numa única direção, e eu estava tentando ir na outra. Estava apavorada de cair e ser esmagada por elas. Eu sabia que elas não iam parar nem me ajudar a levantar, nem mesmo iam desviar ou passar por cima. Apenas iam me pisotear. Cheguei a um beco que era ainda mais estreito que a rua e consegui me livrar da multidão e me esconder ali.

— Mas você disse que era uma árvore, não é?

— Essa parte vem depois. Na calçada e no beco. Ainda era apenas eu.

— Você era um menino?

Ela franziu a testa e disse que *parecia* um menino.

— Eu não conseguia respirar, não depois da pressão de todos aqueles corpos. Todos continuaram me olhando, com muito ódio mesmo, como se me ver os deixasse furiosos. Quando cheguei ao beco, vi que não tinha saída. Havia apenas uma parede de tijolos no fim e mais latas de lixo; portanto, ali estava eu, pensando que viveria o resto da minha vida em um beco, porque nem fodendo que eu ia voltar para a multidão. Mas depois vi uma saída de incêndio. Alguém havia deixado a escada inferior abaixada, fui até ela e comecei a subir, e apenas esperava ver o céu de novo. Subi por um longo tempo, pois o edifício era muito alto. E quando passei pelas janelas havia pessoas olhando para mim. Todas as janelas tinham barras de ferro. Barras contra ladrões, acho. Mas assim parecia que as pessoas dentro dos apartamentos estavam na cadeia. Os olhos delas eram brancos e eu sabia que estavam com inveja, mesmo que não soubesse o porquê. Algumas encostavam as palmas das mãos contra o vidro. Fiz muito esforço para não olhar para elas e subi o mais rápido que consegui. Nunca mais queria ver aquele beco de novo. Não importa que lugar a saída de incêndio fosse me levar, eu estava determinada a nunca voltar a descer.

— Finalmente cheguei ao topo, mas não era o telhado do edifício. Era um campo verde. Eu estava tão cansada de fazer pressão contra a multidão e depois ter tido que subir pela saída de incêndio que desabei na grama. Queria chorar, mas não me permiti. Fiquei deitada ali pelo maior tempo, cheirei os dentes-de-leão e tentei recuperar o fôlego. E, quando voltei a erguer os olhos, havia uma mulher com cabelos brancos, cabelos tão brancos que talvez fossem prateados, de pé acima de mim. Ela tinha o símbolo astrológico de Marte desenhado na testa na cor vermelha. Algumas vezes, era desenhado com tinta, outras vezes com sangue. Algumas vezes era tatuado em sua pele. A pele era branca como leite.

— Também é o símbolo da masculinidade – falei. — O símbolo astrológico de Marte. O círculo com a seta. O símbolo feminino esta associado a Vênus. O círculo com a cruz na parte debaixo.

— Jesus Cristo – disparou ela, e olhou para mim com ar sério.

— Sei disso, Imp. Mesmo naquela época, eu sabia. – Abalyn pegou de volta a caixa de Trix. — Você quer ouvir o resto desta história ou o quê?

— Quero – falei para ela. — Quero, sim.

Abalyn repousou a caixa de cereal perto do controle remoto.

— Então a mulher pálida e de cabelos grisalhos ficou parada ali, acima de mim. E disse: "Filha, o que você vai escolher? A Estrada das Agulhas ou a Estrada dos Alfinetes?" Respondi que sentia muito, mas que não sabia do que ela estava falando. Eu sabia, mas no sonho não lembrava que sabia. Ela disse...

— É mais fácil prender as coisas com alfinetes — murmurei, e interrompi pela quarta, quinta ou sexta vez. Mas Abalyn não parecia irritada; ela parecia surpresa. – A Estrada das Agulhas é muito mais difícil, pois é muito mais difícil prender as coisas com agulhas. Foi isso que ela disse para você?

— Foi – disse Abalyn, sem sussurrar, mas falando em voz baixa. Do modo que me lembro, ela ficou um pouco pálida. Mas isso provavelmente foi minha memória enfeitando. Ela provavelmente não ficou, não de verdade. — É isso, basicamente. Você sabe o que isso significa?

— É de uma das antigas variantes populares de "Chapeuzinho Vermelho", de antes de ser escrita. É a opção que o lobo dá para a garota quando eles se encontram na floresta. Em outras versões, as estradas se chamam a Estrada dos Seixos e a Estrada dos Espinhos. E a Estrada das Raízes e a Estrada das Pedras, no Tirol. Eu meio que sei muita coisa sobre "Chapeuzinho Vermelho".

— Sem dúvida – disse Abalyn, ainda sem sussurrar.

— Odeio essa história – confessei, e depois perguntei: — Qual você escolheu?

— Não escolhi. Me recusei a escolher. E então a mulher de cabelo grisalho me transformou em uma árvore.

— Como Fílis.

— Certo – respondeu ela, depois não falou mais nada por um ou dois minutos. Aquele silêncio constrangedor parecia se esticar para sempre, mas não podia ser mais de dois minutos. Eu estava começando a achar que Abalyn não terminaria de me contar o sonho quando ela disse: — Eu fui uma árvore durante anos. Foi o que pareceu. Eu vi os campos verdes se tornarem marrons, então veio o inverno e cobriu com a neve. E depois veio a primavera e voltou a ser verde. Repetidas vezes, eu observei a mudança das estações. Minhas folhas ficaram amarelas e douradas, e foram levadas até o chão. Meus braços estavam nus, e depois havia botões e brotos, e então novas folhas verdes. Não era desagradável, especialmente não depois de ficar perdida na cidade. Eu quase quis ficar como árvore para sempre, mas sabia que a mulher de cabelos grisalhos não permitiria isso, que, mais cedo ou mais tarde, ela voltaria para fazer novamente a pergunta.

— Que tipo de árvore? – perguntei.

— Não sei. Não sei porra nenhuma sobre árvores.

— Ela voltou?

— Voltou e, como eu pensei que faria, me fez a pergunta de novo: Estrada dos Alfinetes ou Estrada das Agulhas. Escolhi a Estrada das Agulhas, pois suspeitei que ela me acharia covarde ou preguiçosa se escolhesse a mais fácil das duas. Eu me sentia grata por ela me deixar ser uma árvore e não queria decepcionar a mulher nem queria que ela pensasse que eu era ingrata.

— A Chapeuzinho Vermelho escolheu a Estrada dos Alfinetes.

— E foi devorada por um lobo.

...para manter os lobos a distância.

— Pra ser sincera, nunca sonhei que andava na Estrada das Agulhas, não literalmente – disse ela. — Metaforicamente, sim. Afinal, era tudo metáfora. – Ela baixou os olhos para o cigarro apagado entre os dedos e eu quase lhe disse para ir em frente e fumar. Mas então ela voltou a falar. — Eu mencionei que a marca na testa não era mais Marte? Era Vênus.

— Imaginei essa parte – falei para ela.

Ela balançou com a cabeça.

— Depois disso, fica meio bobo. Meio infantil, quero dizer.

— Você *era* uma criança.

— Sim. Ainda.

— Então o que era tão ridículo? O que aconteceu depois?

— Ela disse que eu tinha aprendido a ser paciente. Que tinha aprendido que não podia ter o que eu queria de uma vez só e que dificilmente era fácil. Eu havia aprendido que talvez nunca conseguisse isso. E é assim que as coisas são no mundo, foi o que ela me disse, e não teria nenhum favor especial. Mas depois ela tocou a marca na testa e eu me tornei uma garota. Apenas por um instante, antes de sempre acordar. Eu ficava ali deitada, me esforçando para voltar a dormir, querendo encontrar o caminho de volta no sonho e nunca mais acordar.

— Não acho que isso seja tão infantil – falei.

Ela deu de ombros e murmurou:

— Pode ser. Segundo o meu terapeuta, eu nunca tive o sonho, era apenas uma história reconfortante que eu tinha inventado para me dar esperança ou uma merda assim. Mas eu tive mesmo aquele sonho, não sei quantas vezes. Ainda tenho, mas não com frequência. Não como era antes.

— Não importa se era sonho ou história, importa? – perguntei para ela, e ela respondeu que não gostava de ser chamada de mentirosa nessas ocasiões em que, na verdade, não estava mentindo.

— Mas ajudou.

Ela encolheu os ombros outra vez.

— Não faço ideia. Não posso ver como minha vida seria diferente sem isso. Ao olhar para trás, minhas decisões parecem praticamente inevitáveis.

— Você nunca contou a seus pais sobre o sonho. – Não era uma pergunta, porque eu já tinha bastante certeza da resposta.

— De jeito nenhum. Minha mãe podia ter matado sua criança demoníaca durante o sono se eu contasse para ela. Meu pai podia ter vindo atrás de mim com um atiçador quente. – Ela deu uma risada e perguntei o que queria dizer com um atiçador quente.

Ela riu e devolveu o cigarro para o maço de Marlboro.

— Era o que as pessoas costumavam fazer se achavam que fadas tinham roubado seus filhos e deixado um changeling[1] em seu lugar. As fadas não suportam o ferro, por isso...

— Mas se estivessem enganados...

---

[1] No foclore, designa a criança considerada muito feia ou com alguma deficiência que era deixada por fadas no lugar de outra muito bonita.

— Exatamente – disse ela.

Eu me lembrei então dos changelings e dos atiçadores quentes, ou de jogar crianças que poderiam ser changelings em carvão em brasa, ou deixá-las ao ar livre numa noite muito fria. (Consultem *Strange and Secret Peoples: Fairies and Victorian Consciousness*, de Carole G. Silver [Oxford University Press, 1999], cap. 2.) Mas eu não disse a Abalyn que lembrava. Não, não sei por quê. Não, eu sei. Considerei irrelevante. O que eu sabia e não sabia não tinha nada a ver com esta história de fantasmas, que era de Abalyn e *não* minha. Não era minha de jeito nenhum. A não ser pela parte sobre os changelings, por causa do que já tinha acontecido e do que aconteceria. Ao ver uma ilusão, posta ali para enganar ou proteger, mas de um jeito ou outro esconder a verdade (ou apenas os fatos). A mudança de nome do Hospital Butler. Eva e Eva, julho e novembro. *A Menina Submersa* e todos aqueles quadros e esculturas terríveis. Retrospectivamente, como disse Abalyn, todos eles são changelings, não são?

Imp datilografou: "Eva e Eva talvez. Você não tem tanta certeza sobre todo o restante".

Não, não tenho. Mas Eva Canning. O que entrou no meu carro, o que eu encontrei num local ermo e trouxe para casa, o que partiu e esperou sua vez, depois voltou a mim nas duas vezes.

— Isso é o tipo de conversa que os casais normais têm? – perguntei a Abalyn, e isso a fez sorrir.

— Você está perguntando o que é normal para a mulher errada – retrucou ela. — De qualquer forma, é isso que nós somos agora: um casal?

— Não somos? – Ao ouvir a pergunta, subitamente tive medo de ter falado algo errado, ou de estar enganada, ou ter estragado tudo de uma vez.

— Claro, Imp. Se você quer dar um nome para isso.

— Quero, mas apenas se você não se importar. Se eu estiver errada, se não é isso que nós somos... estaria tudo bem. Quero dizer...

E então ela me beijou. Acho que me beijou para que eu calasse a boca. Eu estava contente, pois ao me ouvir eu queria muito calar a boca. As palavras começaram a sair da minha boca feito pedras que rolavam por uma colina e, de vez em quando, alguém tinha de me parar. Foi um longo beijo.

Quando acabou, perguntei se eu podia tocar um dos discos de Rosemary para ela, um dos que eram os meus favoritos.
— Vou tentar evitar as coisas sentimentaloides. E você não tem de fingir gostar de alguma coisa se não gostar, sabe – falei para ela.
— Não vou – garantiu ela, e cruzou os dedos sobre o coração. — Mas não era eu que ia te oferecer educação musical e não o contrário?
— Primeiro, você deve saber contra o que você está lutando.
Então, pelas três horas seguintes, ficamos deitadas nas almofadas de brechó diante da vitrola de Rosemary e ouvimos os discos dela. Eu toquei as músicas de *Madman Across the Water*, de Elton John, *Dreamboat Annie*, do Heart (que ela concluiu que gostou), *Aqualung*, do Jethro Tull, e *Agents of Fortune*, do Blue Öyster Cult. Ela não me deixou tocar nada dos Doobie Brothers nem do Bruce Springsteen. E se levantou algumas vezes, dedilhando uma guitarra no ar. Ouvimos o silvo e o estalo do vinil arranhado, e nos beijamos, e não falamos sobre sonhos ruins nem sobre infância ou changelings. Fomos para a cama depois das quatro da manhã e aquele longo, longo dia terminou. Nosso último dia bom (na história de fantasmas de julho). Nosso último dia antes da galeria, do rio, da banheira e de Abalyn me deixar.
Meus dedos doem de datilografar e esta é uma parte tão boa para interromper quanto qualquer outra. Para interromper por enquanto, quero dizer.

Não tenho certeza de quantos dias se passaram entre o nosso último dia bom e o dia no qual, pela primeira vez desde que conheci Abalyn, eu visitei o Museu EDRI. Talvez não tivessem sido mais de um ou dois. Sem dúvida, não mais que três. Eu sei, porém, que foi uma tarde de quinta-feira, que teria sido a terceira quinta-feira de julho (a entrada é gratuita depois das 17 horas na terceira quinta-feira de cada mês; tento nunca pagar a entrada). Mas admito que essa linha do tempo não parece correta. Houve a tarde em que Abalyn e eu quase brigamos, e depois nosso último dia bom, e... não me lembro do último vindo tão perto da primeira. Por isso, tem alguma coisa mais para me fazer duvidar das minhas lembranças. Se *foi* a terceira quinta-feira de julho de 2008 (portanto, dia 17), então Abalyn talvez não tivesse ido embora até o início de agosto, e eu estava quase certa de que ela havia ido no fim de julho. O tempo está distorcido. Começa a parecer que minha *percepção* do tempo está desmoronando sobre si mesma, comprimindo eventos e recordações.

Estou dirigindo com o vidro abaixado até a metade. A cidade está coberta por um longo crepúsculo de verão, não há nuvens no céu violeta e azul, e cruzo a ponte da Point Street. Dois cisnes flutuam no rio e um cormorão está empoleirado numa pilha velha e decadente. A pilha se projeta do rio como um osso quebrado, e o cormorão estende as asas, secando as penas. Há muito tráfego, e o ar fede a escapamento de carro e ao meu próprio suor. Sinto o odor de crosta assada de uma pizzaria, pouco antes de virar na direção da South Main. Não jantei e pulei o almoço; o cheiro de pão queimado me lembra de que estou com fome.

Disse a Abalyn que ia à biblioteca. Ela não perguntou qual, mas se tivesse perguntado eu teria dito que é a biblioteca pública no centro da cidade. A agência central da biblioteca pública fica aberta até 20h30 às segundas e quintas. Ela tem um prazo e não pediu para ir comigo.

— Se cuida – falou, sem tirar os olhos do laptop.

— Vou me cuidar – retruquei, e quando ela me perguntou se eu estava com o celular respondi que sim. Lembrei que havia sobras de comida chinesa na geladeira.

Na noite anterior, sonhei com *A Menina Submersa* e no dia seguinte – o dia de hoje – não consegui parar de pensar no quadro. Eu estava distraída no trabalho e continuei a cometer erros idiotas quando telefonava para as pessoas ou tentava mostrar para elas o corredor que estavam procurando. Depois, a caminho de casa, voltando do trabalho, dobrei na rua errada e me perdi. Mal disse uma palavra para Abalyn até contar que ia sair. Eu havia metido na cabeça que se visse o quadro, se eu o confrontasse, talvez conseguisse refrear a obsessão por ele.

Há árvores na South Main e o vento através da janela aberta do Honda tem menos cheiro de automóveis. Paro do lado oposto à loja de lembrancinhas do museu, permaneço no carro por um momento e penso que poderia ser um erro ter vindo até aqui. Eu queria ter chamado Abalyn para vir comigo. Eu poderia voltar para o Honda e dirigir direto até em casa de novo. Depois, digo a mim mesma que estou me comportando como uma covarde, enfio as chaves no bolso, atravesso a rua e entro, dentro está frio e o ar tem cheiro de limpeza.

Há uma exposição especial dedicada a modelos de artistas como representadas *pelos* artistas e eu uso isso como uma desculpa conveniente para evitar confrontar *A Menina Submersa* por mais ou menos vinte minutos. Há peças expostas de Picasso, Klimt, Matisse, Angelica Kauffmann, quadros e estudos em carvão, além de fotografias e um cartoon da *New Yorker*. Paro e examino cada uma com atenção, mas realmente não consigo me concentrar em nenhuma delas. É impossível eu me concentrar nessas imagens, por mais bem-feitas, reveladoras ou íntimas que possam ser. Não foi por isso que vim.

"Acabe logo com isso", penso. Mas não com a *minha* voz da mente. Esta é a voz com a qual sonhei na noite passada, a voz com a qual sonhei repetidamente, a voz que ouvi pela primeira vez naquela noite, perto do rio Blackstone. Pego o telefone e quase ligo para Abalyn. Percebo que um dos guias está me observando, devolvo o telefone para a bolsa que trago e me afasto. Passo por uma galeria após a outra até chegar à pequena sala octogonal com as paredes verde-musgo e molduras douradas ornadas. Há onze quadros a óleo de artistas da Nova Inglaterra, mas o primeiro que você vê, ao entrar pelo sul, é o de Saltonstall. Rapidamente desvio meus olhos e dou as costas para ele. Devagar me desloco pela sala, em sentido horário, fazendo uma pausa diante da tela antes de passar para a próxima. Cada quadro me aproxima alguns passos de *A Menina Submersa* e continuo a lembrar que não é tarde demais; ainda posso sair do museu sem ter captado mais que um brevíssimo lampejo da coisa.

(*Coisa*. Datilografo a palavra e ela parece horrenda. Parece cheia de uma ameaça indefinível. Há significados possíveis demais e nenhum deles é específico o bastante para ser descartado. Mas naquela noite eu tinha transformado *A Menina Submersa* em uma coisa. É provável que eu estivesse ocupada fazendo dele uma coisa desde que Rosemary me trouxe ao museu por ocasião do meu décimo primeiro aniversário, quase onze anos antes.)

Tem um guia nesta sala também e ele está me observando. Pareço suspeita? Será que a ansiedade aparece no meu rosto? Ele está apenas entediado e sou algo novo para ocupar sua atenção? Eu o ignoro e faço um esforço para fingir estar interessada nas outras composições: duas paisagens de Thomas Cole (1828 e 1847), *Floresta Brasileira* (1864), de Martin Johnson Heade, e *Salt Marshes de Newburyport, Massachusetts* (1875-1878), e o último antes de Saltonstall, *Pôr do Sol no Ártico* (1874), de William Bradford. São cinco. Se eu fosse a católica que minha mãe advertiu a não me tornar, faria um pouco mais de sentido que subitamente me ocorra como isso se assemelhava à procissão lúgubre e grotesca das Estações da Cruz, parando diante de cada quadro. Mas não sou católica e isso parece muito estranho. Este, o quinto, *Pôr do Sol no Ártico*, seria a cena em que Simão de Cirene carrega a cruz para Cristo, e a seguinte, a seguinte será Verônica limpando a sobrancelha de Jesus. A comparação é estranha, outra *coisa* erguendo-se para me assombrar, e eu a empurro para longe de mim.

Eu a empurro para longe de mim, com a boca seca feito pó e cinzas, e me viro para confrontar a *coisa* que me trouxe até aqui. E eu faço isso, mas essa coisa não é o quadro de Phillip George Saltonstall de uma mulher de pé num rio. Eu me viro e Eva Canning está de pé à minha frente. Exatamente assim, tão ridícula quanto uma cena de filme de terror, uma cena para ser inesperada, para assustar e fazer você pular da cadeira. Quando acaba, você dá uma risada nervosa e se sente ridículo. Não pulo, não dou risada. Nem respiro. Apenas fico parada ali, fitando-a. Ela usava o mesmo vestido vermelho que poderia ter usado no dia que pensei vê-la na Wayland Square. Os mesmos óculos escuros, com lentes redondas em armação de arame, o que me faz pensar em John Lennon. Ela sorri e os cabelos lisos, louros e ralos brilham de modo fraco sob as luzes. Desta vez, ela não está descalça. Está usando sandálias de couro muito simples.

— India. Que surpresa agradável – diz ela. — Você é a última pessoa que eu esperava ver hoje à noite. – O tom é cálido e totalmente cordial, como se não fôssemos mais que duas velhas amigas que se encontraram por acaso. É apenas uma coincidência, afinal.

E digo a primeira coisa que me ocorre. Falo:

— Você estava na minha mente. Há uns poucos minutos. E disse: "Acabe logo com isso". – Há um tremor em minha voz. Minha voz é o oposto da voz de Eva, assim como o que eu falei, e indica que essa coincidência *não é* feliz. Pode nem ser uma coincidência. O sorriso não vacila.

— O que foi agora? – pergunta ela, e balanço a cabeça. — Bem, você estava divagando. Estava perdendo a coragem, não estava?

Não digo que sim nem que não. Eu não tenho de dizer nada. Ela já sabe a resposta. Ao ficar parada aqui na minha frente, em circunstâncias tão comuns, ela chama atenção como uma *coisa* tirada de contexto. Ver Eva nua no acostamento da estrada fazia mais sentido para mim que a ver na galeria e, de certo modo, ela parece estar mais nua aqui que quando eu a vi pela primeira vez. Tem um banco de madeira bem em frente ao quadro *A Menina Submersa*, e ela senta e faz um gesto para que eu faça o mesmo. Olho para o guia, que ainda está me observando. Não, agora ele está nos observando. Eu me sento ao lado dela.

— Você veio para ver o meu quadro – diz ela. (Tenho certeza de que foi isso que ela falou. *Meu* quadro, não *o* quadro.) — Onde está Abalyn? – pergunta ela.

— Em casa – respondo, o tremor desaparece da minha voz. — Ela não gosta muito de museus.

— Estive pensando em ligar e agradecer. Nem preciso dizer o que teria acontecido comigo se você não tivesse aparecido. Foi rude não telefonar. Ah, e ainda tenho as roupas que você me emprestou. Tenho de devolvê-las para você.

— Não foi um acidente, foi? Quero dizer, naquela noite.

— Não – diz ela. — Não, Imp, não foi. Mas você não tinha de parar por minha causa. Essa parte foi por sua culpa.

Ela não estava mentindo para mim. Não há vestígio de dissimulação aqui. Ela não estava negando nada, embora eu quisesse que estivesse. Gostaria que, ao menos, ela tentasse tornar isso tudo menos real. Fazer o melhor para tornar esses eventos perfeitamente ordinários. Eu me sento e olho para *A Menina Submersa* e percebo o odor familiar e reconfortante do mar que sai de Eva. Não me parece estranho o fato de ela ter o cheiro do mar. No mínimo, apenas parece apropriado, coerente e inevitável.

— Ele era um sujeito triste – diz ela, e aponta para a pintura.

— Era um homem melancólico. Uma vergonha morrer tão jovem, mas dificilmente foi inesperado.

— Então você não acredita que a queda do cavalo foi um acidente?

— Você já usou essa palavra duas vezes – comenta ela. — Parece preocupada com a causalidade e a circunstância. Não, eu duvido seriamente que tenha sido um acidente. Ele era um cavaleiro hábil, sabe.

— Eu não sabia disso – respondo, e não tiro os olhos do quadro. Ironicamente percebo que é o local mais seguro em toda a galeria para deixar meus olhos repousarem, embora as florestas escuras atrás da banhista de Saltonstall pareçam mais ameaçadoras que jamais pareceram antes.

— Eu não tinha de parar – digo. — Você fala sério. Eu realmente tinha uma opção?

— Você tinha, Imp. Você poderia ter continuado a dirigir e nunca ter olhado para trás. Nunca tiveram que parar para mim. Nem mesmo me ouvir. De qualquer modo, você parou, e agora receio que tenhamos deixado para trás o tempo de escolher.

Essas palavras podem ter tantos significados diferentes e eu não quero saber precisamente qual o significado que ela pretende que tenham. Por isso, não pedi que explicasse. Acho que *descobrirei muito em breve.*

— Por que sou louca? – pergunto, em vez disso. — Foi por isso que ouvi você?

— Você é muito severa consigo mesma – diz ela, e também não sei realmente o que isso significa.

— Posso perguntar o que acontece depois?

Ela volta a sorrir, mas não do mesmo modo que sorriu antes. Esse sorriso a faz parecer tensa e há uma tristeza nela que me faz pensar no que ela contou sobre Phillip George Saltonstall.

— Não há roteiro – diz ela, e ajeita os óculos. — Não há conclusões prévias. Portanto, nós duas apenas temos de esperar e ver o que acontece depois. Eu tanto quanto você.

— Não quero que Abalyn fique magoada.

— Você não é o tipo de pessoa que deseja que aconteçam coisas ruins, é, Imp? Bem, a não ser pelo seu pai, mas não posso te culpar por isso.

Não pergunto como ela sabe sobre meu pai. Descobri o suficiente para compreender que não é importante. Ao me sentar ali

com ela, sou dominada por um instante de déjà vu, mais forte que qualquer um que eu já tenha sentido na minha vida. Isso me deixa tonta. Isso me deixa quase doente.
— Eu deveria ir para casa – digo, e fecho os olhos.
— Sim, deveria. Ela está esperando você. Ela fica preocupada quando você está sozinha na rua. – E então Eva se inclina para perto e murmura no meu ouvido direito. O hálito é quente, mas o cheiro do mar aumenta a náusea com o rosto dela tão perto do meu. Ela solta o ar e eu penso em lamaçais na maré baixa. Penso em lama, juncos e caranguejos. Mariscos que esperam para serem cavados das tocas seguras. Peixes encalhados à mercê do sol e das gaivotas. As palavras dela são gotas de água salobre, estuarina, pingando em mim, mordo o lábio e mantenho meus olhos bem fechados e tão apertados quanto consigo.
— "Não fique pálido, amado caracol" – murmura ela. — "Mas venha e entre na dança. Você vai, não vai, não vai, você vai entrar na dança? Estou esperando para abraçá-lo."
Os lábios dela roçam o lóbulo da orelha e me encolho. E quero beijá-la. Imagino aqueles lábios movendo-se por cada centímetro do meu corpo. As palavras pingam e fico me perguntando quanta água caberá no meu ouvido, dentro do meu crânio. Quanto tempo vai levar até espirrar da minha boca até a minha garganta, enquanto eu me afogo no fluxo gentil das palavras de Eva Canning.
Ela sussurra:
— "O que importa o quão longe nós vamos?", retrucou o amigo com escamas. "Há outra margem, você sabe, do outro lado."
Depois ela não está mais falando e não posso mais sentir o cheiro dos lamaçais. Somente posso cheirar a atmosfera limpa do museu. Eu sei que ela se foi, mas mantenho os olhos fechados até o guia caminhar até mim e me perguntar se alguma coisa está errada, se estou bem. Abro meus olhos e vejo que Eva não está mais sentada ao meu lado.
— Aonde ela foi? – pergunto. — Você a viu sair?
— A quem a senhora está se referindo? – quis saber o sujeito, que parece confuso. Ele tem aquela expressão de dúvida que as pessoas têm quando começam a perceber que algo está errado comigo.
Não pergunto uma segunda vez.

Andei pensando no que escrevi antes em relação à palavra *coisa* e como uma *coisa* definida de modo imperfeito, apenas entrevista, tem o potencial de ser tão mais assustadora que os perigos vistos com perfeita clareza.

Passei um dia e meio criando essa frase. Devo ter escrito vinte e cinco ou trinta versões dela em vários pedaços de papel antes de me permitir datilografar aqui. Não sou uma escritora cuidadosa, não em geral, e ando escrevendo de modo particularmente lânguido isso tudo (outra palavra que Abalyn me chateava por usar: "Imp, na verdade ninguém fala 'lânguido'"). Desde que eu escreva os acontecimentos, da melhor maneira possível, pouco importando se este manuscrito está ou não ordenado.

Mas... a palavra *coisa*. O vago conceito de uma *coisa* versus a imagem concreta de alguma *coisa* dada. Comecei a pensar sobre o filme *Tubarão*. Já mencionei que não me interesso por filmes em particular, nem vi tantos assim. Pelo menos não em comparação à maioria das pessoas, creio. Não em comparação à Abalyn, que costuma falar com diálogos emprestados de filmes, que salpicava nossas conversas com alusões a filmes que eu nunca tinha visto, mas que ela parecia conhecer de cor. De qualquer forma, eu tinha visto *Tubarão*. Vi antes de Abalyn e antes de Eva Canning. Ainda não tenho certeza se gostei ou não, e isso, na verdade, não tem importância. Tenho certeza de que foi uma das muitas coisas que me inspirou a escrever "A Sereia no Oceano de Concreto".

O filme começa com a morte de uma jovem. Ao contrário das últimas vítimas, ela não foi morta por um tubarão. Não, ela é morta e devorada por uma *coisa* que nunca vemos. Ela deixa os amigos e o calor de uma fogueira, deixa os amigos e a segurança da praia, e entra no mar frio. O sol está nascendo quando ela tira as roupas e entra no mar. A água é preta e qualquer coisa embaixo está oculta da nossa vista. Alguma *coisa* debaixo d'água a agarra e ela é jogada violentamente de um lado para outro. Ela grita e agarra, desesperada, uma boia com sino, como se isso pudesse salvá-la. Ouvimos o grito dela: "Isso dói". *Isso*, uma palavra terrível e vazia de especificidade, assim como *coisa*. O ataque não dura muito tempo. Menos de um minuto. E então ela desaparece, e apenas podemos imaginar *o que* a puxa para baixo. O mar é um cúmplice do agressor, ocultando-o, embora essa força invisível deva estar apenas a centímetros da superfície.

Mais tarde, quando me deparei com a história de Millicent Hartnett ter sido mordida por alguma *coisa* no rio Blackstone, na represa Rolling, uma *coisa* que os amigos nunca viram, pensei de cara nessa cena. Pensei na sorte de Millicent Harnett de que aquele dia fosse no verão de 1951. Ela poderia ter sido a garota que foi puxada em *Tubarão*.

Não achei o restante do filme assustador. É apenas sobre um tubarão muito grande que nos mostram repetidas vezes. Mostram o tubarão e depois não sobra nada para a nossa imaginação. Um tubarão somente pode matar uma mulher. E um tubarão pode ser compreendido e considerado. Um tubarão é apenas um peixe que pode ser perseguido e destruído por três homens num pequeno barco furado. Não é *nada* nem de longe parecido com o vilão perturbador da cena de abertura.

Eu não deveria ter escrito *vilão*, por isso risquei. Afinal, não importa o que tenha ferido e arrastado a infeliz garota para a morte, ele estava apenas sendo o que era. Foi ela que se intrometeu. Ela foi até *isso*, invadiu seu mundo, não o contrário.

No quadro de Phillip George Saltonstall, a ameaça está totalmente envolta. É uma *coisa* somente indicada. A mulher nua está de pé na água escura do rio, o mesmo rio sujo onde, cinquenta e três anos depois de o quadro ser concluído, Millicent Hartnett seria mordida por alguma coisa que ninguém jamais viu. A mesma água escura que dizem ser assombrada pela "Sereia de Millville". A mulher na pintura está olhando para trás, por cima do ombro, na direção da margem e de uma floresta sombria que indicam ameaça. Ela se afastou das águas plácidas em primeiro plano, que podem estar tão cheias de ameaças quanto as árvores. As árvores poderiam ser apenas para desorientar, um ato de prestidigitação criado para distrair a mulher de uma ameaça que não se esgueira por trás das árvores, mas debaixo das águas enganadoramente calmas.

Ela fica parada, serena, entre Cila e Caríbdis, depois de entrar ingenuamente em uma Nova Inglaterra temporária equivalente ao Estreito de Messina.

Não é o que vemos. É o que nos deixam para imaginar. Essa é a genialidade de *A Menina Submersa*, e a genialidade de tantos quadros repugnantes de Albert Perrault. Dizem que as formas volumosas ao redor da garota ajoelhada em *Fecunda Ratis*, são lobos, mas não se parecem exatamente com lobos. Poderiam ser qualquer outra *coisa*. É o truque de *Tubarão* e de Saltonstall às avessas, mas com o mesmo efeito. A invocação do desconhecido.

O que mais tememos não é o conhecido. O conhecido, por mais horrível ou prejudicial à existência, é algo que podemos compreender. Sempre podemos reagir ao conhecido. Podemos traçar planos contra ele. Podemos aprender suas fraquezas e derrotá-lo. Podemos nos recuperar de seus ataques. Uma coisa tão simples quanto uma bala poderia ser suficiente. Mas o desconhecido desliza através de nossos dedos, tão insubstancial quanto o nevoeiro.

H.P. Lovecraft (1890-1937), um escritor recluso que viveu aqui em Providence (e de quem sou parente distante), escreveu: "A emoção mais antiga e mais forte da humanidade é o medo, e o tipo mais antigo e mais forte de medo é o temor do desconhecido". Nunca liguei muito para Lovecraft. A prosa dele é muito floreada e acho as histórias ridículas. Mas Abalyn era fã dos escritos dele. De qualquer forma, ele não está errado sobre o nosso medo do desconhecido. Acertou na mosca.

"Aonde você está querendo chegar?", datilografou Imp. "Você está me perdendo. Estava sentada no barco no banco em um museu com Eva Canning e primeiro ela estava lá; depois, não estava mais. Primeiro o guia a viu e, então, não a viu. E ela não estava escondida. Você a viu tão clara quanto o dia. Uma mulher pálida, loura, num vestido vermelho e com sandálias de couro. Uma mulher pálida com olhos azuis de centáurea, que sentava perto de você, que se inclinava e tocava em você. Ela não escondia nada."

Não. Não.

É mentira. O que ela me deixou ver era uma *coisa* como a carne tangível, comum, vulnerável do tubarão que finalmente vimos no filme. Ela me mostrou isso para ocultar a cena no início do filme, mascarar o desconhecido que nadava abaixo da superfície dela. Naquela noite, foi a terceira vez que ela veio até mim coberta com a pele de uma mulher, pois, acho, ela sabia que eu não estava pronta para ver a verdade dela. A verdade dela era na época e sempre será, em última instância, desconhecida. Muito em breve ela me mostraria coisas que eu apenas poderia compreender pela metade, mas nenhum mistério que eu já tivesse penetrado de verdade. O desconhecido é imune às faculdades da razão humana. Eva Canning me ensinou isso, caso não tenha ensinado nada mais.

"*Quer andar mais ligeirinho?*" *disse a merluza ao caracol.*
"*Atrás de mim há um delfim, afobado pra festança.*"

Imp datilografa: "Naquela noite, no museu, mesmo se ela escondeu a verdadeira face, não mentiu para você. Ela respondeu a todas as perguntas. Avisou sobre o que vinha, mesmo se o aviso foi velado. Na melhor das hipóteses, isso é um paradoxo".
Imp datilografa. Eu datilografo. "Vejo isso também."

"*Você quer, ou não quer, quer ou não quer hoje comigo dançar?*"

Talvez eu devesse arrancar estas últimas páginas. Talvez eu não tenha ideia do que estava tentando dizer. Ou deveria ter passado mais dias elaborando cada uma das frases em numerosos pedaços de papel, sem juntá-los, até que cada palavra tivesse sido escolhida com precisão.

Não tenho nem certeza de que possa mais ouvir minha própria voz. Muito em breve, conforme eu conto a minha história de fantasmas, é isso que vou dizer a Abalyn, que não tenho nem certeza de que possa mais ouvir minha própria voz.

Você participou da dança, Rosemary Anne? Naquela última noite no hospital, uma sereia foi até você e *lhe* disse como seria maravilhoso quando elas nos levassem e nos jogassem com as lagostas no mar? Você ouviu?

"Então, Saltonstall foi até o rio Blackstone e viu alguma coisa ali, alguma coisa que aconteceu ali, e isso o assombrou." Escrevi essa frase muitas páginas atrás, quando eu tinha certeza absoluta de que nunca chegaria até aqui com a história da minha história de fantasmas. Tenho de voltar ao que Saltonstall viu antes de passar para a pior parte disso. Quero dizer, a pior parte *desta* primeira encarnação da minha assombração.

O fragmento solto da minha mente que está agindo como A Leitora está ansioso em saber o que acontece depois, embora ela deva compreender que somente tornarei pública a narrativa no meu próprio tempo, conforme ganho coragem para fazer isso. Não estou disposta a acalmar a Tirania do Roteiro. As vidas não se desenvolvem em roteiros ordenados e o pior tipo de artifício é insistir que as histórias que contamos, para nós mesmos e uns para os outros, devem ser forçadas a se conformar ao roteiro, narrativas lineares de A a Z, três atos, os ditames de Aristóteles, ação elevada e clímax e ação decadente e, em especial, o artifício da resolução. Não vejo muita resolução no mundo; nascemos, vivemos e morremos, e no fim disso há somente uma confusão feia de negócios inacabados.

Não houve resolução para mim e para Abalyn e, em relação à Eva Canning, ainda estou buscando um encerramento. É uma palavra tão idiota, um conceito tão idiota: encerramento.

Saltonstall morreu ainda buscando um encerramento. Albert Perrault morreu antes mesmo de chegar tão longe.

Foi apenas por um acidente que eu descobri justamente o que Saltonstall afirmou ver na represa Rolling que inspirou *A Menina Submersa*. É algo mais enterrado em sua correspondência com Mary Farnum, nas cartas que provavelmente nunca serão indexadas nem publicadas, e que estão espalhadas por três instituições diferentes. Naquela tarde de agosto de 2002, no dia em que encontrei uma breve menção a Saltonstall e ao fantasma que diziam assombrar o rio Blackstone em *História Concisa de Pintores e Ilustradores de New England*, de Smithfield, uma bibliotecária no Ateneu, que sabia que eu estava tentando descobrir não importa o que fosse que eu pudesse sobre Saltonstall, mencionou que algumas das cartas dele terminaram ficando na Biblioteca John Hay, na Universidade Brown. Ela conhecia alguém ali e se ofereceu para telefonar e marcar uma hora para que eu pudesse examiná-las. Fui até Hay uma semana depois, e foi isto que encontrei (em uma carta para Mary, com a data de 7 de março de 1897):

Minha querida, adorada Mary,

Espero que você e sua mãe estejam bem e que seu pai esteja passando melhor do que quando o visitei. Por três breves dias partirei para

Baltimore e senti que deveria escrever antes de viajar para o sul. Se eu tiver muita sorte, a jornada será um sucesso e voltarei com alguma segurança financeira garantida para o ano que vem! Gostaria que você fosse comigo, pois tenho certeza de que adoraria a cidade e todos os seus encantos.

Em sua última carta, você pergunta sobre meu terror no verão passado na represa e admito que não pretendia falar mais sobre aquele dia estranho. Preferia que você não passasse a noite remoendo tais histórias mórbidas e estranhas, que fariam mais sentido num conto de Poe ou Le Fanu do que em nossa correspondência. Mas você foi tão insistente e sabe que ainda tenho que descobrir a força de vontade para negar a você aquilo que está em meu alcance oferecer. E, portanto, cederei, mas saiba que fiz isso relutantemente.

Nessa tarde particular eu havia decidido me afastar da represa (do lado de Millville). Um homem na cidade fora gentil o suficiente para me informar sobre um trecho plano e rochoso da margem muito apreciado pelos pescadores locais e pelos garotos que iam nadar. Considerei uma posição muito agradável, que me permitia uma visão clara e sem obstruções da última curva do rio, pouco depois do lamaçal pantanoso. Diria que o local é sinistro, mas, sem dúvida, minha opinião foi colorida pela ocorrência que estou prestes a relatar. Ainda assim, ficar naquele local me deixou inquieto, apesar do campo de visão favorável, e fiquei imaginando por que diziam que o local era muito popular.

Era bem tarde e eu estava captando a última luz boa, terminando uns esboços antes de guardar o carvão e o cavalete. Minha atenção se deteve na floresta na direção oposta ao local em que me encontrava. Nesse local, o rio tem quatro metros e meio de um lado a outro, pouco mais que a largura da represa. Sendo assim, o que eu vi, vi com nitidez. Houve um movimento nos arbustos na margem mais distante, que, primeiro, imaginei ser um cervo que vinha beber água. Em vez disso, uma jovem emergiu do bosque denso de bordos (incomumente denso ali, eu acrescentaria). Ela estava vestida com muita simplicidade e imaginei que fosse uma mulher de Millville ou de Blackstone. Ela olhou, ou pareceu olhar, na minha direção e acenei com a mão, mas ela não demonstrou sinal de ter me visto. Eu a chamei, mas ainda fracassei em chamar sua atenção, a menos, claro, que ela estivesse me ignorando de propósito. Supondo que ela não era problema meu, rapidamente a acrescentei ao meu esboço. Tirei os olhos dela por não mais que meio minuto, mas, quando olhei novamente, ela estava nua e havia entrado na água o suficiente até alcançar os joelhos dela. Não quero que você pense que sou um homem de moral dissoluta (embora saiba que, em geral, supõe-se que os artistas sejam justamente isso), mas não tirei os olhos dela de imediato. Ela voltou a olhar para as árvores diversas vezes e me ocorreu como eram profundas as sombras debaixo dos bordos. As sombras ali pareciam quase ter uma solidez, uma qualidade além da mera ausência de luz, que era causada pelos galhos que bloqueavam a luz do sol. Voltando a falar no cervo de antes, me chamou atenção que ela tivesse a mesma cautela de uma corça, depois de ouvir a aproximação de passos no momento em que ela ergue a cabeça antes de correr para um local seguro.

Agora, Mary, quanto à próxima parte, não ficarei ofendido se você desacreditá-la totalmente, descartá-la por causa do calor do dia, por ter tomado muito sol, pelo meu cansaço geral. Na verdade, preferia que você fizesse apenas isso. De súbito, houve uma agitação na água a apenas um metro, mais ou menos, da mulher, como se um peixe grande estivesse se debatendo pouco abaixo da superfície. Sem dúvida, você tem familiaridade com essa visão, uma carpa ou um salmão muito grande irrompendo na superfície em busca de uma infeliz libélula. Mas essa perturbação persistiu além da duração que se esperaria ser produzida por um peixe faminto. O borrifo inicial aumentou para uma espuma. Não consigo pensar numa palavra mais adequada que essa para o que era. E alguns segundos depois a mulher nua virou o rosto para o rio agitado. Fiquei de pé, alarmado, e acreditei que certamente ela recuaria e voltaria para a margem a menos que a agitação não fosse uma ameaça. Mas ela não voltou. Em vez disso, pareceu fitá-la com a máxima atenção.

Foi então que uma forma preta como breu pulou do rio. Sei que é uma descrição vaga, mas não consigo fazer melhor. Ficou visível apenas por um instante e não se transformou em algo mais distinto. Ainda assim, isso me deixou com a inquietante impressão de que eu não distinguia, de modo algum, um peixe, mas possivelmente uma grande serpente, grossa como um poste telegráfico e maior que qualquer serpente que eu imaginara existir em alguma parte dos trópicos, africanos ou amazônicos. Não era uma serpente genuína, mas é a comparação mais próxima que consigo fazer, se eu tentar criar com isso algo mais substancial que as sombras debaixo dos bordos. Comecei a gritar com a mulher para que ela se afastasse, mas naquela hora a forma havia desaparecido, bem como a mulher, e a água estava tão calma que mal poderia acreditar que, na verdade, vira alguma coisa. Repentinamente comecei a arrumar as coisas, verdadeiramente perturbado, e não queria mais nada além de sair de perto do rio com toda pressa.

Pronto. Agora você sabe, Mary. Todo o meu episódio macabro no rio, e eu deveria achar que sua curiosidade foi totalmente satisfeita e pedir para você tirar isso de sua mente. É totalmente absurdo, não creio que meus sentidos tenham sido totalmente fiéis a mim naquele dia. No trajeto de volta através de Millville, mencionei, por acaso, o que eu pensava que vira a um homem no mercado e evidentemente ele suspeitou que eu estivesse doido, educadamente recusando-se a falar sobre o assunto. Não quero que as pessoas olhem para você com a mesma desconfiança!

Vou terminar, mas fique certa de que enviarei, pelo menos, um cartão-postal enquanto estiver em Balt. Cuide-se.

Com amor,
PG

Será que Saltonstall ouvira as histórias de fantasmas de Perishable Shippen? Não encontrei nada em nenhuma das cartas que indicasse que tinha ouvido. Se tivesse, você não acharia que ele teria mencionado a tradição aqui?

Meus olhos ardiam e as pontas dos dedos estavam doloridas. Essas chaves são grudentas e precisam de óleo. De qualquer forma, não tenho coração, nem estômago, nem coisa alguma para escrever sobre as coisas que aconteceram depois de Eva vir até mim no museu. Não ainda. Amanhã, talvez. Talvez, amanhã.

"Imp, amanhã não será mais fácil do que hoje. Não se engane pensando que será."

Eu não disse que seria mais fácil. Disse que apenas não sou capaz de fazer isso neste momento. Quero acabar com isso. Quero botar tudo para fora para não ter medo de botar para fora. É um maldito caroço na minha garganta. Dói e quero tossir isso, por favor.

A MENINA SUBMERSA
CAITLÍN R. KIERNAN
VI

(UMA PEÇA EM CINCO ATOS)
AÇÃO CRESCENTE (1)
Ato Um: O Martírio

Abalyn e eu não fomos ao rio Blackstone no dia seguinte ao que Eva Canning foi até mim no museu. Normalmente parece assim, mas então eu paro, penso e percebo que houve dias entre um e outro. Houve uma consulta com a dra. Ogilvy entre um e outro. Não ouvi a recepcionista quando ela disse que eu podia entrar. Estava ocupada demais rabiscando as margens das páginas de um exemplar de um ano atrás da revista feminina *Redbook*. No fim, a dra. Ogilvy saiu para ver se havia algo errado e me encontrou escrevendo na revista. Eu tinha anotado os versos de "A Quadrilha da Lagosta" repetidas e repetidas vezes, fora de ordem. Ela perguntou se eu estava bem ("Imp, tem alguma coisa errada?") e, quando eu não respondi (eu estava tentando, mas minha cabeça estava cheia demais com Lewis Carroll), ela perguntou se podia olhar o que eu havia escrito. Pisquei algumas vezes e soltei o exemplar da *Redbook*.

Ela fitou a caligrafia confusa e depois quis saber o que significava. Não o que *era*, mas o que *significava*.

— Não sei – falei, batendo minha caneta contra a perna e esticando a mão para pegar outra revista (*Cosmopolitan*, acho). — Mas não consigo tirar isso da minha cabeça.

Ela disse que seria melhor conversar no consultório e falou que, se eu precisasse levar a revista comigo, estava tudo bem. Naquele momento, já havia passado quinze minutos da minha hora. O consultório da dra. Ogilvy é pequeno e decorado com borboletas, besouros e outros insetos coloridos pintados no interior de molduras de vidro. Uma vez ela me disse que quase estudou entomologia na faculdade.

— India, quando você diz que não pode tirar isso da sua cabeça, suponho que você queira dizer que seus pensamentos são involuntários e indesejados.

— Se fossem desejados eu não ia querer que fossem embora, ia?
– E escrevi

Na praia já nos esperam! Quer me dar esta contradança?

na margem de um artigo sobre como apimentar sua vida sexual aprendendo as fantasias sexuais secretas dos homens.

— Há quanto tempo isso vem acontecendo?

— Não tenho certeza – menti. Começou quando Eva sussurrou no meu ouvido, claro. Mas eu sabia muito bem que não devia começar a falar sobre Eva Canning para a dra. Ogilvy.

— Mais de um dia?

— Isso.

— Mais de dois dias?

— Talvez.

— Você contou para alguém? – perguntou ela, e eu lhe disse que minha namorada me havia flagrado escrevendo o poema no verso de um guardanapo na véspera. Nós tínhamos saído para comer hambúrguer.

— O que você disse para ela?

— Eu disse que não era nada e que tinha jogado o guardanapo fora.
Escrevi

Sob as águas do mar
Abundantes as lagostas são...
Comigo e com você elas adoram dançar,
Meu particular e nobre Salmão!

no exemplar da *Cosmopolitan*.

— Faz um bom tempo que não ficava ruim assim – falei. — Eu não consegui ir para o trabalho ontem. Meu gerente não ficou contente e eu temo que ele vá me despedir, mas não posso perder meu emprego.

— Você andou sumida por muitos dias.

— Alguns – retruquei. — Continuo dizendo para ele que estou doente quando telefono, mas ele não acredita mais em mim. Sempre fui uma boa funcionária. Dava para imaginar que ele me daria uma chance.

— India, você gostaria de telefonar para ele e explicar?

— Não – respondi. Eu falei não sete vezes e não ergui os olhos, pois não queria ver a expressão da dra. Ogilvy. Sabia qual era sem nem ter de ver. Escrevi

Salmão pra lá! Salmão pra cá!
Salmão, sua cauda venha balançar!
O balanço dos peixes, o balanço do mar
Como o Salmão ninguém sabe balançar![1]

e ela perguntou se eu havia parado com os medicamentos. Eu disse que não, que não tinha deixado de tomar nem uma dose. Era verdade. Então ela perguntou se eu daria a revista para ela. Eu a agarrei com força, com tanta força que arranquei a página na qual estava escrevendo, mas eu a entreguei a ela. Pedi

---

[1] Os dois últimos trechos fazem parte de *Alice's Adventures Under Ground*, a história original de Carroll, mais tarde revisada e publicada como *Alice's Adventures in Wonderland*.

desculpas por estragá-la e me ofereci para substituir o exemplar, bem como o da *Redbook*.
— Não se preocupe com isso. Não são importantes. – Ela olhou para a página por um instante, então perguntou: — Você sabe o que é isso, suponho?
— A canção da Falsa Tartaruga. Do capítulo dez de *As Aventuras de Alice no País das Maravilhas*, que foram publicadas pela primeira vez em Londres, em 1865, pela Macmillan and Company.

Eu estava batendo a caneta com muita força contra o meu joelho, batendo sete vezes, depois, sete vezes, depois, sete vezes.
— Vamos ajustar os níveis dos seus medicamentos – disse ela, e me devolveu a revista. — Tudo bem para você?

Ela rabiscou de modo ilegível num bloco de prescrição e eu rabisquei de modo quase tão ilegível na *Cosmopolitan*:

"Você quer, ou não quer, quer ou não quer hoje comigo dançar?"

— Quando você decorou esse poema? – perguntou a dra. Ogilvy, e antes que eu pensasse melhor, porque estava muito ocupada escrevendo, falei:
— Nunca. Nunca decorei esse poema nem qualquer outro poema.

Ela arrancou duas páginas do bloco, mas não as entregou imediatamente para mim.
— Se eu mandar você para casa hoje, você vai chegar em segurança? Consegue dirigir? – Falei que pegara o ônibus na Willow Street e ela disse que era melhor.
— Você vai chegar em segurança? – ela perguntou de novo.
— Tão segura quanto uma casa – respondi. Quando olhei para a frente, ela me fitava, cética.
— Sua namorada sabe sobre sua doença?
— Sim. Falei para ela pouco depois de nos conhecermos —, e escrevi:

Quando a areia está seca, ela exulta como ninguém,
E fala de todo tipo de peixe com muito desdém.
Mas quando é maré cheia, e o tubarão se aproxima,
Ela perde a tramontana, e já não acha mais rima.

Ela me entregou as prescrições e me pediu para, por favor, tomar cuidado e tentar trabalhar, e telefonar se piorasse ou se eu não melhorasse em alguns dias. Dava para ver que ela não queria que eu fosse embora, que ela estava pensando no hospital. Ela sabe, e sabia na época, que teria de me forçar a passar uma única noite num hospital. Ela sabia quase tudo que havia para saber sobre Rosemary Anne. Ela sabia que teria de ficar muito pior que copiar obsessivamente Lewis Carroll em guardanapos e antigas revistas antes de ir e que mesmo então eu iria chutando e gritando.

Eu disse:

— Santo Inácio de Loyola tinha obsessões. Pensamentos intrusivos, quero dizer. Ele tinha horror em pisar em pedaços de palha que formavam uma cruz, pois tinha medo de demonstrar desrespeito a Cristo. Não sei onde li isso. Devo ter lido em alguma parte. Acho que um monte de pessoas que se tornaram santas eram, na verdade, apenas doidas. – Apertei com muita força e rasguei a página.

Dra. Ogilvy ficou em silêncio por um momento.

— Você sabe que não sou religiosa – falei. — Sabe que nunca acreditei em Deus e tudo isso.

— Você quer ficar sentada na sala de espera por algumas horas? – quis saber ela. — Pode sair a qualquer hora, mas acho que seria uma boa ideia você ficar por aqui um pouco, por precaução.

— Não – retruquei, e fechei a revista. Enrolei-a como um canudo e a apertei. — Tenho de ir para casa. Vou ficar bem, juro. Telefonarei se piorar.

— E você tem certeza de que não sabe o que disparou este episódio?

— Tenho certeza – Aí está minha segunda mentira.

— Vai telefonar quando chegar em casa?

Eu disse a ela que ia. Era um preço pequeno o suficiente a pagar para fugir do consultório e sair da clínica, para longe do escrutínio e das perguntas dela. Ela me acompanhou de volta à recepcionista e preenchi um cheque com o valor da sessão. Nos despedimos. Eu tinha de fazer xixi e me enfiei no banheiro antes de sair do edifício. Sentei-me na tampa de plástico da privada e anotei

Sacuda esse medo, meu caracolzinho, e venha comigo dançar.

e até desenhei um caracol debaixo do verso. Quase perdi o ônibus. Mas somente quase. Eu estava em casa às 16 horas, mas Abalyn tinham levado o Honda para ir ao mercado. Ela deixara a lista para explicar que tinha ido atrás de leite, café, cereal, manteiga de amendoim, "produtos de higiene feminina", pilhas AAA, Red Bull e cenouras. Telefonei para a dra. Ogilvy, mas ela estava com outro paciente, por isso deixei uma mensagem no correio de voz dela. Sentei-me no sofá e esperei que Abalyn voltasse para casa. Joguei a revista na lixeira e errei. Eu havia deixado um dos blocos de desenho no sofá na noite anterior e então escrevi os versos de "A Quadrilha da Lagosta" nele. Quando minha caneta ficou sem tinta, parei tempo suficiente para encontrar outra.

AÇÃO CRESCENTE (2)
Ato Dois: Encontrar o Rio

Abalyn e eu estamos sentadas juntas numa das compridas mesas de carvalho na sala de leitura do primeiro andar do Ateneu. A biblioteca, como sempre, é mais barulhenta que a maioria das bibliotecas, mas nunca me importei. As vozes das bibliotecárias sempre me confortaram, assim como o edifício me conforta, as pedras e o cimento colocado no local cento e setenta anos antes, cinquenta e oito anos antes de Saltonstall ver o que viu na garganta de Blackstone. Faça as contas. Trace retas paralelas e ângulos abruptos, depois marque os pontos de interseção. A biblioteca me conforta. Estou envolvida no aroma de livros antigos, poeira, tudo que envelheceu e ainda envelhece. O Ateneu é uma mortalha na qual me escondo. Estou sentada de frente para Abalyn. Tenho um caderno com pauta aberto na minha frente. Comprei-o na Walgreens na Atwells Avenue no dia anterior e as primeiras setenta e quatro páginas estavam preenchidas, frente e verso, com os versos de "A Quadrilha da Lagosta" escritos sem ordem particular. O número sete aparece nos quatro cantos de cada página. Anoto no caderno, e Abalyn fala, e não está sussurrando.

— É uma má ideia – diz ela, e fita o meu caderno. Ela está com medo. Eu diria que consigo sentir seu medo, mas não consigo. Talvez eu sinta seu medo ou apenas o veja nos olhos verdes, a cor das lágrimas de sereias. Ela continua tentando tirar o caderno de mim, embora isso seja justamente a coisa errada a fazer. Na noite anterior, ela telefonou para o número de emergência da dra. Ogilvy, mas a médica pediu desculpas e se recusou a conversar com ela sobre mim. Eu não havia assinado nenhum formulário de liberação que permitisse que minha psiquiatra discutisse meu caso com alguém.

— Talvez funcionasse – digo, sem tirar os olhos do caderno. Eu chego à última linha; depois, com cuidado, coloco os quatro setes necessários antes de virar para a próxima página. Sete, sete, sete, sete, vinte e oito.

— Você não sabe isso, Imp. Talvez apenas esteja piorando. Isso poderia acontecer, não poderia?

— Quase tudo poderia acontecer – digo. — Absolutamente quase tudo. Você não precisa ir comigo. Continuo a dizer que posso ir sozinha.

— Não vai porra nenhuma – diz ela. — Temo deixar você sair da minha vista.

Olho para ela então e dói ver que ela está tão apavorada.

— Não diga essas coisas. Por favor, não diga. Não faça eu me sentir aprisionada.

— Você sabe que não é o que estou tentando fazer.

Volto a rabiscar, porque tenho de fazer isso, e assim não preciso olhar para a expressão no rosto dela.

— Eu sei. Mas é o que você está fazendo.

Saímos de Providence mais ou menos às 13 horas. O dia está quente, mais de 32 graus. O vento através das janelas abertas não faz mais que nos manter frescas e o cheiro de suor me faz lembrar o mar, que me faz lembrar Eva Canning. Escrevo no meu caderno e ~~Eva~~ Abalyn dirige e olha para a frente. Ela nunca tira os olhos da estrada.

Na noite anterior, Abalyn deu uma googlada em Eva Canning. É estranho todas as palavras e expressões que eu nunca soube que existiam antes de Abalyn vir morar comigo, como "dar uma googlada". Eu disse a ela que era incrível quanta coisa ela havia encontrado, e ela disse: "É, bem. Eu ia abrir uma agência de detetives particulares, mas o nome Google já era marca comercial". Ela conseguiu 473 resultados, dos quais quase todos eram evidentemente de outras pessoas, e não da *minha* Eva Canning. Mas havia uma coisa. Eu tenho as impressões aqui ao meu lado. Um artigo do *Monterey County Herald*, outro do *San Francisco Chronicle*, e alguns outros, todos de abril de 1991. Eles associam uma mulher chamada Eva Canning a uma mulher com o nome de Jacova Angevine. Em um dos artigos tem uma fotografia de Eva ao lado de Jacova Angevine, que era a líder de um culto, um culto que terminou em um afogamento em massa, um suicídio em massa na primavera de 1991. Angevine conduziu-os até o mar em um local chamado Moss Landing, na Califórnia, não muito longe de Monterey. Vou citar o breve trecho do *Herald* e então um do artigo do *Chronicle* aqui:

"Os corpos de 53 homens e mulheres, dos quais todos podem ter sido parte de um grupo religioso denominado Porta Aberta da Noite, foram recuperados após os afogamentos de quarta-feira próximo a Moss Landing, CA. Os policiais descreveram as mortes como suicídio em massa e informaram que todas as vítimas tinham entre 22 e 36 anos. As autoridades temem que pelo menos mais duas dúzias possam ter morrido no bizarro episódio e os esforços para recuperar continuam ao longo da costa do condado de Monterey" (*Monterey County Herald*).

E:

"Os manifestantes estão exigindo que o Instituto de Pesquisa do Aquário da Baía de Monterey (IPABM) encerre a atual exploração do cânion submarino imediatamente. O cânion de quarenta metros, segundo afirmam, é um local sagrado que está sendo profanado pelos cientistas. Jacova Angevine, ex-professora de Berkeley e líder do controverso culto Porta Aberta da Noite, compara o lançamento do novo submergível *Tiburón II* ao saque das pirâmides do Egito pelos ladrões de túmulos" (*San Francisco Chronicle*; notem que *tiburón* é a palavra espanhola para tubarão).

Obviamente o segundo artigo foi escrito antes do primeiro. Em um artigo de um site dedicado a cultos suicidas, mencionam os nomes da maior parte das pessoas afogadas. Uma delas é uma mulher de 30 anos, chamada Eva Canning, de Newport, Rhode

Island. O site especula que ela era amante de Jacova Angevine e a cita como uma das sacerdotisas da Porta Aberta da Noite (que alguns jornalistas chamam de "Culto Lemming"). O nome de Eva Canning aparece nos agradecimentos de um livro, *O Despertar do Leviatã*, que Jacova Angevine publicou alguns anos antes, e alguma coisa em algum lugar dizia que o livro fora escrito antes de o culto se formar de fato.

Sentei-me, ouvi com atenção e anotei no meu caderno enquanto Abalyn lia os artigos para mim. Quando ela acabou, fez-se um longo silêncio e então ela perguntou:

— Então?

— Eu não sei o que essas coisas significam – retruquei. — Não pode ser a mesma Eva Canning.

— Eu te mostrei a fotografia, Imp.

— A fotografia não está muito clara. – Era verdade. Não estava. — Não pode ser a mesma Eva Canning e você sabe disso. Eu sei que você sabe disso.

Abalyn observou que um dos artigos mencionou muitos corpos em "estado avançado de decomposição" no momento em que foram recuperados pela Guarda Costeira. Alguns parecem ter servido de alimento para os tubarões (isto é, *tiburón*).

— Talvez ela não tenha se afogado lá, Imp. Talvez eles tenham cometido um erro quando os corpos foram identificados e ela voltou para o Leste. Isso é praticamente assassinato, levar todas aquelas pessoas à morte assim. Ela deveria estar se escondendo.

— E não usar o nome real – observei.

Abalyn me fitou e eu olhei para a janela da saleta, a lua e os faróis dos carros que passavam pela Willow Street. Havia uma pergunta que eu não queria fazer, mas finalmente acabei perguntando.

— Você já ouviu falar desse culto? Antes de hoje, quero dizer. Eu nunca ouvi, e isso teria sido uma história e tanto, não é? Não teríamos ouvido falar nisso antes?

Abalyn abriu a boca, mas depois a fechou sem efetivamente dizer alguma coisa.

— Não sei o que isso significa – repeti. — Mas não pode ser a mesma Eva Canning. Não faz sentido. Não faz nenhum sentido nós duas nunca termos ouvido isso antes.

— Nós éramos apenas crianças – disse ela.

— Nós não tínhamos nascido quando Jim Jones fez todas aquelas pessoas se envenenarem, nem quando Charles Manson foi para a prisão. Mas nós sabemos tudo sobre eles. Isso parece, na melhor das hipóteses, tão terrível quanto os outros dois, mas nunca ouvimos falar disso. Acho que é falso.

— Não é falso – disse ela, mas então mudou de assunto. Ela jogou fora as impressões, mas depois, quando ela não estava observando, eu as tirei da lixeira da cozinha e limpei o pó de café delas. Eu as juntei à minha pasta dedicada à "Sereia de Millville", a pasta que eu também intitulara "Eva Canning".

O sol é um diabo branco, o olho ardente de um deus no qual eu não acredito, baixando os olhos para todo o mundo. Os pneus do Honda zumbiam contra o asfalto. Nós dirigimos para o norte e para o oeste, seguimos o vapor do calor dançar sobre a 122 e passamos por Berkeley, Ashton, Cumberland Hill, Woonsocket. Cruzamos a fronteira estadual para Massachusetts e atravessamos o rio Blackstone, e dirigimos lentamente através de Millville. Eu vejo um cão preto na lateral da estrada. Ele está ocupado mastigando o que eu acho que poderia ser uma marmota que fora atingida por um carro enquanto tentava cruzar a estrada.

— Você terá que me mostrar onde foi – diz Abalyn. Ela parece estar com calor, medo e cansaço. Sei que está com todas essas coisas. Eu só estou com calor e cansada. Minha cabeça está cheia demais com Lewis Carroll para ficar com medo. "A Quadrilha da Lagosta" ressoa e bate na minha cabeça, feito sinos de igreja e trovões.

Mostrei a ela o local onde eu havia encontrado Eva, e o lugar em que tinha estacionado naquela noite. Ela fez a volta, para que não tivéssemos de percorrer a rodovia, e ela estacionou meu carro quase exatamente onde Eva ficou parada, nua e pingando, quando eu falei pela primeira vez com ela. Está tão quente que mal posso respirar. Acho que vou sufocar de tão quente. É pouco depois das 14 horas, mas algumas vezes o relógio do painel anda lentamente e outras vezes com rapidez. Não dá para confiar sempre no relógio. Ele é caprichoso.

— É uma ideia tão ruim – repete ela, antes de sairmos do carro. Não respondo. Levo o caderno comigo. Deixamos as janelas abaixadas.

É fácil encontrar a trilha que conduz até o rio, embora esteja semioculta entre os arbustos. Vou na frente de Abalyn e tomamos cuidado com a hera. Arranho meu tornozelo em trepadeiras e espinhos de amoreiras. A trilha é íngreme e não tem mais de sessenta centímetros de largura. Aqui e ali, é profundamente lamacento por causa da chuva. Quanto mais nos afastamos da estrada, mais o ar tem o cheiro do rio Blackstone e mais as plantas aumentam ao nosso redor, e há menos cheiro de estrada e asfalto derretido. Há borboletas monarcas e abelhões desajeitados e barulhentos.

No fim da trilha sinuosa, há algumas árvores, mas não está muito mais fresco na sombra que no sol. Já contei meus passos até o carro, e foram cinquenta. Chegamos a uma ampla clareira rochosa. Há lama entre os pedregulhos de granito. O rio tem cor de sopa de ervilha e a água está tão parada que mal parece fluir. Enxergo três tartarugas tomando sol sobre um tronco e eu as mostro para Abalyn. Libélulas iridescentes deslizam baixo sobre o rio verde-ervilha e o ar pulsa com as canções das cigarras e de outros insetos. De vez em quando, um peixe causa ondulações na superfície. Vou me perguntar, horas depois, se esse é o mesmo local em que Saltonstall estava desenhando no dia em que viu a mulher sair do bosque do outro lado.

Abalyn senta-se em um dos pedregulhos e usa a parte da frente da camiseta para secar o suor do rosto. Ela pega um cigarro e acende, por isso agora o ar também tem cheiro de tabaco queimando.

— Talvez não estejamos *procurando* nada – retruco. — Talvez estejamos apenas olhando. – E ela balança a cabeça e olha para o outro lado do rio.

— Isso é bobagem – diz Abalyn, quase sibilando a última palavra. Ela soa como uma cobra impaciente, se cobras impacientes pudessem falar. Sibilante como se a língua bifurcada estivesse se movendo entre duas presas. Ela se senta sobre a rocha e eu fico de pé perto dela. Não tenho certeza de por quanto tempo, mas não mais que vinte minutos, acho. É, no máximo vinte minutos.

— Imp, não há nada para ver – diz Abalyn, em um tipo de tom que implora e que diz também: "Podemos, por favor, ir embora desta merda?" Em voz alta, ela completa:

— Acho que estou quase tendo um maldito ataque cardíaco.

E então vejo pegadas na lama. Elas devem ter estado ali o tempo todo, mas eu estava ocupada demais procurando o rio e as árvores do outro lado do rio para percebê-las. Elas são pequenas, finas, com dedos do pé compridos. Poderiam ter sido deixadas por uma criança que veio até aqui para nadar. De qualquer forma, isso é o que Abalyn diz quando eu as indico para ela. Elas conduzem para fora da água, depois, novamente para dentro e fazem um semicírculo na margem. Não parecem conduzir de volta à trilha na direção da rodovia. Mas, digo a mim mesma, talvez a trilha de terra também seja muito dura e seca para pés descalços deixarem pegadas.

— Anda, Imp. Vamos para casa. Você precisa sair desse calor – diz ela e joga a guimba do cigarro dentro do rio. Ela fica de pé e toca muito de leve o meu cotovelo esquerdo.

Aperto o caderno contra o peito e olho para as pegadas por mais alguns minutos. "A Quadrilha da Lagosta" está mais alta que as cigarras que gritam nas árvores. Penso em quando vi Eva (ou quando acho que vi Eva) naquele dia em Wayland Square e acho que ela não calçava nenhum sapato.

— Sinto muito – diz Abalyn. — Sinto muito, se isso não te ajudou.

— Sinto muito por arrastar você de tão longe até aqui – retruco, e minha voz tem o ritmo curioso resultante do grande cuidado para introduzir cada palavra entre as sílabas de "A Quadrilha da Lagosta".

— Quando chegarmos em casa, me prometa que vai telefonar de novo para a médica, ok?

Não. Não prometi, quero dizer. Mas eu deixei que ela me levasse de volta para o carro.

CLÍMAX
Ato Três: 7 Irmãos Chineses

Não melhorei após a viagem de carro. Da lacraia, quero dizer. Era assim que Caroline costumava chamar ficar com alguma coisa na cabeça: uma canção, um jingle de um comercial de televisão.

Tenho certeza de que ela também chamaria ficar com "A Quadrilha da Lagosta" na cabeça de lacraia. Além disso, eu me lembro de um episódio de um programa de TV chamado *Night Gallery* que eu vi quando morava com a tia Elaine, em Cranston. No episódio, um homem paga outro homem para pôr uma lacraia no ouvido de um terceiro homem, um rival no amor. Mas há uma confusão. A lacraia é introduzida por engano no ouvido do homem que pagou o outro e põe ovos em seu cérebro. Lacraias não fazem isso realmente, não cavam um túnel até o cérebro das pessoas e põem ovos em sua cabeça. Mas isso me assustou da mesma maneira e, durante algum tempo, eu dormi com algodão enfiado no ouvido. No episódio de *Night Gallery*, o homem com a lacraia na cabeça estava em uma agonia indescritível, pois o inseto abriu caminho comendo seu cérebro. Não creio que seja totalmente diferente do que Eva Canning fez comigo, quando ela se inclinou perto naquele dia no Museu EDRI e sussurrou em meu ouvido.

    A minha lacraia, estes pensamentos intrusivos, que ecoam, foi ela que pôs em movimento. Ela disse as palavras que transformaram a Aokigahara na Floresta Suicida. Ela pôs seus ovos entre as circunvoluções do meu cerebelo. Ela se infiltrou na massa cinzenta viva, remodelando-a para seus próprios fins. Eu sabia disso, embora não ousasse contar à dra. Ogilvy, à Abalyn ou a qualquer outra pessoa. Eu era louca o suficiente sem contar histórias sobre uma sereia que me enfeitiçara o bom senso de seguir o exemplo da tripulação de Odisseu e encher os ouvidos de cera. Ou mesmo de bolas de algodão. Eu a trouxe para casa e ela me recompensou com uma cacofonia de bobagens vitorianas.

    Eu não telefonei para a dra. Ogilvy quando chegamos em casa. Abalyn continuou pedindo que eu telefonasse, mas falei que isso passaria, pois sempre passou. Mas não passaria, não desta vez, por isso eu sabia que eu estava mentindo.

    E então veio outro dia, eu preenchi meu caderno e depois comprei outro. Eu usei duas canetas esferográficas e comecei a usar uma terceira. Nunca tinha sido nem metade tão ruim, os pensamentos indesejados e ensurdecedores ressoando sobre a minha mente, nem mesmo antes da medicação. Não tenho enxaquecas, mas talvez enxaquecas sejam parecidas com ter a mesma sequência de palavras girando num loop infinito através do seu crânio dia e noite e até quando você sonha. A compulsão para colocar as palavras no papel e a incapacidade de parar. Dobrei a dose de Valium, depois tripliquei. Abalyn observava, a não ser quando ela tentava não observar. Ela tentou me fazer comer, mas o Valium estava me deixando doente do estômago e, além disso, era difícil comer quando eu escrevia em meus cadernos.

Finalmente, no dia *depois* do dia depois do dia no rio Blackstone, ela ficou com tanto medo e raiva que ameaçou chamar uma ambulância. Mas não chamou. Em vez disso, começou a chorar e saiu para dar uma caminhada. Vou dizer que era dia 3 de agosto, mesmo que não fosse. O sol estava baixo e o apartamento estava abafado, embora todas as janelas estivessem abertas e os ventiladores no máximo.

Abalyn bateu a porta e no instante imediatamente após o telefone tocou. Não era o meu celular, mas o telefone com cor de abacate na parede da cozinha. Aquele que dificilmente eu usava. É tão antigo que tem um disco. Dificilmente alguém me ligava naquele telefone e com frequência eu ficava me perguntando por que continuava a pagar para não cortarem o serviço. A porta bateu; o telefone tocou. Eu estava sentada no sofá e parei de escrever na metade da linha sobre como será agradável quando eles nos pegarem à força e nos jogarem com as lagostas no mar. O telefone tocou pelo menos uma dúzia de vezes antes que eu levantasse, percorresse a saleta até a cozinha e atendesse. Talvez fosse meu chefe, ligando para dizer que eu havia sido demitida. Talvez fosse a tia Elaine ou mesmo a dra. Ogilvy, embora as duas sempre ligassem para o meu número de celular.

Ergui o fone, mas não acho que tenha ouvido alguma coisa durante um minuto inteiro. Algumas vezes, acreditei *ouvir* alguma coisa, o mesmo som que se ouve quando se põe uma concha do mar perto da orelha. Por isso, havia silêncio ou um som que imitava o mar e o vento. Quando Eva Canning falou, não fiquei nem um pouco surpresa. Não sei o que ela falou. Tive certeza absoluta de esquecer assim que ela parou de falar e desligou. Mas era como se ela falasse por um longo tempo. Parece que ela me contou sobre segredos grandiosos e maravilhosos e também segredos que eram feios e maliciosos. Quando acabou, "A Quadrilha da Lagosta" ainda reverberava naquele espaço construído entre meus olhos, batia nas minhas têmporas e deslizava através dos meus ouvidos. Mas eu não precisava mais anotar e isso pode ter sido o maior alívio que jamais conheci (ao menos na versão de julho da minha assombração).

Caminhei de volta até a saleta, fui à janela e parei para contemplar a Willow Street. Havia andorinhões mergulhando acima dos telhados para caçar mosquitos. Alguns adolescentes hispânicos tinham arrumado uma mesa no meio da rua e estavam jogando dominó perto do poste de luz, enquanto ouviam a música pop mexicana alta. Não havia brisa. Mais para o norte, ouvi um trem apitar. Quase poderia ter sido uma noite de verão na Armaria. Talvez eu estivesse esperando que Abalyn voltasse para casa. Talvez eu estivesse parada ali esperando por ela.

Sob as águas do mar
Abundantes as lagostas são...

Quando Abalyn não voltou para casa, fechei a janela e a tranquei. Não fui a nenhuma das outras janelas para fechar e trancar. Apenas era importante que eu fechasse e trancasse *aquela* janela. Havia alguma coisa simbólica no gesto. Fechar uma janela era como trancar uma porta. A Porta Aberta da Noite? Era Caroline abrindo o gás e Rosemary Anne cansando-se de lutar contra suas limitações e encontrando a solução para engolir a própria língua.

Comigo e com você elas adoram dançar,
Meu particular e nobre Salmão!

Lembro-me de todos os pequenos detalhes sobre o que via do lado de fora da janela, mas não consigo me recordar de ir até o banheiro. Não me lembro de nada entre a janela e o fato de estar no banheiro, movendo o interruptor da luz (ligando e desligando sete vezes). Eu lembro que o banheiro tinha o cheiro do sabonete de hortelã de Abalyn e que eu ainda podia ouvir a música que vinha da rua, apesar do zumbido monótono de "A Quadrilha da Lagosta". Eu me sentei na beirada da banheira e observei enquanto a banheira de ferro fundido enchia. O calor era tão insuportável, e eu sabia que a água seria o paraíso. Não conseguia imaginar por que eu não tinha pensado em tomar um banho frio mais cedo naquele dia. Culpei o caderno e a caneta, e Abalyn por ficar tão perturbada.

Estiquei a mão debaixo da torneira. Era como mergulhar meus dedos em gelo líquido, quase gelado *demais*. Fiquei nua e deixei as roupas ficarem onde caíram no piso azul e branco. Quando a banheira encheu o suficiente para transbordar, fechei a torneira e entrei na água. Ela me queimou, era assim que estava a água fria. Mas eu sabia que, primeiro, ia apenas queimar, e então eu ficaria dormente, e não teria de sentir calor de novo ou nunca mais. Fiquei de pé na água congelante e pensei que ela tinha vindo desde o reservatório Scituate, a 11 ou 12 quilômetros a oeste. No inverno, o reservatório costuma congelar e veem-se patinadores. No verão, fica o azul-escuro mais escuro. Pensei nos muitos córregos que fluem para o reservatório, e na água que vem do subsolo, e na chuva e em como, no fim, tudo vem do mar. E em como, no fim, tudo volta para o mar, de uma maneira ou de outra.

"*Ah, meu bem, você nem sonha que maravilha será,
Quando, com as lagostas, nos lançarem lá longe no mar!*"

Deitei-me na banheira, me engasguei e apertei com força as beiradas até o choque inicial passar.

"*Lampreias, linguados e lulas bailam alegres sob o sol!*"

Meu cabelo flutuou ao redor dos ombros, sobre os meus seios e barriga como algas-marinhas em uma piscina natural. Enquanto eu afundava cada vez mais, a banheira começou a transbordar e molhar o chão.

"*E daí que seja longe?*"

Não fechei meus olhos. Não queria fechar meus olhos e sabia que Eva não ia querer também. Afundei nas partes rasas da banheira. Eu mergulhei minha cabeça e me admirei com o espelho de prata acima de mim. Poderia muito bem ter espirrado mercúrio através do céu, do modo que ele reluzia.

"Existe outra praia, você não sabia?... Logo do lado de lá."

A primeira respiração foi tranquila. Simplesmente abri a boca e inspirei. Mas depois engasguei, meu corpo interior lutou contra a torrente descendo pela minha garganta e indo para os pulmões e para a barriga. Lutei, mas quase não fui capaz de respirar pela segunda vez.

Sacuda esse medo, meu caracolzinho, e venha comigo dançar.

Eu estava levando o mar para dentro de mim, mesmo que não pudesse sentir o gosto do sal. Eu estava levando o mar para dentro de mim, e enquanto meus pulmões incendiavam, e meu corpo lutava contra mim, a lacraia morreu. Morreu ou simplesmente desapareceu, e não houve mais barulho remanescente na minha cabeça, a não ser pelo derramar da água e a batida insistente e teimosa do meu coração. O balanço para a frente e para trás do céu de mercúrio acima estava ficando preto, fechei os olhos e trinquei os dentes.

AÇÃO DESCENDENTE
Ato Quatro: Tente Não Respirar

E então as mãos fortes de Abalyn afundaram nos meus ombros, me ergueram e tiraram do gelo e me levantaram da banheira. Talvez eu não lembre *realmente* dessa parte. Talvez estivesse inconsciente nessa parte, mas, se não são lembranças verdadeiras, elas me enganaram durante dois anos e meio. Abalyn me abaixou no chão do banheiro e me segurou enquanto eu tossia e vomitava água e fosse o que fosse que eu tivesse comido no almoço até minha garganta ficar ferida e meu peito doer. Ela estava se xingando e xingando a mim e soluçando como eu nunca havia ouvido ninguém gritar antes ou depois. Nunca gritei do modo que ela estava gritando, nunca fiquei tão destruída de tristeza e raiva e confusão. É arrogância minha agir como se eu soubesse o que ela estava sentindo enquanto eu vomitava e cuspia nos braços dela.

Quando não havia mais nada dentro de mim, Abalyn me pegou novamente e levou para a cama. Eu nunca tinha percebido que ela era tão forte, forte o suficiente para me carregar daquele jeito. Mas ela carregou. Abalyn afofou os cobertores e o edredom ao meu redor, e continuou me perguntando que diabos eu pensava que estava fazendo. Não havia como eu responder, mas, de qualquer forma, ela continuava me perguntando: "Imp, que diabos você estava tentando fazer?"

Ela queria chamar uma ambulância (de novo), mas eu consegui balançar a cabeça e isso a fez parar. Fico surpresa que isso a tenha parado, mas parou.

Dois dias depois, Abalyn me abandonou e nunca mais voltou.

"Pare com isso", datilografou Imp.

Eu também datilografei.

"Você não tem mais de fazer isso. Você precisa parar. Não importa o que ela disse. Então pare. Pare, livre-se destas páginas e acabe com essa merda. Tenha pena de si mesma."

"Não", eu datilografo. "Apenas pode deixar isso de lado por enquanto. Mas você *pode* fazer isso. Você disse o que tem importância. Você não se afogou, a lacraia morreu e você pode concluir o restante amanhã ou depois de amanhã."

É um pensamento tão cruel, tão escroto e egoísta, mas eu queria que ela tivesse me deixado ir naquele dia. Eu queria tanto quanto eu queria que o telefone tocasse e, desta vez, fosse Abalyn.

Pare. Chega. Chega por enquanto.

Chega para sempre.

DESFECHO
Ato Cinco: A Bomba do Despertar

Não era para serem cinco atos. Mas eu estava errada e são.

Há quatro dias, eu disse "chega para sempre", e, durante quatro dias, eu não me sentei nesta cadeira no quarto azul e branco com livros. Mas aqui estou eu de novo. Aqui estou porque, porque, porque... mesmo que eu tenha tentado contar minha história de fantasmas, e a minha história de sereia e lobisomem, como uma coisa que me *aconteceu* no passado, as coisas continuam acontecendo. Novos acontecimentos ocorrem teimosamente e eu sei que são partes da história, que continua a se desenrolar à minha volta, abruptamente criando um emaranhado pior da minha confusão emaranhada e sem solução. Durante todo o tempo, eu queria desesperadamente dizer que esses dias *foram* e que agora acabou, certo? Portanto, estou apenas registrando a história. Andei me afastando, tentando deixar para trás.

E, sim, a história tem consequências, mas, pelo menos, *acabou*. Você recorda, mas não a vive. É nisso que a maioria das pessoas acredita e no que eu quero acreditar, pois talvez acreditando nisso eu possa parar de viver a história de fantasmas. Eu datilografaria FIM e me afastaria e não haveria mais tristeza nem medo. Nem mais pensamentos sobre Abalyn e Eva, nem lobos, sereias, estradas com neve e rios lamacentos. Nem mais Saltonstall. Nem mais Perrault.

Mas. Em *Longa Jornada Noite Adentro*, Mary diz: "O passado é presente, não é? É o futuro também. Todos tentamos ficar fora disso, mas a vida não nos deixa". (Rosemary gostava muito de Eugene O'Neill.) Pesquisei num livro com as peças depois do trabalho na noite anterior, pois eu não tinha certeza de que estava lembrando aquela passagem corretamente, mas eu estava. O passado é presente. O futuro também é presente. E, olha só, estou tentando falar como se soubesse de alguma coisa, quando todo o problema aqui é que não tenho mais certeza de ter sabido o que eu pensei que sabia. Porque ainda está acontecendo, e o passado é presente, como Mary Cavan Tyrone disse. Ela injetava morfina e também era louca; além disso, ela apenas vive quando as atrizes a trazem à vida – mas ela viu. Ela viu, e tudo que posso fazer é tomar sua visão de empréstimo.

Isso aconteceu (acontece) comigo ontem (agora):

Eu estava no trabalho e, depois do intervalo, tive vontade de caminhar. Isso não é raro. Deixei a loja de materiais de pintura e dobrei a esquina da Elm Street e então voltei a virar na Hospital Street. Eu estava passando pelo estacionamento do Museu Infantil de Providence quando vi Abalyn e outra mulher, que nunca vira antes, e uma garotinha, saindo de um carro vermelho estacionado perto da calçada. Eu poderia ter dado meia-volta e caminhado de volta para o trabalho. Se eu tivesse, tudo seria diferente e eu não escreveria isso. Mas "se eu tivesse" não tem importância, pois eu não dei meia-volta. Simplesmente parei e fiquei ali, torcendo para que Abalyn não me visse, mas também tão feliz por vê-la novamente depois de tanto tempo que fiquei tonta, mas também tão tonta por causa da dor por tê-la perdido duas vezes erguendo-se como se tudo tivesse acabado de acontecer. Como se a dor fosse recente. Pelo que senti, nós poderíamos ter terminado há apenas uma semana.

Ela me viu e olhou para a outra mulher, como se esperasse algum tipo de deixa ou permissão, ou como se ela fosse pedir perdão a mim por alguma coisa que não tinha feito ainda. E então ela falou palavras que não consegui ouvir – portanto, ela não poderia tê-las dito muito alto – e caminhou até onde eu estava parada.

— Ei, Imp – disse ela. O cabelo não era mais preto. Ela estava deixando crescer e a maior parte era loura, mas a cor dos olhos não havia mudado.

— Oi – respondi, e não tinha ideia do que dizer depois.

— Faz muito tempo – disse Abalyn, como se, de alguma maneira, eu não soubesse disso. — Você está bem?

— Sim – retruquei. — Estou bem. Quem são suas amigas?

Ela olhou por cima do ombro novamente para a outra mulher e a garotinha que esperavam no estacionamento perto do carro vermelho. E se virou para mim. Quando voltou a falar, parecia ansiosa e tonta como eu me sentia.

— Ah, claro. São Margot e a sobrinha, Chloe. Vamos levar Chloe ao museu. Ela nunca foi a um antes.

— Você não gosta de museus – falei.

— Bem, é por causa de Chloe, não de mim.

— Margot é sua nova namorada? – perguntei, ouvi com atenção as palavras e percebi que estava dizendo tudo que não deveria dizer, mas que disse, de qualquer maneira.

— Sim, Imp – respondeu Abalyn, e um pequeno fragmento de sorriso vincou os cantos de sua boca. — Margot é minha namorada.

Houve alguns segundos de silêncio constrangedor que provavelmente pareceram mais longos do que realmente foram e então eu disse – não, então eu *cuspi as palavras*:

— Andei escrevendo tudo aquilo.

Ela ficou olhando para mim, ainda quase franzindo a testa, e perguntou:

— Tudo aquilo o quê?

Eu desejava poder pegar de volta as palavras que havia cuspido, desejava que estivesse sentada na sala de intervalo no trabalho ou do lado de fora, no pátio, em vez de parada na calçada com Abalyn me fitando, e falei:

— Você sabe, o que aconteceu. O que aconteceu antes de você ir embora. O rio e as duas Evas. Cheguei apenas no momento em que tentei me afogar na banheira, mas não sei se vou escrever mais. Contei a história de julho e não acho que realmente tenha que contar a história de novembro.

As palavras tropeçam para fora de mim, como se eu fosse alguém com a síndrome de Tourette e não pudesse me controlar. Ela olhou por cima do ombro para Margot e Chloe, e depois se virou de novo para mim.

— As *duas* Evas?

— Isso – respondi. — As duas. A de julho e a de novembro.

Fez-se um silêncio constrangedor ainda mais longo que o primeiro e ela tentou sorrir, mas não fez um bom trabalho.

— Não tenho certeza do que você quer dizer, Imp. Havia apenas uma Eva Canning. Você me perdeu. – Ela parou, ergueu os olhos para o sol e apertou-os. E eu pensei que faltava pouco para ela me perguntar se eu andava deixando de tomar meus remédios, esquecendo as doses. Foi o tipo de expressão dela. Subitamente parecia que minha barriga estava cheia de pedras.

— Houve em julho e, depois, em novembro – falei para ela, e as palavras ainda tropeçavam e pareciam insistentes quando eu apenas queria parecer segura e um pouco perplexa. — Houve a primeira vez que você me deixou, certo? E então houve...

— Sinto muito, Imp - interrompeu ela. — Foi muito bom te ver de novo. Sério. Mas eu tenho que ir.

— Por que você está agindo como se não soubesse do que eu estou falando?

— Porque eu não sei. Mas está tudo bem. Não tem importância. De qualquer forma, preciso ir.

— Sinto sua falta – falei. Eu não deveria ter falado, mas falei.

— Uma hora dessas conversamos – prometeu ela, mas eu sabia que ela não falava sério. — Cuide-se, está bem?
Então ela se foi. Fiquei parada na calçada e eu a observei, a mulher que se chamava Margot e a garotinha chamada Chloe entrarem no museu infantil.
Havia apenas uma Eva Canning.
Apenas uma.
Durante todo o caminho de volta à loja, e pelo restante do dia e a maior parte da noite, tentei ficar apenas aborrecida e fingir que me encontrar dessa forma a tinha irritado e constrangido. Ou era uma piada cruel. Talvez ela não tivesse pensado em uma piada cruel, mas era isso. Phillip George Saltonstall não quisera perpetuar uma assombração ao pintar o quadro, bem como Seichō Matsumoto quando publicou *Kuroi Jukai* e transformou a floresta em um lugar aonde as pessoas iam para morrer. Eu poderia ter telefonado para Abalyn na noite anterior, se tivesse o número de telefone. Eu poderia ter telefonado e exigido que ela pedisse desculpas e se explicasse, e dito a ela que parecia estar zombando de mim. Fiquei parada, perto do telefone na cozinha, e me sentei no sofá, segurando o celular. Provavelmente eu teria conseguido encontrar o número se tentasse, mas não fiz isso. Pensei em mandar um e-mail, pois tinha certeza de que o e-mail não havia mudado, mas também não fiz isso.
Abalyn nunca pregava peças em mim. Por que faria isso agora, mesmo que estivesse constrangida por ter de falar comigo enquanto a namorada ficava parada lá, perto o suficiente para ouvir tudo que dizíamos? Independente do quanto teria sido mais fácil se ela tivesse mentido, não acho que tenha mentido para mim. O que significa que ela poderia somente ter ficado confusa e não ter lembrado direito, mas isso era ridículo. Isso significaria que ela havia se esquecido de muitos meses e tantas coisas. Se ela pensa que havia uma única Eva, fosse a primeira ou a segunda, precisaria ter esquecido coisas tão terríveis que são impossíveis de esquecer.
Não dormi na noite passada. Fiquei deitada na cama até o sol aparecer e me obriguei a responder a pior pergunta, primeiro para mim mesma e, em seguida, em voz alta. Eu me obriguei a deixar isso tão sólido quanto concreto, para que não o pudesse negar. Pois Eva me ensinou que o desconhecido é imune às faculdades

da razão humana, que uma coisa faminta debaixo d'água que você não consegue enxergar é mais assustadora que uma verdade tão apavorante que destrói seu mundo inteiro.

Quase trezentas páginas atrás, eu datilografei: "Eu disse que não faz sentido fazer isso se tudo com que eu posso lidar é uma mentira". Se não fui sincera, então nada disso teve importância e talvez eu pudesse muito bem ter datilografado a mesma frase repetidas vezes. Ou nem mesmo uma frase real, apenas a mesma letra centenas de milhares de vezes. Não quis dizer o que disse, isso foi tudo que fiz.

Será que havia apenas uma Eva Canning? Nesse caso, qual delas seria real?

Escrever torna isso ainda mais duro que concreto. Escrever torna isso duro como diamante.

Mas as perguntas não vêm com respostas convenientemente anexadas e eu sempre soube que havia um paradoxo. Uma partícula e uma onda. Ação fantasmagórica ao longe. Julho e novembro. Fazer a pergunta terrível em voz alta não traz nenhum tipo de solução. Sei menos do que pensava que sabia. É isso que quer dizer ser capaz de fazer perguntas.

Mas também significa que não posso parar por aqui.

7/7/7/7
7/7
7
SETE
7
7/7
7/7//7/7

Todos os nossos pensamentos são como sementes de mostarda. Ah, muitos dias agora. Muitos dias. Muitos dias de sementes de mostarda, India Phelps, filha e neta de loucas, que não quer dizer uma única palavra e logo não consigo parar de falar. Aqui está uma história muito triste, uma história lamentável da garota que parou para dois estranhos que não parariam, não poderiam, não poderiam, não parariam para mim. Ela, ela que sou eu, e rastejo pelos limites da minha própria vida com medo de desenroscar a tampa da maionese e espalhar as sementes de mostarda. Mostarda branca, mostarda preta, mostarda marrom da Índia. Ela as espalha no chão da cozinha e tem de contar sete vezes sete vezes antes de devolvê-las para o idro vidro idro vidro de especiarias. Enrosca a tampa bem apertado, pois uma vez havia muitas delas, obrigada. Ela exagera, mas contar mais de uma vez, não há como evitar que isso passe, certo? Um cotovelo descuidado e India Phelps perde toda uma porra de uma hora e meia contando as sementes espalhadas por todo o inconsistente assoalho, presas nas fendas das tábuas, que rolaram para debaixo da geladeira e do fogão, e, portanto, teriam de ser recuperadas não importa quanto tempo levasse. Meu tempo é meu. Mãos pretas, ponteiro das horas, rápido ponteiro dos segundos, mão direita e esquerda, mão dominante, ponteiro dos minutos, linha da vida, linha da alma, todos os bolsos em sentido anti-horário contrário ao dos ponteiros do relógio, cheios de flores. India Morgan Phelps, diabrete, demônio, todos a chamam demônio durante a vida inteira pensando que era fofo, seu coração tão podre quanto as maçãs velhas do chão. Essas teclas com verniz preto são boas como as sementes de mostarda, se eu parar para pensar no som que fazem.

Lá estava ela com uma garota chamada Chloe e uma mulher que ela chamou de Margot, mas como eu saberia que ela não estava mentindo? Para si, para mim, tirando nomes de uma cartola. Ela não perguntou se eu tinha parado com os remédios, mas eu vi nos olhos dela, olhos verdes como ondas que levam latas de Coca-Cola. Dizendo que uma única história havia acontecido, quando eu tenho duas na minha mente e como, como. Como. Não havia atendido ao telefone. Não, atendi ao telefone, mas não liguei para você Abalyn ou Ogilvy ou qualquer pessoa. Pensando que talvez ela esteja certa é pior que saber, mas é ainda mais fácil que atender ao telefone ou ler um e-mail para orientar meu eu demoníaco para a confirmação. O desconhecido é apavorante, mas a certeza me amaldiçoa. Datilografar é um risco, acender um fósforo é um risco, fechar um acordo é um risco, tocar um acorde é um risco, a troca é um risco, viver é um risco. O pensamento cruzou minha mente muitas vezes em alguns dos últimos dias ao contar as minhas sementes de mostarda espalhadas. Seria fácil, embora os corpos nunca queiram desistir do fantasma com facilidade, mas com um pouco de sorte isso terminaria e nada desses jogos de cartas de "isso é verdade ou aquilo é verdade", mas apenas a louca na Willow Street ousaria ser tão tola a ponto de pensar que ambas são verdade.

O que me leva à Estrada do Covil do Lobo, assim chamada, assim chamada com uma dose de humor de Estrada do Covil do Lobo traçada na terra entre as margens da floresta coberta de neve no norte e no leste de Connecticut. Eu não conhecia a etimologia naquela noite de novembro, mas agora eu a conheço. Sei o crime de Israel Putnam do inverno de 1742, 1743, conforme os invernos se estendem ou se alargam um ano e o seguinte. As justificativas são quase tão violentas e improváveis quanto as lendas de Gévaudan, La Bête du Pomfret, que a História nos conta matando ovelhas durante aquele longo inverno, a contagem variando de uma fonte para a outra. Acho que o lobo foi forjado e isso me faz pensar no lobo e na garota de vermelho e em quem estava atrás de quem? Setenta ovelhas e bodes em uma única noite. Não acredito nisso, mas não acredito em muitas coisas que outros engolem inteirinhas, para o lenhador cortar e libertar, semidigeridas, da barriga distendida dos lobos. Cordeiros e crianças mutiladas, sobreviventes machucados o suficiente para serem descartados feito cães loucos,a louca demoniacamente desacreditada Imp. Currais destruídos. Pastores destruídos de Connecticut. Então houve um bando de pastores de Israel e membros da organização beneficente Oddfellow, amigos de ovelhas e bodes, e ela havia deixado marcas de patas frescas e incriminadoras na neve recém-caída para que eles não tivessem nenhum problema ao persegui-la novamente. Isso me faz me perguntar se ela queria morrer também e queria ser encontrada, mesmo que não facilitasse totalmente para os vingadores divinos. Os cães descem a garganta rochosa e surgem, choramingando, com os rabos entre as pernas finas, acho que é vergonhoso enviar cães para fazer o trabalho sanguinário de homens, pôr cães contra seus ancestrais.

 Eva Canning, você, das noites de novembro, perdida, desesperada e faminta, agachada no escuro, envia os cães de volta, aos tropeços, aos donos aborrecidos. Eles já haviam matado tantas de suas crianças. E aqui todos os homens sentam-se durante uma longa noite de inverno, na boca do seu covil nas pedras, irritando-se. Pedras escorregadias com a neve, o gelo e o sangue ainda não derramado para vingar o gado. Putnam fez uma tocha de casca de bétula e com uma corda fez com que o baixassem na fissura, pois se você quer que uma coisa seja feita, dizem para você mesmo fazer se quiser que seja bem-feito. Não deixe para os cães, que antigamente também foram lobos, portanto, vamos considerar uma conspiração de coconspiradores caninos. Vamos supor, como supomos que incontáveis sementes de mostarda evocam certeza e não maldição desconhecida. O bom e virtuoso Squire Putnam, santo padroeiro das ovelhas e dos bodes, cabritos e cordeiros, costeletas de carneiro, cabeças abaixadas até a boca fedorenta de uma escuridão certamente desconhecida para exorcizar o diabrete de Pomfret, que, mais tarde, foi conhecido por ameaçar campos congelados. Aqui está ele, escolhendo a Estrada das Agulhas, pelo bem de bons fazendeiros cristãos da Nova Inglaterra. Lobos que fazem mal por causa da fome voraz em pleno inverno. Meus faróis iluminam estradas secundárias, sem ir à parte alguma intencionalmente, ignorando as heroicas tartarugas-falsas de Israel Putman e o fantasma que ele libertou naquela noite há tanto tempo quando todas as minhas pesquisas revelaram que a Bíblia Sagrada faz treze menções a lobos. Tenho uma lista bem aqui. Tente Atos 10:29. Pule esta versão. Me lembre depois.

Canto I, *Inferno*, Dante Alighieri, quem escreveu, mas enfaticamente não de Israel Putnam, o matador de lobos de Pomfret, perdido em clareiras primitivas e confrontado por três feras selvagens. A primeira foi uma loba. Sexta-feira da Paixão, 1300 A.D.: *Ed una lupa, che di tutte brame*, E uma loba, que, com toda a fome; *sembiava carca ne la sua magrezza*, parecia curvada em sua magreza; *e molte genti fé già viver grame*, ela trouxe para mim muito peso. As depredações de todas essas cadelas bastardas, miseráveis, então, você pensaria que era uma loba no Éden e não uma serpente.

(onde vocês ouvirão os uivos de desespero)

No início, ela não me viu. Não tenho certeza se me notou, mas não até eu parar para ela, sr. Putnam. Não que ela estivesse atrás de mim naquela noite para me fazer maldades naquela floresta de membros estéreis e crosta de neve para ocultar decentemente um bilhão de folhas caídas da minha vista. Não que ela estivesse caçando naquela noite. Fui até ela, Abalyn. Eu estava lá fora, caçando, e não era ela.

Vou chamar esta parte de "O Lobo que Gritou Garota".

Mas, curvada aqui no meu banco, perto da janela na Willow Street, não vou deixar Israel Putnam escapar ao caminhar de volta para a estrada até Eva Canning (é a Segunda Chegada, e não a primeira, desta fera rude e desleixada).

(que, mesmo enquanto ela me perseguia, passo a passo obstinado)

O que leio diz que eram quatro metros e meio de profundidade, do poço até o covil da loba de Pomfret. Depois, mais três metros e dificilmente um metro de um lado a outro e o teto tão baixo que São Matador de Lobos precisou rastejar de barriga. Essa história se torna cada vez mais improvável, assim como Margot não sendo um *nom de guerre* não-tão-inteligente-assim, e que nome de criança era India Imp, sua suposição é tão boa quanto a minha. Foda-se. Foda-se. As sementes de mostarda continuam voltando e mesmo sem elas provavelmente eu continuaria a perder o meu caminho, a me desviar da trilha, mas as sementes de mostarda não estão ajudando nem um pouquinho. O sr. Putnam disse que o lobo tinha olhos de fogo. Ele *diria* isso. Ele embelezaria como caçadores e pescadores costumam fazer. Todos os meus olhos de Eva piscavam em vermelho. Não, eu falei sério. Então, Israel Putnam carregou o mosquete de pólvora preta com nove balas mortais e matou a loba de olhos de fogo que rosnava e a arrastou para fora até a multidão reunida embaixo, que comemorava. Ela era prova da supremacia do homem e da culpa de Putnam, mas não vejo prova nem ouço evidências (estas linhas eu ouço), além da meramente circunstancial de que ela cometeu algum crime. Lembre-me disto mais tarde.

Então, era chamada de Estrada do Covil do Lobo, mas tecnicamente eu estava na Estrada Valentine quando encontrei Eva, a loba, e estou enfeitando. Mas ela teria perambulado pela Estrada do Covil do Lobo. Acho que deve ter.

Ele matou o lobo às 22 horas e contam que era o último lobo em Connecticut. O general Israel Putnam, um herói em guerras futuras: a Revolução Americana e Francesa e Indiana. Mas eu ainda vou chamá-lo de assassino que libertou o fantasma que eu encontrei naquela noite congelante, nua, perdida e apavorada na estrada de terra gelada. Ela deve ter vindo por causa dele, como o espectro da vampira de Exeter de Mercy Brown, que visitava irmãs e irmãos. Ela deve tê-lo assombrado e, em sua culpa, ele combateu naquelas guerras tardias esperando contra a esperança apaziguar a culpa nos assuntos do inverno de 1742 e 1743.

É um fardo terrível de se carregar e não me importo se você é um santo piedoso com uma bala de chumbo, esse é um fardo terrível, encontrando sozinho a mão da extinção da raça de lobos no estado de Connecticut. Ele poderia tê-lo usado como uma medalha de honra, ah, tenho certeza, mas estou supondo que era uma ilusão para que as outras pessoas não vissem a culpa.

Eva dissera: "Você me encontrou". Mas isso saiu mais como um rosnado que palavras. Ela não me encontrou, é claro, certo? Ela não disse nada naquela noite, nem muitas noites depois que eu a trouxe para o meu covil na Willow Street; Abalyn é que estava adequadamente horrorizada e queria mandá-la embora, mas eu não. Abalyn a chamou de uma coisa que aqui não vou repetir paixão arrebentada em suas rochas.

Eva Canning era o fantasma da última loba morta, tão certo quanto ela era também, sem dúvida, o fantasma de Elizabeth Short, a Dália Negra, desfigurada por um lobisomem, todo o caminho distante onde eu nunca estivera até Lost Angels, e isso foi no inverno de 1947. Isso foi naquele outro inverno no limite — no limite oposto — de um continente. Acho que ela, ela sendo Elizabeth Short, ela sendo a reencarnação inversa de Eva Canning, ela sendo o fantasma reencarnado do último lobo do Grande Estado de Connecticut... Eu acho que ELA, em letra maiúscula, ELA deve ter tomado a Estrada dos Alfinetes. Ela deve ter vestido uma capa vermelha, ter sido dividida na metade assim, ter tido o sangue drenado, o rosto entalhado como uma abóbora do dia das bruxas, entalhada, de orelha a orelha, com o Sorriso de Glasgow, o sorriso de lobisomem que, acho, algum jornalista começou, que é o modo como foi o assassinato do lobisomem porque os lobos têm esses sorrisos amplos, e dentes grandes. Às vezes, acho que os jornalistas queriam dizer que ela era o lobisomem assassino e, outras vezes, sem a menor sombra de dúvidas, queriam dizer que não, que ela havia sido desfigurada pelo lobo. Eles a fizeram comer merda, fezes, disse o legista. Todos os dentes dela estavam podres como as maçãs que se encontravam no solo no fim do verão. Eles, a polícia, pensaram que o golpe na cabeça a tivesse matado, e não ser cortada ao meio, o que eu acho que foi misericordioso. Como parar na floresta em uma noite de neve porque ela não ia, não podia, não ia deixar de parar para mim.

Uma vez. Não duas. Havia apenas uma Eva.

Imp, está vendo? Está vendo o que isso é, o papel na carruagem? Abóbora. Doze ratinhos encantados. Você tem olhos e vê, certo, o que e como você tem de, por favor, parar esta bobagem antes que fique pior que cidra estragada e você tenha que recomeçar nas malditas sementes de mostarda? As palavras que você não vai conseguir recolher como as sementes de mostarda nem pôr de volta em todos os locais de onde vieram. Você está vendo isso, certo? Ai, Deus. Ai, meu Deus.

Sou uma mulher morta. Morta e louca.

7/7/7
7/7
7

O número sete não é um número sagrado? É, não é? O número de Deus. Por isso, estou exibindo esses setes contra os fantasmas que lotam a minha cabeça e contra o diabrete que sou, contra demônios, lobisomens, sereias, caçadores e mosquetes, amantes perdidos, mulheres que não podem realmente se chamar Margot e garotinhas que não têm o nome de Chloe, contra o ricochete, as consequências, o refluxo, as sementes de mostarda. Contra a ira e ausência dos *Messieurs* Risperdal, Depakene e Valium, todos os quais eu negligenciei da pior maneira possível, deixando meus cavalheiros esmorecerem, rejeitados, inutilmente ~~no âmbar do Báltico, manchado com formigas e mosquitos carbonizados~~. Eu os larguei no armário de remédios do banheiro. Eu os larguei. Eles obscurecem as coisas verdadeiras. A dra. Ogilvy sabe disso, essa necessidade não é bem um alívio, e "Eva, asse e pape essa ave".[1] Ela me disse isso mesmo, se eu não quisesse terminar como Rosemary Anne. Não quero, mas meus setes são tão intensos quanto meus amantes psicoativos. Quero ouvir o meu eu real, não o eu falso, inconstante, cujos pensamentos verdadeiros estão todos confinados e escondidos em uma mala debaixo da minha cama onde ninguém poderia ser atingido por frases tão afiadas quanto navalhas. Apenas estou *me* separando na altura dos joelhos.

Mas eu gentilmente parei. A mulher estava parada, nua, na neve, na beira da ~~Estrada do Covil do Lobo~~ da Estrada Valentine, Estrada das Agulhas, Estrada Bray da estrada do yellowcake e a Trilha do Coeur d'Alenes. Eu parei e, ah, que olhos grandes os dela, olhos da ágata caramelo mais marrom-dourada profunda, e que dentes grandes de mármore para que ela me estraçalhe e alegremente espalhe os pedaços aos ventos, e agora meu coração

---

[1] Palíndromo, frase ou palavra que mantém o mesmo sentido quando lida de trás para a frente.

tolo. Que fera de longas pernas, ela, *sidhe*,[2] Eva, a Segunda Vinda, depois da minha fracassada Ofélia. Que garras pontudas. Ela se arrasta por estradas do interior e trilhos de ferrovia, e não sou nada além de carne. Ela não é nada além de um fio de fumaça, se você não olhar diretamente para sua taxidermia progressiva. Mas ela me estraçalha e espalha os frutos de seu esforço: sementes de romã, caroço de pêssego, amêndoas amargas com o gosto de monções de cianeto no barco que está inclinando. Ao abrir a porta do meu Honda, a noite transporta, porque ela é a dona da noite, e a noite faz o que ela ordena. Israel Putnam puxa o gatilho e a liberta. Os fantasmas devem ser libertados das prisões de carne e osso, da autocracia do tendão e da matéria cinzenta. Ela rastejou entre as árvores até mim e eu perguntei se poderia ajudar e sufocar nesses olhos de pôr do sol dourado, com pupilas que devoram o céu. Preste atenção, Imp. Preste atenção ou isso virá para cobrar a dívida. Ela me recolheu em garras de foice e girou os ossos numa noite de neve.

Sim, esta é a conclusão a que estou chegando sem o nevoeiro de meus *Messieurs*. Eu morri e o que veio para casa foi apenas um fantasma como o último lobo em Connecticut. Eva enterrou meu cadáver supurado, grato, debaixo do gelo, de detritos de folhas muito congelados até o degelo da primavera, mas suas patas acabaram com a crosta e escavaram cuidadosamente o solo para a minha sepultura. Ela celebrou uma missa de lobo, blasfemou sobre o meu sono funerário e teria havido buquês contorcidos de bergamota, margaridas, aquilégias e cravos de defunto do pântano se aquela noite fosse em outra estação (eu lhe ofereceria algumas violetas, mas todas elas murcharam quando eu planejei a morte do meu pai fugitivo). Em vez disso, apenas folhas podres e vermes que estremeciam. O enterro despertou rudemente minhocas sonolentas e besouros pretos que estalavam. Mas eles me perdoaram e aprendi a língua dos anelídeos e insetos. Os besouros têm um dialeto particular. As larvas são viciadas em oclusivas glotais. Contei que era uma pintora que escrevia histórias sobre quadros de sereias e homens multimídia mortos em acidentes

---

2 Fada do foclore irlandês que se diz viver sob as colinas.

violentos de motocicleta com mulheres assassinadas e contos de fadas. Se acreditaram ou não, eu estava propriamente bem-humorada. Acho que foi quase com certeza o que aconteceu na Estrada do Covil do Lobo Valentine. Seja minha. E ainda posso farejar Eva agachada na terra não cultivada acima de mim, a mulher loba mijando e cagando e ela ergue a cabeça, joga-a para trás e, desejando que houvesse lua cheia naquela noite, de qualquer forma, uiva. Acho, uivar por que *não havia* lua, sua violadora doce, brutal e fiel. Seu satélite voraz. Sua encantadora de marés. Rogo, amor, lembre-se, como você poderia usar uma pobre moça dessa forma? Onde você estava? Debaixo da terra, na minha cama de gravetos, cama do Estige, rezei para ela uma vela inteira. Aqui em novembro é um bom mês para desistir do fantasma, murmurou ela, e eu não teria discutido, mesmo se ela não calasse meus lábios.

Está bem, India, mas você conta histórias que nem sua cara, não é? Você faz uma confusão e isso não vai servir para ninguém.

Você não consegue desenhar uma linha reta.

Mas eu posso andar um quilômetro torto.

Quando o catecismo subterrâneo dos insetos terminou, horas antes do amanhecer, ela exumou fosse o que fosse que havia restado. Limpou com a língua o meu crânio e o peito, até os ossos se tornarem alabastro brilhante como a lua libertina e caprichosa. Era para deixar claro e sem sombra de dúvida sua gratidão pelo fato de que eu havia morrido por seus pecados. Quero dizer, claro, os pecados de Putnam, que ela tinha aceitado como seus enquanto ele fugia para combater os soldados britânicos e os indígenas iroqueses e mississaugas durante a *Guerra da Conquista*, portanto, não tinha tempo para carregar a própria cruz. Lobos mortos são devoradores de pecados. Ela foi pregada com estacas de ferro à parede de uma casa de defumação e curiosos vieram de todas as partes para dar testemunho para o Cristo Lobo prostrado em suas tribulações à imitação do Calvário. Não havia Maria Madalena nem Rainha dos Céus para chorar por um lobo, somente corujas e corvos que vinham bicar sua carne, fazendo-a viver de novo. Eva Canning ressuscitou no corpo dos corvos, pássaros pretos são um sinal certo de uma mentira, todos os pássaros pretos, mesmo os corvídeos não queimados de preto, e todos os pássaros pretos a receberam em si para que ela voasse alto e vitoriosa acima dos campos sem cultivo. Transubstanciação.

Ela cavou o solo mais uma vez (prematuramente) para que eu pudesse olhar com surpresa e olhos arregalados para as lascas da única porta verdadeira do celeiro apoiada em suas palmas de relicário, ensanguentadas.

Ela murmurou no meu ouvido e farejei o hálito pútrido e enjoativamente doce. Ela murmurou que havia mentiras mais adiante na estrada. Abalyn me trairia três vezes e instigaria uma dúvida tão profunda que isso me deixaria agarrada a um Judas empalhado e fechando meus comprimidos por trás de uma porta com espelho. Chorei quando Eva me contou isso e ela secou minhas lágrimas com mãos trêmulas, incapaz de decidir se eram melhor serem patas ou mãos. Toda ela era uma esplêndida metamorfose, como as larvas que falaram enquanto eu dormia. Primeiro ela era uma coisa e depois outra, bem diante dos meus olhos. Ela era uma crisálida caleidoscópio de esqueletos cambiantes e músculo e medula, bile e as quatro câmaras ricamente indicadas de um coração de mamífero. O coração, o *tetragramaton* que bombeia a *aqua vitae* para a vida da carne está no sangue, sangue é vida. Ela nunca foi, por um instante, apenas uma única fera, pois não vou aceitar o engodo de que sempre houvera apenas uma delas, que eu devo escolher entre julho e novembro. Por que ela não pode, Abalyn, ver isso, quando ela mesma, como Tirésias, virou seu truque de licantropia de gênero contra ela mesma? Isso não é hipocrisia? Ela é um paradoxo e quer tirar o meu, e quer que eu acredite que é impossível? Ela esgueirou-se de uma pele que odiava para a pele que desejava e, portanto, uma partícula e uma onda e, portanto, Eva e Eva, certo?

~~Abalyn olharia com o olhar sacerdotal e severo e diria que não~~.

Se eu não me divorciasse de meus *Messieurs*, teria permanecido cega e surda a tudo isso e poderia ter me deitado e morrido. Escolho a banheira novamente ou corto os pulsos? Não importaria, de um modo ou de outro, eu seria silenciada. Acabaria com a inconveniência. De modo ordenado e limpo. Seguro como as casas. Se você ama alguém, não deixa a pessoa se afogar e não diz a ela que ela é mais louca que o que ela já sabia ser.

Tem um corvo no parapeito da janela. Ele pensa que não o estou observando me observar. Provavelmente não disseram que vi quatro pessoas caminhando juntas no parque. De volta aos postes de luz e debaixo das árvores, onde era mais escuro. Não eram freiras, com seus hábitos movendo-se pesados, mas ou eram corvos humanos, ou, na verdade (e suponho que isso seja mais provável), médicos da peste, médicos com bico, saídos do século correto com pomadas de folhas de erva-cidreira, cânfora âmbar, rosa, láudano, mirra, estoraque, capuzes de couro encerado, suas contas com antídotos todos enfileirados, aquela falta de ar pode não fazer mal. *Medico Della Peste*, com olho de vidro, não como o corvo de olhos pretos no parapeito. Como delírios terrenos do perverso Hieronymus Bosch. Talvez Abalyn guarde segredos e possa se transformar em um corvo e agora esteja sentada ali espiando enquanto eu datilografo. Mas tenho meu amuleto de sete e quando eu escrevo

7/7/7/7
7/7
7
sete
7
7/7
7/7/7/7
Vll
7

ela abre as asas pretas e voa para longe de casa até o inferno com bonecas de papel da não Margot e da não Chloe que ela havia criado para si mesma. Mas estou divagando. A distração de um pássaro preto tentando me enterrar em um novo tumulto de perda de confiança, recordando a advertência de Caroline: pássaros pretos vêm atrás de mentirosos. Então, onde é que eu estava?

Perseguindo Eva Canning debaixo de um céu de inverno sem lua.
Ou céu de fim de outono, mas frio como o maldito inverno. Agora se apresse, criança. Essa claridade pode não durar para sempre. Eles têm meios de roubá-la de novo.

Eu não precisava mais do meu Honda, não com Eva, o Lobo de Israel Putnam chamando por mim para ~~per~~correr minhas pernas mortas e continuar me movendo, continuar me movendo. Noite selvagem, selvagem. Ela planteou um cadáver e colheu uma corredora zumbi morta com pés rápidos que, por mais que tentasse, jamais poderia continuar se movendo. Isso não importa, pois naquela noite não importava. Apenas o esforço tinha importância. Ela sabia que estava correndo tão rápido quanto podia, com aquelas minhas pernas ossudas que chacoalhavam. Ela compreendia que eu não poderia ficar de quatro com ela, embora desejasse tanto o prazer terreno que até doía. Ela era o fantasma de um lobo, e eu queria me juntar a ela. O fantasma de um lobo é mais livre que uma louca com o estômago cheio de drogas. Eram os comprimidos que me faziam imutável demais para correr nas quatro patas, não a morfologia do sacro, a pelve, o fêmur. Eles eram o veneno contra o qual até ela era impotente.

Ereta, nos dois pés, corri pela estrada até as solas dos meus pés sangrarem. Ela retirou todas as minhas roupas esfarrapadas, rasgadas pela fome dela, antes de me deitar para descansar, portanto, em minha restauração eu estava nua como ela estava. Eu era a irmã aleijada, quase idêntica – se é que não sou sua assustadora simetria –, cruzando a Valentine das Agulhas enquanto insuspeitos fazendeiros e suas esposas dormiam confortavelmente em suas camas. No entanto, os cavalos nos ouviram, e as vacas. Os bodes, eles nos ouviram também. Eu tinha me desviado do caminho da minha vida e das ilusões da sanidade substituta e medicada. Eu perambulei e Eva me deixou dançar debaixo do céu estrelado com a fera de pernas compridas que a mulher nua na lateral da estrada havia se tornado. Você realmente não tem noção de como será, era prazeroso na inevitável convergência daquelas duas estradas a todo vapor. É isso que Abalyn roubaria de mim: o conhecimento da glória daquela tarantela *danse macabre* dervixe. Eu caí entre campos inativos, pálidos como confeitos de açúcar, divididos por paredes de pedra, desde os dias de Israel Putnam. Eu me deito e ela sobe em cima de mim. Ela baixa os olhos para mim com ar severo, toda escarlate de papel crepom iridescente apetite com brilho nos olhos, insaciável e imoral, e eu abro minhas pernas para o lobo que ela sempre foi na verdade. O nariz preto e úmido fareja meu sexo acolhedor, sua língua que se estendia e variava como em um sorvete me lambendo e abrindo antes de ela rolar bruscamente sobre a minha barriga e os seios feridos e me montar à maneira de um lobo.

— Você está na Casa do Lobo, *casa del lobo*, jovem senhora, e portanto voará direito e fará como é de nosso costume. Você foderá como os lobos fodem.

Uma mulher e um campo — alguma coisa a agarrou.
Fecunda Ratis.

Ela me revolveu, como os campos seriam arados na primavera. Ela me plantou, uma segunda vez, semeando mais tarde com atenção, como estou certa de que Abalyn teria sentido o cheiro de almíscar em mim quando voltei para casa naquela noite. É um conto de fadas, não é? Sim, é tudo um conto de fadas, mesmo se não há fadas, *per se*. Levada-por-fadas, por fadas pixeladas, a criança tola e desobediente perambula no coração de uma floresta assombrada e encontra um diabo lupino voraz que rapidamente promete que vou correr com você até a casa de Caroline e, mais ainda, vou amar você de verdade, deixe-me abraçar você e não me importo se você é louca. Vou amar você para sempre e para sempre. Puxe as cobertas para descobri-la esperando nos campos improdutivos para arar.

(Abalyn está novamente na janela, mas desta vez eu a ignoro.)

A garota carmesim que era eu, que sou eu, vem das montanhas ocas, de mãos dadas com *La Bête*, pensando na sorte que eu tinha. Na esperança de que eu pudesse dar à luz os filhotinhos e não estar mais oca. A garota da concha oca atrás da caixa registradora, eles não sabem como ela sabe ou simplesmente estão pouco se fodendo. Aposto neste último. A garota ostra oca finalmente não está mais oca. Voltei para o meu carro e os faróis ainda estão ardendo com feixes brancos na escuridão, fazendo a neve cintilar. Eva estava comigo, à minha esquerda, e ela me deixou atar o cinto de segurança ao redor dela. As estradas estavam escorregadias e traiçoeiras, algumas vezes eu dirijo acima do limite de velocidade permitida. Garotas levadas-por-fadas que se desviam da trilha não são o tipo que se preocupa demais em infringir as leis de trânsito. Elas têm os próprios limites pintados indelevelmente na pele de palimpsesto para os lobos lerem.

Esta é a minha história de fantasmas do lobo que gritou garota. O fantasma do lobo assassinado que perambulou durante séculos depois do tiro de mosquete, sem outros lobos, a não ser fantasmas de lobos, por companhia. E, por alguma razão, ela se esqueceu de que já foi um lobo, privada de outros de sua espécie para oferecer perspectiva. Ela esqueceu. Mas via tantos seres humanos, homens, mulheres e crianças, e por ter se esquecido de si mesma ela se confundiu por nada mais que uma mulher nua na lateral da Estrada Valentine. Ou isso não era inteiramente uma questão de esquecimento. E se ela aprendesse a lição, que lobos não estão a salvo dos homens, mas as mulheres estão apenas um pouco mais a salvo dos homens, por isso ela costurou para si a pele de uma mulher e rastejou para dentro dela. O ajuste era confortável e ela tinha de tomar grande cuidado para que as patas não rasgassem as luvas de pele e para que ninguém visse suas presas.

O fantasma de um lobo com disfarce.

As loucas podem ver tais aparições e nosso toque pode torná-las incorpóreas. Por isso, Abalyn a viu quando voltamos para a Willow Street. Se Abalyn tivesse visto o que eu encontrei, isso teria ficado invisível e ela teria continuado dirigindo dirigir, dirigir, dirigir, dirigir ignorando o milagre. Desde 1742 ou 1743 ou 1947, é o que todos antes da louca India Morgan Phelps, a Imp da Willow Street, parar e perguntar se ela estava bem ou se precisava de ajuda. Eu vi que ela não tinha voz, que ainda não havia aprendido a usar a língua humana roubada. Finalmente, ela aprenderia, e isso significa que ela se perdeu muito mais na colisão cacofônica de nomes, vogais, particípios, adjetivos, verbos etc. ~~Eu me culpo um pouco por isso, eu era uma facilitadora à farsa psicótica da amnésia.~~

Quando eu não estava olhando, o Corvo Abalyn voou mais uma vez para longe. Acho que não vai voltar. Pelo menos não hoje à noite. Um pássaro preto significa mentira, a menos que o pássaro preto *seja a própria* mentira. Quando se caminha através dos contos de fadas, deve-se obedecer às leis das fadas. Quando se caminha através de uma história de fantasmas, as leis góticas e vitorianas prevalecem. Nesse momento eu me esgueiro pela trilha tênue através de ambos, e os preceitos não são claros; para compreender vou ter de furar meus dedos nos espinhos das pequenas frutinhas verdes de *greenbrier*, e me retorcer em dor – como em uma pequena roda de fiar. Isso deve ter sido pior para Eva. Eu estava do lado de fora e olhava para dentro, e ela estava trancada na mentira que tinha me contado para si mesma para não enlouquecer como India Morgan Phelps ou a mãe.

Todos os meus telefones continuam tocando, mas eu sei que não devo atender. Sei o que verte através dos telefones. Sei que os *Messieurs* teriam me respondido, e sei que estes são filhos da puta mentirosos. Os mentirosos têm papel importante no fato de não reconhecermos uma mentira quando ouvimos uma. Mesmo quando, como um lobo perdido, estamos mentindo para nós mesmos.

Preparei um banho para a pobre, pobre Eva Lobo com água iodada da cor das latas de Coca-Cola direto de Scituate, portanto vem indiretamente do mar. Abalyn saiu para dar uma volta e fumar um cigarro, odiando o que eu havia feito, com medo, e nós odiamos o que nos assusta, o que nós não compreendemos, e ela não poderia compreender Eva mais do que ela poderia me compreender. Eu tomei cuidado para a água estar quente, para afastar o frio que percorria suas veias cristalinas, através de veias outrora imaculadas de calcita láctea de outro modo. Eu a ajudei a entrar na banheira, e ela se dobrou fácil como um leque japonês, toda joelhos e cotovelos e aquelas costelas de xilofone que apareciam debaixo da pele descolorida e suja. Me doía ver qualquer coisa faminta. Eu teria que aprender o que os lobos fantasmas comem. Usei o sabonete de menta de Abalyn para esfregar e limpar. Encontrei cortes, arranhões, ralados, vergões, resíduos e ramos embaralhados nos cabelos castanhos, retirei tudo isso e deixei que se purificasse como se eu tivesse usado sal e água benta. Eu fiz seu batismo com cloro e xampu. Mas ludibriando os farsantes, portanto nem os anjos no céu nem os demônios sob o mar podem sempre separar minha alma da alma do que sei que é a verdade. Nem mesmo Abalyn, por mais que saiba que eu ainda a amo.

É isso. Ou isso é tudo que me permito por enquanto. A história do lobo que gritou garota quando não havia ninguém além de mim para finalmente aparecer e ouvi-la com atenção. Era uma vez, e ela foi caçada e pregada a uma parede, e eu retirei as estacas de ferro frio da pele e um espinho da pata calejada e ensanguentada. Há mais, sim. Essa é uma conclusão decente. Mas eu tenho datilografado durante tantas horas que não posso contar, mas é um longo tempo porque o sol estava se pondo e agora está nascendo. Estou com sono. Não me lembro de ter ficado com metade desse sono. Mas aqui ele está, aqui estou eu, e posso ver, e isso desfaz as mentiras de Abalyn de que havia apenas sempre uma única Eva Canning.

Vá embora, corvo que bate na minha janela. Um traz apenas tristeza; são necessários ~~dos~~ dois para a alegria.

Não acho que não saiba disso. Não acho que não possa ver você ali. Antes de ir para a cama, vou fechar a janela com sete sementes de mostarda e sete tampas de garrafa e sete folhas de louro, e eu não vou nem ter de sonhar com você, Abalyn.

7/7/7/7
7/7
7
sete
7
7/7
7/7/7/7

A MENINA SUBMERSA
CAITLÍN R. KIERNAN

VIII

[BREVES CONVERSAS]

Mensagens telefônicas selecionadas, última semana de outubro de 2010 (ofertas de ajuda, vozes preocupadas ignoradas):

"Imp, sabe, [pausa] sei que isso é estranho: telefonar e tudo o mais. Sobretudo, depois da cena no estacionamento, na semana passada. Foi constrangedor e lamento por isso. Talvez não devesse ter dito o que disse. De qualquer forma, ei, [pausa] estou preocupada com você, Imp. Vamos conversar, ok. Acho que seria bom a gente poder conversar." — Abalyn Armitage

"India, quem fala é a recepcionista do consultório da dra. Ogilvy e estou ligando para te lembrar da consulta às 17 horas, depois de amanhã. Por favor, avise se não puder vir e precisar remarcar. Obrigada."

"Oi, Imp. Você não pode continuar a faltar ao trabalho assim. Não posso continuar a ignorar. Você nem se preocupou em ligar e avisar que estava doente e não posso continuar permitindo que você deslize. Você sabe disso. Você tem de me ligar assim que ouvir esta mensagem. Precisamos conversar." — Bill, ex-gerente do meu trabalho

"India, é a dra. Ogilvy. Você perdeu a consulta de ontem das 17 horas. Vamos ter de cobrar pela sessão, pois você não cancelou. Você nunca faltou sem nos avisar com antecedência, por isso estou um pouco preocupada, especialmente depois da última sessão. Telefone quando for conveniente."
— Dra. Magdalene Ogilvy

"É o Bill de novo. Deixei mensagens no seu celular e no telefone fixo, mas você não retornou a ligação. Não sei o que está acontecendo. Espero que você esteja bem, mas não tenho escolha a não ser dispensar você. Lamento de verdade. Você precisa saber que eu não queria que isso chegasse a esse ponto. Você sempre foi uma ótima funcionária. Mas não me deixa escolha. De qualquer forma, passe quando puder para pegar seu último cheque. Obrigado." — Bill (quarto telefonema em quatro dias)

"Imp, é a Abalyn de novo. Por favor, me liga." (segundo telefonema)

"India, é sua tia, Elaine. Recebi um telefonema esta manhã da sua psiquiatra. Ela diz que você perdeu a última consulta e nem se preocupou em telefonar. Isso não parece coisa sua e ela concordou. Ela está preocupada, e eu também. Me ligue, docinho. Para eu saber que você está bem."

"India, é a dra. Ogilvy novamente. Falei com sua tia ontem e ela disse que você não fala com ela há algumas semanas. Sei que você precisa de mais medicamentos para duas de suas prescrições. E, bem, você sempre foi tão boa em relação a entrar em contato quando tinha de remarcar. Telefone, por favor." (segundo telefonema)

"Abalyn de novo. Acho que deixei você zangada. Não vou telefonar de novo. Eu me sinto uma idiota por deixar todas essas mensagens. Eu realmente não queria chatear você naquele dia. Se você está zangada, provavelmente eu mereço isso. [longa pausa] Por isso, sim, não vou ligar de novo. Não suporto ser um estorvo para você. Mas ainda quero conversar. Me liga ou não me liga. De um jeito ou de outro, espero que você esteja bem. Não estou dizendo isso da boca para fora." (sexta mensagem)

"India, apenas um lembrete de que o cheque para o pagamento do aluguel venceu na semana passada. Apenas um lembrete. Odiaríamos ter de cobrar a multa por atraso."
— Felicia, a proprietária

"Docinho, ainda não tive notícias suas e faz dias que liguei. Se alguma coisa estiver errada, você precisa nos avisar. Conversei novamente com a dra. Ogilvy esta tarde. Ela disse que ainda não teve notícias suas e nós duas estamos preocupadas. Estou pensando em passar aí. Telefone." — Tia Elaine (segundo telefonema)

"India, por favor, atenda se você estiver aí. Conversei com sua tia novamente há cerca de uma hora. Se você estiver sem a medicação, temos de saber." — Dra. Ogilvy (terceiro telefonema)

"Ei, sei que eu disse que não ia voltar a ligar, mas tive um sonho muito fodido com você na noite passada." — Abalyn (sétima e última mensagem)

"India, sobre o aluguel..."

Parte de mim sempre pensou que ninguém se importaria muito se eu sumisse do mapa. Obviamente, eu estava enganada. As pessoas continuaram telefonando até a secretária eletrônica e o correio de voz ficarem cheios. Eu estava apenas semiconsciente do telefone que continuava tocando. Foi há duas semanas e meia. O Dia das Bruxas veio e passou; não tenho certeza nem se percebi. Agora estamos no meio de novembro e as árvores ao longo da Willow Street estão praticamente nuas. E, por falar nisso, a Willow Street não tem salgueiros. A Oak Street não tem carvalhos. Talvez um dia há muito tempo tenham tido. Como disse, muitas coisas em Providence têm nomes que não servem mais.

Em 26 de outubro, um dia depois de ter esbarrado com Abalyn do lado de fora do museu infantil, parei de tomar os remédios. Primeiro, apenas esqueci. Não sou ruim de memória em relação a esquecer, pois já faz tantos anos, eu e os remédios. Mas depois de um dia ou dois eu me dei conta de que não estava tomando porque não *queria* tomar. Estava ficando paranoica. Isso pode acontecer muito rapidamente e eu pensei... bem, está aqui nas coisas que escrevi durante a recaída. Meti na cabeça que os comprimidos estavam acabando com a minha memória. Depois de Abalyn dizer o que disse, entrei em pânico. Alguém me diz que não consigo me lembrar do que definitivamente eu me *lembro* e algumas vezes eu entro em pânico. Não estou acostumada a isso como frequentemente finjo. Enquanto finjo estar acostumada a isso, quero dizer. Às falsas lembranças. Isso não acontece há muito tempo, um retorno total ao pior que pode ficar. Estou tentando não me alongar no que poderia ter acontecido porque não aconteceu e nada de bom vem por chorar pelo leite derramado, certo?

De qualquer forma, aqui estou do outro lado, e envolvo as pessoas nesta merda, e perco meu emprego e me sinto uma idiota. Talvez fosse algo que eu tivesse de fazer. Volto a ler o que escrevi e não posso deixar de pensar que talvez fosse necessário, um gatilho para uma *coisa* que eu poderia nunca ter conduzido de outro modo. Mas ainda me sinto como uma pessoa não confiável por ter feito isso. Não gosto de assustar as pessoas que se importam comigo e agora estou sem emprego e devo 125 dólares de uma consulta perdida e não posso bancar isso ainda mais que o habitual porque Bill me despediu. Não o culpo, mas não tenho ideia do que vou fazer até conseguir arrumar outro trabalho. Rapidamente o dinheiro vai ficar apertado, com ou sem herança.

A dra. Ogilvy pediu desculpas, mas disse que não pode abrir uma exceção. O hospital é que estabelece as regras, não ela.

Finalmente, Abalyn parou de telefonar e veio ver o que estava errado. Alguém a deixou entrar em casa, embora não devessem fazer isso. Deixar pessoas que não moram mais aqui entrar. Talvez, seja lá quem fez isso, os estudantes universitários do andar de cima ou o matemático da Brown que mora no andar de baixo, talvez não soubessem que Abalyn havia se mudado. Ela diz que ficou parada do lado de fora da minha porta durante quase meia hora, depois usou a própria chave. Eu nunca pedi que a devolvesse e ela nunca sugeriu. Nenhuma de nós pensou nisso, imagino. Meu carro estava na entrada para carros e, embora ela soubesse que eu costumava caminhar e pegar o ônibus, bateu, bateu e aguardou, depois desistiu e usou a chave. Não vou me aborrecer com ela por causa disso. Sei o quanto seria escroto se eu ficasse. Aborrecida com ela por ela ter usado a chave. Ah, ela havia perdido a chave do edifício, mas não a do meu apartamento.

Abalyn entrou e me encontrou enfurnada no meu quarto. Eu havia trancado a porta, portanto essa era outra barricada pela qual ela tinha de passar. Não tenho certeza de quanto tempo eu havia ficado fechada ali dentro, horas ou dias. Não lembro e não tenho meio de descobrir. Isso não importa agora. Ela falou que eu estava chorando, que ela podia me ouvir chorando e conversando comigo mesma. Ela foi até a cozinha e pegou uma faca de manteiga, e conseguiu usá-la para arrombar a fechadura. Ela me encontrou vestindo apenas a calcinha e escondida em um canto ao lado da janela. Abalyn não me disse que eu estava me escondendo, mas acredito que devia estar. Os cantos sempre pareceram lugares seguros. Nada pode se esgueirar atrás de você em um canto, nem em um canto perto de uma janela. Ela me encontrou com as costas nas duas paredes, espremida em um canto, mas não vou entrar em detalhes. É embaraçoso demais o modo como ela me encontrou, o que eu estava fazendo, o estado no qual me encontrava. Mas eu estava desidratada. Não tinha comido, não sei, durante dias. Não tinha dado descarga na privada. De início, ela estava aborrecida, mas depois ela me abraçou e chorou. Não sei por quanto tempo, mas eu me lembro de dizer a ela para parar um bocado de vezes. Eu também bati nela. Tenho de admitir essa parte. Eu bati nela algumas vezes enquanto ela tentava me acalmar e descobrir o que estava acontecendo e deixei seu olho direito roxo. Queria que ela tivesse retribuído o soco, mas Abalyn não fez isso. Ela apenas abraçou meu eu histérico e sujo ali, no canto, até eu parar de surtar. Depois, ficou de pé ao lado da geladeira, em silêncio, calma, segurando um saco de ervilhas congeladas contra o rosto. Sempre que me lembro disso, dela parada ali, queria mais uma vez que ela tivesse batido de volta.

De qualquer forma, depois a cadeia de eventos foi algo mais ou menos assim: Abalyn telefonou para o número de emergência da dra. Ogilvy e a pessoa com quem falou disse para ela tentar me dar um pouco de Valium e chamar minha tia. Mas eu não queria tia

Elaine por perto e aparentemente impedi que Abalyn fizesse isso. Ela telefonou para tia Elaine, mas a convenceu a não aparecer no meu apartamento e fez com que ela concordasse em não vir desde que Abalyn a mantivesse informada. A clínica disse que se alguém pudesse ficar comigo e se eu não parecesse um perigo para mim nem para outra pessoa não seria necessário chamar uma ambulância (de novo, de novo). A dra. Ogilvy telefonou. Eu lhe disse algo, mas não sei de jeito nenhum *o que* eu disse. Abalyn concordou em ficar comigo e a dra. Ogilvy disse a ela para esperar 24 horas, depois voltar para o meu regime de medicamentos. Ela também disse a Abalyn para tentar descobrir quanto tempo se passara desde que eu havia parado de tomar meus remédios. Eu não conseguia lembrar ou apenas não estava disposta a contar a alguém (de volta à paranoia; eu não queria Abalyn nem outra pessoa perto de mim). O melhor que ela, Abalyn, foi capaz de fazer foi encontrar meu porta-comprimido, que guarda o equivalente a uma semana de comprimidos, de domingo a sábado, guardados nos próprios compartimentos de plástico separados: D, S, T, Q, Q, S, S. Havia o equivalente a seis dias na caixa, o que apenas lhe dizia que tinha havido um mínimo de seis dias. Ela sabia que poderia ter sido um pouco mais de tempo.

Abalyn telefonou para Margot, a nova namorada, e elas tiveram uma tremenda briga. Margot disse que nada disso – ou seja, eu – era responsabilidade de Abalyn e que eu estava sendo manipuladora. Elas brigaram um pouco mais e finalmente Abalyn disse para ela se foder, e agora ela não estão mais juntas. Então eu quase matei Abalyn de susto, dei um soco no olho dela e a fiz perder a namorada. Boa, Imp. Você é um doce de pessoa, é sim.

Ela fica aqui, pois não tem outro lugar para ir, e era o mínimo que eu podia fazer depois do que ela fez por mim e do que isso lhe havia custado. Ela apenas *fica* comigo; não está *morando* comigo. Dá para ver que está sendo difícil para ela. Tentamos ficar fora do caminho uma da outra. Você pode se importar profundamente com alguém, mas não ser capaz de viver com a pessoa, não com facilidade. Olho para Abalyn e vejo que isso é verdade; antes da recaída provavelmente eu não compreendia como era verdadeiro. Fiz uma piada sobre ela ser meu príncipe encantado, mas não teve graça e nenhuma de nós riu.

Não tem havido muito disso, risos, por aqui desde que ela me encontrou encolhida naquele canto do quarto. Eu moro em uma casa onde os moradores do andar de cima riem e os moradores do andar de baixo riem. Eu os ouço pelas tábuas do assoalho, as risadas descem e as risadas sobem.

Alguns dias depois de Abalyn me encontrar, eu estava comendo cereal Trix e assistindo aos desenhos, assim como nos velhos dias. Mas *Ren & Stimpy* e *Os Castores Pirados* não eram tão hilários quanto costumavam ser e o cereal tinha gosto de bolinhas de papel minúsculas com sabor de fruta. Na metade de um dos desenhos, eu disse que não queria ver mais, então Abalyn pegou o controle remoto e a TV ficou preta (claro, ela teve de trazer todas as coisas de volta para cá). Ela tem sido tão cooperativa, o que ajuda, mas isso também me faz sentir ainda mais envergonhada. Nós duas ficamos sentadas ali por alguns minutos, em silêncio, catando Trix seco, e o barulho da rua parecia mais alto que o normal. Os meninos mexicanos, os carros que passavam, os pássaros de outono. Abalyn falou primeiro e foi um alívio, dissipando aquela suspensão não-de-fato-silenciosa entre nós. Eu ainda diria que foi um alívio, mesmo considerando as coisas que nós duas dissemos depois.

— Eu li – disse ela, e eu balancei a cabeça. Eu dera a Abalyn as páginas que havia datilografado durante o meu surto de loucura e pedi que ela as lesse. Ela não queria, mas falei para ela que era importante.

— Obrigada – falei.

Ela perguntou:

— Ajudou? – E eu dei de ombros.

— Provavelmente é cedo demais para dizer, mas particularmente não acho. Acho que foi um começo e eu tinha de começar por algum lugar, mas ainda estou com medo. – Eu quase disse algo que a dra. Ogilvy teria dito, como "Ainda há um grau elevado de dissonância cognitiva", mas, infelizmente, reconsiderei e, em vez disso, disse o que disse.

— Mas foi um começo – observou ela, e percebi que ela estava tirando todo o Trix amarelo-limão da tigela e o alinhando em fila única à sua frente no assoalho. Isso me lembrou de algo que eu faria.

Não posso deixar de sentir que nada disso teria acontecido se apenas eu tivesse tido um pouco mais de tato naquele dia.

— Você não deveria ter de pisar em ovos perto de mim – falei para ela. Era algo que eu teria dito antes. — Não espero que você me paparique.

— Ainda assim... – disse ela, e sua voz sumiu.

— Você nem sabia que eu tinha duas versões de Eva na minha mente, Abalyn. Não havia meio de você saber, não se apenas uma delas realmente aconteceu.

Ela catou outro Trix amarelo da tigela e o enfileirou com os outros.

— Você acredita nisso agora?

Ela queria que eu dissesse que sim, que acreditava. Mas ela havia sido boa demais pra mim e merecia mais que uma mentira. Por isso falei:

— Não, mas estou trabalhando nisso. Quero dizer, vou ver a dra. Ogilvy daqui a alguns dias... e estou trabalhando nisso. Sei que alguma coisa está errada agora e isso já é um começo. Sei que alguma coisa está errada na minha cabeça.

— Você é uma garota valente, Imp. Juro que não poderia viver com essas merdas. Você é mais forte que eu.

— Não. Não sou. Apenas me acostumei. Nunca foi de outro jeito. Não de verdade. Além disso, você passou por tanto quanto. Não posso imaginar ter a coragem de fazer o que você fez. - Eu estava me referindo sobre sair do armário e à cirurgia de redesignação, mas ela sabia isso sem que eu tivesse de mencionar tudo. — As pessoas fazem o que têm de fazer. É apenas isso.

— Ouça-nos – disse ela, e ela quase sorriu. — A Sociedade Autocomplacente de Admiração Mútua de Imp e Abalyn.

Sorri, mas não tentei dar risadas.

Depois Abalyn falou:

— Talvez se você escrevesse. Não do modo como você escreveu quando estava doente. Quero dizer, se você escrevesse como um dos seus contos.

— Não sou escritora. Sou pintora.

— Eu sei disso. Apenas estou dizendo que talvez ajudasse.

— Eu não escrevo uma história há muito tempo.

— Imagino que seja como andar de bicicleta – disse ela, depois pegou um dos Trix amarelo-limão e comeu.
— É estranho o bastante que você tenha lido o que já leu.
— Foi ideia sua – lembrou ela.
— Eu sei, mas isso não a torna menos estranha.
— Sabe que parte me surpreendeu mais? As linhas sobre a Dália Negra. Essa é a parte que realmente me prendeu mais. E também me sinto responsável por isso. Ver a exposição de Perrault foi minha ideia.
— Então isso realmente aconteceu?
— A menos que nós duas estejamos loucas. Vai saber, minha mãe e meu pai diriam a você que sou doida da porra.
— Sua mãe e seu pai não conhecem você – falei para ela e fiz um esforço para não pensar em ser desprezada pelos próprios pais. Em silêncio, desejei que Abalyn pudesse ter tido uma mãe como Rosemary Anne e uma avó como Caroline. Se eu tivesse dito a Rosemary que era um garoto e não uma garota, tenho certeza de que ela teria ficado, sobretudo, fascinada. Talvez também tivesse ficado preocupada pelo modo como o mundo trata pessoas trans, mas, sobretudo, fascinada. Seria capaz de chegar ao ponto de insistir que era maravilhoso.
— De qualquer forma, sim. Fomos à exposição de Perrault e havia aquela escultura da Dália Negra. Nunca vou esquecer como ela te perturbou.
— Não deveria ter perturbado. Eu exagerei.
— Era sinistra pra caralho. E é pior ainda se você parar para considerar que ele tinha que olhar para ela todos os dias por quem sabe quanto tempo levou para finalizar. Meses, talvez. Meses voltando ao mesmo tema grotesco, dia após dia, e toda a pesquisa que ele deve ter tido de fazer. Eu li que havia um tipo de grupo feminista de direitos das vítimas na Califórnia que tentou proibir a exposição por causa daquela escultura. Nossa, quase consigo entender o lado delas.
— Não defendo a censura – falei —, por mais horrível que seja a arte.
Abalyn franziu a testa e fitou um Trix amarelo-limão entre o polegar e o dedo indicador, apenas a meio caminho da boca.

— Você sabe que não sou a favor de censurar a arte, Imp. Apenas estava dizendo que posso ver como aquela escultura pôde despertar uma reação tão forte.

Estávamos falando sobre *Fases 1-5*, claro, o grotesco cata-vento que Perrault criou usando moldes e taxidermia para representar Elizabeth Short transformando-se em um lobisomem. A última peça que tínhamos visto antes que eu não conseguisse mais suportar ver alguma coisa e nós deixássemos a galeria.

— Se escrever uma história ajudaria você a superar aquela segunda Eva da qual você se lembra, talvez ajudasse – disse ela. — Estou aqui para ajudar, sabe. Se você quiser que eu ajude. Não quero parecer presunçosa.

— Eu sei.

— E tenho certeza de que a dra. Ogilvy ajudaria.

Disse a Abalyn que nunca havia falado à dra. Ogilvy sobre Eva Canning e ela pareceu meio confusa.

— Imp, não importa o que realmente aconteceu com ela, você não acha que é algo importante para não contar à psiquiatra? Não é para isso que você paga?

— Não acho que ela acredite em fantasmas. E certamente não acredita em lobisomens nem em sereias.

— Será que importa em que ela acredita? Você tem de imaginar que ela já ouviu coisas mais estranhas que isso.

Falei a Abalyn que duvidava seriamente disso.

— Ok, mas qual é a pior coisa que ela pode fazer? Internar você? Pelo que eu vi e pelo que você me contou, acho que, se ela fosse tentar fazer isso, já teria feito.

Eu queria dizer por favor, vamos parar de falar sobre isso. Possivelmente eu estava ficando zangada e possivelmente queria dizer para Abalyn que ela simplesmente não *entendia*. Que há pessoas loucas e que há pessoas loucas que acreditam em sereias, lobisomens, unicórnios e fadas e outras merdas. Mas eu não. Sem dúvida, ela havia conquistado o direito de falar o que pensava. Eu ficaria no hospital ou pior, se ela não tivesse me encontrado quando encontrou. Se ela não tivesse se importado o suficiente para me procurar e então se importado o suficiente para ficar por aqui. E, de qualquer forma, bem no íntimo, eu sabia que provavelmente ela não estava errada sobre a dra. Ogilvy.

— Ok – falei.
— Ok o quê?
— Ok, vou falar com ela. Vou tentar considerar escrever uma história.
— E estou aqui se você precisar de mim.
— Porque você não tem outro lugar para ir.
— Jesus Cristo, Imp. Não, não é porque eu não tenho outra porra de lugar para ir.
— Ora, você não tem, tem?

Ela não me respondeu. A conversa termina aqui. Abalyn balançou a cabeça e suspirou, depois pegou a tigela de cereal e a caixa de Trix, ficou de pé e foi para a cozinha. Sentei-me no assoalho diante da televisão vazia e tentei imaginar o que eu ia dizer para a minha psiquiatra, caso fosse mesmo fazer isso. *Como* eu diria o que Abalyn achava que eu deveria dizer, porque percebi que não era tanto sobre *o que* Eva era, mas sobre encontrar as palavras certas.

Não conversamos muito durante o restante daquele dia. Tia Elaine telefonou uma hora depois de escurecer, e eu pintei um quadro até ficar cansada o suficiente para tentar dormir.

Estou empilhando contradição sobre contradição, construindo para mim um castelo de cartas ou uma arapuca com galhos recolhidos. Eu disse à Abalyn que nunca tinha contado à minha psiquiatra sobre Eva Canning, mas isso não é verdade. Basta voltar às páginas 115 e 166, onde escrevi: "Não contei que estou escrevendo todas essas coisas, embora nós [Ogilvy e eu] tenhamos conversado algumas vezes sobre Eva Canning: a Eva de julho e a Eva de novembro, assim como falamos sobre Phillip George Saltonstall e *A Menina Submersa* (a pintura e o folclore) e "A Pequena Sereia". Assim como conversamos sobre Albert Perrault e *O Voyeur da Destruição Absoluta (em Retrospecto)* e "Chapeuzinho Vermelho".

Quando contei à Abalyn que escondia isso da dra. Ogilvy, eu estava enganada ou apenas havia mentido? Por que eu teria mentido? Será que era uma lembrança incorreta? Além disso, eu escrevi que Abalyn me disse que ela e eu fomos à exposição juntas, mas não fomos. Minha amiga Ellen, do sebo de livros, me chamou para ir, não Abalyn, e isso foi no fim de setembro, depois que Abalyn diz que já havia ido embora.

Estou tentando não mentir.
Estou mentindo.
Eu lhe digo isso, India Morgan Phelps, filha de Rosemary Anne e neta de Caroline, você nem imagina os próprios motivos. Você ofusca, nega e torce a falsidade (consciente ou inconscientemente) e não sabe dizer o porquê. É loucura, e isso *tudo* é loucura. Não, é pior que isso. Estou começando a perder o fio da minha história de fantasmas. Não estou mais nem certa de que é uma história de fantasmas e, se não for, não sei o que mais poderia ser. Ou como proceder.

———

Estou reservando as perguntas que fiz da última vez em que me sentei diante da máquina de escrever da minha avó. Não porque sejam perguntas inválidas, mas porque... Porque. Talvez elas tenham sido respondidas – esse é o porquê. Decido supor que isso é verdade.

Ontem vi a dra. Ogilvy pela primeira vez desde o episódio, e quero escrever sobre isso hoje à tarde, sobre vê-la, sobre o que eu disse e o que ela disse. Mas acordei hoje de manhã com dor de cabeça e apenas ficou pior. Meu coquetel costumeiro de Excedrin com aspirina não ajudou. Tem uma estaca no meu olho esquerdo e gremlins que correm ao redor do meu crânio e batem em tachos e panelas. Goblins cranianos. Abalyn tem um frasco de codeína que um amigo deu para ela e me oferece um comprimido. Mas não quero tomar a prescrição de outra pessoa (evidentemente, Abalyn não tem tais escrúpulos), por isso não disse "obrigada", e sim "não, obrigada". Abalyn se ofereceu para procurar na internet alguma informação sobre a possibilidade de interações negativas, mas eu não confio em informações sobre medicamentos postadas na internet; como saber se quem escreveu sabe sobre o que está escrevendo?

A dra. Ogilvy tem cinquenta e tantos anos, provavelmente falta pouco para sessenta. Nunca perguntei a idade dela, mas sempre fui muito boa em adivinhar a idade das pessoas. Os cabelos são compridos, ela os usa puxados para trás num rabo de cavalo. Quando está sem o rabo de cavalo fica visível, meio frisado ou cacheado. É praticamente todo grisalho, a não ser por algumas mechas teimosas castanhas. Essas mechas não são frisadas. Seus olhos são generosos e alertas. São cor de mel, mais próximos de cor de mel esverdeados que de cor de mel castanhos. Há rugas finas ao redor dos olhos generosos, alertas, cor de mel esverdeados. Ela sorri bastante, mas é um esboço de sorriso que não mostra os dentes. Ela não sorri de orelha a orelha e isso é bom porque me irrita quando as pessoas sorriem de orelha a orelha. As unhas dela costumam estar pintadas.

Já mencionei todos os insetos no consultório dela, certo? E como ela quase estudou entomologia na faculdade? Bem, o escritório dela tem as paredes pintadas de vermelho-escuro, o que é mais reconfortante do que a maioria das pessoas poderia imaginar. Vermelho-escuro, mas não marrom. No marrom, tem um pouco de roxo e não tem nada de roxo nas paredes do consultório. Da primeira ou segunda vez que a vi, perguntei a respeito dos insetos nas molduras e ela me falou sobre um monte deles. Muitos, muitos besouros, e ela disse que os besouros eram realmente seus favoritos. Ela chamou a paixão pelos besouros de "coleopterologia vocacional". E a coleopterologia (kō-lē-op-ter-ologia) é o ramo da entomologia que estuda os besouros. Ela disse que vinte e cinco por cento de todas as espécies na Terra são besouros.

— Se Deus existe – disse ela –, Ele tem uma adoração excessiva por besouros. – Ela me disse que estava parafraseando um biólogo britânico chamado Haldane.

Ela se orgulhava, sobretudo, de um besouro preto e branco gigante, de 11 centímetros, chamado besouro-golias (*Goliathus goliatus*), que ela havia recolhido pessoalmente em uma viagem a Camarões, que fica no oeste da África.

— Não era um local seguro para se ir – explicou ela. — E é ainda menos seguro agora. Provavelmente seria melhor para você nunca visitar Camarões. É um belo país com um belo povo – e belos besouros –, mas com agitação social demais. Não vá para Camarões, Imp.

Eu respondi que era improvável que eu fosse, que eu nunca seria capaz de bancar nem se eu quisesse ir. Depois ela me mostrou dezenas de borboletas e um louva-a-deus que parecia uma folha.

— Eu não recolhi a maioria deles – disse ela. — Há uma loja em Nova York, Maxilla and Mandible, na Columbus, bem na esquina do Museu Americano de História Natural, onde eu compro muitos deles. Eu perguntei por que ela não tinha aranhas nas paredes e a dra. Ogilvy me lembrou que aranhas não são insetos, são aracnídeos, como os escorpiões e os carrapatos. — Não coleciono aracnídeos – falou.
— Bem, você tem um monte de insetos.
— Isso não é nada. Você devia ver a minha casa.
Não deveria estar escrevendo sobre os insetos da dra. Ogilvy, portanto estou adiando.
"É o que você faz", datilografou Imp. "Você procrastina, assim fica mais fácil. Se você esperar por tempo suficiente, vai ser como uma brisa."
Não vai ser. Nunca. Será um furacão.
Depois da sessão de ontem, o que eu "sei" é isto. Andei conversando com Magdalene Ogilvy sobre Eva Canning intermitentemente desde dezembro de 2008 – portanto, nos últimos 22 meses. É isso que os registros indicam, o que seria muito depois da Eva de julho e durante a Eva de novembro (a quem, cada vez mais, eu começara a dispensar como... Bem, voltarei a isso). A dra. Ogilvy tinha conhecimento de que eu havia lutado contra o paradoxo das duas Evas e de Abalyn me deixando duas vezes. Ela me mostrou as anotações para provar. É um maço grosso de anotações. Será que ela acredita em fantasmas, lobisomens e/ou sereias? Ela disse que isso não era importante e suponho que entendo o ponto de vista dela.
No entanto, ela não sabia que andava escrevendo este manuscrito. Ficou surpresa ao saber disso, dava para ver, embora eu ache que ela fez um tremendo esforço para não *aparentar* surpresa. A primeira coisa que fiz ontem foi mostrar a ela o que eu considero as "sete páginas", o que escrevi durante o episódio. Ela me perguntou se eu me importava que ela lesse em voz alta e respondi que não (o que definitivamente não era verdade). Quando ela terminou, eu estava praticamente tremendo e queria ir embora.
— É muito poderoso – disse ela. — É quase como um sortilégio.
— Um sortilégio contra o quê?
— Depende – disse ela. — Os seus fantasmas e talvez a sua doença. A anomalia contra a qual você vem lutando há tanto tempo.

As contradições. Mas também pode ser lido como uma declaração. É algo ousado o que você botou no papel. Obviamente não deveria ter parado a medicação, mas... – E ela se interrompeu. Eu tinha certeza de que sabia como ela terminaria a frase.

— Você acredita que esses eventos aconteceram? – perguntou ela, e bateu levemente nas folhas. — Como você escreveu?

Hesitei um instante, depois falei:

— Não. Eu surtei e andei martelando sobre o que Abalyn falou: a existência de outra Eva. Eu estava me agarrando a... Não sei. Não posso ver como, se eu por alguma razão inventei a segunda Eva, poderia ter sido um tipo de consolo.

— Então, talvez essa seja a pergunta para a qual nós temos que encontrar a resposta. – Depois ela se corrigiu: — Não. A pergunta que *você* precisa responder sozinha, Imp. – E ela mencionou aquela citação de Joseph Campbell que anotei antes (ou será que anotei?), sobre ser permitido "enlouquecer" e voltar a encontrar o próprio caminho. — Esta é a sua jornada e, se um dia vai deixar você descansar, acredito que seja um problema que você deveria tentar resolver por si mesma. Estou aqui, claro, se você precisar de mim. Posso ser uma guia, talvez, mas parece que você está começando a juntar as peças. Acho que Abalyn está ajudando.

— Ela quer que eu escreva uma história. Sobre a segunda parte, sobre Albert Perrault e a exposição e tal.

— Você acha que consegue?

Nós já havíamos conversado sobre a exposição de Perrault e como ela se encaixava ou não na minha cronologia confusa dos eventos entre o fim de junho e o inverno de 2008-2009. Julho e novembro e por aí vai. Eu contei a ela que Abalyn disse que não tinha ido comigo à exposição, mas que eu tinha certeza de que não tinha ido sozinha. Eu não ousaria ir só.

— É onde quero começar – disse a dra. Ogilvy. — Onde quero que você comece. – E ela baixou os olhos para a pasta grossa que estava aberta no colo dela. — Há uma razão para você ter inventado a segunda história, supondo que você inventou a segunda história e, mais que qualquer coisa, você tem de saber por que fez isso.

— Não sei o porquê.

— Eu sei, mas acho que você pode descobrir. Ou redescobrir o porquê. Está aí, em alguma parte da sua mente. Você não a perdeu, mesmo se a tiver reprimido. Simplesmente ocultou-a de si mesma. Talvez você esteja tentando se proteger de alguma coisa.

— Pior que duas Evas, duas sereias e lobisomens? – perguntei, sem fazer muito esforço para disfarçar meu ceticismo.

— Essa é a sua pergunta – disse ela. — Não a minha. Mas eu tenho um exercício que gostaria que você tentasse. Eu gostaria que você fizesse uma lista para mim. Gostaria que você listasse as coisas que está começando a acreditar que são falsas, que você anteriormente pensou que eram parte da verdade. (Ela queria dizer *factual*, não *verdade*, mas eu não a corrigi.)

— Sobre Eva Canning – falei.

— Sim. Sobre ela e esses eventos que parecem associados a ela. Você está pronta para isso?

— Sim – respondi, embora não tivesse certeza se estava.

Ela me entregou um bloco amarelo e um lápis (número dois, hexagonal em seção transversal, Palomino Blackwing, grafite de alta qualidade), e falou que me deixaria sozinha enquanto eu escrevia a minha lista.

— Vou estar bem aqui fora no corredor. Basta me avisar quando acabar. – E foi isso que escrevi (ela fez uma cópia para si, depois me deixou levar o original para casa):

1. Eva Canning apenas veio até mim uma vez.
2. Foi em julho que eu a conheci, não em novembro.
3. Abalyn me deixou no início de agosto.
4. Pode ser impossível para mim estabelecer uma cronologia/narrativa rigorosamente precisa desses acontecimentos.
5. Havia uma sereia. Não havia um lobo.
6. Abalyn não foi comigo à exposição de Perrault. Ellen foi. E isso foi depois que Abalyn me deixou.
7. Eu criei o lobo/a segunda Eva/a exposição de Perrault como um mecanismo de defesa contra os eventos da Eva de julho.
8. Havia somente uma Eva Canning.

E então eu me levantei e abri a porta e vi a dra. Ogilvy ali fora, conversando com uma enfermeira. Ela voltou e eu voltei a me sentar. Ela se sentou e leu minha lista duas ou três vezes.

— Esta última – falou ela. — Quero me concentrar nesta antes de você ir embora – e ela fitou o relógio. Eu tinha cinco minutos até o tempo acabar.

— Ok – falei e peguei a minha sacola de pano sem forma, uma das bolsas velhas de Rosemary, e segurei-a no meu colo. Segurar a sacola fazia eu me sentir segura e, além disso, não queria esquecer a bolsa.

— Isso é admitir muita coisa – disse a dra. Ogilvy. — E mostra uma quantidade considerável de compreensão do que pode ter acontecido a você. – Ela parecia esperar que eu falasse alguma coisa, mas eu não falei.

— Por que, Imp, você desconfia que precisou de um mecanismo de defesa ou estratégia para enfrentar a Eva de julho?

— Não é óbvio?

— Talvez, mas gostaria de ouvir você dizer isso.

Eu olhei para ela durante um minuto. Acho que ela falava literalmente. Eu a fitei por um minuto inteiro. É provável que ela tenha visto relutância e inquietação nos meus olhos.

— Sereias – falei – cantam para você se afogar ou cantam para você naufragar. Elas cantam e, se você estiver ouvindo suas canções, impelem você a fazer coisas que, de outro modo, você não faria. Elas manipulam você para os próprios fins. Eu odeio a ideia de ser manipulada. Mas o lobo, o lobo era impotente e era apenas um fantasma que precisava de mim para lembrar que era um lobo, para que ele também pudesse lembrar que era um lobo.

Ela abriu um sorriso maior do que o normal e eu baixei os olhos para a sacola.

— O que você acha que a Eva de julho fez você fazer, Imp?

— Não posso dizer isso. Mais tarde, talvez, mas não agora. Não me pergunte sobre isso de novo, por favor.

— Desculpe. Não queria forçá-la.

E então mencionei que o tempo havia acabado e ela mexeu no computador, marcou a próxima consulta e escreveu a receita para os meus medicamentos, anotando naquela linguagem secreta que apenas os médicos e os farmacêuticos conseguem decifrar.

— Pense no número sete – disse ela, pouco antes de eu sair. — Apenas pense nele. (7/7/7)

— Penso muito nele – retruquei. Estava chovendo quando saí. A chuva caindo nos montinhos de neve suja era feia, por isso, em vez de olhar para eles, olhei para o céu.

No ônibus para casa, havia uma portuguesa idosa com dentaduras que não lhe serviam e uma verruga imensa entre os olhos. Havia três pelos grossos crescendo na verruga e, apesar do frio, ela usava chinelos amarelo-limão e uma camiseta. Ela era como eu, não era lúcida, mas eu não acho que ela tomava alguma medicação. Ela estava sentada à minha frente e conversava consigo mesma e irritava os outros passageiros, que a olhavam de cara feia.

— A senhora está com frio? – perguntei a ela. Ela pareceu assustada com o fato de alguém decidir conversar com ela.

— Todos estão nesta época do ano, não é?

— A senhora deveria vestir um casaco. E sapatos melhores.

— Eu deveria – concordou ela. — Mas, sabe, sapatos e casacos escondem demais a pele.

— A senhora precisa ver sua pele?

— Você não precisa?

— Nunca pensei nisso. – Eu perguntei o nome dela e ela me fitou com olhos semicerrados, como se tentasse descobrir algum motivo ulterior desonesto para eu ter perguntado.

— Teodora – disse ela. — Quando eu tinha um nome, era Teodora. Mas um dia ele foi embora quando eu me esqueci de vigiar a minha pele. Agora não sei. Mas um dia foi Teodora.

— Meu nome é India – falei para ela, e ela riu, o que fez as dentaduras frouxas se deslocarem um pouco.

— É um nome estranho, mocinha.

— Minha mãe me deu por causa de *E o Vento Levou*. É um livro e nele há uma mulher que se chama India Wilkes.

— É um livro – repetiu ela. Depois, acrescentou: — É o seu nome. Você é um livro. – E durante algum tempo olhou para as vitrines das lojas ao longo de Westminster pela janela.

— Lamento se a incomodei – falei.

Ela deu um suspiro e não tirou os olhos da janela.

— Você não me incomodou, India Wilkes. Mas vigie a sua pele. Não use tantas roupas. Ninguém mais sabe vigiar a própria pele. Olhe para eles. Ninguém neste ônibus vigia a própria pele, por isso ela valsa à noite. Você tem de vigiar a pele ou ela sai por aí.

Eu lhe dei cinco dólares, embora ela não tenha me pedido. Ela amassou a nota na mão esquerda, que não estava limpa. Ela não parecia ter tomado banho recentemente.

— Vou vigiar minha pele com mais atenção – tranquilizei-a. — Você tem de se aquecer e comer alguma coisa.

Ela não respondeu e eu desci na parada seguinte. O motorista do ônibus quis saber se Teodora tinha me importunado ou pedido esmolas.

— Não – respondi. — Apenas estávamos conversando. – Então ele olhou para mim com um ar engraçado.

— Se você está dizendo – concluiu.

Em casa, na Willow Street, Abalyn estava sentada com as pernas cruzadas no chão diante da televisão e jogava um jogo chamado *Fallout: New Vegas*. Eu apenas sabia o nome porque ela havia me contado na noite anterior. Ela estava jogando com um personagem que se chamava Courier que perambulava em um pós-apocalíptico deserto de Mojave e tentava encontrar um pacote perdido que continha uma ficha de pôquer de platina. Nada disso fazia muito sentido para mim. Eu disse a ela que ia escrever a história e que ficaria no quarto azul com prateleiras demais.

— Você quer que eu a lembre do jantar? – perguntou ela. Eu falei que se ficasse com fome – e provavelmente eu sabia que não ficaria – sairia e acharia algo para comer. Mas agradeci pela oferta, de qualquer forma.

E assim escrevi minha história sobre a Eva de novembro que não encontrei na Estrada Valentine, mas ela saiu mais como uma história sobre Perrault e Elizabeth Short. Saiu como precisava sair. Como eu não conseguia recitar fatos falsos, consegui recitar a verdade. Eu temia que a dra. Ogilvy pudesse perguntar sobre a utilidade de uma história sobre o lobo que apenas indiretamente era a minha história do lobo. Mas ela não perguntou, nem mesmo quando sugeri que eu apenas tinha colocado uma caixa dentro da outra, que tudo que eu havia realizado era a criação de uma ficção para conter outra ficção.

— Se a ficção tiver sido contida – retrucou ela –, então você ganhou o controle sobre isso. — E eu não discuti com ela. Levei cinco dias (e noites) para escrever "O Sorriso do Lobisomem" e nunca vou tentar vender para uma revista. O conto não pertence a ninguém, só a mim.

O Sorriso do Lobisomem
de INDIA MORGAN PHELPS

Não sei se é verdade que Eva transou com Perrault. Provavelmente é. Sei que ela transou com um número grande de homens – homens e outras mulheres – naquelas noites em que fugiu de mim, envolta em uma membrana de fumaça de cigarro, perfume e ilusão indiferente. Ela ria sempre que alguém ousava chamá-la de poliamorosa. A não ser, claro, quando estava em um dia ruim, e então ela podia fazer algo pior que rir. Eu nunca a chamei de poliamorosa, porque sabia que ela nunca *havia amado* nenhum deles, não mais do que me amou. Não havia *amour* nesses encontros. "Eu trepo por aí", ela diria, ou algo assim. "Não precisa de uma palavra grega chique pra caralho para isso, nem uma porra de uma bandeira na parada gay. Sou imoral. Transo com quem eu quiser." Depois, ela perguntaria: "O que me fez imaginar, Inverno, é por que você *não*". Ela quase nunca usava meu nome verdadeiro e eu nunca perguntei por que ela começara a me chamar de Inverno. No fim das contas, nós nos encontramos em julho. Em um dia muito quente de julho. Mas, sem dúvida, ela poderia ter dormido com Albert Perrault. Ela gostaria de se chamar de discípula dele. Eu a ouvi se chamar assim em mais de uma ocasião. Ela sonhava que, por alguma razão, ele a favorecia. Favorecia além dos lençóis, eu quero dizer. Isso a agradava, imaginar-se como mais que uma simples aluna dele, como se embora ele fosse um tipo de profeta profano, a própria *bête noire* que veio para conduzi-la a locais nos quais ela havia passado a vida apenas imaginando e nunca ousando sonhar o que ela poderia avistar um dia. Ela supôs – a partir das pinturas, a partir do *que* ele pintou — *ele* havia avistado, a partir das pinturas dele, do *que* ele pintava. Ela supôs que ele tinha algo a mostrar para alguém *além* das pinturas. Eva supôs um monte de coisas. Mas não me pergunte o que ele realmente pensava dela. Eu mal falava com ele, e, quando falava, era rapidamente, e nunca era mais que o tipo mais superficial de conversa. Nossos diálogos eram apressados, indiferentes, descuidados, embora nunca fossem exatamente embaraçosos. Não sei o que ele pensou dela como artista ou como amante ou se derivou alguma satisfação da minha suspeita sobre os dois. Algumas vezes eu queria adverti-lo (com frequência eu queria advertir as outras pessoas sobre Eva), mas nunca tive coragem ou nunca tive o coração e, além disso, isso provavelmente teria sido como avisar a Herodes sobre Salomé. E, provavelmente, eu apenas teria conseguido parecer ciumenta, a terceira, de olhos verdes e contrariada, em um ménage à trois desconectado, que tenta estragar tudo. Posso ver como meus sentimentos por Eva poderiam ser mal-interpretados. Mas eu *não* a odeio. Eu a amo e amei desde o dia quente em que nos conhecemos em julho, há quase cinco anos, e eu sei que é por isso que estou condenada. Porque não posso me afastar. Sou incapaz de me afastar. Mesmo depois de todos os amantes dela, depois de Perrault e de Dália, e de todas as coisas que ela fez e disse, das coisas horríveis que vi por causa dela, de toda aquela merda que vai ficar na minha cabeça para todo o sempre. Eu ainda a amo. Parece que não tenho escolha na questão, porque, sem dúvida, eu *tentei* odiar Eva. Mas descobri que tentar não a amar é como alguém tentar não amar a si próprio, pensando, por exemplo, que eu poderia simplesmente pôr uma ferida gangrenosa de volta à carne rosada e saudável por desejo. Você corta a necrose ou morre, e me falta simplesmente não importa qual seja a determinação fundamental necessária para arrancar Eva de *mim*. E me pergunto agora se um dia ela já teve essas ideias, a meu respeito ou a respeito de Albert Perrault. Eu a moldo com o que tenho, e como ela mesma diz ser, um vetor da peste de boa vontade, mas talvez Eva também fosse apenas um dos infectados. Ela pode muito bem não ter sido uma Maria Tifoide[1] da mente e da alma. Não posso saber ao certo, de um modo ou de outro, e eu estou cansada de especulação. Portanto, é melhor eu restringir essas divagações ao que, pelo menos, *acredito* saber do que ficar especulando, não é? E, quando eu me sentei para escrever sobre ela e Perrault, tinha em mente a Dália, em particular, não todas essas inúteis (e, em geral, abstratas) perguntas sobre o amor, a fidelidade e as intenções. Como posso fingir ter sabido das intenções de Eva? Ela chamou a si mesma de mentirosa com tanta frequência quanto se chamava de imoral e

---

[1] Termo usado para designar pessoas aparentemente saudáveis capazes de transmitir doenças.

vadia. Ela era a personificação humana do *pseudomenon*, uma encarnação consciente e animada do paradoxo do mentiroso.

— Oh, Inverno, tudo que já lhe disse ou que lhe direi é mentira, mas *isto*, *isto* é verdade.

Agora, lide com isso. E não estou falando em metáforas nem paráfrases. E aqui eu não tenho de me basear numa lembrança inevitavelmente enganosa porque, quando ela disse essas mesmas palavras, eu fiquei tão confusa, tão magoada com a audácia que, menos de uma hora depois, anotei isso no Moleskine preto que Eva me deu por ocasião do meu trigésimo quinto aniversário. *Foi* isso o que ela disse. E eu me sento muito ereta e ouço com atenção porque como poderia me recusar a ouvir com atenção a única verdade dita por uma mulher que nunca se permitiu falar uma única verdade? Eu me sentei no chão do meu apartamento (nunca pensei nele como *nosso* apartamento) e ouvi com atenção. "Isso me assustou um bocado", disse ela, "e eu nunca vi nada tão bonito." Isso, suponho, foi a única coisa verdadeira dela, que, por força das circunstâncias, também tem de ser falsa. Mas ela continuou por algum tempo depois e eu me sentei debaixo da janela, não *sem* ouvir. Havia um CD dos Smiths no aparelho de som, deixado no *repeat*, e acho que o disco tocou duas vezes inteiro antes que ela acabasse de descrever para mim os planos de Perrault para a nova instalação. "O paralelo é óbvio, claro, ele reconheceu isso desde o começo. *Le Petite Chaperon Rouge*, 'Chapeuzinho Vermelho', *Rotkäppchen* etc. O gênio não está em ter feito a associação, mas na execução. O efeito cumulativo dos elementos reunidos, tanto nas pinturas e nas reproduções dos diversos artefatos relacionados ao assassinato de Elizabeth Short." Eva riu de mim quando falei para ela que tudo isso soava pretensioso e indizivelmente mórbido. Ela riu alto e me lembrou dos jogos que jogávamos, das cenas além da conta. "Eu sei, Inverno, você gosta de fingir que seu coração não é tão podre quanto o meu, mas tente não ser uma grande hipócrita em relação a isso." E há nosso adorável paradoxo mais uma vez porque ela está absolutamente certa, claro. Não me recordo de voltar a interrompê-la naquela noite. Não consigo nem me lembrar de *qual* CD dos Smiths estava tocando. Nem de uma única canção. "Você sabe", disse ela, "antes de o apelido de 'Dália Negra' grudar, os jornais em Los Angeles chamavam de 'assassinato do lobisomem'." Ela ficou em silêncio por um momento, apenas olhando para mim, e percebi que eu havia perdido a deixa, que quase tinha esquecido a minha fala. "Por quê?", perguntei atrasada. "Por que eles chamaram assim?" Ela acendeu um cigarro e soprou a fumaça na direção do teto alto e branco. Ela deu de ombros. "Albert tentou descobrir, mas ninguém parece saber. Na época, os jornalistas de Los Angeles estavam sempre aparecendo com esses nomes escabrosos para os assassinatos. Muitas vezes, tinham a ver com flores. O Assassinato da Gardênia Branca, O Assassinato do Hibisco Vermelho etc. Ele acredita que a coisa do lobisomem teve algo a ver com o sorriso que o assassino entalhou no rosto dela, praticamente de orelha a orelha. Que, de alguma forma, isso fez Short se *parecer* com um lobo. Mas isso ainda não faz muito sentido para mim. Eu imaginei que os jornalistas se referiam ao assassino como o lobisomem, não à vítima." Essa foi a única vez que ouvi Eva discordar de Perrault. Ela deu de ombros mais uma vez e deu outra tragada no cigarro. De um jeito ou de outro, é um grande ângulo e ele pretende tirar o máximo proveito disso. Ele não me disse exatamente como, não exatamente, não ainda. Mas eu sei que andou conversando com um taxidermista. Um cara com quem ele trabalhou antes. E ela continuou assim, e eu me sentei e ouvi com atenção. "É muito emocionante", prosseguiu Eva, "vê-lo ramificar-se, explorar outras mídias. Ele fez aquela coisa com as pedras no ano passado em Nova York, as pedras dentro das jaulas. Foi isso, na verdade, que o fez se mover naquela direção. É isso o que ele diz. Ah, e eu não te contei. Ele atendeu um telefonema de alguém em Hollywood na semana passada. Não vai dizer quem, mas é alguém grande." Eu prometo, se é que isso poderia valer alguma coisa, que não estou tentando fazer Eva soar nem mais nem menos insossa ou falsa do que ela poderia parecer naquela noite. Ela sabia que eu não me importava com o trabalho de Perrault, que isso me dava arrepios, e por isso provavelmente havia passado tanto tempo falando sobre esse assunto. Pensando bem, provavelmente por essa razão foi que, para início de conversa, ela começou a trepar com ele (supondo que não estou enganada em relação a isso e que ela realmente *trepou* com ele).

 Mas espere.

Eu falei demais sobre aquela noite. Não pretendia me deter sobre aquela noite, mas apenas apresentá-la como prólogo ao que veio depois. Era inverno, fim do inverno em Boston, e um inverno especialmente nevado. Eu acabara de começar no emprego da livraria e, algumas vezes, eu pegava um turno extra numa cafeteria em Newbury Street. Eu não acho que Eva estivesse trabalhando na época, exceto que ela havia começado a se autodenominar assistente pessoal de Perrault, e ele tinha começado a deixar isso passar. Mas não tenho certeza se alguma obra genuína estava envolvida; tenho certeza de que havia dinheiro envolvido. Eva era apenas uma puta. Ela nunca teve motivação necessária para ser algo tão útil e lucrativo quanto uma prostituta. Mas, fazendo o seu papel, ela estava envolvida com toda a merda nojenta com que ele lidava naquele inverno, planejando o show em LA, a Dália. Perrault havia decidido antes chamar a instalação *O Voyeur da Destruição Absoluta*, por causa de uma música de David Bowie ou de alguém assim. Ouvi através de Eva que Perrault tinha conseguido um contrato para um livro de um editor de Manhattan, um in-fólio a cores e brilhante, embora não estivesse pagando muito. Ouvi Eva dizer que ele não se importava com o pequeno adiantamento porque ele tinha conseguido que saísse colorido. Sinceramente, a maior parte do que ouvi sobre Albert Perrault foi por meio de Eva, não por meio das mencionadas conversas indiferentes com o homem. De qualquer forma, no mesmo dia que Eva me falou sobre o livro, ela também me contou que seria sua modelo para diversas esculturas na instalação. Moldes precisavam ser feitos, o que significava que ela precisava viajar para fora de LA, porque ele tinha uma amiga maquiadora em algum estúdio de efeitos especiais ou coisa assim que havia concordado em fazer aquela parte sem cobrar. Imagino que Perrault era muito bom em conseguir que as pessoas fizessem as coisas para ele de graça. Eva, por exemplo. Então ela se foi por mais de uma semana em fevereiro, durante a pior das nevascas, e eu fiquei com o apartamento e a cama só para mim. Quando não estava trabalhando ou caminhando *para* casa *do* trabalho em meio à neve derretida cinza e preta encharcando as ruas ou andando de trem, eu dormia e assistia a filmes antigos e fazia uma leitura pouco entusiasmada de uma coleção escrita por Nabokov, *Uma Beleza Russa e*

Outras Histórias. O livro era a primeira edição, assinada pelo autor, e na verdade era de Perrault. Ele o havia emprestado para Eva e a aconselhado a ler, de capa a capa, mas Eva raramente lia outra coisa que o lixo de astrologia e autoajuda. Ah, havia as assinaturas da *New Yorker*, da *Wired* e da *Interview*, porque ela pensava que ficavam bonitas sobre a mesa de centro. Ou melhor, porque pensava que elas *a* faziam ficar bonita. Mas ela nunca lia as revistas e também não leria uma página da coleção de Nabokov. Eu li a maior parte quando ela foi para a Califórnia, mas só consigo me lembrar de uma história, sobre um anão que se chamava Fred Dobson. Fred Dobson engravidou alguém e morreu no fim, e isso é mais ou menos tudo de que me lembro. Eva voltou para casa numa sexta-feira à noite e estava incomumente calada. Em geral, ela ficava sentada sozinha na quitinete, fumava e bebia xícaras fumegantes de chá de ervas. Na noite de sábado, nós transamos pela primeira vez desde que ela começara a ver Perrault. Ela me fez usar o dildo de silicone com duas extremidades e eu não via problema nisso. Eu gozei duas vezes. Não tenho certeza de quantas vezes Eva gozou porque ela sempre ficava muito quieta durante o sexo, sempre muito quieta e imóvel. Depois disso, ficamos deitadas juntas e foi quase como o começo, pouco depois de nos conhecermos, antes de eu compreender a necrose. Nós observamos a janela saliente acima da cama, os flocos de neve descendo lentamente em espirais de um céu alaranjado. Ela disse: "No Japão, eles os chamam de *harigata*" e levei um segundo para compreender que ela estava falando sobre o dildo com duas extremidades. "Pelo menos é o que o Albert diz", acrescentou ela, e a ilusão de que nós poderíamos voltar ao começo, de que eu ainda não sabia a verdade sobre ela, imediatamente se dissolveu. Fiquei deitada, imóvel, com Eva nos meus braços, e observei a neve grudar no vidro da janela. Parte dela derreteu e parte não. Perguntei se ela estava bem, se talvez alguma coisa tivesse acontecido enquanto ela estava em Los Angeles. Ela me disse que não, que nada tinha acontecido, mas que havia sido intenso, de todo modo, trabalhar tão perto assim de Perrault. "Algumas vezes é como estar na mente dele, como se eu fosse apenas outra tela ou uns poucos punhados de argila." Ela adormeceu não muito tempo depois. Eu me levantei e mijei, dei uma olhada nos e-mails e depois assisti à

TV quase até o amanhecer, embora tivesse de trabalhar no dia seguinte. Eu não queria ficar na mesma cama com (fosse o que fosse) o que ela sonhava naquela noite.

Eu não a vi novamente por dois ou três dias. Ela pegou o trem para Providence, alguma tarefa para Perrault. Ela não entrou em detalhes e eu não me incomodei em perguntar. Quando voltou para casa, porém, Eva voltara a ser a mesma. Nós pedimos comida chinesa, qualquer-coisa-*moo-goo*, *kung pao pigeon*, e ela falou sobre os moldes que havia feito. O corpo nu e melado de vaselina, e então eles a cobriram com uma grossa camada de alginato azul e fizeram os moldes para as esculturas de Perrault do cadáver vivo. Perguntei se eles colocavam canudinhos no nariz para ela respirar, mas ela riu e franziu a testa. "Eles não fazem isso", retrucou Eva. "São muito cuidadosos para não cobrir as narinas. Foi claustrofóbico, mas de um jeito bom." Ela me contou que cada molde seria usado apenas uma vez e depois destruído, e que eles fizeram cinco moldes dela durante cinco dias consecutivos. "Quando ele endurece, você não consegue se mover?", perguntei, e ela voltou a franzir a testa e disse "Claro que não consigo me mover. Estragaria tudo se você tivesse que se mover". Eu não perguntei exatamente o que Perrault pretendia fazer com os moldes e Eva também não disse. Foi na noite seguinte, porém, que ela mostrou uma fotografia de uma das pinturas de Albert Perrault e me pediu por favor para olhar para ela. Eva nunca, nunca dizia por favor, então era um tipo de bandeira vermelha quando ela o fazia. Ela suava, embora estivesse frio no apartamento, porque o aquecedor não estava funcionando direito de novo. Ela suava e parecia doente. Perguntei se estava com febre e Eva balançou a cabeça. Perguntei se tinha certeza, pois talvez tivesse pego alguma coisa no avião ou enquanto estava em LA, e ela soltou um resmungo e empurrou a fotografia na minha mão. Era colorida, uma impressão oito por dez em papel fosco. Havia uma etiqueta no verso com o título da pintura datilografado habilmente, em fonte Courier preta sobre branco. Dizia *Fecunda Ratis* e via-se uma data (que eu não consigo me lembrar). Escritas diretamente no verso da foto, com o que imaginei ser uma caneta esferográfica, estavam as palavras "De puella a lupelis seruata", sobre uma garota salva dos filhotes de lobos, *circa* 1022-1024, Egbert de Liège. "Então, quem é este Egbert de Liège?", perguntei. Ela olhou com ar severo para mim e, por um segundo ou três, pensei que ia me bater. Não teria sido a primeira vez. "Como diabos eu vou saber?", disparou ela e tentou trocar a minha pergunta por outra pergunta. "Você vai olhar a parte da *frente*? Inverno, olhe a parte da frente da foto, não o maldito verso, pelo amor de Deus." Eu assenti e virei a fotografia. Eu a reconheci imediatamente como uma das pinturas de Perrault, embora eu nunca tivesse visto aquele quadro em particular antes. Há alguma coisa sobre a violência fácil, a indiferença deliberada das pinceladas. Quase como Edvard Munch tentando falsificar um Van Gogh, quase. No início, qualquer imagem simples representacional, qualquer indicação da composição da pintura, se recusava a emergir do borrão preto de óleos, os inúmeros tons de cinza interrompidos apenas pelos mais sutis rumores de verde e alabastro. Havia um único borrão vermelho que flutuava perto do centro da fotografia, um contraponto cromático a toda a escuridão. Eu pensei que parecia uma ferida. Não disse isso para Eva, mas foi a impressão que tive. Como se talvez alguém, Perrault ou outra pessoa, tivesse cortado com uma faca ou uma tesoura a tela. Deus sabe, eu quis fazer isso também, em mais de uma ocasião. Eu nem ia argumentar que, às vezes, a sua arte parece se destinar a provocar justamente essa reação. Arte destinada, premeditada a despertar a resposta de luta e fuga, para pegar e dar um bom aperto no rombencéfalo, dividindo os predadores e as presas. "O que você vê?", Eva me perguntou. E eu respondo: "Outra das pinturas de merda do Perrault". "Não seja idiota", retrucou ela. "Diga o que você *vê*." Eu disse que achava que ela queria minha opinião sincera e ela me mostrou o dedo do meio – eu fiz por merecer, suponho. Olhei para ela; ela ainda estava suando e também mordia o lábio inferior. Olhar nos olhos dela era quase tão ruim quanto tentar achar sentido em *Fecunda Ratis*, por isso eu me virei para o caos sombrio da fotografia. "Esta aqui vai estar na exposição?", perguntei. "Não", disse ela, e depois: "Eu não sei. Talvez, mas não acho que vá. É antiga, mas ele diz que é relevante. Albert não a tem mais, vendeu-a para um colecionador depois de uma exposição em Atlanta. Não sei se ele ainda tem acesso a ela". Escutei, mas não respondi. A voz estava tremendo, como se as palavras não se conectassem umas com as outras, e eu tentei me concentrar mais ainda para achar sentido em *Fecunda Ratis*. Eu queria tomar uma bebida e quase pedi a Eva um dos cigarros American Spirit que ela havia começado a fumar depois de conhecer Perrault, embora eu tivesse parado anos antes. Minha boca estava muito seca. Era como se as minhas bochechas estivessem recheadas com bolas de algodão, minha boca havia ficado muito seca. "O que você vê?", ela perguntou novamente e parecia desesperada, quase sussurrava, mas eu a ignorei. Porque, subitamente, o borrão estava começando a se resolver em formas definidas, sombras e os objetos sólidos que lançam sombras. Vultos, paisagem e céu. O borrão vermelho era a chave. "Chapeuzinho Vermelho", falei, e Eva riu, mas muito baixinho, como se ela estivesse rindo apenas para si mesma. "Chapeuzinho Vermelho", repetiu ela, e eu concordei com a cabeça novamente. O borrão vermelho formou um ponto imóvel, um nexo ou fulcro, no giro, e eu vi que isso significava um capuz ou chapéu, um capuz de lã vermelha posto na cabeça de uma garota nua que estava apoiada nas mãos e nos joelhos. A cabeça estava inclinada para que seu rosto ficasse oculto da vista. Havia apenas um emaranhado selvagem de cabelos e aquele capuz vermelho cruel e incongruente. Sim, aquele capuz vermelho *cruel*, pois eu não poderia na época nem posso agora interpretar algum elemento daquela pintura como outra coisa além de malévolo. Mesmo a garota ajoelhada, transformada em sacrifício de sangue, me afeta como conspiradora. Estava cercada de formas volumosas, muito pretas, e, por um breve momento, acreditei que eram pedras altas de pé, dólmens, um anel megalítico rude com a garota no centro. Mas então percebi: não, eles estavam *destinados* a serem feras de algum tipo. Coisas peludas e imensas que se agachavam nas ancas e observavam a garota. A pintura captara o momento final, duradouro, antes de uma morte. Mas eu não pensava em *morte*. Pensava em *assassinato*, embora as formas em torno da garota parecessem ser animais, como eu dissera antes. Animais não cometem assassinatos, mas os homens, sim. Homens e mulheres, e até as crianças, mas *não* os animais. "Eu sonhei com isso quase todas as noites", disse Eva, quase em lágrimas, e eu queria rasgar a fotografia, picá-la em minúsculos pedacinhos até que não pudessem ter sentido. Não estou mentindo ao dizer que amei e ainda amo Eva, e *Fecunda Ratis* me atingiu como um jogo doentio que Perrault estava jogando com a mente dela, dando-lhe esse quadro terrível e dizendo-lhe que era *relevante* para a instalação. Esperando que ela o estudasse. Para fixar e se obcecar com aquilo. Eu sempre senti que certa dose de manipulação era necessária aos artistas (pintores, escultores, escritores, cineastas etc.), mas somente uns poucos se tornavam (ou se iniciavam como) sádicos. Eu não tenho dúvida de que Perrault fosse um sádico, houvesse ou não um componente sexual presente. Você pode vê-lo em praticamente tudo que ele já fez e, naquela noite, eu pude ver nos olhos dela. "Eva, não é apenas 'Chapeuzinho Vermelho'", falei para ela e pousei a fotografia virada de cabeça para baixo na mesinha de centro. "É apenas uma pintura, e você realmente não deveria deixá-lo entrar na sua cabeça desse jeito." Ela me disse que eu não compreendia, que a imersão plena era necessária se ela quisesse ajudá-lo de alguma maneira, e então ela pegou de volta a fotografia, se sentou e a fitou. Eu não disse mais nada porque não sabia mais o que dizer a ela. Não havia meio de me colocar entre ela e sua *bête noire*, nem entre ela e as feras pretas que ele havia criado para *Fecunda Ratis*. Eu me pus de pé e fui até a quitinete preparar o jantar, embora eu não estivesse com fome, e, naquele momento, Eva dificilmente comeria algo. Encontrei uma lata de sopa Campbell's de galinha e macarrão de estrelinhas no armário e perguntei se ela comeria uma tigela se eu esquentasse. Ela não respondeu. Ela não disse uma única palavra, apenas ficou sentada no sofá, com os olhos azuis treinados na fotografia, sem perder tempo olhando alguém ou alguma coisa. E isso talvez fosse três semanas antes de ela voar para Los Angeles pela última vez. Ela nunca voltou para Boston. Nunca voltou para mim. Nunca voltou a me ver. Mas suponho que estou me antecipando, mesmo que apenas um pouco. Deveria haver o telefonema agitado perto do fim de abril, quando Perrault ainda estava ocupado trabalhando nas peças da instalação, programada para ser inaugurada em 1º de junho em uma galeria chamada Subliminal Thinkspace Collective. Retrospectivamente, é fácil dizer que eu deveria levar mais a sério o telefonema. Mas eu tinha dois empregos e me recuperava de uma gripe. Eu mal conseguia pagar o aluguel. Fui um Príncipe Encantado terrível, nenhum tipo de cavaleiro errante. De qualquer forma, ainda não tenho certeza se ela queria que eu tentasse. Salvá-la, quero dizer.

É ainda mais absurdo imaginar Eva como uma donzela em apuros que me imaginar como sua salvadora. O que apenas mostra as armadilhas fatais que construímos para nós mesmos quando criamos personalidades. A expectativa se torna autorrealizável. Depois, mais tarde, choramos e nos irritamos e nos lamentamos, e nos admiramos feito idiotas de nossa incapacidade de agir. O terapeuta que consultei durante algum tempo disse que isso era culpa. Eu perguntei a ele, naquele dia, se o truque para uma carreira lucrativa em psicologia era dizer às pessoas qualquer coisa que fizesse com que elas se sentissem melhores, absolvendo-as da responsabilidade. Olho ao meu redor e vejo tantas pessoas dispostas a absolver-se da responsabilidade. Ao passar a bola, ao mudar a culpa. Mas sou eu quem não age, assim como Perrault foi quem confundiu a cabeça dela, assim como foi Eva quem precisou tanto daquela invasão que estava disposta a pagar o preço, e isso não é nem a verdade, pois eu estava acumulando tudo num MasterCard que nunca imaginava ter condições de pagar. De qualquer forma, durante nossa sessão imediatamente posterior, o doutor que não deve ser nomeado aqui sugeriu que alguns de nós são menos suscetíveis à terapia que outros, que possivelmente eu não *desejava* "melhorar", e então eu parei de vê-lo. Posso ser uma sobrevivente da culpa sozinha, sem incorrer em nenhum gasto adicional.

Eva telefonou perto do fim de abril. Estava chorando.

Eu nunca ouvira Eva chorar e isso era um som tão desconcertante quanto inesperado.

Nós conversamos por talvez dez ou quinze minutos, no máximo. Poderia ter sido uma conversa muito mais longa se meu celular tivesse uma recepção melhor naquela tarde e se eu tivesse conseguido retornar a ligação quando finalmente desligamos (eu tentei, mas o número estava bloqueado). Eva não foi explícita em relação ao que a aborrecera tanto. Ela disse que sentia saudades. Disse algumas vezes, na verdade, e eu disse que também sentia saudades. Repetidas vezes ela mencionou insônia e pesadelos, e como odiava Los Angeles e queria voltar para Boston. Eu falei que talvez ela devesse voltar para casa, se era esse o caso, mas ela recusou aquela ideia. "Ele precisa de mim *aqui*", falou ela. "Esta seria a *pior* época para deixá-lo. A pior época. Eu não poderia fazer isso, Inverno. Não depois de tudo que ele fez por mim." Ela disse isso ou algo parecido com essas palavras. Sua voz era tão terrivelmente baixa, tão fraca e entrecortada, esticada em tantos milhares de quilômetros que percorria até me alcançar. Eu me senti como se estivesse falando com um fantasma de Eva. Não é a clareza da visão retrospectiva. Na verdade, eu me senti *realmente* desse modo, *enquanto* nós estávamos conversando, razão pela qual eu não permitiria que o meu terapeuta (ou meu ex-terapeuta, agora que estamos afastados) me convencesse a pôr a culpa em outra parte. Evidentemente naquele dia eu ouvi o pânico na voz dela. Era um suicídio lento, uma mulher morrendo por etapas, e seria reprovável da minha parte fingir que não reconheço o fato ou que ainda não tinha minhas suspeitas naquele dia de abril. Ela disse: "Depois de escurecer, dirigimos de um lado a outro da Coast Highway, de uma merda de lado para o outro, de Redondo Beach direto até Santa Barbara ou Isla Vista. Ele dirige e fala sobre Gévaudan. Inverno, estou tão farta daquele maldito trecho de estrada." Eu não perguntei a ela sobre Gévaudan, embora tenha pesquisado no Google quando voltei para casa. Quando desligamos, Eva ainda estava soluçando e falava sobre os pesadelos. Se fosse uma cena de melodrama hollywoodiano, certamente eu teria largado tudo e ido atrás dela. Mas minha vida não poderia estar mais distante de Hollywood. E *ela* já estava lá.

Alguns dias depois, os correios trouxeram um convite para a abertura de *O Voyeur da Destruição Absoluta*. Um lado era um fac-símile de um cartão-postal que o homem que supostamente assassinara Elizabeth Short, a Dália Negra, havia enviado aos jornalistas e à polícia, em 1947. A mensagem original, montada com letras cortadas e coladas dos jornais, dizia: "Aqui está a foto do assassino do lobisomem/Eu o vi matá-la/um amigo". Havia uma foto indistinta no canto inferior esquerdo do cartão, que mais tarde soube que era de um garoto chamado Armand Robles. Ele tinha 17 anos em 1947 e nunca foi considerado suspeito no assassinato de Dália. Mais jogos mentais. O outro lado do cartão-postal tinha data e hora da abertura, rsvp, um endereço para Subliminal Thinkspace Collective etc. E também tinha duas palavras impressas com tinta vermelha, escritas à mão com a letra cursiva inconfundível e desordenada. "Venha, por favor." Ela sabia que eu não podia. Mais que isso, ela sabia que eu não *iria*, mesmo que pudesse pagar a viagem.

Como disse, eu pesquisei "Gévaudan" no Google. É o nome de uma antiga província nas montanhas Margeride, no centro da França. Eu li a história, que remonta às comunidades da Galícia e até aos povos neolíticos, uma conquista romana, seu papel na política medieval e a chegada dos protestantes em meados do século XVI. História entediante. Mas estudo rápido e não demorou muito para perceber que nada disso teria sido tema da obsessão de Perrault com a região. Não, nada tão mundano como as rebeliões contra o bispo de Mende ou os efeitos da Segunda Guerra na área. No entanto, entre os anos de 1764 e 1767, uma "fera" atacou cerca de 210 pessoas. Mais de uma centena morreu. Poderia não ter sido nada mais que um lobo excepcionalmente grande, mas nunca foi identificado de modo conclusivo. Muitas vítimas estavam parcialmente devoradas. E tem mais: o primeiro ataque ocorreu em 1º de junho de 1764. Desde o início, eu vi o significado dessa data. Após o telefonema de Eva, eu mal podia descartá-la como uma coincidência. Perrault tinha escolhido sabiamente o aniversário do início das depredações no infame *Bête du Gévaudan* como a noite de abertura da instalação. Passei algumas horas lendo sites e fóruns da internet dedicados aos ataques. Havia muita conversa sobre bruxaria e transmorfismo, tanto em documentos escritos durante ou pouco depois do incidente quanto em livros contemporâneos. No fim das contas, Gévaudan é um dos temas obscuros que os malucos gostam de manter vivos com suas teorias da conspiração extravagantes e bobagens pseudocientíficas. Da mesma maneira, poderia acrescentar que os fãs de crimes reais mantiveram o caso de Dália sem solução aos olhos do público por mais de meio século. E aqui, Albert Perrault parecia decidido a forjar um casamento dos dois, além das preocupações incansáveis dos contos de fadas. Pensei nos moldes e me perguntei se ele havia escolhido Eva como parteira.

Eu colo o cartão-postal com um ímã e durante alguns dias pensei demais em Gévaudan e fiquei surpresa pelo quanto eu me preocupava com Eva e com que frequência eu me flagrava desejando que ela voltasse a telefonar. Enviei alguns e-mails, mas eles não tiveram resposta. Eu até tentei encontrar algum contato de Perrault, mas em vão. Conversei com uma mulher no Subliminal Thinkspace Collective, uma voz brusca com um sotaque russo pesado, e dei a ela uma mensagem para Eva, para, por favor, ela entrar em contato comigo assim que fosse possível. E então, quando abril se tornou maio, a gravidade monótona e cotidiana da minha vida se reafirmou. Eu me agitava menos com Eva a cada dia que passava e comecei a acreditar que dessa vez ela se fora para sempre. Aceitar que uma relação excedeu a data de validade é muito mais fácil quando você sempre soube que a data de validade estava ali, que esperava em algum lugar da estrada, sempre pouco à vista. Eu sentia falta dela. Não vou fingir que não sentia. Mas não foi a desgraça que eu havia temido tanto nos nossos quatro anos juntas. Com certeza isso tinha enfim chegado a bom termo. Na maior parte do tempo, eu me perguntava o que eu deveria fazer com todo o lixo que ela deixara para trás. Roupas e livros, CDs e um vaso da Itália. Todas as coisas efêmeras e materiais que ela havia me deixado tomando conta durante a ausência dela, a curadora do museu dela. Decidi que aguardaria até o verão. Se não tivesse notícias de Eva até lá, eu colocaria tudo em caixas. Nunca pensei muito além de imaginar o que eu faria com as caixas depois, assim que elas estivessem embaladas com fita adesiva. Talvez isso fosse um tipo de negação. Não sei. Não me importo.

Primeiro de junho chegou e se foi sem incidente, e não tive notícias dela. Não penso em mim mesma como uma pessoa de verão. No entanto, uma vez na vida, fiquei feliz por ter deixado o inverno para trás. Dei as boas-vindas para o verde de Boston Common, as flores, os patos e os casais que faziam piquenique. Eu até dei as boas-vindas ao calor, embora meu apartamento não tivesse ar-condicionado. Dei as boas-vindas aos dias longos e às noites curtas. Eu começara a estabelecer uma nova rotina e parecia que talvez eu pudesse descobrir um equilíbrio e até a paz quando recebi a carta da irmã de Eva, que morava em Connecticut. Eu me sentei na cama e li a única página algumas vezes, e esperei que as palavras parecessem mais que tinta no papel. Ela pedia desculpas por não ter escrito antes, mas meu endereço somente havia aparecido na semana após o funeral de Eva. Ela tivera uma overdose de uma prescrição de nortriptilina, embora não estivesse claro se a overdose fora ou não intencional. O legista, que eu suspeitava se tinha sido gentil ou se estava errado, determinara morte acidental. Eu teria afirmado outra coisa, no entanto não havia ninguém com quem eu pudesse argumentar. "Sei que vocês eram próximas", escreveu a irmã. "Sei que vocês duas eram ótimas amigas." Eu guardei a carta numa gaveta, em algum lugar, tirei o cartão-postal do refrigerador e joguei fora. Antes de me sentar para escrever isto, prometi a mim mesma que não me demoraria nesta parte da história. Na morte dela ou na minha reação a ela. Essa é uma promessa que eu pretendo manter. Somente vou dizer que meu luto de modo algum diminuiu a raiva e o amargor que as inconstâncias de Eva plantaram e depois alimentaram. Eu não escrevi de volta para a irmã dela. Não parecia necessário nem apropriado.

E agora é um dia frio no fim de janeiro e logo terá passado um ano desde a última vez que fiz amor com Eva. A neve voltou e o radiador não está melhor do que estava nesta época no ano passado. Levando tudo em conta, acho que estava fazendo um belo trabalho seguindo em frente até uma caixa do livro de Perrault chegar à loja onde eu (ainda) trabalho. Chegou em um dos meus dias de folga e já estava na prateleira e na frente, bem na frente, na primeira vez em que pus os olhos nele. A sobrecapa tinha um tom de vermelho chamativo. Mais tarde, eu perceberia que era quase o mesmo tom de vermelho do capuz da garota em *Fecunda Ratis*. Eu não o abri na loja, mas comprei um exemplar com meu desconto de funcionária (o que tornou a compra apenas ligeiramente menos extravagante). Eu não abri até chegar em casa e checar duas vezes para ter certeza de que a porta estava trancada. E então eu me servi de um copo de uísque e me sentei no assoalho, entre a mesinha de centro e o sofá, e reuni a coragem para olhar dentro dele. O livro tinha o mero título de *O Sorriso do Lobisomem* e abre com uma epígrafe e algumas páginas de introdução de um professor de arte moderna de Berkeley (também havia um posfácio escrito por um professor de Psicologia Jungiana e Imaginação no Pacifica Graduate Institute). Eu vi quase que imediatamente que Perrault dedicara o livro à "Eva, minha pequena chapeuzinho vermelho perdida". Ao ler isso, senti um nó frio e duro se formar no meu estômago, o nó que em breve se transformaria em náusea conforme eu virava as páginas, uma após a outra, e fitava as fotos em cores e brilhantes, esse registro permanente da depravação que Albert Perrault disseminava como inspiração e genialidade. Não vou deixar de chamar isso de pornografia, mas uma pornografia não necessariamente ou exclusivamente sexual, mas uma pornografia efusivamente dedicada a violar a anatomia, tanto a animal quanto a humana. E a violência congelada-enquadrada representada ali não estava satisfeita com a tela oferecida por apenas três dimensões, não, mas também distorceu o tempo, curvando as ambiguidades da história aos objetivos de Perrault. História e lenda, mito e o Grand Guignol de *les contes de fées*.

Eu deveria – embora não soubesse o porquê – incluir aquela epígrafe, que põe o livro em movimento. Fora escrita por um poeta de Boston do qual eu nunca ouvira falar, mas como havia muitos poetas em Boston dos quais eu nunca ouvira falar isso não significava nada, não é? Eu moro aqui e trabalho em uma livraria, mas isso dificilmente parece ter importância. Não protege contra a ignorância. O texto da epígrafe aparece primeiro em latim e, em seguida, traduzido. O título é "A Madalena de Gévaudan".

> *Mater luporum, mater moeniorum, stella montana, ora pro nobis. Virgo arborum, virgo vastitatis, umbra corniculans, ora pro nobis. Regina mutatum, regina siderum, ficus aeterna, ora pro nobis. Domina omnium nocte dieque errantium, nunc et in bona mortis nostrae, ora pro nobis.*

> *Mãe dos lobos, mãe dos muros, estrela das montanhas, orai por nós. Virgem das árvores, virgem do deserto, sombra da lua crescente, orai por nós. Rainha das mudanças, rainha das constelações, figueira eterna, orai por nós. Senhora de todos que perambulam noite e dia, agora e na hora de nossa morte, orai por nós.*

Na verdade, não parece um poema. É como uma invocação. Como alguma coisa de Aleister Crowley.

Estou ficando perdida nas frases, na minha tentativa de comunicar com meras palavras o que Perrault criou com tinta e gesso, com arame, pelos e ossos. O peso e a impotência da minha própria narrativa se tornam dolorosamente agudos. Por alguma razão, já falei demais e ainda sei que nunca serei capaz de comunicar com precisão ou mesmo adequação minha reação às imagens santificadas e celebradas no livro sujo de Perrault.

Sou uma tola de até mesmo tentar.

Sou uma tola.

Sou.

Ele decorou as paredes da galeria com fotos em preto e branco do cadáver de Elizabeth Short, aquelas tiradas onde ela foi encontrada no estacionamento vazio e cheio de hera na Trinta e Nove com a Norton em Leimert Park, e um pouco mais do necrotério. Essas fotografias foram tão ampliadas que grande parte de sua resolução se perdeu. Muitos detalhes da mutilação do cadáver desapareceram no granulado. Também havia um pôster do filme *noir* de 1946, de George Marshall, *A Dália Azul*, escrito por Raymond Chandler, que pode (ou talvez não) ter servido de inspiração para o apelido de Short. Pendurados a intervalos regulares por toda a galeria, de fios invisíveis fixados ao teto, estavam as ampliações que Perrault fizera das notícias de jornal sobre o assassinato, e havia os vários cartões-postais e cartas que ridicularizavam a polícia de Los Angeles, como os que foram usados para o meu convite para a abertura da instalação.

> *Decidi não oferecer diversão Demais enganando a polícia*
> *Eu me diverti com a polícia*
> *Não tentem me encontrar*
> *— pegue-nos se forem capazes*

Entre outros artefatos do assassinato da Dália Negra está espalhada uma variedade de ilustrações que acompanharam as variantes da história de "Chapeuzinho Vermelho" durante os séculos. Algumas estavam em cores, outras apenas em tons de cinza. Gustave Doré, Fleury François Richard, Walter Crane e outros, muitos outros, mas não me recordo dos nomes e não tenho vontade de voltar a procurar por eles no livro. Eles apenas pareceriam incongruentes para alguém que, por sorte, desconhecesse a agenda de Perrault. E entre os cartões-postais fac-símile e as garotas de capuzes vermelhos havia imagens do século XVIII da criatura que se acreditava ter sido a responsável por todos os ataques nas montanhas Margeride. Pela minha descrição pode parecer que a instalação estava cheia. Ainda assim, mesmo com tantos objetos competindo por atenção, graças à perspicácia por parte do artista, no entanto, o contrário era verdadeiro. O efeito geral era de vazio, um espaço sombrio escassamente dotado de detritos de risadas e mentiras e desejos de infância.

Mas o estranho conjunto, todas essas relíquias variadas – *cada pedacinho delas* – eram apenas uma moldura construída para assinalar a própria obra de Perrault, as cinco esculturas que ele havia produzido a partir dos moldes de Eva e, supostamente, com o auxílio do conhecimento de taxidermia que ela mencionara para mim. A peça central de *O Voyeur da Destruição Absoluta* e, mais tarde, *O Sorriso do Lobisomem*. A profanação do corpo de Elizabeth Short, como havia sido descoberto naquele estacionamento desolado em Leimert Park por volta das 10h30 da manhã de 15 de janeiro de 1947. Aqui estava, não uma, mas cinco vezes repetidas, arranjado em um tipo de pentagrama ou cata-vento. Os "cadáveres" estavam alinhados, cada um com os pés na direção do centro da roda. Os dedos do pé quase se tocavam, mas não muito. Há vinte ou mais fotografias da peça no livro tiradas de vários ângulos, a escultura que Perrault denominara simplesmente *Fases 1-5*. Não vou descrever com nenhum detalhe exato. Não creio que suportasse fazer isso, no mínimo porque isso significaria abrir novamente o livro de Perrault para ter certeza de que estava captando cada estágio da transformação de maneira precisamente correta. "Não são as coisas pequenas", falou Eva uma vez. "É o que elas acrescentam." Isso teria servido muito bem como epígrafe a *O Sorriso do Lobisomem*. Poderia ter sido enfiado diretamente abaixo da dedicatória do autor (por sinal, a epígrafe atual é de Man Ray: "Eu pinto o que não pode ser fotografado, isso que vem da imaginação ou dos sonhos ou de um impulso inconsciente"). O que eu vou dizer é que *Fase 1* é uma tentativa de reprodução objetiva do estado no qual o corpo nu de Elizabeth Short foi descoberto. Não há o que discutir em relação ao brilhantismo técnico da obra, simplesmente não há como negar a blasfêmia da mente que a fez. Mas este não é o corpo de Elizabeth Short. É, sem dúvida, um molde de Eva, submetido a toda a destruição infligida à Dália Negra. O torso foi dividido pela metade na altura da cintura com precisão cirúrgica e grande cuidado foi dado a representar os ossos e os órgãos expostos. Os braços cortados foram erguidos acima da cabeça, arranjados de modo que não parecesse fortuito. As pernas estão abertas e revelam os ferimentos feitos à genitália.

Cada ferida visível nas fotos da cena do crime e descrita nos relatos escritos foi reproduzida fielmente em *Fase 1*. Os cantos da boca foram rasgados, quase de orelha a orelha, e lá está o *O Sorriso do Lobisomem* de Perrault. Seguimos em frente, em sentido anti-horário no cata-vento, até chegarmos à *Fase 5*. E aqui encontramos a carcaça taxidermizada de um imenso coiote submetido com precisão às *mesmas* mutilações do corpo de Elizabeth Short e os moldes de Eva. As patas dianteiras foram arranjadas acima da cabeça, assim como os de Dália, embora nunca tenham sido colocadas daquele modo em vida. O animal está deitado de costas, posicionado ao contrário do que parece particularmente natural para um coiote. E quanto às fases 2 a 4, basta imaginar qualquer metamorfose licantrópica, a transformação gradual da mulher mutilada para o canino mutilado, realizada como qualquer transmutação um pouco decente de filmes de horror.

O rosto mal dá para reconhecer como o de Eva nas fases 1 e 2. Suponho que deva considerar isso misericórdia.

E no fim (que não será este, mas, como outro ato de misericórdia, vou *fingir* que é) uma questão, sobretudo, paira na minha mente. Era isso que Eva procurava desde o início? Não o esclarecimento na tutelagem de sua *bête noire*, mas essa imortalidade repugnante, para ser tão diminuída (ou tão elevada, dependendo da própria opinião de Perrault). Tornar-se uma substituta daquela garota de capuz vermelho, ajoelhada, em *Fecunda Ratis*, e de uma mulher torturada e assassinada décadas antes de Eva sequer ser concebida. Tropeçar e descer, e finalmente ficar deitada ali, de costas, fitando o vazio acima sob a lua pálida e ciumenta enquanto os animais reunidos caem sobre ela e simplesmente fazem o que os animais sempre fizeram e o que sempre farão.

FIM

A MENINA SUBMERSA

CAITLÍN R. KIERNAN

IX

Há um poema muito famoso de Matthew Arnold (1822-1888), "Dover Beach", que sempre foi um dos meus preferidos. Já o li em voz alta muitas vezes, deliciando-me com os jogos de palavras e metáforas. Mas até a semana passada ele não tinha um sentido pessoal para mim. Meu próprio sentido *particular*. Eram apenas belas palavras escritas em uma época em que o mundo todo era um lugar diferente e em constante mudança:

> *O Mar de Fé*
> *Já existiu, também, na costa plena e arredondada da terra*
> *Disposto como as voltas de uma faixa clara.*
> *Mas agora só ouço*
> *Seu ronco melancólico, longo, recuante,*
> *Retraindo-se, até o soprar*
> *Do vento da noite, descendo a encosta ampla do medo*
> *E dos seixos nus do mundo.*

Eu já contemplei o Mar de Fé, e agora não tenho opção a não ser escutar com atenção o ronco melancólico e longo de seu recuo, que é uma canção de alerta em uma noite nebulosa na qual as ondas batem nos seixos nus do mundo.

Imp datilografou: "Estou livre dos fantasmas de Perrault e da Dália, e do lobo que mentia e de Eva que nunca existiram e nunca apareceram para mim. Eu os tranquei dentro de uma história da qual eles não podem sair para me prejudicar. Eu os exorcizei".

Mas não estou livre das assombrações. Já escrevi sobre a insistência das assombrações. Escrevi: "Quando Odisseu escutou as sereias, acho difícil acreditar que ele possa ter se esquecido de sua música. Ele seria assombrado por ela pelo resto da vida".

Agora, acho que atravessei um limiar no qual minha história de fantasmas deixou de ser como gêmeos malvados. Agora, ela tem uma única face.

Imp escreveu: "Isso, pelo menos, pode tornar a minha história de fantasmas, de certo modo, compreensível".

Coloquei uma Eva atrás de mim. Só tenho julho, Caroline e Rosemary, e *A Menina Submersa* e Phillip George Saltonstall, "A Pequena Sereia", e a "Sereia de Millville". São fantasmas suficientes para uma só louca.

Mas agora só ouço
Seu ronco melancólico, longo, recuante,
Retraindo-se, até o soprar
Do vento da noite, descendo a encosta ampla do medo
E dos seixos nus do mundo.

Eu deveria estar procurando um outro emprego.

Vagando entre dois mundos, um morto
O outro impotente para nascer,
Sem um lugar para descansar minha cabeça
Como eles, na terra eu espero aflito.

Tudo mudou totalmente, o giro ainda se amplia aqui em minha noite de primeiras eras e, no fim, sobram uma beleza terrível e uma fera preguiçosa. O monstro não está preso e ela tampouco é dominada, e olho para ela, monstruosa e livre. E tudo isso enquanto minha mente é tomada por Matthew Arnold, Yeats, Conrad, corridas e enredos, tudo querendo sair de uma vez. Querendo parar de escrever sobre a Eva de julho e minha história de sereia fantasma:

Ela se aproxima da janela e olha para a areia,
E além da areia, para o mar;
E seus olhos estão fixos em um olhar parado;
E um desconhecido ali suspira,
E um desconhecido ali derruba uma lágrima,
De um olho nebuloso pelo pesar,
E um coração tomado pelo pesar,
Um suspiro longo, longo
Para os olhos frios e estranhos de uma pequena sereia-donzela...

O dia está estranho, mas vou me esforçar para me ligar a ele de modo coerente, recorrendo ao tipo de narrativa linear que muitas vezes me iludiu. Não penso com clareza, linhas claras de números (0-9,-9-0), era uma vez e felizes para sempre, A-Z, essas coisas. Mas vou me esforçar desta vez.

Passei a manhã enviando meu currículo para lugares que não estavam contratando, mas que contratariam, mais cedo ou mais tarde. Bill me deu uma boa referência e isso me surpreendeu, certo? Claro que sim. Mas ele disse entender que não era minha culpa, que me recontrataria se não houvesse problema com o proprietário e que não queria me ver desempregada por muito tempo. Preenchi fichas na Utrecht da Wickenden Street, em algumas outras lojas na Wickenden, lojas na Thayer, na Wayland Square (incluindo a Edge, apesar de não saber nada sobre ser barista). Ellen disse que eu deveria preencher ficha na Cellar Stories, então foi o que fiz. Adoraria trabalhar lá. Trabalharia, apesar de parecer improvável. No total, preenchi 15 fichas. Talvez me chamem para uma ou outra entrevista.

Abalyn e eu combinamos de nos encontrar às quatro da tarde no Athenaem. Ela disse que quer ver uma coisa, o que me pareceu estranho, já que ela não parece ler nada além de seus pequenos mangás (o que, confesso, não fazem o menor sentido para mim, já tentei ler alguns deles, mas são muito bobos). Ela estava sentada a uma das mesas compridas na frente do quadro grande de George Washington. Seu laptop estava sobre a mesa e ligado, assim como o iPod e o iPhone. Ela não estava usando nenhum deles, mas acredito que, para ela, eles são como o cobertor de Linus, do Charlie Brown. Talismãs contra o mundo antipático, intolerante e incompreensivo. Mas ela estava lendo um livro. Não era muito velho e ela o fechou quando falei com ela. Ela o fechou e olhou para mim. A capa coberta por papel celofane refletiu a luz do sol que entrava pelas janelas.

— Teve sorte na busca por um emprego? – ela perguntou e esfregou os olhos.

— Ainda não sei. Talvez. Provavelmente não.

Eu me sentei na cadeira ao lado dela e deixei a bolsa no chão, uma das bolsas velhas e sem forma de Rosemary Anne. Era verde--ervilha de veludo cotelê.

— E você? Encontrou o que estava procurando?

Ela olhou para a capa do livro por um momento. Não era um livro muito velho e na capa estava escrito *O Culto Lemming: Ascensão e Queda da Porta Aberta da Noite*, de William L. West. Havia um "PhD" depois do nome do autor. Eu me virei e olhei para as estantes. Deparar repentina e inesperadamente com aquele livro em especial, uma descoberta de Abalyn, foi como se eu tivesse dado de cara com um acidente horrível. Não, não foi bem assim. Mas não quero perder tempo procurando uma analogia melhor.

— Não vou dizer se você não quiser ouvir.

— Não quero – respondi, ainda olhando para as estantes de peças e livros sobre teatro. — Mas o que não sei é pior do que sei. – A *coisa* desconhecida embaixo d'água, devoradora e invisível, contra o perigo banal de um procurado tubarão-branco (*Carcharodon carcharias*, Smith, 1838; Grego, *karcharos*, que quer dizer pontudo, e *odous*, que quer dizer dente; kar-KA-ru-don kar-KA-ri-as).

— Tem certeza?

— Por favor – eu disse, e talvez tenha sussurrado. Mas, na biblioteca, minha voz estava muito alta (apesar de eu ter percebido que a biblioteca é bem barulhenta).

Escutei Abalyn abrir o livro, mas não me virei para ela. Olhei para as colunas gastas de edições antigas e escutei enquanto ela lia o capítulo 4 bem baixinho:

"Um dos membros mais proeminentes do culto era Eva Canning, de Newport, Rhode Island. Canning chegou à Califórnia no fim do verão de 1981, depois de ganhar uma bolsa de estudos para a Universidade da Califórnia, Berkeley. Enquanto estudava, passou a se interessar muito por arqueologia mediterrânea, formou-se antropóloga em junho de 1985 e continuou na Berkeley para conquistar seu doutorado em arqueologia sociocultural. Naquela época, fez pesquisas de campo na Grécia, Turquia e em diversas ilhas do mar Egeu. Mas um de seus dois consultores era Jacova Angevine, e quando Angevine deixou a universidade, em 1988, Canning também saiu. Existem boatos de que as duas se tornaram namoradas. De qualquer modo, Canning logo se tornaria uma das confidentes em quem Angevine mais confiava e entrevistas com membros ainda vivos revelam que ela foi uma das quatro mulheres a receber o título de Sacerdotisa da Porta Aberta da Noite. Durante as cerimônias no templo Pierce Street em Monterey, dizem que Canning sempre participou e era uma das responsáveis pela indução de novos membros.

"Muitos jornalistas atribuíram o papel de Canning na rápida ascensão do papel do culto a algo além do recrutamento. É evidente que foi por meio dos esforços e da sagacidade de Canning que a Porta Aberta da Noite atraiu tantos com tanta rapidez. Além de tirar vantagem da internet, que surgia, difundiu a doutrina do culto nos *campi* das faculdades, por meio da cultura *underground* de zines do fim dos anos 1980 e início dos 1990 e por diversas menções no *Factsheet Five* a partir de 1988. Durante esse período, artigos sobre a Porta Aberta da Noite e duas entrevistas com Canning foram publicados em revistas nos Estados Unidos, Reino Unido, Canadá, Austrália e Japão (para ler mais sobre eles, veja Karaflogka, Anastasia, "Occult Discourse and the Efficacy of Zines", *Religion* 32 [2002]: 279-91). Depois dos acontecimentos em Moss Landing, sua carta de suicídio (uma das apenas quatro que ela deixou) foi divulgada em muitas dessas publicações.

"Enquanto estudava na Berkeley, Canning também cuidou da criação do grupo Usenet alt.humanities.odon, que teve considerável tráfego de 1988 a 1991. É de se imaginar quanto dano Canning teria sido capaz de causar se tivesse a World Wide Web à sua disposição.

Abalyn parou e eu não disse nada por um momento; digo "um momento", mas não sei quanto tempo. Então perguntei a ela:

— Acabou?

— Não. Não é nem a parte mais importante. Você quer que eu continue?

— Quero – respondi. — Quero que continue. Você começou. Não pode simplesmente parar agora.

E, então, ela leu um pouco mais do capítulo 4:

"Antes de Eva Canning deixar New England para ir à Califórnia, ela deu à luz uma filha bastarda. A criança foi adotada pelos pais de Canning. Decidi omitir o nome da criança aqui, já que ela já recebeu atenção indesejada e desagradável graças à relação de sua mãe com Jacova Angevine."

Abalyn parou e ouvi quando ela virou uma ou duas páginas. E, então, leu:

"O corpo de Eva Canning foi mandado de volta para o leste e seus restos mortais mutilados e em decomposição foram devidamente cremados. Suas cinzas foram lançadas de penhascos sobre o mar no lado leste da ilha Aquidneck, perto da Salve Regina College, onde sua mãe estudou. Mas também houve um modesto velório no Middletown Cemetery, em Newport. Uma lápide no terreno dos Canning representa seu jazigo."

Mais uma vez, silêncio. Ouvi passos no andar de cima, e as vozes de pessoas e funcionários da biblioteca. Olhei na direção da escada que levava ao piso térreo de carvalho polido e com tapete vermelho puído.

— Quero ir lá – eu disse. — Preciso ir lá, Abalyn. Preciso ver o túmulo dela com meus próprios olhos.

— Está muito tarde para irmos hoje.

— Então vamos amanhã.

Não sou sócia do Ateneu, porque não posso pagar. Mas tinha várias páginas fotocopiadas do *O Culto Lemming: Ascensão e Queda da Porta Aberta da Noite*, de William L. West (New York: The Overlook Press, 1994), então eu guardaria para mais tarde, por causa do que Rosemary Anne disse a respeito de se lembrar de *coisas* importantes.

Quando saímos da biblioteca e enfrentamos a noite fria de novembro, Abalyn perguntou se eu estava bem e eu menti dizendo que sim.

— Precisamos passar no mercado na volta para casa – eu acrescentei.

No dia seguinte nevou e, no outro, fomos a Newport. Bah. Dah. Ba-ba.

Obituário do *Newport Daily News* (11 de abril de 1991):

> **NEWPORT — EVA MAY CANNING**
> Trinta anos, de Lighthouse Avenue, Monterey, Califórnia, afogou-se no dia 4 de abril na praia Moss Landing State Beach, em Moss Landing, Califórnia.
>
> Nascida em Newport, Rhode Island, no dia 30 de outubro de 1960, era filha de Isadora (Snow) e do falecido Ellwood Arthur Canning.
> A srta. Canning conquistou bacharelado de ciência em antropologia em junho de 1985, da Universidade da Califórnia, em Berkeley.
> Eva estudava arqueologia quando morreu. Viajou para muitos lugares, principalmente a leste do Mediterrâneo, e publicou diversos trabalhos importantes em publicações científicas de destaque. Na infância, gostava de poesia, colecionava conchas e observava pássaros.
> Ela deixou sua filha, E. L. Canning, a mãe, e diversos tios, tias e primos.
> Seu velório será realizado no dia 13 de abril de 1991, segunda-feira, às 11 horas, na Memorial Funeral Home, no endereço Broadway, 375, Newport, com uma missa ao meio-dia na Igreja Ortodoxa Grega de Santo Espiridião, Thames Street, Newport. O enterro será no Cemitério Middletown, em Middletown.
> Doações podem ser feitas na Igreja Ortodoxa Grega de Santo Espiridião, Fundo de Doações, Caixa Postal 427, Newport, Rhode Island, 02840.

Eva Canning tinha uma filha. Uma filha cuja primeira inicial é E. Por que o nome completo dela não aparece aqui? Anonimato, uma tentativa de protegê-la das ligações de Eva da Porta Aberta da Noite e, assim, de um escândalo? E quem é seu pai? A filha deve ter nascido... quando? Enquanto Eva ainda estava no ensino médio? A menina foi criada pela mãe de Eva? Perguntas demais e minha mente fica zonza com todas elas. Abalyn encontrou esse obituário ontem e eu o acrescentei à minha pasta intitulada "Perishable Shippen; Eva Canning".

Dizer que o dia de hoje foi estranho é muito pouco. E aqui Imp datilografa: "Você já passou por dias mais estranhos. Bem mais estranhos, India Morgan Phelps". E, sim, já passei. Mas mesmo assim foi estranho e confuso. É a palavra que não sai de minha mente: confuso. Portas se abriram e portas se fecharam. Verdades (ou melhor, fatos) que vi meio me convenceram de que estou em dúvida de novo. Um passo para trás, como Caroline poderia dizer.

Abalyn não queria que eu fosse embora, não importa que ela mesma tenha me feito partir ao me mostrar esse livro e o obituário.

— O que pode sair de bom disso tudo? - ela perguntou. — O que existe para ser conhecido está aqui, bem aqui no obituário. - E então ela disse que a travessia na ponte Newport custaria quatro dólares na ida e quatro na volta e que, como eu ainda estou sem emprego, não deveria desperdiçar dinheiro assim.

— Vou sozinha - eu disse a ela. — Se você não for comigo, não tenho medo de ir sozinha. É algo que preciso ver, e quero ir. - Eu estava perto da janela, olhando para a Willow Street. Comentei que nevou ontem à noite? Não, não comentei. Eu estava perto da janela observando os cinco centímetros de neve que havia caído ontem à noite. A máquina de limpar neve havia acabado de descer a rua, amontoando neve dos dois lados, cobrindo as calçadas parcialmente. O fim da rua estava bloqueado e eu precisei tirar a neve com a pá para tirar o Honda. Detesto tirar neve com a pá.

— India, já são duas horas - comentou ela.

— Não está tão tarde - respondi. — As estradas devem estar livres, não me importa que horas são.

Ela me pediu para, pelo menos, telefonar para a dra. Ogilvy e avisá-la, e perguntar se ela achava que seria má ideia ir ao cemitério. Abalyn disse que iria comigo se eu telefonasse para a minha psiquiatra e se ela não se opusesse.

— Ela disse que eu deveria procurar minhas respostas - eu disse. — Ela disse que preciso encontrar minhas respostas. A dra. Ogilvy não é minha babá. Não é minha mãe. Não preciso da permissão dela. Sou uma mulher adulta.

"Você é uma mulher frágil", datilografou Imp. "Faz quanto tempo que você estava nua e imunda, além de delirante, em um canto de seu quarto, falando sobre o lobo em uma noite de neve em Connecticut?"

— Por favor – pediu Abalyn. E depois de tudo que fez por mim, e de tudo que perdeu por minha causa, eu não poderia dizer não. Seu pedido não foi realmente irracional. Eu não podia fingir que era.

— Tudo bem – concordei. — Vou telefonar. Mas, independentemente do que ela disser, vou mesmo assim.

— Telefone para ela – disse Abalyn. Então telefonei para a dra. Ogilvy. Tive sorte, pois ela estava em um intervalo entre duas consultas e eu não precisei deixar recado com a recepcionista e esperar que ela retornasse a ligação, o que me faria perder mais tempo do dia (e admito que não queria ir ao cemitério ao escurecer; não gosto de cemitérios e esse, eu sabia, seria bem pior do que qualquer outro).

A dra. Ogilvy perguntou se eu achava que estava bem para ir. Eu disse que sim e ela me disse para ir. Concordou que seria uma boa ideia Abalyn me acompanhar. Abalyn fez uma careta quando recebeu a notícia, mas foi ela quem propôs o acordo e então não reclamou.

Dirigi. Dirigi lenta e cuidadosamente por causa da neve. Abalyn fumava e soprava a fumaça pela janela, cujo vidro ela havia descido um pouco. Saímos de Providence às três, deixamos a cidade e atravessamos o lado oeste da Narragansett Bay na ponte Jamestown. A água à nossa frente brilhava, cegava, ao sol, como mercúrio espalhado na ardósia cinza-azulada. Atravessamos a Conanicut Island, e então a ponte Newport, com seus cabos e grades verde-claros, as duas torres de lancetas, as águas cinzas e vermelhas da East Passage a cento e vinte metros abaixo de onde estávamos. Pensei nas focas, nas baleias, nos tubarões, em como a baía já tinha sido uma série de vales que transbordaram há quinze mil anos, quando as geleiras derreteram. Na maior parte do tempo, tentei não pensar no que encontraríamos no cemitério. Vimos um adesivo no para-choque de um carro à nossa frente no qual estava escrito "Um *thesaurus* NÃO é um lagarto gigante". Eu ri, mas Abalyn não riu.

Então, chegamos à Aquidneck Island. Contornei Newport, seguindo as direções que Abalyn havia obtido no MapQuest. Pegamos a Miantonomi Avenue e a Green End Avenue para o leste até o cruzamento com a Turner Road e lá eu virei à esquerda, para o norte. Passei por casas e por uma escola de educação infantil com dezenas de estufas baixas. Também passei por quadras de tênis, de basquete e por uma pista de corrida quase toda coberta por neve. Em seguida, chegamos ao local onde a Turner faz intersecção com a Wyatt Road. O cemitério fica no lado nordeste dos cruzamentos e lembrei de que as pessoas costumavam enterrar suicidas em cruzamentos. No obituário estava escrito que o nome do cemitério era Middletown, mas na entrada uma placa alegre, azul e dourada, que não combinava com o lugar, dizia se tratar do Cemitério Four Corners.

Abalyn olhou para o cemitério e disse:

— Que idiotice da porra. Não faz sentido, Imp. – Não respondi.

E então *aconteceu*. Abalyn estava bem ali para ver. Quando saímos da Turner e entramos no cemitério, um corvo enorme estava em cima de uma lápide a apenas alguns metros da porta do motorista. Muitos anos antes, Caroline disse: "Se você estiver escutando uma história e um corvo aparecer assim, pode apostar que quem conta a história está inventando tudo". Não disse a Abalyn o que corvos representam e, sinceramente, nesse contexto, *não sei*. Mas *aconteceu*.

Não tinha nevado tanto em Aquidneck Island como em Providence, mas as ruas estreitas de asfalto do cemitério não tinham sido limpas, então precisei dirigir bem devagar. Sabia como encontrar o túmulo de Eva Canning, porque pedi para Abalyn checar alguns sites de genealogia antes de partirmos. Ela até tinha encontrado um diagrama do cemitério. O túmulo de Eva ficava no lado norte, onde um muro baixo de pedra separava o cemitério da vinícola, um muro que já estava marrom pela ação do tempo. O mesmo muro envolvia a vinícola toda.

Rhode Island tem muitos cemitérios pitorescos e fotogênicos. Four Corners não é um deles. Não há árvores e a maioria das pedras é do mesmo calcário e mármore desgastados, poucas de antes do século xix. Estacionei perto de um lugar que parecia um mausoléu enorme. Não passava de um monte artificial, terra amontoada em cima de uma área plana com blocos de granito na frente e uma porta de ferro enferrujada. Havia pedaços de feno e grama seca nele, como se os mantenedores estivessem tentando fazer com que a grama crescesse. Era feio e pensei em fadas, montes ocos, covis, Tolkien, Mary Stewart. Desliguei o carro e olhei para Abalyn.

— Você não precisa sair – eu disse.

Ela só falou:

— Sim, lmp, preciso.

Então, saímos. Nós duas saímos do Honda. Fiquei ao lado do carro por um momento, observando o cemitério escuro. Olhei para o céu, tão azul e sem nuvens, um azul tão claro que era quase branco, um céu amplo e carnívoro, como Rosemary Anne teria dito. Não era um lugar onde eu quisesse ficar por muito tempo e o anoitecer não tardaria. As sombras feitas pelas lápides estavam se tornando mais compridas. Abalyn acendeu mais um cigarro e o vento frio dissipou a fumaça.

— Vamos acabar com isso – declarou ela.

Não foi difícil encontrar o túmulo. Era à esquerda (a oeste) do monte do mausoléu. Ficava a cerca de sete metros e meio afastado da estrada, cercado por monumentos com nomes como Cappucilli, Bowler, Hoxslii, Greer, Ashcroft, Haywood, Church e, claro, outros Canning. Era uma lápide modesta de granito vermelho, que se destacava nas fileiras de lápides comuns, acinzentadas, ao redor.

Havia uma guirlanda de cera entalhada nos cantos superiores. Li em voz alta o que estava escrito ali e então me sentei no chão cheio de neve, que já estava se tornando esponjoso conforme a neve derretia sob o sol de novembro.

— Merda – disparou Abalyn, e não disse mais nada até voltarmos para o carro. Isto era o que estava escrito na lápide (anotei tudo exatamente):

CANNING
MÃE
1960 EVA MAY CANNING 1991
FILHA
1978 EVA MAY CANNING 2008
ELAS QUE DESCEM AO MAR

Eu disse:

— Elas tinham trinta anos quando morreram. As duas tinham trinta anos. As duas eram Eva Canning. - E Abalyn fumou seu cigarro e não disse mais nada. Li o epitáfio em voz alta. — "Elas que descem ao mar". - E escutei um corvo grasnando alto ali perto. Não estou inventando isso. É verdade. — Não sei o que isso quer dizer - comentei, e me sentei no chão úmido e chorei um pouco. Minhas lágrimas pareciam gelo em meu rosto. Por fim, Abalyn me ajudou a ficar de pé e me levou de volta ao carro. Quando estávamos ali dentro, seguras, e eu estava no banco do motorista, ela perguntou se eu estava bem para dirigir. Disse que sim. Sim, posso dirigir. Só quero sair daqui. Quero ir para longe, bem longe daqui e nunca mais voltar. Escutei o corvo de novo. Anoitecia depressa.

— Então vamos embora - disse Abalyn. — Podemos entender tudo isso depois. Aqui não é o lugar certo para tentarmos.

Virei a chave na ignição. Refiz o caminho de volta para casa: Turner até o Green End para a Miantonomi Avenue até a ponte Newport, a East Passage, Conanicut Island, Jamestown. Fiz uma lista para a dra. Ogilvy e o oitavo item - "Só havia uma Eva Canning" - foi uma mentira que contei sem querer. Foi uma epifania enganada que, de certo modo, deu errado. Escrevi *sete* verdades naquela tarde, não oito. Sete (7).

Depois de arrastar Abalyn ao Cemitério Middletown (ou Cemitério Four Corners), eu quis - não, precisei - dar a ela algo em troca por aquela indulgência. E eu lhe dei um segredo, um segredo tão secreto que me assustou admitir a mim mesma, muito mais dividi-lo com outro ser humano. Nem mesmo com uma mulher a quem eu havia amado e ainda amava. Foi à noite depois de termos ido a Aquidneck Island, e depois de um jantar de macarrão gravatinha com pesto e uma salada de folhas com molho vinagrete. Tudo tem gosto de massa, na minha opinião. Eu a chamo para ir à sala onde pinto, meu estúdio. Ela parece indecisa no começo. No *qui vive*, como Caroline teria dito.

— Só vai demorar alguns minutos - explico. — Preciso que você veja uma coisa.

— Precisa ou quer? - ela pergunta, e limpa a boca com ~~guara~~ guardanapo de papel (nunca comprei guardanapos de pano).

— Preciso – respondo, então ela dá de ombros, assente e me acompanha até a sala onde pinto. Acendo a luz. Digo: – Você não precisava ter ido comigo hoje. Tem feito muitas coisas que não precisa fazer.

— Imp, você não me deve nada.

— Só vai demorar um momento – digo a ela, decidindo não brigar a respeito de minhas dívidas. E então vou até um armário velho (que encontrei perto de uma estrada, acho que é dos anos 1920, art nouveau detonado, uma cópia barata de algo muito mais caro).

— Não precisa fazer de novo – comenta ela, começando a parecer alterada, talvez beirando o mau humor.

Não digo nada. Viro a pequena chave de latão que sempre está na fechadura do armário e abro as duas portas. Ali dentro há muitas telas, algumas montadas em cavaletes de madeira, outras enroladas e guardadas como papiros. O armário tem cheiro de pó, tinta a óleo e cedro. Pego a tela que está mais à frente (uma das montadas) e a entrego a Abalyn. Ela a segura por um momento, olhando para a pintura, e então olha para mim e para a pintura de novo. Pego mais uma do armário, depois outra, e outra, outra, até uma dezena delas estarem espalhadas no chão ou recostadas nas paredes.

— Você fez *tudo* isso? – Abalyn pergunta, como se não acreditasse se eu dissesse que eu iz fiz; balanço a cabeça para assentir, sem me preocupar se ela acredita em mim ou não. Não, eu me preocupo. Mas *quero* não me preocupar.

— A Sereia do Mar Oceano de Concreto – observa ela. — A mulher aleijada e o pintor... – e para de falar.

— Fiz essas telas depois de escrever a história.

— E depois de Eva – ela quase sussurra, e eu digo que sim, depois de Eva Canning.

— Sinto muito – Abalyn diz, e dá uma risada seca e oca. — Só estou um pouco assustada no momento. Você inventou essas pinturas, as pinturas daquele artista obcecado e, então, depois que Eva veio, você *pintou* os quadros dele?

Confirmo, mexendo a cabeça, e então me sento no chão, segurando a chave do armário, e Abalyn (ainda segurando a primeira tela que peguei) se senta na minha frente.

— O que aconteceu com Eva, que inspirou isso?

— Sim, e a história que eu havia escrito. Antes de Eva vir, eu havia lido um livro sobre o tubarão que subiu o Matawan Creek, em Nova Jersey, em 1916, e atacou três pessoas no riacho, a quilômetros e quilômetros do mar. Duas delas morreram.
— Isso fez você escrever uma história sobre sereias?
— E o que o pintor encontrou em Atlantic City e... - E eu paro porque acho que não consigo explicar de modo que Abalyn compreenda e, além disso, tudo ficou meio turvo em minha mente. Eu me refiro à cronologia.

Abalyn ainda está segurando o quadro, o meu preferido — apesar de uma parte de mim detestar todos eles —, *Fitando a praia desde Whale Reef*. O quadro pendurado na parede da senhora na história. Como escrevi antes, a sereia fica de costas para quem a vê. Encorajada pelas ondas pesadas, ela estende os braços na lateral do corpo, com os cabelos longos flutuando ao redor de sua cabeça como um monte de alga, e ela olha na direção da terra e de um farol sobre um promontório de granito. É a costa cheia de pedras de ardósia e filito de Beavertail Point, na Conanicut Island. Paguei vinte dólares a um pescador para me levar longe o bastante para tirar fotos de referência (e fiquei enjoada). Além disso, mudei o nome de Whale *Rock* para Whale *Reef*. Não me lembro o motivo.

No meu conto, escrevi: "O observador poderia ser levado a pensar que esse é apenas o quadro de uma mulher que nada no mar, pois mostra pouca coisa dela acima da superfície da água. Pode ser que a confundam com uma suicida que lança um olhar final à faixa irregular da praia antes de mergulhar na superfície. Mas, se olharmos mais de perto, os trechos de escamas laranja-avermelhadas que cobrem seus braços são inconfundíveis e há criaturas vivas presas entre os nós dos cabelos pretos: minúsculos caranguejos e ofiuroides, as formas contorcidas de estranhos vermes oceânicos e um peixe de alguma espécie, com olhos arregalados, arfando e sufocando no ar".

— Pensei que pudesse ajudar - explico. Na rua, um carro buzina três vezes. — Como você e a dra. Ogilvy pensaram que escrever "O Sorriso de Lobisomem" pudesse me ajudar.

— Mas... - Abalyn começou, e então ficou em silêncio por um ou dois segundos. — Mas aquela era *uma* história. Deve haver o quê? Trinta ou quarenta delas?

— Quarenta e sete - digo — e alguns blocos de folhas de estudos que fiz antes. Às vezes, penso que deveria fazer uma pilha grande no quintal e queimar tudo. Pensei em fazer uma fogueira. Talvez isso trouxesse a catarse que pintar esses quadros não trouxe. (Não foi isso o que Saltonstall fez? E o que ele *realmente* queimou?)

— Quarenta e sete - repete Abalyn, e volta a rir, como se pensasse que estou inventando o número. Incrédula.

— Você pode contar se quiser - digo a ela.

— Imp, não queime estes. Não me importa por que você os pintou. Não me importa se aquela vaca maluca estava por trás disso. - Os olhos dela passam por todos aqueles quadros; em seguida, ela olha para mim. — Mas nunca queime estes. São lindos.

Não prometo nada. Permanecemos sentadas ali por muito tempo, juntas e separadas. Já vi pessoas apaixonadas por arte, e acho que estou vendo Abalyn se apaixonar por uma sereia. Isso aumenta a minha vontade de queimar tudo.

Agora, preciso contar a parte de minha história de fantasmas a respeito da sereia, o que aconteceu quando tentei me afogar na banheira e Abalyn Armitage me salvou e me deixou. Preciso contar sobre o dia em que Eva Canning, a filha de Eva Canning, voltou para mim, aquele dia e todos os dias que vieram depois, e como terminou.

A MENINA SUBMERSA
CAITLÍN R. KIERNAN

X

Sempre há um canto de sereia que te seduz para o naufrágio. As velhas de *Sirenum scopuli*, três rochas atingidas pelas ondas egeias, na costa de Capri. La Castellucia, La Rotonda, Gallo Lungo. Ou o arquipélago Sirenuse, ou Carpo Peloro. Homero as transformou em harpias, as três mulheres aladas que cantavam canções de morte para Ulisses. Eurípedes, Eustátio, Sérvio e Virgílio e muitos outros que escreveram para alertar a respeito das sirenas (sereias). Homero não toma o cuidado de nomeá-las (ou era inteligente demais para tentar), mas alguns desses estudiosos o fizeram: Peisinoe, Aglaope e Thelxiepeia, por exemplo. Em outros lugares (Espanha, Romênia, França etc.), em outras épocas, o folclore as transforma em sereias: *Sirena, Sirène, Syrena, Sirenă* e *Sereia* e assim por diante, para atrair os marinheiros a naufrágios e afogamentos. Oh, e os zoólogos colocam manatis, dugongos e dugongos-de-steller (*Hydrodamalis gigas*) na ordem de mamíferos Sirenia (Illiger, 1811), e os herpetologistas colocaram certas salamandras sem pernas no gênero *Siren*, na família Sirenidae. Elas parecem enguias, mas não são. Não são enguias, quero dizer. Procurei a palavra para coisas com formato de enguias: *anguiliforme*. Nem manatis nem Sirenidae moram tão ao norte, como no rio Blackstone. Os manatis e dungongos, como algumas pessoas dizem, são responsáveis pelas histórias de sirenas, quando as sirenas são tidas como sereias. Apesar de os manatis não cantarem, pelo menos não canções que homens e mulheres escutam. Não são anfíbios. São mamíferos que voltaram ao mar, como as baleias e os golfinhos, e Eva Canning. As baleias cantam belas canções e conseguimos ouvi-las com clareza.

Minha sirena veio do rio Blackstone, em Massachusetts, um rio com o mesmo nome da rua onde fica o hospital em que minha mãe morreu. A "Sereia de Millville", Perishable Shippen, E. L. Canning, Eva Louise, filha de Eva May, que foi para Monterey Bay, em Moss Landing State Beach, Califórnia, quando eu tinha apenas quatro anos. Que seguiu uma mulher chamada Jacova Angevine para dentro do mar e que nunca mais saiu. O mar profundo é uma noite eterna e Jacova Angevine abriu essa porta para E. M. Canning, que passou com obediência, junto de tantos outros. Ela deixou a filha bastarda (como Imp) sozinha.

"Já basta de tanto falar, Imp. Está exagerando de novo. Ainda está no *agora*, mas se sentou para escrever do *antes*."

É verdade (e factual). Eu me sentei para terminar isso. Para digitar a última de minhas histórias de fantasmas que tenho para contar, ou, pelo menos, a última da parte de agosto de 2008. Nunca dá para terminar, resolver. Nunca dá para não se sentir assombrada, por mais que haja incentivo, autoajuda e ideias da psicologia moderna e discursos motivacionais. Eu sei disso. Mas pelo menos não terei de vir à sala azul com um monte de livros e continuar tentando entender minha história de fantasmas. Entendo agora como nunca. Quando terminar, vou mostrá-la para Abalyn e vou mostrá-la para a dra. Ogilvy e, então, nunca mais terei de mostrá-la a mais ninguém, nunca.

Uma sereia bateu à minha porta.

Foi apenas uns dias depois de eu me deitar na banheira de água gelada e ali ficar. Abalyn havia partido e levado todas as coisas com ela. Eu estava sozinha. Estava sentada no sofá, onde ela ficava muitas vezes com seu laptop. Eu havia lido o mesmo parágrafo de um romance várias vezes. Não consigo me lembrar do que se tratava, mas não importa. Ouvi uma batida na porta. Não foi uma batida forte. Foi, eu admito, quase uma batida discreta, quase como se não quisessem que eu ouvisse, mas ouvi, claro. Ninguém bate para que não ouçamos, certo? Ninguém faria algo assim, já que uma batida na porta ou janela é como dizer: "Estou aqui. Deixe-me entrar".

    Eu virei a cabeça e olhei para a porta. A porta de meu apartamento é do mesmo azul dessa sala onde datilografo. Esperei e depois de alguns segundos ouvi a batida de novo. Três batidas na madeira. Eu não fazia ideia de quem podia ser. Abalyn não tinha motivos para voltar. A tia Elaine nunca vem sem avisar. Da mesma maneira, meus poucos amigos são instruídos para sempre ligarem antes de vir. Talvez, pensei, fosse alguém do andar de cima ou alguém do andar de baixo. Talvez fosse Felícia, a dona da casa, ou Gravy, seu faz-tudo. Na terceira batida discreta, eu disse: "Estou indo". Levantei-me e caminhei até a porta.

    Antes de abri-la, eu senti o cheiro de rio Blackstone, exatamente o mesmo cheiro de quando Abalyn e eu dirigimos até lá e não encontramos nada além de umas pegadas no barranco enlameado. Então eu sabia quem estava atrás da porta. Senti o cheiro de lodo, água lodosa, mariscos, carpa, serpentes e libélulas, então eu soube precisamente quem estava chamando. Disse o nome dela em voz alta antes de girar a maçaneta.

    Falei:

— Eva. – E, então, abri a porta. Minha própria Porta Aberta da Noite.

    Ela estava parada na frente da porta com o mesmo vestido vermelho simples que estava vestindo naquele dia quente na Wayland Square e naquela tarde no Museu EDRI. Ela estava descalça, e as unhas dos pés estavam pintadas com uma cor prateada que me lembrou nácar, que a maioria das pessoas chama de madrepérola. Rosemary Anne tinha brincos de madrepérola quando era criança, mas os perdeu antes de ir ao Hospital Butler e nunca os encontrei. Eva ficou na minha frente, sorrindo. Havia um pacote em suas mãos, algo embrulhado em papel pardo e envolto com cordão.

— Suas roupas — disse ela, esticando os braços com o pacote. — Estão limpas. — Ela não falou "oi". Ela me ofereceu o pacote e eu o peguei.

— Sabia que você viria — falei. — Mesmo se eu não soubesse que sabia, sabia mesmo assim.

E ela sorriu como um tubarão, ou como uma barracuda sorriria, e disse:
— Posso entrar, India Morgan Phelps?
Eu a observei por um momento e então disse:
— Naquele dia na galeria, você me disse que o momento de escolha já passou. Então por que está se dando ao trabalho de perguntar? – E eu pensei nas histórias que dizem que vampiros e outros espíritos malevolentes têm de ser convidados a entrar em sua casa. (Mas eu já não a havia convidado?)
— Só estou sendo educada – respondeu ela.
— Mas se eu disser não você não vai partir, vai?
— Não, Imp. Chegamos muito longe.
Quase disse: "*Tão longe da noite das primeiras eras... Nós estamos acostumados a olhar para a forma presa de um monstro, mas ali... ali você poderia olhar para uma coisa monstruosa e livre*". Mas não disse. Não tive coragem e achei que não fosse importar. Não havia como afastá-la, não vindo de Joseph Conrad ou Herman Melville ou Matthew Arnold. Nenhum livro sagrado ou grimório infernal. Eu sabia disso com a mesma certeza de que aquilo que estava de pé na minha porta entraria, independentemente de eu querer ou não.
Mas, para dizer a verdade, era só o que eu queria.
— Sim, pode entrar – eu disse. — Onde estão os meus modos?
— Bem, você não estava me esperando.
— Claro que estava – disse a ela, que sorriu de novo.
Em um caderno, Leonardo da Vinci escreveu: "A sereia canta docemente, faz os marinheiros dormirem. Ela entra em navios e mata marinheiros adormecidos". Traduzido, foi o que ele escreveu. Aqueles que escreviam sobre a fada Unseelie Cour contavam que *Each-Uisge* (ék-ush-kia), a Kelpie, assombrava lagos, baías e rios na Irlanda e na Escócia. Surgia do lodo e dos juncos, um *cavalo d'água*, e qualquer um que fosse tolo o bastante para subir nele era afogado e devorado. Menos o fígado. O *Each-Uisge* despreza o fígado. Eu também não gosto de fígado.
Imp datilografou: "Você está viajando de novo".
Embarcações – veleiros, canoas, escunas, arrastão, enormes navios de carga e tanques de óleo tóxicos, navios pesqueiros – à

deriva em correntes traiçoeiras e ventos fortes de tempestade, e eles se lançam ao perigo em promontórios irregulares.

"Viajando", Imp datilografou. "Timão difícil a bombordo. Mantenha-se no norte se não quiser se perder."

Eva Canning ultrapassou o limiar.

"Quem, morrendo no mar, pode ser levado num carro fúnebre?"

Ela fechou a porta e passou a trava. Virou a trava e eu não achei nem um pouco estranho o que ela fez. Nada de estranho em me trancar em meu apartamento, com ela. Compreendi que ela não tinha chegado tão longe para ser interrompida por intrometidos. Imagino que muitos antes de mim já se afogaram nas profundezas de seus olhos azuis. Ela está exatamente, exatamente, exatamente como eu me lembrava dela na noite de julho perto do rio Blackstone e naquele dia na galeria. Seus cabelos compridos e da cor de nada, apenas a cor de um lugar onde a luz nunca entrou.

Ela se virou de costas para a porta. Virou-se na minha direção. Tocou meu rosto, sua pele parecia seda contra a minha. Minha pele parecia uma lixa comparada à dela. A impressão foi tão grande que senti vontade de me afastar e avisar que ela deveria tomar cuidado para não se cortar. A mão dela não tinha sido feita para tocar coisas como eu. Penso em histórias que li em livros, histórias de tubarões passando por banhistas, e em como os dentículos da pele de tubarão cortam a carne. Mas aqui nossos papéis estão trocados, mesmo que seja por esses breves instantes. Sou a autora de ferimentos, ou temo que acabe sendo.

Mas não tiro nem uma gota de sangue daquela mão sedosa.

— Você me machucou – digo. — Você colocou palavras em minha mente e eu quase morri para tirá-las de novo.

— Chamei sua atenção – ela responde.

— Você machucou Abalyn.

— Imp, ela teria sido prejudicada ainda mais se não tivesse ido. - E Eva diz uma frase de *Hamlet*: — "Devo ser cruel para ser gentil. Assim, o mau começa e o pior fica por trás".

Sei que não adianta discutir com ela. Aquela voz cadenciada que o tolo Ulisses ouviu, que o fez ordenar que fosse amarrado a um mastro para que pudesse ouvir. Eva reduz qualquer objeção a um absurdo puro.

— Você é uma coisa ruim. É uma abominação.
— Eu sou como sou. Assim como você.

Aquelas pontas de dedos sedosas passam por meus lábios e depois por meu nariz. Nunca fui tocada com uma intimidade tão perfeita.

— Você veio me matar – digo bem baixinho, e me surpreende o fato de eu não parecer assustada.

— Não fiz nada desse tipo – ela responde, e isso também não me surpreende. O que ela diz não me surpreende. É fácil matar. É fácil ser um predador. Um tubarão. Um lobo. Não, fácil não. As pessoas caçam lobos e tubarões pelo simples fato de eles serem tubarões e lobos. Estou tentando dizer que percebo que independentemente do que Eva Canning seja é algo bem mais sutil do que um predador. Ela veio comer, e talvez devorar, mas não matar. Meu rosto está sendo acariciado por uma fera que não precisa se alimentar para devorar.

— Você permitiu que ele a visse. Saltonstall, digo.
— Nunca disse isso.
— *A Menina Submersa*, você disse ser "meu quadro".
— Disse? – ela pergunta e sorri.

A mão dela se demora em meu lóbulo esquerdo e meus braços se arrepiam. Os dedos dela passam por meus cabelos.

— Então por que está aqui?
— Você parou por mim. Ninguém mais parou – ela diz. — Vim cantar para você, porque lhe devo uma gentileza.
— Ainda que seja cruel.
— Ainda que seja – comenta ela, e agora seus dedos estão explorando a parte de trás de meu pescoço. — E, em troca, pedirei um pequeno favor, Imp. Mas falaremos sobre isso depois. Não tenha medo de mim. Não pode ver ainda, mas vim tirar você do lugar escuro onde você sempre viveu. Não pode vê-lo daí, mas *daqui* você verá. — (Olha para a coisa monstruosa e livre.)

Ela me beijou naquele momento e eu pensei "Nunca fui beijada".

(Oh, mudei o tempo verbal, mas não há tempo verbal certo nessa terra de sonhos, esse labirinto mnemônico, passado e presente se misturam. *O passado é o presente, não é? É o futuro também*. Como Mary Cavan Tyrone disse.)

Ela me beijou. Ela está me beijando. Sempre ela estará me beijando. É assim que acontece com as assombrações, como eu disse. Eva Canning, eu acho – eu acho que *só* pensei isso, mas parece que Eva Canning tinha gosto do mar. Gosto, cheiro, visão, audição, e o toque... Tudo se mistura como o tempo se misturou.

Sua língua entra em minha boca, testando, e sinto um pânico breve, porque não é muito diferente do dia em que tentei respirar dentro da água, do dia em que tentei inalar uma banheira cheia de água fria. Ela está fluindo dentro de mim. Só que, dessa vez, meu corpo não reluta. Ela está descendo pela minha garganta e eu a respiro dentro de mim. Mas meus pulmões não fazem esforço para resistir à invasão.

Isso parece pornografia. Releio a página anterior e parece que estou escrevendo pornografia. Nunca foi nada disso. Minhas palavras não são boas o bastante. Não são iguais à tarefa. Não sei expressar paixão e desejo, a umidade entre coxas, desejo, aquele desejo de tê-la dentro de mim e ao meu redor, e não o de degradar. Uma mulher se esforça para descrever demônios, anjos, e por ser *apenas* uma mulher ela torna sua beleza e terror um desserviço. Eu faço Eva Canning, como veio a mim, como eu a *vi*, um desserviço repugnante.

Desde o tempo de infância, não tenho sido
Como outros eram — não vi

Nossos lábios se entreabriram e a divisão trouxe maior desespero até do que quando soube da morte de Rosemary, e então da de Caroline, e então da hora em que Abalyn se foi. Dei um passo para trás e bati no braço do sofá. Eu teria caído se o sofá não estivesse ali.

Você não tem ideia de como é bom...

Ela estava entre a porta e eu, e eu começava a vê-la, não como a máscara para esconder a *coisa*, monstruosa e livre, alguns centímetros de água escura, e vendo-a ainda mais nítida do que aquele dia no museu. Seu rosto e ombros brilham, uma luz verde-vermelha-azul, e só então me ocorre que ela não está usando os óculos que usava naquele dia na Wayland Square e aquele dia no EDRI, porque seus olhos azuis estão pretos e eu não sei por que eu pensei que eles fossem azuis ou qualquer outra cor. O preto são todas as cores, a absorção de todas as cores. Nenhuma luz escapa do preto. Nenhuma luz escapa dos olhos de Eva Canning, quando ainda penso nela como a "Sereia de Millville".

— Cantarei para você, ~~Inverno~~ India Morgan – ela disse, sorrindo seu sorriso torto, triste, voraz, arrependido. Aquele sorriso está marcado para sempre na parte de dentro de minhas pálpebras e, quando eu morrer, for enterrada e estiver em meu túmulo, ainda verei aquele sorriso. — Vim cantar para você e desenhar sua canção. E quando terminarmos de cantar você vai me levar para casa e eu irei até a minha mãe, que sonha comigo todas as noites.

O voyeur da destruição absoluta.

Em retrospecto.

A frase que tirei do biscoito da sorte na primeira vez que Abalyn e eu pedimos comida pronta: Não pare agora.

Mas quero, porque o que está vindo é tão ruim quanto aqueles últimos dias sem remédios, aqueles últimos dias que passei em meu canto ou sussurrando loucamente enquanto datilografava até Abalyn usar sua chave para me encontrar. O que está vindo é tão difícil de descrever, acredito, porque é terrível, bonito e errado, e muito pessoal. Mas estou muito, muito perto do Fim. Não pare agora.

O que acontece depois é confuso, borrado. Principalmente o começo. Primeiro, parei de tomar os remédios. E havia Eva, e o que significava ela ter cruzado o limite e, com isso, quero dizer muito mais do que apenas que ela ter atravessado a porta. Quero dizer coisas pequenas. Eu me lembro que ela telefonou para o meu trabalho e disse ser minha amiga e que eu estava com virose e ficaria uns dias afastada. Também me lembro que foi Eva quem me convenceu de que eu ficaria melhor sem meus remédios, porque, afinal, eu tinha *ela* agora. E ela disse algo como "Eles só misturariam sua percepção do tempo. Eles impedem que você veja o que o dom de sua insanidade revela e o que os outros nem imaginam". A pedido dela, joguei tudo dentro do vaso sanitário e dei descarga. Os remédios. Eu me sentei no vaso, esvaziei todos os frascos enquanto ela permanecia na porta, observando e aprovando. Eu dei a descarga e a água em espiral roubou minha sanidade artificial.

Ela me ofereceu uma mão e me ajudou a me levantar do chão. Mas, na verdade, eu queria ficar ali. O apartamento estava tão quente, e os azulejos estavam frios embaixo de mim. Ela me puxou para si e então me guiou...

Eu mentiria se escolhesse dizer: "Ela me puxou para si e me levou para a cama". Embora ela tenha feito isso. Mas se eu disser isso, e só isso, será mentira. Pode ser factual, mas não seria verdade. "Segure a minha mão, India, vou ensiná-la a voar". Voar, cantar, nadar. Ela me levou para a cama e então me despiu. E me beijou de novo. Beijou minha boca, meus seios e meu sexo. E, então, ela me levou ao mais profundo inverno, e ao rio Blackstone. Ela me levou para a canção, que se tornou um país distante branco, até se tornar um quadro, até se tornar o mar. Mas, primeiro, a canção foi *apenas* canção e, os lábios dela, apenas os lábios dela.

Su, su, su la ru, su la casinha de madeira, su la baba bu, Quando eu encontrar minha menina vindo timidamente, Adeus, não chore, Durma, menininha. Quando acordar, você terá todos os lindos cavalinhos. Pretos e malhados, cinzas e manchados, Johnny partiu para batalhar. "Venha para casa comigo, pequena Matty Groves, venha para casa comigo hoje. Venha para casa comigo, pequena Matty Groves, e durma comigo até clarear." Johnny partiu para batalhar. Eles cresceram e cresceram no pátio da antiga igreja até não crescerem mais. No fim, eles formaram um nó de amor real. E a rosa cresceu na roseira-brava. Sou muito marrom e meus olhos são pretos como jabuticaba; eu sou bem rápido, Johnny partiu para batalhar. "Eu o coloco em um barquinho e o lanço ao mar. Ele pode afundar ou nadar, mas nunca voltaria para mim." E o único som que ouço, soprando pela cidade, é o grito do Vento ao soprar pela cidade, soprar e girar, soprar e girar. O fantasma dele caminhou à meia-noite até a cama de Mar-i-Jane. Quando ele disse a ela que estava morto, disse ela: "Vou enlouquecer". "Já que meu amorzinho está morto", disse ela, "Toda a alegria da terra desapareceu de mim; Nunca mais feliz serei." E ela enlouqueceu. Johnny partiu para batalhar. Tinki dudodum, tinki dudodum cantou o corajoso pescador. Sula, sula, sulagrá, é certo que ele me ama. Batidas no mar, Batidas no mar. Caminhar com amor, Nil Leigheas, meu remédio pra morrer, pra morrer em paz. Descendo, descer no campo, onde há um pequeno carneiro. As abelhas e borboletas em seus olhos. O coitadinho chora pela mamãe. Calma, bebezinho, não diga nada, siga a baleia; Onde os icebergs flutuam e os ventos de chuva sopram. Onde a terra e o mar são cobertos se aquele pássaro não cantar. Mamãe foi comprar um anel de diamante. Teça e gire, teça e gire, Johnny partiu para batalhar. Ele fez uma harpa com o osso do peito dela, Que pode tocar para sempre. Johnny partiu para batalhar. E, então, três vezes nosso barco rodou três vezes, e três vezes ela rodou, e na terceira vez que ela rodou ela caiu no fundo do mar. O barco virou e quatro homens se afogaram, e nunca pegamos aquela baleia, garotos corajosos, e nunca pegamos aquela baleia. E na noite de inverno longa, o corpo morto a seguiu. Teça e gire, teça e gire. Eu vi, eu vi a luz do céu brilhando ao redor. Eu vi a luz brilhando. Eu vi a luz descendo. Por mais lento que nosso barco avançasse contra o vento, ele soprava, su suu, su la ru o barquinho, su la baba bu Quando eu encontrar minha menina, su la ru, Johnny partiu para batalhar.

Naqueles dias que se seguiram, todas as canções eram dela e de seu gênero. Nunca me disse isso. Era algo que eu compreendia implicitamente. Era uma verdade não dita que pairava entre nós. Eva Canning me deitou na cama, me esticou e enterrou o rosto entre minhas coxas, e sua língua entoou canções indescritíveis em mim.

São muitas para escrever, por isso coloco só pedaços. Não consigo me lembrar da maioria e, além disso, sei agora o que não sabia na época. Já vi o túmulo em Middletown e agora sei que minha história de fantasmas não é a história de fantasmas que pensei que fosse, aquela que resolvi contar. Minhas histórias mudam de forma como sereias e lobisomens. Uma licantropia de substantivos, verbos e adjetivos, sujeitos e predicados, e assim por diante.

Ela se deitou entre minhas pernas e me encheu de música que poucos já ouviram e viveram. Ela me fez Ulisses. Ela me fez uma lira, uma harpa, uma flauta. Ela me tocou (duplo sentido aqui). E as canções são histórias, então ela me fez um livro, assim como me tornei canção. Nada disso significa o que significava alguns dias atrás, mas estou contando como *teria contado* antes de Abalyn ir comigo à Aquidneck Island. Haverá tempo depois para mais revelações. *Essas* coisas ainda são verdade e eu acho que os fatos são coisas pacientes. Os fatos têm todo o tempo que o universo permite.

Acordei certa noite, depois da meia-noite, mas muito antes do amanhecer, e ela estava de pé na janela do quarto, olhando para o quintal fedorento e cheio de mato, para as casas que dão vista à Wood Street, o céu, para a noite que se pode ver da janela. É uma visão deprimente, quase nunca abro aquelas cortinas. Eva estava nua, sua pele brilhava como óleo de motor em poça. Até mesmo ao luar, pela janela, sua pele brilhava.

— Eu sonhei...? – comecei.

— Você sonhou comigo – disse ela.

— O que está vendo? – perguntei com a voz carregada de sono e o gosto dos sonhos que ela havia me dado e os que ainda viriam.

Ela olhou para trás, para mim, e sorriu. Era o sorriso mais triste. Era um sorriso que quase partiu meu coração.

— Seu coração é frágil, ~~Inverno~~ India Morgan. Seu coração é uma loja de louça e o mundo é o touro dentro dela. Seu coração é feito de vidro.

— Você deveria estar dormindo – disse ela.

— Alguma coisa me acordou – respondi. Perguntei o que estava vendo e ela virou o rosto para a janela de novo.

— Alguma coisa me acordou – disse ela.

Fechei os olhos de novo, desejando voltar a dormir, tão cansada, tão feliz, tão dolorosamente exausta dos discursos dela e das músicas e histórias que me enchiam de vida. Então ela disse algo mais, não sei bem o que escutei. Só tenho quase certeza – que não é a mesma coisa de ter certeza, certo?

Acho que Eva Canning disse:

— Você é um fantasma. – Mas ela não estava falando comigo. Ela estava vendo seu reflexo na janela do quarto e eu tenho quase certeza de que era com aquilo que ela falava.

Escolho esta próxima canção aleatoriamente. Esse sonho,
Que acredito que escolherei, depois mais um.

Ou dois.

Estou pintando um quadro de dias que estão todos perdidos e, ainda assim, eles são os dias mais reais e imediatos que vivi. Estou tentando me lembrar daqueles sonhos preciosos e das histórias que ela cantava e suspirava por meus lábios, dentes e dentro de minha garganta.

Ela conhecia centenas de permutações da história de como, em 1898, Phillip George Saltonstall pintou *A Menina Submersa*. Ela me contou algumas delas. Algumas ecoavam essa carta a Mary Farnum. A maioria não.

Eu me lembro disso, independentemente de estar sonhando ou estar acordada, ou naquele limite no qual ela me mantinha na maior parte do tempo. Fui sonâmbula por dias inteiros.

Eu estava na floresta, na represa Rolling, no rio Blackstone, e era o ápice do inverno, e havia caído uma nevasca. Eu estava nua enquanto Eva estava à janela do quarto, mas não sentia frio. Não sentia nem um pouco do frio. Eu estava na margem oeste, olhando para o outro lado da represa, para toda aquela água da cor de azeitonas espanholas que se espalhava acima do convexo e batiam nas pedras lá embaixo. A água acima da represa era preta; quem sabe a profundidade ou o que escondia? (E, ao escrever isso, eu me lembro de Natalie Wood tentando se afogar acima de uma represa em *Clamor do Sexo*, e de Natalie Wood se afogando em 1981 na Catalina Island. Ela havia passado a vida com medo de se afogar, porque, na infância, quase se afogou. Quase se afogou, é o que estou dizendo. Bem, em *Clamor do Sexo*, a água acima da represa também era escura. Mas, no filme, era verão, não inverno.)

As águas abaixo da represa Rolling eram tão turbulentas que passavam entre penedos de granito cobertos com neve. Eu desci para a margem da água e vi que ao norte, onde o rio se dobra a oeste, ela estava congelada e o gelo se estendia até onde eu conseguia ver. Um caminho branco se abria entre troncos e galhos congelados de bétulas, pinheiros, bordos repletos de flores pequenas e vermelhas apesar do frio, carvalhos, chorões, vegetação rasteira de rododendros, estrepeiros, vinhas selvagens.

Minha respiração não se enevoava e eu suspeitava que era porque estava morta, então meu corpo estava quase tão frio quanto as matas ao meu redor.

"O que você viu na represa?", datilografo. "Sem mentir. O que você viu?"

Me perdoem. Não menti ainda.

Ouvi um barulho à minha esquerda e virei a cabeça para ver uma corça me observando. Ela estava tão parada que pensei que pudesse estar morta também. Podia estar morta e congelada e talvez tivesse sido deixada ali como piada ou como uma decoração mórbida. Mas então ela piscou e se sobressaltou, saltando entre as árvores. Deveria ter feito muito barulho, passando pela floresta daquele modo, mas não emitia som nenhum. Talvez fizesse barulho, sim, mas o barulho da represa o encobria. A represa estava muito barulhenta, como uma onda sempre quebrando e nunca se afastando nas margens amplas e seixos nus do mundo. A corça se foi, suas pegadas brancas foram um alerta, mas eu pensei que estava sozinha. À exceção dos corvos nas árvores.

"Os corvos representam mentiras", datilografou Imp. "Não se esqueça disso. Não se esqueça dos médicos da peste que você nunca viu, dos médicos com bico."

Corvos nem sempre são mentiras. Às vezes só são corvos famintos, revoltados, agressivos pousados nos galhos descascados das árvores de fevereiro. É a minha alma lá em cima. Às vezes eles não são mais do que isso.

"Tudo bem", Imp datilografou. "Mas, depois da corça, o que você viu? Quando olhou para o outro lado do rio Blackstone acima da represa, o que você viu?"

Eu vi Jacova Angevine (não sabia o nome dela; só saberia o nome dela depois de dois anos e quatro meses). Eu vi Jacova Angevine, líder da Porta Aberta da Noite, a profeta de Salinas, liderando dezenas e dezenas de mulheres e homens no rio. Todos vestiam roupões brancos como a neve. Nenhum deles sequer tentou nadar. Entraram, seguiram e nenhum deles apareceu de novo. Nenhuma bolha de ar. Continuou por muito tempo, e eu estava começando a pensar que aquela procissão não teria fim, se é que teria mesmo, e apenas uma mulher ficou de pé no lado oposto. Não, não era uma mulher. Uma menina muito jovem. Ela não usava um roupão branco, mas sim jeans, uma blusa e um casaco azul-claro com gola de pelo azul. Ficou na margem e olhou para o rio escuro. São apenas cinquenta metros, aproximadamente, na represa Rolling, e eu consegui vê-la com muita nitidez. Ela olhou para a frente, finalmente, e por um instante seus olhos se encontraram com os meus. E então ela se virou e, como a corça, correu para a floresta.

— Você é um fantasma – disse ela a seu reflexo.

Quis seguir a menina, mas não ousei entrar no rio, não com todas aquelas mulheres e homens afogados. Tinha certeza de que eles me pegariam e me arrastariam com eles. Então eu me abaixei na neve, selvagem como qualquer corça, lince ou coiote. Eu me abaixei e observei o rio. Fiz xixi, então sabia que devia estar viva, porque mulheres mortas não fazem xixi, certo? Eu me embrenhei entre as árvores, sob o céu claro, quase tão branco como a neve. E, antes de o sol se pôr, comecei a sentir o frio, e meu corpo se transformou em gelo. Eu era transparente e então a lua brilhava através de mim.

Imp datilografa: "Em 'O Sorriso do Lobisomem', você escolheu o nome Inverno".

Estamos sentadas juntas à luz da lua e não há luzes no apartamento. Estamos sentadas juntas na frente da mesa e das caixas acústicas e estou tocando um dos discos de Rosemary Anne para Eva. Ela me disse que sempre se sentiu fascinada pela música que ela não toca, a música do homem, a música fora do mar, a música do mundo, apesar de ter ouvido muito pouco. Então, estou tocando *Dreamboat Annie* para ela, porque eu me lembro que é uma das que Abalyn mais gostava. Eva escuta e às vezes diz alguma coisa. A música está alta (ela quer assim), mas não tenho problemas em ouvir suas palavras claramente acima dos violões, das baterias, dos pianos, dos sintetizadores e dos vocais.

Perguntei a ela, de novo, o que havia dito naquele dia no museu a respeito de *A Menina Submersa* ser *seu* quadro. Uma canção termina, outra começa, e finalmente ela diz:

— Você vê e é obcecada por ela. Mas nunca tomou para si? Nunca se viu dentro disso?

Eu admiti que não.

Ela me beijou e a música parou. Em poucos minutos, eu me vejo de pé à beira do rio de novo. Dessa vez ~~eu não era Inverno~~ não era inverno, mas final do verão, e as árvores eram uma mistura verde. Pouca coisa não tinha um tom ou outro de verde. Mas percebi, de repente, que só conseguia enxergar poucos metros à frente em qualquer direção. Não conseguia ver o céu, nem muito longe na beira do rio do outro lado. Eu havia entrado na água fria e bem-vinda e, quando olho para trás, lado direito, o espaço entre as árvores é impenetrável. Não há, acima de mim, nenhum indício do céu. Não é que eu não consiga *ver* o céu; ele simplesmente não está ali. E compreendo, naquele momento, que não estou no rio. Eva me beijou, um beijo alquímico, e agora eu estou no quadro. Não, eu *sou* o quadro.

Observo tudo mais de perto e em toda superfície – o rio, a floresta, a casca das árvores, a vegetação rasteira entre elas, até minha própria pele –, há a textura inconfundível de linho estendido. E é quando sinto o pincel de pelos de camelo e a tinta óleo pingando, delicada e meticulosamente, no espaço abaixo de meu umbigo.

— Está vendo? – pergunta Eva. E estou de volta com ela à luz da lua. O disco acabou e o braço do fonógrafo se levantou automaticamente e voltou ao apoio. — É simples desse jeito. Agora é seu quadro também. É só outra maneira de cantar.

Demorou um pouco para a desorientação passar, para eu poder falar de novo. Eu disse:

— Queria que houvesse algo que eu pudesse lhe dar. Você me deu tanto.

Ela sorriu e beijou minha bochecha.

— Está vindo, amor – ela suspirou — Seja paciente. Agora, em pouco tempo, virá.

Como eu disse antes, há inúmeras outras canções e histórias que Eva cantou dentro de mim. Mas vejo que são todas variações de um mesmo tema. No máximo, diferenciadas por sutilezas que parecem bem menos importantes, menos profundas, para mim agora, mais do que deviam ser antes.

— Você é um fantasma – Eva disse a si mesma.

E ela cantou dentro de mim por dias e mais dias, noites e mais noites, tornando-me o recipiente das lembranças de um fantasma. Ela me escondeu, me sequestrou em seus braços e em meu apartamento, longe de toda a distração para que eu tivesse olhos, ouvidos, tato e paladar apenas para ela. Eu a respirei para dentro de mim. Eu respirei um fantasma, insubstancial e ectoplásmico, uma mulher que acreditava ser um fantasma e uma sereia, e que não era um lobo e nunca tinha sido. Conversamos, em algum momento em todo aquele tempo, sobre Albert Perrault, e ela disse:

— Minha mãe... – mas parou.

Eu escrevi que tinha escolhido uma história, e depois outra. Mas há muitas opções e pouca distinção. E eu escrevi. A garota à beira do rio, que se virou. Não seguir os outros dentro do rio e perder a chance para sempre. Não seguir, cada vez mais longe. Consigo entender isso. Caroline se enfiou em fumaça de hidrocarbonos, e Rosemary Anne também se foi e eu estou sozinha, em um exílio que escolhi, ou de meu medo. Eu poderia me unir a elas, mas, ainda assim, não posso. Não posso. Eva não pode seguir, mas o mar ficou com o coração e a alma dela para sempre. "A Pequena Sereia" e nunca "Chapeuzinho Vermelho". Nunca Gévaudan. Sempre *A Menina Submersa*, nunca Elizabeth Short. Mas estou correndo. Pare. Volte, Imp.

Eva não me amou. Duvido que tenha amado alguém. Ela amava o mar. Presa em um rio escuro em Massachusetts, ela só procurava o caminho para casa, o caminho que levava à maré dos braços de um amor. Em "O Sorriso do Lobisomem", escrevi sobre a Eva da ficção, "...porque eu sabia que ela nunca *havia amado* nenhum deles, assim como não me amou".

Contei sobre o rio no inverno e sobre me tornar o quadro, mas não vou escrever todas essas histórias-canções, as permutações mutáveis e não mutáveis: uma criança em um gira-gira, rodando e rodando enquanto a mãe observa, nunca chegava a lugar nenhum; uma criatura velha com olhos dourados e dentes pontudos faminta e observando na lama do fundo da água profunda na represa Rolling; os destroços de muitos navios, afundados nos séculos XVII, XVIII e XIX; uma praia levando ao submarino Monterey Canyon, 153 quilômetros de comprimento e quase 365 metros de profundidade; uma mulher bela e carismática e os suplicantes pedindo libertação do sofrimento terrestre; Phillip George Saltonstall subindo à sela; o estupro de minha mãe por um homem que chamei de pai; todos aqueles homens e mulheres marchando para dentro do mar; a mãe de demônios de furacão. Veja, Imp, são todas a mesma história, vistas pelos olhos do fantasma que eles assombram, e esse fantasma é Eva, e esse fantasma sou eu.

Ela me mostrou o rosto que eu precisava ver, e que ela precisava que eu visse, para completar um circuito. Acabaria com a assombração, por mais que piorasse a minha. Eu não teria como saber disso na época, perdida nela e sem os remédios.

Não há monstros. Nem lobisomens. Nem sereias.

Mas ela me mostrou sua faceta mais sincera, não importa se era real.

A "Sereia de Millville" transformou-se em seus vários disfarces em minha cama, a alma assassinada e transformada de Perishable Shippen, que certamente tinham perecido, como seu nome, mesmo que nunca tivesse existido. Eva se transformava em enguias e serpentes do mar, peixe-bruxa e lampreia. Ela prendeu aquela boca faminta nas dobras de minha genitália, com os dentes resvalando em meu clitóris. Ela se remexia e se encolhia sobre mim, envolvendo-me em uma capa de muco grosso e transparente, que exalava por minhas glândulas e poros invisíveis. Em suas costas, havia as guelras de um tubarão, uma fileira profunda de quatro cortes vermelhos dos dois lados do torso, fora da água e puxando o ar, abrindo e fechando, sem ar, mas sem morrer. Seus seios tinham desaparecido, deixando o peito liso, apenas com as guelras. Olhei nos olhos pretos, olhos que eram apenas pretos e nada mais, e eles olharam para mim.

Ela me floresceu e sugou meu sangue.

Levou minha voz, não me deixou opção além de amá-la.

Onde havia lençóis limpos de algodão ficou um cobertor de pólipos, cem espécies diferentes de anêmonas-do-mar, o abraço pontiagudo de seus tentáculos ali para nos manter seguras. Estávamos imunes as suas neurotoxinas, entendi instintivamente, como os pequenos peixes-palhaços que ficam com anêmonas para escapar dos dentes de peixes maiores. A meus olhos, as anêmonas não eram diferentes de um campo de flores selvagens. Ela florescia. E havia polvos azuis e serpentes do mar entre aquelas flores nos poupando do ataque final. Ela os chamava com melodias que a garganta de uma mulher mortal não consegue repetir. Caranguejos passavam por minha barriga e uma série de cirrípedes passou por meus braços e pernas. Não questionei nada daquilo. Foi. Simplesmente foi. A sala estava repleta de sombras de peixes sinuosos.

Eu gozei, gozei e gozei.

Orgasmo é uma palavra insuficiente.

Ela me segurou forte com braços do mesmo azul que seus olhos já tinham sido, mãos com dedos grudados e braços repletos de escamas e fotóforos que brilhavam num outro tom de azul para iluminar o escuro de meu quarto, que deve ter ido fundo como qualquer coisa que já afundou. Suas garras quitinas deixavam marcas em meus seios e rosto. As espinhas de peixe-leão tomavam meu coração e pulmões.

Ela me puxou.

— Prometa - ela sussurrou com aquela boca sem lábios. — Prometa, quando terminarmos aqui.

E eu prometi, meio sem entender a promessa que eu tinha feito. Eu teria prometido a ela que passaria pelos infernos nos quais nunca acreditei. Eu teria prometido a ela todos os dias de minha vida, se ela tivesse pedido.

— Você é meu salvador - ela sussurrou, encolhendo-se e abrindo-se. — Você é o fim de meu cativeiro.

— Amo você - disse a ela.

— Sou má. Lembra?

— Então amo sua maldade e também serei má. Vou me tornar uma abominação.

— Não existe nada de maldade em você, India Morgan Phelps, e não direi isso.

— Se você me deixar - eu disse. — Se você me deixar, vou morrer - e eu estava tentando não chorar, mas havia lágrimas em meu rosto, lágrimas instantaneamente perdidas ao mar que enchia meu quarto. — Vou me afogar se você me deixar.

— Não, Imp – respondeu ela, com a voz com algas e escuridão. — Você não é a garota que se afoga. Não nessa história que está escrevendo. Você é a garota que aprende a nadar.
— Quero acreditar em você.
— Oh, ~~Inverno~~ India, tudo que já lhe disse ou que lhe direi é mentira, mas *isto*, *isto* é verdade. (Não digo a ela que um dia eu escreveria essas palavras e as colocaria em sua boca em uma história chamada "O Sorriso do Lobisomem".)

Ela me beijou de novo, com gosto de salmoura, e os lábios, os lábios de *l'Inconnue de la Seine*.

E então eu comecei a cantar. Era a *minha* canção, e só minha, nunca cantada desde o começo dos tempos. Era tudo que eu era, tinha sido, podia ser. Eu me enchia da canção e cantava.

"Como no biscoito da sorte, 'Não pare agora'", datilografou Imp. "Você está quase no fim".

É verdade. Não tem muito mais o que contar, mas, possivelmente, o que resta pode ser a parte mais importante da história de fantasmas. Talvez eu pudesse desenhar. Há muito mais que não contei, momentos que ocorreram entre mim e Eva Canning; eu poderia me sentar aqui e registrar todos eles de que me lembro. Demoraria muitos outros dias, muitas outras páginas. Ainda que não tenha tanta coisa assim para contar. Eu tenho tempo, acho. Ainda desempregada, tenho muito tempo livre. Sim, eu poderia desenhar, como fui seduzida e envolvida pela minha sereia (que nunca foi loba), minha amante que seria uma melusina, uma filha de Phorcys, a "Sereia de Millville" presa no rio Blackstone há muito tempo por um furacão, que seria todas essas coisas e mais outras várias. A seu modo, e a *meu modo*, ela enfeitiçava como Circe, mas suas tintas agiam em meus olhos e mente. As transformações físicas que ela realizava.

Numa manhã – e eu não sei dizer há quantos dias ela havia ultrapassado o limite, há quantos dias Abalyn havia partido, apenas que estávamos no apartamento durante todo aquele tempo. Eu não precisava de comida, nem do que já estava dentro da despensa e na geladeira. Então, numa manhã de agosto, eu acordei e estava sozinha na cama. Os lençóis eram só lençóis. Todas as anêmonas haviam desaparecido de novo. Elas vinham e iam como queriam, ou conforme ela as reunia e afastava. Só havia os lençóis, que cheiravam a suor e sexo – e um pouco a mar. Eu estava sonhando com o dia em que Abalyn e eu tínhamos ido ao rio e não vimos nada de mais, só que no sonho vimos algo. Não direi o quê. Não é importante. Eu acordei do sonho e fiquei piscando, imediatamente percebendo que Eva não estava ali do meu lado. Eu dormi nos braços dela, ou ela nos meus. Estávamos deitadas como qualquer outro animal nos braços uma da outra. Nós estávamos unidas como se dependêssemos daquele abraço.

— Eva? – sussurrei, com sono.

— Bom dia, India Morgan – disse ela. Estava na janela do quarto de novo, olhando para o céu, que começava a clarear. Não estava nua dessa vez. Usava o vestido vermelho de seda, mas estava descalça. A luz da manhã deixava seu rosto pálido com um toque de cor de gengibre. Gengibre ou bege. A loba Eva que nunca existiu tinha olhos bege. Imaginei que talvez a lua viesse *de dentro* dela, por mais que irradiasse *dela*. Estava muito ereta. Não olhou para trás, para mim, e não disse nada. Não havia iridescência nela, e ela se parecia com qualquer outra mulher de pele clara. Não era mais sobre-humana e eu pensei "O feitiço se desfez". Pensei "O que acontecer a partir daqui talvez seja minha escolha e só minha".

Isso devia ser verdade. Às vezes, agora, sabendo o que sei, prefiro acreditar o contrário.

— Você deveria vestir uma roupa – disse ela, com as palavras macias como veludo. — Preciso que me leve ao mar hoje. Precisamos partir logo. Já adiei demais.

Não vi motivos para duvidar daquilo. De qualquer forma, parecia muito sensato. Eu tinha visto o tipo de ser que ela era e havia testemunhado sua mágica – é claro que ela precisava ficar perto do mar. Eu me levantei, peguei uma calcinha limpa e meias que não combinavam (uma cor de argila; a outra, preta com listras brancas), shorts cargo e uma camiseta cáqui que Abalyn havia deixado. Agora sei, e sabia naquele momento, que deveria ter sentido uma pontada de... alguma coisa... ao ver a camiseta, mas não senti. Simplesmente a vesti.

Eu estava amarrando os tênis quando ela perguntou se eu estava com fome, se precisava tomar café antes de partirmos. Eu disse que não, que não estava com fome, mas estava.

— Você conhece Moonstone Beach? - perguntou ela.

— Claro - respondi. — Já fui muitas vezes. - No verão. Só é possível andar por uma faixa nessa praia, porque costumava ser uma praia de nudismo até 1989, mais ou menos, quando as pessoas do US Fish and Wildlife declararam que ali seria um refúgio para maçaricos. De abril a meados de setembro, não se pode chegar perto dos ninhos. São passarinhos minúsculos de cor cinza com círculos escuros ao redor do pescoço e entre os olhos. Eles se lançam à areia, bicando tudo e comendo minhocas, insetos ou qualquer coisa.

— Então vamos à Moonstone Beach. - E, então, ela começou a falar sobre o mês de janeiro de doze invernos antes, quando um tanque e um reboque se chocaram ali. O tanque derramou mais de 800 mil litros de óleo tóxico no Block Island Sound e na praia. O nome do tanque era *North Cape*, e o reboque se chamava *Scandia* e, durante a tempestade, eles tinham colidido nas rochas na parte rasa. Os lagos Trustom e Card foram contaminados pelo derramamento de óleo - dois lagos de sal perto da praia - e Moonstone ficou com os cadáveres de dezenas de milhões de aves marítimas contaminadas, lagostas, mariscos e estrelas-do-mar. Tudo que podia ser envenenado foi mandado para a praia. As pessoas salvaram algumas das aves. Não é possível salvar uma lagosta envenenada.

Você realmente não tem ideia quão prazeroso...

— Foi um massacre - disse Eva, e havia um traço inconfundível de amargura em sua voz. — Ele não se esquece dessas coisas. Talvez as pessoas se esqueçam. Talvez as aves voltem e os mariscos voltem, e ninguém conte aos turistas o que aconteceu aqui. Mas o *mar* se lembra. A lembrança do mar é de eras.

Conto que encontrei um fóssil de trilobita na Conanicut Island quando era criança.

— Estava meio desbotado, porque o xisto entrou em metamorfose, transformou-se em pedra... - e então percebo que estou tagarelando e paro de falar.

— Eu cantei para mim – disse ela, e eu me sentei na cama, observando a luz em seu rosto. — Cantei você e tirei sua canção de você. Mantive minha promessa.

— Você acha que ela está esperando? – perguntei. — Estou me referindo a sua mãe. – E ela não me respondeu. Eu queria dizer que a amava. Queria implorar para que ficasse comigo para sempre, que me mantivesse em suas aventuras batipelágicas que permitira que eu desse uma olhada rapidamente. Queria implorar a ela que me ensinasse a metamorfose, eu poderia me enrolar e observar o mundo com olhos escuros de tubarão. "Por favor, ensine-me a bruxaria", pensei, "para eu poder chamar as anêmonas e os mariscos, os polvos e a estrela-do-mar. Fique e sempre seja minha irmã, minha amante, minha professora, minha dissolução." Meus pensamentos eram claros como o sol que nascia, e ela escutava todos eles. Ou apenas adivinhava.

— Não – ela sussurrou. — Já dei tudo que podia.

É quando me lembro de meus sonhos em Moonstone em julho, dançando de mãos dadas com "A Quadrilha da Lagosta" enquanto Eva brincava, mas eu os mantive em segredo. Fui ao banheiro, escovei os dentes e passei fio dental, usei desodorante e fiz xixi. Meu reflexo, no espelho do armário de remédios, meu reflexo me surpreendeu, mas só um pouco. Eu havia perdido peso e minha pele estava amarelada, e eu também tinha olheiras escuras.

Preço pequeno a ser pago, disse a mim mesma, baixinho.

— Estou pronta – eu disse, entrando no quarto. Eva ainda estava de pé perto da janela. Finalmente ela deu as costas para o dia. E eu acho, e tenho quase certeza de que ela disse algo a respeito de Aokigahara Jukai, mas estava falando tão baixo que não pedi a ela que repetisse.

Saímos da casa, saímos da cidade, e eu peguei a saída da Broad Street para a I-95 para South County. Eu tinha que encontrar meus óculos, o sol estava forte à minha esquerda. O dia estava claro, o céu azul como nunca, sem nuvens. Eva encontrou uma emissora de rádio que tocava música clássica e...

"Não pare agora", Imp datilografou.

Às cinco em ponto sua MÃE *se deita,*
Com os ossos DELA *Corrall é feito:*
Eram pérola que faziam os olhos DELA
Nada DELA *que desapareça*
Mas o mar sofrerá mudanças,
Será algo denso & estranho.

Demoramos menos de uma hora para chegar à Moonstone Beach. Saio da estrada no... Não, não faz sentido descrever cada lugar, certo? Saí da estrada e dirigi em direção ao mar. Dirigi em direção ao sul, para o mar. Os vidros estavam abaixados e o ar cheirava a coisas que cresciam. Eu dirigi, e passamos pela paisagem rural pitoresca abaixo da I-95: o Kenyon Grist Mill (circa 1886, 1695) e os campos de plantações de milho altas e secas, vegetação abundante, samambaias e pastos, muros de pedra com musgo e líquen, cavalos, vacas e bodes, árvores tão grandes que imaginei que deveriam ter sido plantadas antes na Guerra da Independência, algumas casas (algumas delas velhas e dignas, outras novas e comuns) e várias flores de cenoura, com as flores balançando preguiçosas ao vento da manhã. Lagos e rios, e pequenos pântanos. Uma ou duas vezes eu quis pegar o Honda para mostrar uma coisa ou outra para Eva. Mas não o fiz. Na Willow Street, ela havia dito: "Precisamos partir logo. Já posterguei demais".

Ela não aceitaria parar, então não pedi. Tentei não fazer perguntas cujas respostas já sabia; Rosemary me ensinou a não fazer isso.

Às 7 horas (tive de parar e abastecer ou teríamos chegado mais cedo), havíamos chegado ao local tranquilo ao fim da Moonstone Beach Road. De um lado, o oeste, o local é ladeado pelo lago Card, e do outro lado, o leste, é ladeado por um matagal impenetrável, entrelaçado com árvores definhadas e pelo lago Card. Eu estacionei ao lado do lago Card e alertei a Eva que para tomar cuidado com heras venenosas quando saísse, porque elas crescem perto da praia. Eu não sabia se ela era alérgica ou não, mas eu sou terrivelmente alérgica à hera venenosa. Então alertá-la foi um reflexo. Ela não tinha calçado sapatos, afinal. Eva sorriu, abriu a porta e saiu do carro.

Nós ficamos ali, com o carro entre nós, por... Não por muito tempo. Vi dois cisnes no lago e os mostrei a ela. Eva assentiu e disse:

— O cisne a morrer, quando os anos chegam, Em toques de música, retira vida e verso. E, entoando seu próprio canto fúnebre, segue seu choroso cortejo.

Quem, morrendo no mar, pode ser levado num carro fúnebre?

— Por que você inventou isso? – perguntei.

— Não fiz isso – disse ela, e riu, mas não foi, de jeito nenhum, um riso malvado ou jocoso. — Um poeta inglês, Phineas Fletcher. Ele o escreveu.

— Bom, é lindo – eu disse a ela.

— Não tanto quanto os cisnes – respondeu ela.

— Não – concordei. — Não tão bonito.

Uma rajada de vento remexeu a superfície cor de chá do lago e um dos cisnes abriu as asas amplas.

— Não devemos nos demorar – disse ela naquele momento, e eu a segui do carro pelo caminho de areia que levava à praia. Atravessamos o aqueduto que liga os dois lagos. A maré estava alta, então a água entrava no lago Card por meio do cano de concreto abaixo de nós. Só há duas ou três faixas de dunas dividindo os montes de sal da praia. As dunas eram cobertas por rosas caninas e a já mencionada hera venenosa. Naquela manhã, havia rosas caninas cor-de-rosa e brancas florescendo, e ainda algumas rosas vermelhas que não tinham ressecado e caído no chão.

"Seja breve", datilografou Imp. "Não devemos nos demorar."

Eu também datilografo.

O vento cheira a mar e a rosas caninas. Além das dunas, a Moonstone Beach está quase muito, muito ventosa. O vento chacoalhava loucamente os cabelos compridos de Eva. O vento estava mais frio do que eu esperava que estivesse e me arrependi por não ter levado uma blusa. O dia estava tão claro que eu conseguia ver o contorno da Block Island a 16 quilômetros ao sul. A praia estava, como sempre, repleta de algas, pedregulhos e pedras redondas: granito, ardósia, calcita, xisto e a pedra branca opaca, pedra-da-lua, que dava nome à praia. O mar estava calmo e com poucas ondas baixas, que batiam no tornozelo, rolavam e quebravam na praia. O céu era tomado por gaivotas, algumas das maiores gaivotas de costas pretas, e cormorões que passavam.

Não, Caroline. Não havia corvos, nem pássaros pretos de nenhum tipo.

Eva se abaixou e pegou uma pedra-da-lua perfeitamente redonda, do tamanho de uma castanha, e a colocou em minha mão, e então fechou os dedos.

— Você pode cantar agora, India Morgan Phelps – disse ela. — Gostaria que suas canções não lhe causassem tanta dor. – E, então, ela colocou a mão dos dois lados de minha cabeça e me beijou, e Eva não tinha o gosto diferente ao de nenhuma mulher humana que eu já tivesse beijado.

Quando nossos lábios se separaram, eu disse:
— Vamos para casa.

Os olhos azuis dela se fixaram nos meus. Ela não sorriu, não franziu a testa. Não conheço uma palavra para a expressão de seu rosto. Talvez a palavra seja *calma*.

— Não, Imp. Não é assim que nossa história de fantasmas termina – disse ela de modo tão suave que mal consegui ouvir sua voz acima do vento. — Não é como a minha história de fantasmas termina.

E então a mulher que eu conhecia como Eva Canning, filha de Eva Canning, fez o que sua mãe havia feito 17 anos antes. Eva deu as costas para mim e caminhou até o mar. A princípio, as ondas quebravam na altura de seus tornozelos, depois nas coxas, encharcando seu vestido vermelho, vermelho como rosas vermelhas. Então ela nadou um pouco. E desapareceu. Pensei: "O amor está observando alguém morrer."

Eu me sentei na praia e segurei a pedra-da-lua que ela me dera. Fiquei ali por muito, muito tempo, tremendo e escutando as gaivotas.

ÚLTIMAS PÁGINAS
India Morgan Phelps

27 DE NOVEMBRO DE 2010

"Independentemente do que foi ou não foi, acabou", datilografei, "e você escreveu para mim. Você sempre será assombrada, mas acabou. Obrigada. Pode ir agora."

Imp datilografou.

Eu datilografei.

----

18 DE JANEIRO DE 2011

Ontem à noite, eu olhei pela janela e vi uma mulher vermelha caminhando na neve. Ela vestia um vestido vermelho. Mas não era ela. Abalyn também viu a mulher, e não era ela. Acho que vai nevar o inverno todo.

----

27 DE JANEIRO DE 2011

Encontrei isto na internet hoje cedo. Não estava procurando. Não, talvez estivesse. Ainda tenho meus arquivos e colocarei as impressões com todo o resto sobre Perrault. Vou digitar:

> [C]ertamente, coisas bem mais estranhas têm sido sugeridas a respeito da vida e dos trabalhos dele. E, devido às particularidades de sua curta carreira, seu envolvimento no oculto e seu gosto por afetações crípticas, não parece – a este autor – tão incomum

atribuir a Albert Perrault um tipo mórbido de pressentimento ou acreditar que sua apresentação de *O Último Drinque da Cabeça de Pássaro* na noite de seu acidente fatal de moto na *rue* Cuvier tenha sido uma atitude cuidadosamente orquestrada, feita para preservar sua mística *ad finem*. De fato, quase parece incomum acreditar o contrário.

Quanto ao quadro em si (atualmente à venda no Musée National D'art Moderne), *O Último Drinque da Cabeça de Pássaro* é uma das maiores e mais tematicamente oblíquas telas de Perrault. Depois de suas tentativas frustradas com escultura e multimídia, ele volta aos quadros que anunciaram sua queda quase um ano atrás. Aqui temos, mais uma vez, sua visão "retrô-expressionista-impressionista" e também um retorno claro a sua antiga obsessão com a mitologia.

Uma única pessoa está de pé no topo de um monte, contra um céu noturno pesado. No entanto, esse céu não está tomado por estrelas ou pelo luar, como em *A Noite Estrelada*, de Van Gogh, mas no próprio *pano* do céu. A tela em si parece convulsionar. A escuridão de um firmamento que pode refletir a concepção de um cosmos antipático de Perrault, e também pode ser vista como a projeção da figura central do quadro e, por extensão, como a própria psique do artista. Há um único toque vermelho de luz naquele céu preto e contraído (lembrando seu antigo *Fecunda Ratis*), que mais parece um olho doloroso do que qualquer corpo celestial comum. A forma distinta e a grossura das pinceladas deram ao céu um toque violento e eu descobri que é difícil não ver as pinceladas como corredores de um tipo de labirinto maluco, que leva por vários caminhos e, por fim, a lugar nenhum.

E se o céu de *O Último Drinque da Cabeça de Pássaro* puder formar um labirinto então a figura que domina o pano de fundo pode ser vista como seu inevitável "minotauro" – ou seja, uma quimera malformada para sempre dentro de seus espaços. A figura foi descrita anteriormente por um crítico proeminente representando o deus egípcio do céu, de cabeça de falcão, Hórus (ou Nekheny). Ainda assim, fica claro para mim que o avatar Cabeça de Pássaro de Perrault não pode ser adequadamente descrito como "cabeça de falcão". Em vez disso, o perfil apresentado – uma caveira pequena e um bico longo, fino e curvado – é um reminiscente forte de um íbis. Isso, então, traz à mente uma divindade egípcia totalmente diferente – Tot, escriba dos deuses e intermediário entre as forças do bem e do mal.

Em sua mão esquerda, a figura segura um livro e na coluna do livro conseguimos ver três letras, provavelmente uma parte do título – LEV. Não deixo de ler, em relatórios que apareceram logo depois da morte de Perrault, que ele recentemente havia começado a se corresponder com um membro do antigo "culto suicida" da Porta Aberta da Noite, de Jacova Angevine, uma mulher a quem ele se referiu em sua correspondência apenas como EMC. Desde o livro infame de Angevine, *O Despertar do Leviatã*, tem estado na biblioteca de Albert Perrault...

    Trecho de *Gilded Thomas Art Review*
    (volume 31, n. 7, primavera
    de 2006; Minneapolis, MN)

Esse quadro não foi incluído na exposição da Bell Gallery, em 2008. Pensei que talvez eu tivesse partido antes de vê-lo, pois saí em um estado ruim. Mas eu consultei a galeria

e um catálogo na exposição. O quadro não
estava lá. Acho que ainda está na França.
Mas EMC, supostamente uma sobrevivente dos
afogamentos em massa de Moss Landing? Há
dúvida de quem era essa correspondente?
Ele não sabia, ou sabia? Ele não sabia.

----

7 DE FEVEREIRO DE 2011

E eu nasço para morrer
Para deitar este corpo
E conforme meu espírito trêmulo voa
Para dentro de um mundo desconhecido
Uma terra de sombra profunda
Livre do pensamento humano
As regiões assustadoras dos mortos
Onde todas as coisas são esquecidas
    "IDUMEA", CHARLES WESLEY, 1793

----

10 DE FEVEREIRO DE 2011

Ontem no Ateneu me perguntaram: "Você ainda
tem interesse em Phillip Saltonstall?" Foi
a bibliotecária. Aquela que me perguntou,
há dois anos, se eu sabia que algumas das
cartas dele estavam na Biblioteca John Hay.

— Não – eu disse. Mas então completei: — Sim,
tenho – o que fez com que ela me lançasse

um olhar *daqueles*. Mas a expressão passou
depressa. Ela se inclinou e sussurrou.
O sussurro parecia conspirador.

— Então, você não vai acreditar no que vou
dizer – disse ela. — Você tinha bastante
interesse naquele quadro, certo?

— *A Menina Submersa* – eu disse, sem querer
dizer tudo isso, mas o que mais poderia dizer?

Ela pegou um livro grande, daqueles que as
pessoas chamam de "livros de mesa de centro".
Ele se chamava *Mestres do Simbolismo*. Ela abriu
nas páginas 156-157 e ali, na página 156 (lado
esquerdo), estava *A Menina Submersa* e, na página
157, havia mais um quadro de Saltonstall. Cada um
pegava quase uma folha inteira. O segundo quadro
tem o título de *Menina em um Rio* e o livro diz
que foi pintado em 1870, dois anos depois de *A
Menina Submersa*. Em muitos aspectos, os dois são
quase idênticos. Mas são muito, muito diferentes,
e *Menina em um Rio* inicialmente pensei ser o mais
terrível dos dois. A princípio, quase peguei
minhas coisas e saí correndo. Depois de vê-
lo, quero dizer. A mesma menina está na mesma
piscina; mais ou menos, é a mesma. Mas a menina
não está olhando para trás do ombro direito, mas
é mostrada de perfil, do lado esquerdo. Ela está
olhando para algo preto, quase parecido com uma
serpente enorme, metade dentro e metade fora
da água. Está enrolada em suas panturrilhas e
parece estar saindo da piscina para a grama. A
menina não parece nem um pouco abalada. Curiosa,
talvez, é o que penso. Quase aturdida. Abalyn
diria que essa é uma palavra que ninguém mais
usa, mas ela meio que estava *aturdida*. A coisa
parece escorregadia e é totalmente preta.

Em 1897, Saltonstall escreveu a Mary Farnum:

"Foi então que uma forma preta como breu pulou do rio. Sei que é uma descrição vaga, mas não consigo fazer melhor. Ficou visível apenas por um instante e nunca se transformou em algo mais distinto. Ainda assim, isso me deixou com a inquietante impressão de que eu não distinguia, de modo algum, um peixe, mas possivelmente uma grande serpente, grossa como um poste telegráfico e maior que qualquer serpente que eu imaginara existir em alguma parte dos trópicos africanos ou amazônicos. Não era uma serpente genuína, mas é a comparação mais próxima que consigo fazer, se eu tentar criar com isso algo mais substancial que as sombras debaixo dos bordos".

O homem que escreveu *Mestres do Simbolismo* se referiu a *Menina em um Rio* como "uma quadro perdido". Se realmente estivesse *tão* perdido, então não seria *encontrado* três anos atrás, na coleção da Hartnell College Gallery, em Salinas, Califórnia. O autor também descreve que o quadro foi doado "pela propriedade de Theodore Angevine". Pai de Jacova. Profeta de Salinas. Seu pai lecionava literatura comparada e escrevia romances de mistério, os quais, eu acho, não eram muito populares.

Além disso, quando eu escrevi sobre a figura em *A Menina Submersa*, escrevi: "Seus cabelos compridos são quase do mesmo tom de verde da água..." Isso não é verdade. Eu sabia que não era, mas disse mesmo assim. O cabelo da mulher é loiro. Amarelo. Amarelo-claro, como girassóis.

Não vou dizer nada sobre isso para Abalyn. Quadros perdidos, filhas de mistério, mistérios e as partes nunca vão deixar de se encaixar. Ou de aparecer. Uma Eva, mas dois quadros.

11 DE FEVEREIRO DE 2011

DE EDGAR ALLAN POE,
"A CIDADE CONDENADA (A CIDADE NO MAR)", 1831:

Ó! A morte deu a ELA um trono
Em uma cidade desconhecida, solitária,
Ao longo, no oeste escuro —
E os bons, e os maus, e os piores, e os melhores,
Foram ao descanso eterno.
Ali, templos, palácios e torres
São — não são como os nossos —
Ó! não — Ó! não — os nossos nunca se avultam
Ao céu com aquele mistério ímpio!
Torres corroídas pelo tempo que não estremecem!

"Nas mansões de Poseidon, Ela preparará
corredores de coral, vidro e ossos de
baleia. Palácios, templos em uma cidade
desconhecida. Ela vai nos trazer para casa."
    Jacova Angevine (1990)

----

8 DE MARÇO DE 2011

Eu vi a dra. Ogilvy hoje. Ela está feliz
com meu progresso. Sorri para mim de um
jeito que eu sei que ela realmente quer
sorrir, que não é seu "sorriso psiquiátrico
obrigatório", mas verdadeiro e honesto:

— Você sabe agora que nunca terá certeza
do que aconteceu? - perguntou ela.
— Sim, agora eu sei. Eu sei disso.
— E consegue conviver com isso.
Olhei para um grande dólar de areia em
uma de suas estantes e então eu disse:
— Consigo. Consigo viver com isso.
E foi quando ela sorriu para mim.

----

18 DE MARÇO DE 2011

Tecemos ficções necessárias, e às vezes elas nos
tecem. Nossas mentes, nossos corpos. A sereia
me ensinou a cantar, mas ela era enganadora,
manipuladora ____, e viu que eu não ajudei, não
~~ceguei~~ segurei a faca enquanto ela cortava os
punhos. Então contei a ela outra história, uma
bonita na qual ajudei um lobo perdido - que era,
na verdade, uma garota. Ajudei-a a encontrar a si
mesma e a se tornar um lobo de novo. Coloquei uma
em cima da outra e me tornei uma heroína e não
uma tola. Mas meu cérebro se debatia e clamou,
e eu deveria ter sabido que nunca daria certo.

----

7 DE ABRIL DE 2011

Céus! Homem, somos postos a girar e girar
neste mundo, como aquele molinete, e o
Destino é a alavanca. E o tempo todo, oh! Eis
o céu sorridente, eis o oceano inquieto!
   Herman Melville, *Moby Dick* (1851)

10 DE ABRIL DE 2011

Eu vi uma mulher vermelha na rua hoje.
Ela não se virou e olhou para mim.

----

10 DE ABRIL DE 2010

É um mundo de sonho-que-mata-sonho aqui.

----

20 DE ABRIL DE 2011

A mente de uma pessoa, como posso chamá-la, afeta
seu corpo, como posso chamá-lo? Nesse caso,
isso é *bruxaria pessoal* ou *bruxaria interna*.
A mente de uma pessoa pode afetar os corpos
de outras pessoas e outras coisas de fora?

Em caso afirmativo, é isso o que posso
chamar de *bruxaria externa*.

   Charles Fort, *Lo!* (1931)

Nada nela é humano, exceto o fato de ela *não* ser
uma loba; é como se o pelo que ela imaginava
usar tivesse se derretido em sua pele e se
tornado parte dela, apesar de não existir.

   Angela Carter, "Wolf-Alice" (1978)

2 DE JUNHO DE 2011

Voltei para a Moonstone Beach hoje, Abalyn foi comigo. Coloquei flores na água. Não sei se Eva gostava de flores, mas joguei nas ondas um ramo de platicérios e prímulas que eu havia juntado. Na língua das flores do Vaticano, as prímulas significavam "amor eterno", apesar de eu saber que é inadequado, porque eu sei que ela nunca *amou* nenhum deles, assim como não me amou. Vou dizer que é irônico.

----

4 DE JUNHO DE 2011

Abalyn terminou de ler o rascunho ontem. Bem, mais ontem à noite do que ontem. Depois ela olhou para ele por muito tempo e então silenciosamente olhou para mim até eu pedir que ela parasse, porque estava me deixando nervosa.
— É uma coisa meio incrível - disse ela, por fim.
— Eu deveria ter escrito mais sobre meu quadro - respondi, o que fez com que ela olhasse para mim de novo.
— Imp, sobre o que você acha que são esses contos? - perguntou ela.
— Oh - eu disse (ou disse algo como "oh").
— Eu estava começando a pensar que talvez eles não façam parte da história. Que talvez eu deva tirá-los. Os quadros, digo.
Abalyn franziu a testa.
— Você está errada - disse ela. — Se tentasse, não teria como se enganar mais.

10 DE JUNHO DE 2011

Um dos primos de Eva Canning, cujo nome é Jack Bowler, concordou em me encontrar na casa dele, em Jamestown. É um lugarzinho velho, mas ele preparou um chá e é um homem simpático com muitos gatos. Tem quarenta e poucos anos e o cabelo todo grisalho. Ele coleciona itens náuticos. Sua casinha é repleta de panelas de lagosta, equipamentos de barcos, fotos em porta-retratos e quadros (impressões) de navios baleeiros. Eu disse logo de cara que era maluca, porque acreditei que deveria ser honesta. Ele olhou para mim por um momento, riu e disse:

— Oh, não tem problema. — Fumava um cigarro atrás do outro e não me perguntou se eu me importava. Não contei a ele que me importava, sim.

Conversamos por mais de uma hora e muitas coisas foram ditas, consequentes e inconsequentes. Mas só vou contar uma parte.

Beberiquei minha segunda xícara de chá e ele disse:

— Sim, ela era criança quando a mãe morreu. E nunca mais ficou bem depois disso. Talvez nunca tenha sido muito certa, pra começo de conversa. Não éramos próximos, mas pelo fato de minha avó ser a irmã da avó dela acabei sabendo de umas coisas. Ela abandonou os estudos, finalmente, e acabou no hospital duas vezes. (Hospital Rhode Island, onde a dra. Ogilvy atende; não o Hospital Butler.) "Eu acho que tinha cerca de 20, 21 anos quando mudou de nome. Legalizou e tudo.

Um gato marrom pulou em meu colo e semicerrou os olhos para mim, como os gatos fazem com as pessoas de quem esperam, no mínimo, a gentileza de um carinho ou um coçar atrás da orelha. Eu o acariciei e ele ronronou.

— Ela mudou de nome?

— Sim, mudou. Legalmente. Não era Eva quando nasceu. Não foi o nome que a mãe deu a ela. Sua mãe não ficou muito tempo, mas ficou o suficiente para dar um nome a ela. A menina foi batizada como Imogene na Igreja Batista Central. Imogene May Canning. Ela o mudou, como eu disse, não muito tempo depois de sua mãe morrer. Ela costumava falar sobre ir para a Califórnia, para aquele lugar perto de Monterey onde sua mãe e todos os outros morreram. Mas não foi.

Eu acariciei o gato marrom em meu colo, e não interrompi. Não sei o que poderia ter dito, de qualquer modo.

— Da última vez que eles a internaram, alguém a encontrou nua no acostamento em algum lugar em Massachusetts. Ela foi levada à polícia, e eles chamaram a avó e a trouxeram de volta ao hospital em Providence. Ela estava doente. Quero dizer, ela havia adoecido nadando em um rio naquele inverno. Um caso grave de pneumonia. Eles a mantiveram internada por alguns meses e então a soltaram de novo. Depois disso eu não soube muito sobre ela.

Houve mais papo, mais chá e mais gatos.

Ele me mostrou o marfim de uma baleia cachalote com o retrato de uma mulher entalhado nele. Ele disse que teria mais arte baleeira, mas é tudo muito caro. E me mostrou um pedaço de âmbar-gris que encontrou na Mackerel Cove. E me mostrou o crânio de uma foca.

Estava quase escuro quando saí. Agradeci e ele disse que gostaria de me contar mais. Perguntou se eu queria um gato e eu disse que sim, mas Abalyn é alérgica.

17 DE JUNHO DE 2011

Fui à loja hoje (eles sempre ficam felizes quando vou, apesar de eu não trabalhar mais lá). Conversei com Annunziata, que estava fazendo um intervalo, e fomos para a sala de estoque, e nos sentamos e conversamos por um tempo. Principalmente sobre... Só conversamos. Mas quando eu estava prestes a sair, como ela precisava voltar para a frente, ela disse algo.

Disse:

— Aconteceu a coisa mais estranha de todas alguns dias atrás. Uma mulher entrou e à primeira vista era igualzinha a sua antiga perseguidora.

Perguntei o que ela queria dizer com "perseguidora".

E ela olhou para mim por um momento; primeiro com o rosto inexpressivo, depois, confuso; em seguida, ela sorriu e riu.

— Mulher loira, certo? Sempre usava óculos? Sempre perguntava sobre você quando você não estava aqui?

E não hesitei. Dei risada. Não. Fingi dar risada. Fingi saber do que ela estava falando.

— Não era ela - diz Annunziata. — Percebi bem depressa. Mas à primeira vista, sabe.

Eu me lembro dela agora, antes de Eva. Minha perseguidora.

Três perguntas então:

Há quanto tempo Eva Canning estava me observando? E por que não me lembro de quando

ela foi à loja, quando Annunziata insiste
em dizer que dávamos risada disso, que
fazíamos piada sobre minha "perseguidora"?

E a Eva sabia de minhas voltas à noite?

Não, quatro perguntas. Isso foi *por acaso*?

Acho que Annunziata viu que eu estava assustada e
quando registrou minhas compras me deu seu desconto
de funcionária, apesar de não ter de fazer isso.

Jack Bowler disse:

— Ela havia adoecido por nadar
em um rio naquele inverno.

— Você sabe agora que nunca terá certeza
do que aconteceu? - perguntou ela.

— Sim, agora eu sei. Eu sei disso.

Eu sei disso.

----

21 DE JUNHO DE 2011

Outra brincadeira de mau gosto ou
apenas uma lenda urbana contada para
ser assustadora. De qualquer modo, eu
gostaria de ter tomado conhecimento disso
enquanto escrevia sobre Aokigahara Jukai,
e Seichō Matsumoto, e seu romance.

Em 1933, um pianista húngaro, Rezső Seress,
escreveu uma canção intitulada "Vége a Világnak",
que pode ser traduzida como "Fim do Mundo".

Uma segunda letra foi escrita por um poeta húngaro chamado László Jávor, e a canção ficou conhecida como "Szomorú Vasárnap" ou "Domingo Triste". A letra original lamenta a destruição da Inglaterra na Segunda Guerra Mundial e a segunda lamenta a perda de um amante e faz a promessa de cometer suicídio, na esperança de um reencontro no fim da vida. Pelo menos acho que foi assim que tudo aconteceu.

Em 1941, reintitulada "Gloomy Sunday", a canção se tornou um sucesso na voz de Billie Holiday. Holiday recebeu o apelido de "Lady Day", apesar de eu não saber o motivo. Há muitas épocas de Natal, Lady Day é o Banquete da Anunciação da Sagrada Virgem, e não sei por que esse seria o apelido de Billie Holiday, certo? De qualquer modo, a música foi um sucesso para ela. Mas tudo se torna bem complicado, o que aconteceu com a música. Com essa possível assombração. Na internet, encontrei muitas páginas dedicadas ao "Gloomy Sunday", e não incluirei tudo aqui, apenas para apontar alguns fatos.

Em 1936, a canção havia se tornado conhecida como "Canção do Suicídio Húngaro", depois de ser culpada por alguns suicídios (algumas pessoas dizem 17, mas o número varia muito). Há relatos de que a canção foi proibida na Hungria, mas não consigo encontrar evidências de que isso tenha realmente acontecido. Dizem que muitas pessoas cometeram suicídio nos Estados Unidos escutando a versão de Billie Holiday, talvez cerca de duzentas. Há fontes que afirmam que a gravação foi proibida de tocar nas rádios norte-americanas, mas tais afirmações não têm base. Li relatos sobre suicidas encontrados com a folha de música no bolso ou nas mãos, ou tocando em gramofones.

Algumas fontes dizem que a versão de Jávor foi inspirada em seu amor real pela ex-namorada e que, depois de escutar a música, ela tirou a própria vida e deixou um bilhete de suicídio com duas palavras: "Gloomy Sunday". Isso parece ser apenas um boato. Mas é verdade que Rezső Seress suicidou-se em 1968, pulando de um prédio em Budapeste; a queda não o matou, mas no hospital ele pôde se enforcar com um pedaço de fio. Não consigo me esquecer de Rosemary Anne, presa no Blackstone Boulevard, 345, mas...

De acordo com o relato de Michael Brook para *Lady Day - The Complete Billie Holiday on Columbia, 1933-1944*, "'Gloomy Sunday' chegou aos Estados Unidos em 1936 e, graças a uma campanha publicitária brilhante, tornou-se conhecida como 'A Canção Húngara do Suicídio'. Supostamente, depois de escutá-la, namorados descontrolados foram hipnotizados e atravessaram a janela mais próxima, da mesma forma que os investidores depois de outubro de 1929; as duas histórias são mitos urbanos".

Não sei dizer o que é verdade aqui e o que não é. Só posso apontar a semelhança com a Floresta do Suicídio, do Japão, depois da publicação de um romance. Só posso reiterar o que disse a respeito de as assombrações serem especialmente contágios de pensamentos perniciosos.

Veja também "I Will Follow You Into the Dark" (2006), de Death Cab for Cutie, que Abalyn tocou para mim, e "(Don't Fear) The Reaper", de Blue Öyster Cult (1976; Rosemary tinha esse álbum). Além disso, talvez, *Drowning Girl* (1963), de Roy Lichtenstein, por meio dos olhos, não ouvidos.

29 DE JUNHO DE 2011

Um universitário de Kingston encontrou o corpo de Eva, três dias depois de ela nadar para longe de mim. Não restava muita coisa. Foi publicada uma matéria no *Providence Journal*. Ela foi identificada pela arcada dentária. Pelos dentes. Tubarões a atacaram, segundo o legista. Tubarões, peixes e caranguejos. Como a garota que morre no início do filme *Tubarão*. Mas os tubarões não a mataram, segundo o legista. Ela se afogou e então os tubarões atacaram seu cadáver. Uma semana depois um tubarão de barbatana curta (*Isurus oxyrinchus*), de 21 metros, foi pego perto do Watch Hill. Havia a mão de uma mulher em sua barriga e pedaços de vestido vermelho.

----

2 DE JULHO DE 2011

"Independentemente do que foi ou não foi, acabou", a garota chamada India Morgan Phelps datilografou, "e você colocou no papel. Sua história de fantasmas. Você sempre será assombrada, mas acabou. Obrigada. Pode ir agora."

Boa noite, Rosemary Anne.

Boa noite, Caroline.

Boa noite, Eva.

Abalyn diz que está aqui para ficar. Disse que me ama. Quando disse isso, não havia corvos.

FIM

Nota da autora

Nunca consegui escrever um romance com facilidade, mas nunca antes foi tão difícil escrever um romance como foi no caso de *A Menina Submersa: Memórias*. Eu estava na Biblioteca Pública South Kingston (Peace Dale, RI), no dia 8 de agosto de 2009, lendo um livro sobre o assassinato de Dália Negra, quando a semente da primeira história começou a tomar forma em minha mente. Ao longo dos 27 meses seguintes (parafraseando a incrível observação de Kelly Link), eu a mudei muitas vezes. E foi só no último dia de outubro de 2010, depois de diversos inícios falsos e enredos esboçados, e abandonados, que eu peguei jeito com o livro. No fim, foi simples, pois só precisei deixar Imp dizer o que queria.

Devo reconhecer muitas fontes de inspiração – porque é o que fazemos, escritoras e malucas, nós desmontamos as coisas e voltamos a montá-las de modos diferentes. Algumas dessas inspirações foram citadas ou descritas no texto; outras foram apenas repetidas, insinuadas ou homenageadas. Entre elas, estão: *Alice no País das Maravilhas*, de Lewis Carroll (1865), e *Através do Espelho e o que Alice Encontrou Lá* (1871);[1] os trabalhos de Charles Perrault, os irmãos Grimm, e Hans Christian Andersen; "There there (The Boney King of Nowhere)", do Radiohead, (do *Hail to the Thief*, 2003); "With Mercy for the Greedy", de Anne Sexton (de *All My Pretty Ones*, 1962); "Stopping Bryan Woods on a Snowy Evening", de Robert Frost (de *New Hampshire*, 1923); o álbum de Poe, *Haunted* (2000); *Splendor in Grass* (1961), de Elia Kazan e William Inge, e, consequentemente, o poema de William Wordsworth: "Ode: Intimidations of Immortality from Recollections of Early Childhood" (*Poems, in Two Volumes*, 1807); *Black Ships Ate the Sky*

---

[1] Nesta tradução foi utilizada a edição *Aventuras de Alice no País das Maravilhas e Através do Espelho e o que Alice Encontrou por lá* (Zahar, 2010). Trad. de Maria Luiza X. de A. Borges.

(2006), de David Tibet and Current 93; vários quadros – *Arctic Sunset* (1874), de William Bradford, *On a Lee Shore* (1900), de Winslow Homer, *Brazilian Forest* (1864), de Martin Johnson Heade, e *Salt Marshes of Newburyport, Massachusetts* (1875-1878), todos das coleções de Rhode Island School of Design; *A Divina Comédia* (1308-1321), de Dante Alighieri; *Ghost Story* (1979), de Peter Straub; "Pretty Monsters" (2008), de Kelly Link; "I Will Follow You Into the Dark", de Death Cab for Cutie (de *Plans*, 2006); a música do R.E.M, principalmente "Find the River" (1992, deveria ter sido citada se os advogados não fossem um saco); "Dover Beach", de Matthew Arnold (de *New Poems*, 1867); "Idumea" (1793), de Charles Wesley; *Kuroi Jukai* (1960), de Seichō Matsumoto; *Moby Dick* (1851), de Herman Melville;[2] "Wolf-Alice" (1978), de Angela Carter; *Lo!* (1931), de Charles Fort; a tradução de Henry Francis Cary de *A Divina Comédia* (1805-1814), de Dante; e "The Doomed City (The City in the Sea)" (1831, 1845), de Edgar Allan Poe. Além disso, vários trabalhos de Virginia Woolf, Emily Dickinson, Jopseh Conrad, T.S. Eliot e sir Ernest Henry Shackleton. Quanto aos trabalhos, às vidas, às artes e às cartas, de Phillip George Saltonstall e Albert Perrault, são totalmente inventados por mim, com a ajuda de Michael Zulli e Sonya Taaffe.

Até certo ponto, a estrutura geral da narrativa foi sugerida pela Symphony n. 3, Op. 36, do falecido Henryk Gorecko (*Symfonia pies'Nick z'alosnych*, 1976), realizada por David Zinman. A influência de Neil Jordan e Danielle Dax, por meio de *The Company of Wolves* (1984), deve ser bem óbvia, apesar de eu não ter percebido antes de terminar o livro. E a mesma coisa pode ser dita de outra inspiração muito óbvia, "Song to the Siren" (1970, reinterpretada pelo This Mortal Coil e Elizabeth Frases, em *It'll End in Tears*, [1984]), de Tim Buckley.

Tenho de agradecer a muitas pessoas (nomes serão repetidos), porque sem elas este livro realmente nunca teria sido escrito. Primeiro e principalmente, Sonya Taaffe (acima de todos; e por me dar permissão de usar seu "The Magdalene of Gévaudan") e Geoffrey H. Goodwin, que se reuniu comigo muitas vezes, passando

---

[2] Foi utilizada a seguinte edição: *Moby Dick* (Cosac Naify, 2008). Trad. de Alexandre Barbosa de Souza e Irene Hirsch.

da meia-noite e quase até o amanhecer, discutindo onde a história de Imp poderia ou não ocorrer. Eu devo muito a vários escritores que, durante um "workshop" de madrugada, na ReaderCon 21, me incentivaram e ofereceram muitas ideias que seriam essenciais à mudança do romance: Michael Cisco, Greer Gilman, Gemma Files, Erik Amundsen e, mais uma vez, Geoffrey H. Goodwin e Sonya Taaffe. Agradeço a Peter Straub, por seu brilhantismo e apoio, e à minha agente, Merrilee Heifetz (Writers House), e à minha editora, Anne Sowards, pela paciência prazo após prazo que eu deixei de cumprir, e ainda pedia mais tempo. A Michele Alpern, que devolveu minha fé em revisores. Para minha mãe, Susan Ramey Cleveland, a Jeff VanderMeer e a todos que amaram *The Red Tree*. Meus agradecimentos a Hilary Cerullo, MD, que me acalmou para que eu finalmente pudesse escrever de novo, e Kristin Hersh – a Rat Girl – por me mostrar que é normal escrever como penso. Meus agradecimentos à equipe do Providence Athenaeum, o Harvard Museum of Natural History e o President and Fellows of Harvard College, o Rhode Island School of Design Museum, S.T. Joshi, Andrew Fuller, Andrew Migliore e os organizadores do H.P. Lovecraft Film Festival de 2010 (Portland, OR), e a todos em Boston, cidade de Nova York e Providence que me deram apoio, mas são muitos para citar. Também obrigada a Elizabeth Bear, Holly Black, Dan Chaon, Brian Evanson, Neil Gailman, Elizabeth Hand, Kathe Koja, Bradford Morrow, Benjamin Percy, Peter Straub, Cathrynne M. Valente, e Jeff VanderMeer, que leram o livro enquanto ainda era apenas um rascunho, e a Jacob Gabr e Casondra Brewster pelas palavras em perfeita ordem, e a Melissa Bowman pela perfeita analogia. E ao Radiohead e Philip Ridley por me deixarem citar suas canções. A Vince Locke pelas ilustrações que aparecem nesta edição do romance. Meus agradecimentos a Kyle Cassidy, por sua visão, e a todos que ajudaram a transformar o livro em fotos e um filme liliputiano (Brian, Sarah, Dani e Nicola). Mais uma vez, todo o meu amor a Michael Zulli, que se *tornou* meu Saltonstall, e colocou o homem e seus quadros *neste* mundo, com um toque de noite. Mas, acima de tudo, obrigada a minha parceira, Kathryn A. Pollnac, por me aguentar e por ler estas palavras para mim, várias vezes.

Estamos fazendo o impossível e isso nos torna poderosas.

CAITLÍN R. KIERNAN é autora de livros de ficção científica e fantasia dark. Escreveu dez romances, dezenas de histórias em quadrinhos e mais de 200 contos e novelas. Entre seus trabalhos destacam-se os romances *Silk* (1998), *Threshold* (2001), ambos vencedores do International Horror Guild Award, e *The Red Tree* (2009), além da série em quadrinhos *The Dreaming*, spin-off de *Sandman*, de Neil Gaiman, com quem também escreveu a novelização de *Beowulf* (2007). *A Menina Submersa: Memórias* conquistou os Prêmios Bram Stoker e James Tiptree, Jr., este dedicado a obras de ficção científica ou de fantasia que expandem e exploram a compreensão de gênero. *O Mundo Invisível Entre Nós*, também publicado pela DarkSide® Books, reúne trabalhos premiados, contos raros e favoritos da autora.

"Percebia agora que não raro os livros falam de livros, ou seja, é como se falassem entre si."

— Umberto Eco —

DARKSIDEBOOKS.COM